LAURA MCCLUSKEY

Wolfskälte

LAURA McCLUSKEY

WOLFS KÄLTE

KRIMINALROMAN

Übersetzung aus dem Englischen
von Michael Krug

Lübbe

NACHHALTIG PRODUZIERT

Die Bastei Lübbe AG verfolgt eine nachhaltige Buchproduktion. Wir verwenden Papiere aus nachhaltiger Forstwirtschaft und verzichten darauf, Bücher einzeln in Folie zu verpacken. Wir stellen unsere Bücher in Deutschland und Europa (EU) her und arbeiten mit den Druckereien kontinuierlich an einer positiven Ökobilanz.

FSC www.fsc.org MIX Papier | Fördert gute Waldnutzung FSC® C014496

Vollständige Taschenbuchausgabe

Deutsche Erstausgabe

Titel der australischen Originalausgabe:
»The Wolf Tree«
Originalverlag: HarperCollins*Publishers* Australia Pty Limited

Published by arrangement with Bold Type Agency Pty Ltd, Australia
via Michael Meller Literary Agency GmbH, München

Textredaktion: Dr. Arno Hoven
Umschlaggestaltung: Kirstin Osenau, Köln
Umschlagmotiv: © Shutterstock: Alexander Gold | Kelvin Shutter |
Paulo Miguel Costa | Helen Hotson | ABCDstock
Satz: GGP Media GmbH, Pößneck
Gesetzt aus der Adobe Garamond
Druck und Verarbeitung: GGP Media GmbH, Pößneck

Printed in Germany
ISBN 978-3-7577-0153-6

2 4 5 3 1

Sie finden uns im Internet unter luebbe.de
Bitte beachten Sie auch: lesejury.de

Natürlich für Liv

Kapitel 1

Die Menschen halten das Ertrinken für einen friedlichen Tod. Aber falls daran etwas wahr ist, dann handelt es sich um einen Frieden, der erst nach den schlimmsten dreißig Sekunden eintritt, die einem im Leben widerfahren. Und bis heute hat George Lennox – die eigentlich Georgina heißt, jedoch die männliche Form ihres Namens vorzieht – nie damit gerechnet, dass ihr ein solches Schicksal blühen könnte.

Die beißende Kälte und das unberechenbare Auf und Ab der Wellen lässt sie die Zähne krampfhaft zusammenbeißen, während sie mit einer Reisetasche über der Schulter auf dem schwankenden Deck des Polizeiboots steht, eingeschnürt durch eine dicke orangefarbene Rettungsweste. Mit der einen Hand hält sie eine Aktentasche aus Leder fest, mit der anderen umklammert sie die glitschige Reling. Das Wetter ist in den vergangenen Stunden dramatisch umgeschlagen. Die flauschigen weißen Wolken, die sie beim Verlassen der Isle of Skye verabschiedet haben, sind schwarz und schwer geworden. Die Wellen, die um ihre Füße schwappen, gleichen flüssigem Eisen, das sie die gesamten dreieinhalbtausend Meter bis zum stockfinsteren Grund des Nordatlantiks hinabzuzerren droht.

»Musste es wirklich ausgerechnet heute sein?« Ein stämmiger Marinepolizist tritt mit schlurfenden Schritten hinter sie.

»Konnten wir nicht warten, bis der Scheißwind nachlässt?« Abwägend beäugt er ihre Brust. »Wissen Sie, wie man damit umgeht?«

Sie folgt seinem Blick, bevor sie mit kühler Miene zu ihm aufschaut. »Mit einer Rettungsweste?«

Blinzelnd lässt er sich seine Worte noch einmal durch den Kopf gehen. »Ich will damit nur sagen, dass unter der Lasche eine Pfeife steckt. Und da drüben ist ein winziges Lämpchen, um …«

»Damit komme ich bestimmt klar, falls es notwendig sein wird, Constable.«

Obwohl der Beamte mindestens zehn Jahre älter als sie sein muss, senkt er den Kopf.

»Alles klar, *Inspector*«, murmelt er, bevor er sich entfernt.

George knirscht unwillkürlich mit den Zähnen und saugt scharf die Luft ein, als sich der Bug des Boots steil nach unten neigt. An herablassendes Verhalten, selbst wenn die Leute ihren Rang erfahren, ist sie gewöhnt. An diese Wellen hingegen … Sie schluckt schwer und ist kurzzeitig dankbar für den Wind, der ihren Schweiß trocknet, sobald er sich auf der Stirn bildet.

»Vielleicht möchten Sie lieber reingehen, Inspector«, schlägt eine laute Stimme vor, die das Dröhnen des Motors übertönt. Trotz seiner schmalen Statur schwankt der Kapitän kaum, als er sich aus der Kabine hinter ihr lehnt. »Von jetzt an wird es richtig rau werden.« Der sanfte, rollende Klang seines Akzents von den Äußeren Hebriden ist eine angenehme Abwechslung zum härteren Tonfall aus Glasgow, an den sie sich gewöhnt hat.

»Ist das hier noch nicht rau?«, fragt George. Ungläubigkeit schleicht sich in ihre Stimme.

Seine buschigen Brauen ziehen sich zusammen. »Der Atlantik macht einem selbst an guten Tagen das Leben schwer«, brummt er. In den Worten liegt das Wissen eines langjährigen Berufslebens, das er damit zugebracht hat, betrunkene Touristen von gefährlichen Klippen zu retten und Menschen aus dem Meer zu bergen – lebend oder tot. »Beim Versuch, im Hafen anzulegen, werden wir seine Geduld mit Sicherheit auf die Probe stellen.«

George verengt die Augen zu Schlitzen, als leichter Regen einsetzt. »Wie sehr fordern wir unser Glück heraus?«

Er zuckt mit den Schultern. »Der Hafen liegt im Nordosten von Eilean Eadar, und wir nähern uns ihm mit einem starken Westwind. Man ist zwar vor dem Seegang geschützt, wenn man erst mal drin ist, aber die Einfahrt ist ziemlich schmal.« Angesichts ihrer perplexen Miene fügt er hinzu: »Wir nehmen uns ausreichend Zeit, wenn wir den Hafen anlaufen; so viel steht fest.«

Kurz wendet er sich ab, um Anweisungen in die Kabine zu rufen, und erhält eine gedämpfte Antwort. George drückt die Aktentasche fest an sich, als eine Welle über den Rand des Boots und ihre Stiefel schwappt, einen neuen Kälteschauer durch ihre Socken jagt und den Saum ihrer Hose durchtränkt.

»Wer kann hier draußen ein Notsignal empfangen?«, fragt sie. »Die Küstenwache sollte in Reichweite sein.« Sie späht durch den immer stärker werdenden Regen zu einer entfernten Küstenlinie. »Oder eine der kleinen Inseln … Das ist Hirta, nicht wahr?«

»Von dort ist nicht viel Hilfe zu erwarten. Auf der Insel leben die Menschen eh schon sehr abgeschieden. Aber wo Sie hinfahren …« Er stößt gedehnt den Atem aus. »Selbst ich hab

Eadar nur ein einziges Mal betreten. Damals hab ich dort ein paar Leute abgesetzt, nachdem einer ihrer Fischkutter ein Ruder verloren hatte. Das war vor fast zwölf Jahren. Ich glaube nicht, dass seither irgendein Polizist dort gewesen ist.«

»Und wenn wir schnell wegmüssen?«

Er lacht grölend. »Dann hoffe ich, Sie sprechen Delfinisch.« Aber sein Lachen verstummt, während er mit zu Schlitzen verengten Augen in die Ferne blickt, als könnte er mit seiner Erfahrung weiter übers Meer schauen als sie. »Im Notfall haben Sie die beste Chance über Stornoway – dort gibt's einen Flughafen und den Stützpunkt der Rettungshubschraubermannschaft … Außerdem ist da ein gutes Krankenhaus«, fügt er noch hinzu, als wären ihm die letzten Worte nachträglich eingefallen.

Sie reibt sich eine Stelle hinter dem Ohr: das einzige äußere Anzeichen ihrer inneren Unruhe.

Der Kapitän mustert sie nachdenklich. »Die Einheimischen mögen es nicht, wenn Fremde unangemeldet auftauchen. Aber Sie sagen, man erwartet Sie?«

»Sollte man.«

»Dann ist es ja gut.« Ihre Erleichterung währt nur kurz, da der Kapitän sogleich hinzusetzt: »Ich hoffe bloß, es sieht uns jemand kommen. Bei dem Wetter ohne Hilfe im Hafen anlegen … Die Aussicht darauf gefällt mir gar nicht.«

Ein Ruf aus der Kabine lenkt den Kapitän ab. »Wie gesagt, Inspector, Sie sollten besser reinkommen. Laut Radar werden wir gleich klitschnass.«

Sie nickt ein einziges Mal – und mit so viel Nachdruck, dass er den Wink versteht und sie allein lässt. Ihr Blick wandert zum Horizont, der zunehmend durch den Regen und das Stampfen des Boots verschwimmt. Sie verändert ihren Griff an der Reling und hält Ausschau nach einem sichereren Platz, wo sie sich festklammern kann, bis sie die Insel erreichen, als hinter ihr eine tiefe Stimme dröhnend fragt: »Wie gut sind deine Seemannsbeine, Lennox?«

Abrupt neigt sich das Boot stark nach vorn, was George an einer scharfen Erwiderung hindert, denn sie muss sich voll und ganz darauf konzentrieren, auf den Beinen zu bleiben. Als sie sich umdreht, sieht sie gerade noch, wie der Aufruhr der Elemente Richard Stewart nicht nur das Lächeln aus dem leicht zerfurchten Gesicht wischt, sondern ihn auch von den Füßen reißt.

Mühsam bewegt sie sich über das Deck und hilft ihm hoch. Dabei verbirgt sie nicht, wie anstrengend es ist, seinen stämmigen Körper in die Vertikale zu hieven. »Was hast du noch mal gesagt?«

Mit mürrischer Miene wischt er sich Regentropfen aus dem zunehmend silbern aussehenden Haar. »Reiz mich nicht – schon gar nicht, wenn meine Socken nass sind.«

George betrachtet das um sie herum brodelnde Meer. »Hat sich von Anfang an abgezeichnet, dass es keine Vergnügungsreise wird, Richie«, erwidert sie knapp. Sie holt ihr Handy aus der Innentasche ihrer Jacke hervor und versucht, das Display vor dem Regen und der Gischt abzuschirmen, während sie darauf schaut. »Hast du Empfang?«

Richie spart sich die Mühe, bei seinem Smartphone nachzusehen. »Ich glaube, davon haben wir uns verabschiedet, als wir Skye verlassen haben.«

Ein tiefes Grollen zieht über den Himmel; es klingt, als würde ein Felsbrocken einen Hang hinabrollen.

»Meinst du, die Inselbewohner werden mit uns reden?«

Er zuckt mit den Schultern. »*Die* sind dran gewöhnt, keinen Empfang zu haben. Schweigen könnte denen in Fleisch und Blut übergegangen sein.«

Als die abgeschiedene Insel Eilean Eadar kurz vor Mittag in Sicht kommt, ist der Regen so heftig geworden, dass sich George stillschweigend gefügt und in die Kabine begeben hat. Allerdings ist sie direkt hinter dem Eingang stehen geblieben und hat sich die Kapuze bis zu den Augen über den Kopf gezogen. Der starke Wind peitscht ihr dunkle Haarsträhnen gegen die Stirn und die Wangen, und die Sonne liegt hinter vernichtend wirkenden Wolken verborgen. Georges erster Eindruck von der winzigen, weit vor der Westküste Schottlands gelegenen Insel ist der einer steilen, dunklen Klippe. Mächtige Wellen krachen gegen die zerklüftete Felsenwand, doch Eadar trotzt ihrem Zorn entschlossen.

Als sie die südöstliche Seite der Klippe umfahren, erblickt George einen Leuchtturm, der sich vor dem dunklen Himmel abzeichnet. Sie stupst Richie an, der sich neben sie an die Tür gezwängt hat. »Schau«, sagt sie ihm ins Ohr und zeigt mit dem Finger zum Leuchtturm hin.

Seine hellblauen Augen lugen unter einer Strickmütze hervor. Mit einem ob des prasselnden Regens verkniffenen Gesicht schaut er angestrengt zur Klippe hoch. Seine Lippen werden schmal, als er den Leuchtturm erspäht.

Während sie den Felswänden immer näher kommen, ragt das Bauwerk größer und größer auf. Plötzlich verspürt George einen Schwindelanfall, der nichts mit dem Schaukeln des Boots zu tun hat. Sie senkt den Blick aufs Deck, beruhigt ihre Atmung und spürt, wie Richie sie beobachtet. Wieder zieht sie das Handy hervor und starrt mit zu Schlitzen verengten Augen darauf, bis er wegschaut.

Die vorhin geäußerte Warnung des Kapitäns erweist sich als zutreffend: Es ist kein einfaches Unterfangen, im kleinen Hafen von Eadar anzulegen. Die gnadenlose Dünung hat sie mittlerweile unangenehm nah zu den Felsen befördert, und deshalb hat der Kapitän mit dem Boot zurückgesetzt und steuert es nun mit zur Insel weisendem Bug in weitem Bogen die Küste entlang. Bald erscheint die schmale Öffnung in den Hafenbereich hinein – eine Lücke zwischen den ihn umschließenden Armen aus dunklem Felsgestein. Es ist sehr still in der Kabine, was für George den Schluss nahelegt, dass der Kapitän und die beiden Marinepolizisten sich jetzt aufs Äußerste konzentrieren müssen. Ihre Jahre auf dem Meer zeigen sich darin, dass sie eher auf das Wasser als auf die Instrumente achten. Kurz flackert in George Bedauern darüber auf, dass sie darauf bestanden hat, noch heute zu fahren, doch sie unterdrückt es rasch. Ein tragischer Todesfall muss untersucht werden. Eine trauernde Mutter verdient einen Abschluss.

Nur langsam nähern sie sich der Hafeneinfahrt. Der Motorenlärm ist inzwischen verschwunden, und an seiner Stelle sind ein Vibrieren und ein Brummen unter ihren Füßen zu vernehmen. Sie lassen sich überwiegend von der Dünung zu ihrem Ziel hintreiben. Dass George den Atem anhält, bemerkt sie selbst erst, als der Kapitän mit perfektem Timing beim Herabsinken von einer hohen Welle abrupt auf volle Kraft beschleunigt und sie zwischen den vorstehenden, die Einfahrt begrenzenden Felsen hindurchschießen. Langsam atmet sie aus, und Richies Schultern entspannen sich.

Im Hafen ist das Wasser ruhiger, doch wie vom Kapitän befürchtet, ist weit und breit niemand zu sehen. Er schaltet die Lichtanlage ein. Die abwechselnd rot und blau blinkenden Strahlen durchdringen kaum den strömenden Regen. Die Polizisten in der Kabine diskutieren leise, aber eindringlich, wie sie sich der steinernen Ufermauer ohne Unterstützung am sichersten nähern können, als George in der Düsternis vor ihnen eine Bewegung wahrnimmt. Bald kann sie sechs Gestalten ausmachen. Mit verkniffenen Mienen winken sie das Boot in eine Lücke zwischen zwei verwitterten Fischkuttern. Keine zehn Minuten später betreten George und Richie so würdevoll wie zwei nasse Socken den Kai.

»Du solltest Gott danken, dass euch kein Nordostwind reingeweht hat«, schreit eine untersetzte Frau zum Kapitän, während sie sich ein Tau über die Schulter schlingt. »Ihr wärt in Stücke zerschmettert worden!«

Ein anderer Mann ruft der Frau etwas zu. Und obwohl George ihn durch das Prasseln des Regens kaum hören kann, erkennt sie das melodische Klangmuster des Gälischen.

Während der Kapitän in die gebrüllte Unterhaltung hineingezogen wird, werden George und Richie über ungleichmäßige, in die Ufermauer gehauene Stufen hinaufgeleitet. Durch die Kombination aus Regen und dichter Wolkendecke ist Georges erster Eindruck von der Hauptstraße in Eadar der von einer nicht allzu breiten, derzeit einem Fluss ähnelnden Gasse mit unscheinbaren Gebäuden. Man drängt sie in ein schmales zweigeschossiges Haus, durch dessen Fenster warmes Licht fällt. Und so passiert es, dass George schließlich bis auf die Haut entkleidet im kleinen, aber gemütlichen Eigenheim von Cecily Campbell landet, wo sie nur von einer kratzigen Decke vor den

Blicken der drei neugierigen Kinder der Hausherrin geschützt wird.

»Husch, husch«, schimpft Cecily mit ihnen, als sie mit einem dampfenden Topf in den Händen das Schlafzimmer betritt, das eindeutig ihr eigenes ist.

Die Kinder hasten in den Gang, als sie mit der Hüfte die Tür zuschiebt. George hört ein Kichern unter der Tür hereindringen.

»Achten Sie gar nicht auf sie«, sagt Cecily und erhebt dabei die Stimme, um das Geräusch des Regens zu übertönen, der auf das Dach trommelt. »Wir kriegen hier draußen so selten Besuch – und noch seltener von Leuten, die so wie Sie aus einem Sturm kommen. Ihren Partner hab ich im Zimmer der Jungs nebenan untergebracht; als Nächstes werden sie also ihm auf die Nerven gehen.« Cecily stellt den Topf auf den Boden und schiebt einen Stuhl näher zu dem niedrigen Kamin aus Stein. »Stellen Sie die Füße da rein.«

George unterdrückt ein Zucken, als ihre eisigen Zehen das heiße Wasser berühren, doch schon bald breitet sich die Wärme in ihre Knochen aus und steigt in ihrem Körper nach oben. Trotz der willkommenen Erleichterung sitzt sie steif auf dem Stuhl. Ihr Blick huscht in dem Raum hin und her, während Cecily mit einem Lappen die Pfützen aufwischt, die George beim Eintreten hinterlassen hat.

Trotz der grob anmutenden äußeren Steinfassade ist es im Campbell-Haus überraschend heimelig: handgemalte, stellenweise ausgebleichte Tapeten, ein hübscher Kleiderschrank mit einem großen Kratzer an einer der Türen, gehäkelte Überwürfe, ein kleiner Webteppich unter Georges Füßen. Beherrscht wird der Raum von einem breiten Bett, dessen weiche Matratze in der Mitte durchhängt. Auf das Erdgeschoss hat George nur einen flüchtigen Blick werfen können, da sie durch die Eingangstür und dann sofort die Treppe nach oben geschoben worden ist. Dennoch hat sie dort unten einen ähnlich gemütlichen Wohnbereich erspähen können, hinter dem sich eine Küche befindet.

»Ihnen wird im Handumdrehen wieder warm sein«, beteuert Cecily. »Donald – meinen Mann – taue ich schon seit Jahren auf, wenn er nach einem Tag draußen auf dem Fischkutter heimkommt. Er hat immer noch alle zehn Zehen. Zwar nur neuneinhalb Finger, aber daran sind Bier und ein sehr scharfes Messer schuld.«

»Ist er in einen Kampf geraten?«

Cecilys dunkle Augen weiten sich, bevor sie lacht. »Oh, nein. Er hat bloß an Land zwei linke Hände. Aber sieht man ihm auf dem Boot zu, kommt man sich vor wie bei einer Aufführung von *Schwanensee*.« Sie geht zum klobigen Doppelbett und streicht eine Falte aus der cremefarbenen Decke, anschließend bückt sie sich, um Georges nasse Sachen einzusammeln.

George setzt dazu an, aufzustehen. »Bitte lassen Sie mich das …«

»Seien Sie nicht albern! Wärmen Sie sich einfach auf. Lässt man zu, dass sich die Kälte einnistet, fröstelt es einen wochenlang.«

George fügt sich, löst das um ihren Kopf gewickelte Handtuch und fährt sich mit den Fingern durch die ungeordneten Locken, die ihr um die Schultern fallen, während Cecily ihre Kleidung vor dem Feuer auf dem Boden ausbreitet. Hohe Wangenknochen beherrschen das Gesicht der Frau. Der Schein der

Flammen lässt ihre Züge ständig anders erscheinen: Bei jedem Flackern gibt es einen Wechsel zwischen sanftem und strengem Gesichtsausdruck. Bei genauerer Betrachtung wird George klar, dass ihre Gastgeberin kaum älter als sie selbst sein kann.

»Wie lange sind Sie schon verheiratet?«

»Seit neun Jahren«, antwortet Cecily forsch. »Obwohl es sich an manchen Tagen eher wie fünfzig anfühlt.«

»Sie müssen jung geheiratet haben.«

»Und habe kein Jahr später unser erstes Kind bekommen.« Sie deutet mit dem Kopf auf ein kleines gerahmtes Bild der Jungfrau Maria, das einen Ehrenplatz inmitten einer Ansammlung von Fotos und gestapelten Büchern auf einem der gedrungenen Nachttische einnimmt. »Wir hatten es recht eilig damit, unsere Beziehung offiziell zu machen.«

»Ich verstehe. Sind Sie hier aufgewachsen?«

»Nein, keineswegs. Ich komme wie Sie vom Festland.« Sie geht zum Bett, lässt sich darauf nieder und sinkt auf eine geradezu ulkige Weise tief in die Matratze hinein. »Donald hat mich verführt und übers Meer gelockt. Seither bin ich auf Eadar, abgesehen vom jährlichen Ausflug mit den Kindern zu meinen Eltern.« Die authentische Aussprache des gälischen Namens der Insel – »*Eht-ter*« – geht Cecily mühelos von der Zunge. »Mein Mann und ein paar der Jungs sind heute Morgen mit dem Boot los. Idioten! Falls sie nicht gekentert sind, wird der Sturm den Schellfisch ohnehin vertrieben haben. Die anderen Besatzungen haben es sich nach der Wettervorhersage erspart, rauszufahren. Aber Donald …« Sie seufzt. »Er macht, was er will.«

Da George nicht mehr der unmittelbaren Gefahr ausgesetzt ist, zu ertrinken, werden ihre Gliedmaßen allmählich schwer, und das einlullende Knistern des Feuers lässt ihre Gedanken flauschig und verschwommen werden. Sie strafft die Bauchmuskulatur und die Schultern. »Der Fisch ist das Hauptexportgut der Insel, richtig?«

Verdrossen nickt Cecily. »Wenn's Nachfrage nach faulendem Seetang oder Schlamm gäbe, wären wir längst stinkreich. Unsere Männer werfen auf ihren kümmerlichen Kuttern die Netze aus und stehen dabei in Konkurrenz zu kommerziellen Trawlern, die zwanzigmal so viel wie wir am Tag einholen können. Einfach haben wir es nicht. In manchen Wochen halten wir uns kaum über Wasser.« Sie verfällt in nachdenkliche Stille und zupft an einem losen Faden eines Kissens.

George schaut aus dem Fenster und versucht, den Hafen auszumachen. »Wann erwarten Sie die Männer zurück?«

»Kommt drauf an, wo sie waren, als der Sturm losgebrochen ist. An den meisten Tagen sind sie alle am späten Nachmittag zurück. Ist aber auch nicht ungewöhnlich, dass sie eine Nacht auf einer der größeren Inseln verbringen. Oder auf dem Festland, wenn sie genug gefangen haben, um es abzuliefern.« Cecily legt den Kopf schief. »Sie übernachten draußen in der Nicholson-Kate, nicht wahr?«

»Möglich, aber Genaueres weiß ich nicht. Wir sollen uns an jemanden namens Kathy MacKinnon beim Postamt wenden. Ich glaube, sie hat den Schlüssel.«

»Ah, ja, das könnte stimmen.«

»Gehört die Kate ihr?«

Cecily schüttelt den Kopf. »Sie hat dem alten Samuel Nicholson gehört. Als er gestorben ist, hat Kathy von sich aus angeboten, ein Auge darauf zu haben, weil niemand so hoch oben auf dem Hügel leben wollte. Sie ist ein herzensguter Mensch, bietet immer ihre Hilfe an. Würde mich nicht überraschen, wenn sie den Reserveschlüssel hätte.«

George zieht die Augenbrauen hoch. »Sind alle hier so vertrauensselig?«

»Sie würde den Schlüssel nicht mal brauchen«, erwidert Cecily lachend. »Türen werden hier nur verriegelt, damit die Kleinen nachts drinnenbleiben.« Ihr Lächeln verblasst, und ihre schlanken Finger spielen mit einem winzigen silbernen Kreuz, das an einer Kette um ihren Hals hängt. »Wir haben uns schon gefragt, ob jemand herkommen und Fragen über Alan stellen würde. Aber die Beerdigung war vor zwei Wochen. Daher sind wir inzwischen alle davon ausgegangen, dass uns das Festland wieder mal vergessen hat.«

George neigt den Kopf zur Seite. »Und doch haben Sie gewusst, dass ich von der Polizei bin, ohne dass ich es erwähnt habe.«

Cecily errötet am Hals. Sie zieht die Beine hoch und schlingt die Arme um die Knie. »Wie gesagt, wir kriegen hier nicht oft Besuch. Leute vom Festland kommen nur aus zwei Gründen her – wegen Lieferungen oder einer Eheschließung mit einem hiesigen Inselbewohner. Und dass seit mir niemand mehr hier mit einem Ring am Finger eingetroffen ist, sollte Ihnen einiges sagen.« Ihr kurzer Anflug von Unbeschwertheit geht in ein bleiernes Innehalten über, und George lässt zu, dass es sich in die Länge zieht.

»Um ehrlich zu sein«, fährt Cecily schließlich fort, den Blick starr auf den Boden zu Georges Füßen geheftet, »sind wir alle ein wenig überrascht, dass Sie und Ihr Partner hier sind. Die Sache mit Alan ist zwar tragisch, aber eigentlich nicht rätselhaft.«

George denkt an die Dokumente, die sie am vergangenen Abend studiert hat, und entgegnet: »Alan Ferguson ist nicht grundlos diesen Leuchtturm bis ganz nach oben hochgestiegen. Wollen Sie nicht wissen, warum?«

Eine verdächtige Stille löst in Cecily die Reaktion eines Instinkts aus, der George fehlt. Mit zwei langen Schritten erreicht sie die Schlafzimmertür, reißt sie auf und starrt auf ihre drei Kinder hinab, die jeweils ein Ohr ungefähr in der Höhe des Schlüssellochs halten. Mit identischen schuldbewussten Mienen schauen sie blinzelnd zu ihr auf. Mit einer schroffen Rüge verbannt sie die drei ins Wohnzimmer. Das Mädchen, das mit unverhohlener Neugierde über die Schulter zu George späht, bekommt einen Klaps auf den Hintern mit auf den Weg. Cecily schließt die Tür wieder und wendet sich George mit angespanntem Gesichtsausdruck zu. »Das müssen sie nicht hören«, erklärt sie, hebt die Hand und fingert erneut an der Halskette herum.

»Sie haben ihnen nichts von Alan erzählt?«

»Sie wissen, dass er gestorben ist, aber … Haben Sie Kinder?«

George schüttelt den Kopf.

Cecily schließt die Augen. »Es ist schrecklich. Natürlich auch unglaublich und die größte Freude, die ich je im Leben empfunden habe. Aber manchmal sind die Sorgen um die eigenen Kinder und der mit ihnen verbundene Stress wirklich fürchterlich. Vor allem hier draußen.«

»Wie meinen Sie das?«

»Wir sind ringsum von Wasser umgeben. Die Hälfte der Gebäude ist mit Brettern vernagelt, und wir haben nicht genug Kinder für eine richtige Schule. Alles, was wir in Wirklichkeit haben, sind unsere Familien.« Die ohnehin bereits blasse Cecily wird noch bleicher und bekreuzigt sich mit energischen Handbewegungen. »Seine arme Mutter«, sagt sie mit zittriger Stimme. »Catriona hat schon so viel gelitten. Ich bete jeden Abend für sie, und unser Priester führt uns jeden Morgen durch ein Gebet.«

George schaut zu ihrer Aktentasche und denkt an ihr Notizbuch darin. »Haben Sie viel Umgang mit der Familie Ferguson?«

»In einer so kleinen Gemeinde wie unserer kennt jeder jeden. Catriona arbeitet in der Bäckerei und geht regelmäßig in die Kirche, also sehe ich sie fast täglich. Aber Alan ... Er war viel jünger als Donald und ich. Ich hab gehört, dass er auf dem Festland studieren wollte. Allerdings war das vor Monaten. Vermutlich hat er's sich anders überlegt.«

»Vielleicht«, meint George unverbindlich, steht auf und rafft die Decke hoch, sodass deren unteres Ende nicht im Wasser zu ihren Füßen baumelt. »Wir müssen jetzt los.«

»Aber Ihre Sachen sind noch nicht trocken. Ich kann meinen Ältesten den Schlüssel für Sie holen lassen.«

»Ich habe Sachen zum Umziehen dabei.«

Cecily geht aus dem Schlafzimmer, um ihr ein Handtuch zu holen, und George hört, wie sie auch Richie im Raum nebenan eines bringt. Seine tiefe, fröhliche Stimme dringt vibrierend durch die Wände.

»Trockene Socken machen den Unterschied aus«, murmelt George und unterdrückt ein Gähnen. Nach einer unruhigen Nacht war sie vor Sonnenaufgang aufgestanden und hatte sich die Fallnotizen nochmals angesehen. Die turbulente Bootsfahrt hat sie dann der spärlichen Energie beraubt, die bei ihr noch für den Tag übrig war. Wie von ihren Erinnerungen heraufbeschworen, setzt hinter ihrem rechten Auge ein vertrautes Pochen ein. Fest drückt sie ihren Daumen gegen eine unter der

Braue liegende Stelle des Stirnbeins. Kurzzeitig verstärken sich dadurch die Schmerzen, doch sie beißt die Zähne zusammen. Sie zählt bis zehn, atmet dann aus und nimmt den Daumen herunter. Die Technik verschafft ihr nur eine vorübergehende Erleichterung. Sie weiß, dass sie sich bald ausruhen sollte. Aber das muss noch warten. Im Augenblick braucht der Fall Alan Ferguson ihre ganze Aufmerksamkeit.

Sie atmet erneut tief durch, klatscht sich auf die Wangen und zwingt sich dazu, hellwach zu wirken. Wenn ihr begrenztes Wissen über Eilean Eadar zutreffend ist, dann sind die Bewohner dieser Insel dafür bekannt, misstrauisch gegenüber Fremden zu sein. Sie fragt sich, ob diese Einstellung an der Abgeschiedenheit liegt. Zwischen Cecily Campbells beengtem Schlafzimmer, in dem sie gerade steht, und Georges bescheidener Wohnung in einer belebten Straße von Glasgow erstrecken sich ungefähr dreihundertfünfzig Kilometer wilde Landschaft und Meer.

Ihr Blick huscht zur Tür, und sie lauscht, ob Cecily zurückkommt. Dann geht sie zum Fenster und blickt hinaus, kann jedoch nicht weit genug nach rechts schauen, um den Leuchtturm zu sehen. Als sie in den vergangenen drei Tagen über Eadar recherchiert hat, ist sie auf ein Onlineforum gestoßen, wo Internetnutzer sich einem Geschehnis gewidmet haben, das sich vor ungefähr einem Jahrhundert auf dieser Insel zutrug. Es ist eine Gruselgeschichte, wie man sie sich bei Pyjamapartys im Schulalter erzählt – eine Erzählung, die im Verlauf der letzten hundert Jahre von einem auf Tatsachen beruhenden Bericht zu einer Volkslegende geworden ist. Vermutlich ist das ein weiterer Grund, warum die Inselbewohner misstrauisch gegenüber Besuchern sind: Sie wollen nicht, dass ihr Zuhause zu einer Geistertour für gaffende Touristen wird.

Der Regen hat nachgelassen, sodass George trotz der herunterplatschenden Tropfen die Straße unten recht gut zu sehen vermag. Das Ende des Sturms scheint die Bewohner aus den Häusern gelockt zu haben. Eine Handvoll Leute huscht zwischen den Gebäuden umher. Einige eilen die Stufen hinunter zum Hafen – wohl um zu prüfen, ob die zum Schutz gegen Beschädigungen angebrachten Fender verhindert haben, dass ihre Boote gegen die Steine des Kais geprallt sind, vermutet George.

Als sie sich halb wegdreht, um ihre Reisetasche zu sich zu ziehen, läuft ihr ein Kribbeln über die mittlerweile warme Haut ihres Nackens. Mit langsamen, ruhigen Bewegungen schaut sie beiläufig wieder auf die Straße hinab.

Und erblickt jemanden in einer Kapuzenjacke, der zu ihr hochstarrt.

George widersteht dem Instinkt, zurückzuzucken, obwohl sich unter der Decke die feinen Härchen an ihren Armen aufrichten. Stattdessen beugt sie sich näher ans Fenster und versucht, zwischen den Regentropfen auf der Scheibe das Gesicht des Beobachters auszumachen. Aber ihre Sicht wird im nächsten Moment noch stärker beeinträchtigt, denn ihr Atem beschlägt das Glas. Als sie die hauchdünne, feuchte Schicht mit einem Zipfel der Decke abgewischt hat, ist die Gestalt bereits im dichter werdenden Strom der Einheimischen untergetaucht. Zwar sucht sie deren Gesichter ab, doch sie hat keine deutliche Vorstellung vom Aussehen des Beobachters gewinnen können.

Als ihre Gastgeberin mit einer Armladung Decken schließlich eintritt, schnürt sich George gerade die Stiefel zu. Ihre Reisetasche liegt geöffnet auf dem Bett, direkt neben der Aktentasche.

»Es regnet zwar immer noch ein bisschen, aber Sie können sich den roten Regenschirm an der Tür nehmen«, sagt Cecily. »Und ich weiß nicht, ob Kathy die Betten gemacht hat. Sicherheitshalber gebe ich Ihnen die hier mit. Oben auf dem Hügel wird es nachts bitterkalt.«

George nimmt die Decken von Cecily entgegen. »Sie sind sehr freundlich, Mrs Campbell. Vielen Dank für alles.«

»Ich schicke Ihnen einen meiner Jungs mit. Er zeigt Ihnen den Weg zur Post. Bestimmt wollen Sie mit Ihren Ermittlungen zügig vorankommen.« Ihr Tonfall ändert sich und wird pointiert. »Wir hoffen alle, dass seine Mutter endlich den Frieden findet, den sie verdient.«

Als George hört, wie Cecily nach nebenan zu Richie geht und ihn nach unten führt, zögert sie kurz, bevor sie die Schnallen der Aktentasche öffnet. Einem Innenfach entnimmt sie eine in ein Paar dicke Socken gewickelte Flasche mit Pillen. Sie hält inne und lauscht Richies gedämpft aus dem Erdgeschoss zu ihr nach oben dringender Stimme. Dann öffnet sie den Deckel, steckt sich rasch eine Tablette in den Mund und schluckt sie mit geübter Leichtigkeit trocken hinunter.

Danach schließt sie die Tasche und kehrt für einige Sekunden zu ihrem Sitzplatz am Kamin zurück – aber die Wärme erreicht sie nicht mehr.

Kapitel 2

Obwohl Richie betont, dass Platz genug unter dem Schirm ist, lässt es sich der älteste Campbell-Junge nicht nehmen, ein paar Schritte vor ihnen zu trotten. Der Sturm, der sie ohne viel Federlesens auf der Insel abgesetzt hat, ist vorübergezogen, aber es regnet immer noch leicht.

»Man könnte meinen, der Kleine wird gern triefnass«, murmelt Richie zu George. Besorgt beobachtet er dabei den Jungen, dessen blondes Haar aufgrund des Nieselregens schmutzig braun aussieht. Außerdem dringt die Nässe in den dicken Wollpullover hinein. »Vielleicht ist er nicht ganz dicht.«

»Oder vielleicht mag er den Regen«, entgegnet George trocken. »Mal ehrlich, Rich, bist du schon so alt, dass du vergessen hast, wie es ist, sich an den kleinen Dingen zu erfreuen … He!« Sie greift rasch nach dem Regenschirm, den ihr Kollege plötzlich weggedreht hat, und wischt sich die dicken Tropfen ab, die auf ihre Stirn und Wangen gefallen sind. Eine Frau, die gerade einen Laden verlässt, wirft ihnen einen erschrockenen Blick zu, bevor sie die Kapuze hochzieht und davoneilt.

»Wollte dich nur daran erinnern, dich an den kleinen Dingen zu erfreuen«, sagt Richie in ernstem Ton und nimmt dann durch den Nieselregen ihre Umgebung in Augenschein. »Eigenartiger Ort, nicht wahr? Irgendwie malerisch.«

George zieht den Kopf ein, um unter dem Regenschirm hervorzuspähen. Malerisch könnte man dieses Dorf vielleicht nennen, aber der Straßenzug hier ist definitiv nicht schön. Da nur die Ufermauer zwischen den aneinandergereihten Steinfassaden und dem Hafen die Wände vor der salzigen Luft und der unerbittlichen Gischt des Meeres schützt, weist jede Oberfläche – von der Schotterstraße unter ihren Füßen bis hin zu den Schieferdachziegeln – denselben verwitterten Braunton auf. Nur vereinzelt schimmern die ursprünglichen Farben – Weißgrau, Rostrot und noch mehr Nuancen von Braun – an den Stellen durch, wo hartnäckige Hausbesitzer die Holztüren und Fensterrahmen kräftig geschrubbt haben. In der Luft hängt der durchdringende Geruch von Seetang und Fisch.

Sie suchen sich einen Weg zwischen Schlaglöchern, die so groß wie kleine Planschbecken und voller Regenwasser sind, und währenddessen passieren sie eine Metzgerei mit Schaufenster, eine Bäckerei, die gleichzeitig als Lebensmittelladen dient, und andere Gebäude, die abgedunkelte Fensterscheiben haben und unbenutzt wirken. Vor ihnen raucht ein Mann mit rötlicher Gesichtsfarbe eine Zigarette. Er beobachtet sie, während sie näher kommen. Richie nickt ihm freundlich zu, als sie an ihm vorbeigehen.

»Inspectors«, brummt der Mann und erwidert das Nicken.

Richie wirft George einen verwirrten Blick zu. »Neuigkeiten verbreiten sich hier schnell.«

Die Straße steigt inzwischen leicht an, und die Gebäude werden kleiner und gedrungener. Der Regen hat tiefe Furchen ins Erdreich gegraben, in denen das Wasser Stöcke und Laub nach unten befördert. Langes Gras führt einen Krieg, um sich den Weg zurückzuerobern.

Richie stupst George. »Wenn du eine Stelle für das wichtigste Gebäude im Dorf aussuchen müsstest – wo würdest du es platzieren?«

George folgt seinem Blick und schnaubt. »So nah wie möglich bei Gott?«

Die düsteren Wolken bilden einen schaurigen Hintergrund für Eadars überraschend große, aus Stein errichtete Kirche. Als dominante Erscheinung oberhalb der übrigen Gebäude des Ortes muss sie einen gebieterischen – allsehenden – Blick über die Gemeinde bieten. Vom steilen Satteldach ragt ein verwittertes Kreuz aus Eisen gen Himmel. George denkt an die religiösen Bilder im Campbell-Haus und erinnert sich daran, wie Cecily mit dem Kruzifix an ihrer Halskette gespielt hat. Unwillkürlich fragt sie sich, ob die Sonntagsmesse auf dieser Insel das populärste gesellschaftliche Ereignis darstellt.

Es hat sie beide überrascht, dass Eadar inmitten der ansonsten streng protestantischen nördlichen Hebriden eine katholische Gemeinde geblieben ist. Zweifellos hatte die Abgeschiedenheit dazu beigetragen, dass Eadar der Reformation entgangen ist.

George blickt den Hang hinunter zum winzigen Gebäude, in dem sich der einzige Lebensmittelladen des Dorfs befindet. »Gibt einem Einblick in die Prioritäten hier, was? Oh – ich glaube, das da vorn ist das Postamt.«

Cecilys Sohn ist auf halber Höhe des Hügels stehen geblieben und zeigt auf ein weiß getünchtes Gebäude mit einer Ansammlung von Zetteln innen an den Fenstern.

Richie schickt den Jungen nach Hause, während George unter das Vordach tritt und sich die Mitteilungen anschaut. Die meisten sind handgeschrieben – jemandes Katze ist entlaufen,

Fahrradreparaturen und Wäschedienste werden angeboten … Es gibt nur einen einzigen gedruckten Aushang, der ihr ins Auge springt: Darauf ist ein Farbfoto, das sie sogleich wiedererkennt.

»Rich.«

Er tritt zu ihr ans Fenster, schließt den Regenschirm und schüttelt die Tropfen ab. »Ah. Das ist er.«

Einige Herzschläge lang betrachten sie Alan Fergusons junges, gut aussehendes Gesicht auf der Traueranzeige, obwohl sie beide sich in den vergangenen drei Tagen genau dieses Bild unzählige Male angesehen haben; George hat eine Fotokopie davon in der Aktentasche, die sie in der rechten Hand trägt: Dünne Strähnen dunkelblonden Haars umrahmen das schmale Antlitz. Seine Lippen sind geöffnet, sodass die recht große Lücke zwischen den beiden mittleren Vorderzähnen im Oberkiefer deutlich zu sehen ist. Anstatt sein Aussehen zu beeinträchtigen, trägt die kleine Unvollkommenheit nur noch mehr zu Alans Attraktivität bei. George erinnert sich an Richies Bemerkung, der Mann sähe wie ein charmanter Taschendieb aus einem Schwarz-Weiß-Film aus.

Ein weiteres Foto von Alan taucht in ihrem Kopf auf – diesmal eine Nahaufnahme seines Munds. Metallhaken ziehen die vollen Lippen zurück. Einer jener beiden Vorderzähne fehlt, der andere ist schartig abgebrochen. Das dunkelviolette Zahnfleisch ist aufgerissen, der gesamte Unterkiefer ein einziger Bluterguss und zu weit rechts.

Richie bedeutet ihr mit einer Handbewegung, dass sie vorausgehen soll. Sie betreten das Postamt unter dem Bimmeln von Metallglöckchen und passieren einen abgewetzten Briefkasten aus Holz mit einem eingeschnitzten Symbol. Begrüßt werden sie vom muffigen Geruch alten Papiers und vom leisen Summen eines kleinen Heizgeräts, das ihnen wacker die abgestandene Luft entgegenbläst. Der Raum scheint zu gleichen Teilen Postamt, Bibliothek, Gemeindezentrum und Sitz des Geschichtsvereins zu sein. Anscheinend hat man die Aushänge an den Fenstern nicht nur deshalb dort angebracht, damit man sie von der Straße aus sehen kann – an den Wänden ist schlichtweg kein Platz mehr übrig. Große Karten von Eilean Eadar, der Westküste Schottlands und den schottischen Inseln hängen neben Fotos in Schattierungen von Sepia bis Vollfarbe und gerahmten Zeitungsausschnitten. Letztere sind jüngere Beispiele dafür, dass Eadar es in den Schlagzeilen der Presse vom Festland schafft. So hat es im Oktober 1959 einen »REKORDSCHELLFISCHFANG VOR DER KÜSTE« gegeben, und die letzten acht Gewinner des »LAUCHKUCHENWETTBEWERBS« sind neben einem Regal mit vergilbenden Broschüren und Weidenkörben mit abgegriffenen Büchern verewigt. Keiner der Artikel bezieht sich auf den Leuchtturm. George vermutet Absicht dahinter.

Richie wirft einen Blick auf das Heizgerät und belohnt dessen Bemühungen, indem er den Reißverschluss der Regenjacke ein paar Zentimeter öffnet. Unter einem dunkelgrauen Pullover lugt ein gebügeltes Hemd samt Krawatte hervor. Da George unter der eigenen Jacke einen knallbunten Pullover trägt, den ihre Großmutter ihr vergangenen Monat zu Weihnachten geschenkt hat, folgt sie seinem Beispiel nicht.

Ein Stück weit vor der rückwärtigen Wand steht eine Ladentheke, und dahinter ist eine geschlossene Tür. Auf dem Tresen befinden sich ein Stapel Bücher, die mit einer dicken Schnur zusammengebunden sind, ein sperriger Computermonitor neben einem älteren Satellitentelefon sowie eine beschlagene silbrige Glocke. Richie schaut hoffnungsvoll zu George. Sie zuckt mit einer Schulter.

Das Klingeln der Glocke ist durchdringend, was Richie ein schelmisches Grinsen entlockt. Er kehrt an ihre Seite zurück, während sie beide darauf warten, dass jemand durch die Hintertür auftaucht. Deshalb trifft es die zwei unvorbereitet, als stattdessen die Tür zur Straße hinter ihnen aufgerissen wird.

»Inspectors, *fàilte!* Dem Herrn sei Dank, dass Sie es durch den Nieselregen geschafft haben.«

Die Frau, die mit einem Schwall kalter Luft eintritt, ist sowohl groß als auch stämmig. Die obere Gesichtshälfte verhüllt ein breiter, gewachster Regenhut. Sie bewegt sich mit einer jugendlichen Energie, die man angesichts der langen, grau melierten Zöpfe, die vor ihrer Brust hin- und herschwingen, nicht erwarten würde. In der Beuge des rechten Ellbogens trägt sie einen großen Korb, und so, wie sie sich nach links hinneigt, muss der Inhalt wohl ziemlich schwer sein. Außerdem drückt sie sich einen Keramiktopf mit Deckel an die Brust, und eine lederne Umhängetasche wippt gegen ihre Hüfte, während sie den Raum durchquert.

»Tut mir leid, dass ich nicht hier war, um Sie zu begrüßen«, sagt sie vergnügt, als sie sich hinter die Ladentheke begibt und ihre Lasten darauf abstellt. »Ich musste noch ein paar Sachen für den Korb einsammeln, und dann habe ich zugeschaut, wie Ihre Kollegen die Rückfahrt zum Festland angetreten haben.« Als sie den Hut abnimmt, kommen lebhafte braune Augen zum Vorschein. Sie lächelt die Ermittler an. »Ich hoffe, Sie warten noch nicht lange.«

George tritt vor. »Sind Sie Ms MacKinnon?«

»Für die Kinder, aye. Für alle über sechzehn bin ich Kathy. Sind Sie DI Lennox oder Stewart?«

»Detective Inspector Georgina Lennox«, erwidert George, die dabei aus Gewohnheit die ersten beiden Wörter betont. »Mein Partner hier ist Detective Inspector Richard Stewart.«

Kathy kaut auf der Innenseite der Wange, während sie Georges Gesicht mustert. »Ich hatte nicht damit gerechnet, dass Sie so jung sind.«

George bemüht sich darum, dass ihren Gesichtszügen keine Irritation anzumerken ist. Sie hat Jahre damit zugebracht, einen Ausdruck kühler Langeweile zu perfektionieren, den sie immer dann zeigt, wenn jemand ein Missverhältnis zwischen ihrem Rang und ihrem Alter zu erkennen glaubt. Bei Kollegen ist es ärgerlich. Bei Zivilisten …

Sie zwingt sich zu einem Lächeln. »Ich habe eine gute Feuchtigkeitscreme.«

Den Scherz hat George schon viele Male gebracht, und Richie wirft ihr einen mitfühlenden Blick zu. Aber er erzielt bei Kathy die beabsichtigte Wirkung. Nachdem ihr Gelächter verstummt ist, deutet sie mit dem Kopf zu den Fenstern.

»Ein Jammer, dass sich die Wolken nicht verziehen. Wenn die Sonne scheint, ist Eadar atemberaubend. Hoffentlich bekommen Sie das noch zu sehen, bevor Sie Ihre kleine Untersuchung abgeschlossen und uns verlassen haben.«

Sie zieht ein dickes Notizbuch, das neben dem Telefon liegt, zu sich heran und schlägt eine Seite auf, die in Spalten und Zeilen unterteilt ist. Das obere Drittel ist mit winziger Handschrift gefüllt. »Brauchen Sie morgen eine Fahrt zurück zum Festland? Ich muss im Zeitplan nachsehen, welche Schiffsbesatzung mittwochs so weit in östlicher Richtung unterwegs ist.«

»Nicht nötig«, antwortet Richie. »Unsere Leute holen uns am Sonntagmorgen ab.«

Kathy schaut auf. »Sie werden fünf Nächte hier sein?«

George sieht erst Richie an, dann Kathy. »Hat man Ihnen das am Telefon nicht mitgeteilt?«

»Es hat zwar geheißen, ein paar Tage, aber ich dachte …« Sie kichert. »Ich denke, Sie werden feststellen, dass Sie nicht so lange brauchen, um sich umzusehen. Der heutige Nachmittag hätte allein schon gereicht.«

»Na ja, um diese Jahreszeit sind die Tage kurz, und wir wollen nichts überstürzen«, erwidert Richie ungerührt. »Es ist wichtig, dass wir so viel wie möglich über Alan in Erfahrung bringen.«

Kathys Augen werden feucht. Sie holt eine Schachtel Taschentücher unter der Ladentheke hervor. »Es ist schrecklich«, flüstert sie und drückt sich ein Taschentuch an die Nase. »Ein so kluger Junge … der einer strahlenden Zukunft beraubt wurde. Ich bin mit Catriona – seiner Mutter – befreundet. Gott weiß, dass es ein entsetzlicher Schock für sie war. Für uns alle. In einer so kleinen Gemeinde ist jeder Verlust eines Mitmenschen ein verheerender Schlag, vor allem wenn es sich um Selbstmord handelt. Ich war bei Catriona, als sie es erfahren hat.« Sie schluckt schwer. »Ich kann immer noch ihre Schreie hören.«

»Wie das Leben hier so ist – das kann ich mir gar nicht richtig vorstellen«, gibt Richie ehrlicherweise zu. »Ich bin in Glasgow geboren und aufgewachsen. In meiner Straße leben mehr Menschen als auf dieser gesamten Insel.«

»Wir haben einen Metzger, eine Kirche, ein Postamt.« Sie lächelt traurig. »Jeder kennt jeden und dessen Mutter, Großmutter, Schwester und Onkel. Neue Gesichter sehen wir hier nur, wenn eine Lieferung eintrifft oder einer der Jungs ein Mädchen vom Festland herbringt und heiratet.«

»Das hat Mrs Campbell auch gesagt.«

Ein Anflug von Humor funkelt in ihren Augen. »Auf Eilean Eadar gibt's drei Mrs Campbells, aber ich nehme an, Sie meinen Cecily. Reizende junge Frau. Hat früher hier bei mir gearbeitet, Briefe sortiert und so. Sie ist inzwischen so gut ins Gefüge unserer Gemeinschaft eingegliedert, dass ich manchmal völlig vergesse, dass sie bei uns als Festlandbewohnerin angefangen hat.«

»Ist das ein wichtiger Unterschied?«, fragt George. Ihr Ton streift gerade noch die Grenze der Höflichkeit, und Richie, der sie ansieht, zieht kurz die Augenbrauen hoch.

Es gereicht Kathy zur Ehre, dass sie sich nicht scheut, die Frage zu beantworten. »Es hat eine lange Tradition, dass unsere Hilferufe vom Festland ignoriert werden. Deshalb haben wir gelernt, uns aufeinander zu verlassen. Aber wenn sich jemand dafür entscheidet, hier richtig sesshaft zu werden, wird er mit offenen Armen aufgenommen.« Ihre Lippen öffnen sich zu einem Lächeln. »Wenn Sie Eadar erst im Sonnenschein erlebt haben, werden Sie überlegen, ob Sie ein Schlafzimmer mit Blick zur Kirche oder zum Leuchtturm wollen.«

Kaum haben die letzten Worte ihren Mund verlassen, gerät sie ins Stocken, und der feuchte Schimmer kehrt in ihre Augen zurück. Sie schaut zu einem kleinen gerahmten Bild neben dem Computer. George folgt ihrem Blick. Es zeigt einen Mann, der beinahe beiläufig einen Arm um ein Kreuz geschlungen hat. Eine geschwungene Handschrift weist ihn als den heiligen Andreas aus.

»Mrs Campbell hat mir erzählt, dass einige Fischer trotz des Wetters mit den Booten rausgefahren sind«, sagt George.

»Aye. Diese verdammten Trottel.« Kathy greift sich ein schweres Wirtschaftsbuch von der Ladentheke und schlägt es dort auf, wo sich ein Lesezeichen befindet. Ihr Blick fällt auf eine Seite mit Spalten und handgeschriebenem Gekritzel. »Heute ist nur ein Boot rausgefahren. Sie sind kurz nach drei Uhr morgens aufgebrochen. Wie jeden Tag.« Sie knallt das Buch recht geräuschvoll zu. »Wir haben insgesamt elf Fischkutter. Auf jedem fahren rund fünf Männer … und Frauen«, fügt sie mit einem bedeutungsvollen Nicken zu George hinzu. »Auch unsere Frauen fahren seit Jahren raus. Haben im Ersten Weltkrieg damit angefangen und seither nie aufgehört.«

Die Tatsache, dass Frauen auf Booten arbeiten, hat in Anbetracht einer so kleinen Bevölkerung wohl weniger etwas mit Chancengleichheit zu tun, sondern dürfte eher eine Notwendigkeit darstellen, wie George vermutet. »Wann werden sie zurückerwartet?«

Kathy tippt auf das Wirtschaftsbuch. »Wenn kein Fang auf dem Festland abgeliefert wird, melden sich die Besatzungen normalerweise bis Sonnenuntergang zurück. Doch dieser Haufen wird wohl erst morgen um die Zeit bei uns wieder eintreffen.« Kurz verstummt sie, dann lacht sie in sich hinein. »Tut mir leid, Sie enttäuschen zu müssen, aber ich bin nur die Postmeisterin. Ich bekomme Informationen und gebe sie weiter. Was die Leute danach tun, ist ihre Sache. Und jetzt …« – sie klatscht mit der Hand auf die Ladentheke – »werden Sie den Schlüssel wollen. Nur einen Moment, ich habe ihn hier unten irgendwo verstaut.«

Richie wirft George demonstrativ einen Blick zu, als sich

Kathy bückt und anschließend eine Plastikhülle mit einem Packen Papier darin hervorholt. George kennt diesen Blick – er ist eine Aufforderung, die Gesprächsführung zu wechseln. Es ist bloß Zufall, dass Richie sie oftmals genau dann in dieser Weise anschaut, wenn ihre Geduld zu schwinden beginnt. Sie findet allerdings, dass es ihr bisher gut gelungen ist, keine Miene zu verziehen. Die Tablette hat das Pochen im Schädel gedämpft, was normalerweise die Ursache für ihre Reizbarkeit ist. Dennoch tritt George ohne Protest zur Seite und beginnt, beiläufig durch den Raum zu schlendern, wobei sie sich die Bilder und Aushänge anschaut.

Richie lehnt sich mit der Hüfte an die Theke. »Die junge Cecily hat gemeint, bei allgemeinen Fragen wären Sie die Erste, an die ich mich wenden sollte.«

»Ach, ich weiß nicht«, erwidert Kathy in einem Ton, der das Gegenteil andeutet. »Ich bin nur gern hilfsbereit, erledige kleine Besorgungen, sorge dafür, dass alle Essen auf dem Tisch haben. Wissen Sie, wenn ich ein Pfund für jedes Mal bekommen hätte, wo jemand zu mir gesagt hat: ›Kathy MacKinnon, du bist eine Lebensretterin‹, würde ich längst die Füße hochlegen, statt als Postmeisterin zu arbeiten.«

Richies unbeschwertes Lachen entlockt Kathy ein leises Kichern als Antwort. George lauscht, während Richie die von ihr begonnene Befragung so behutsam fortsetzt, dass Kathy es nicht mal zu bemerken scheint.

»Ich wette, hier passiert nicht viel, ohne dass Sie etwas davon wissen«, sagt er.

»Oh, bei meiner Arbeit ist es unerlässlich, den Überblick darüber zu behalten, wann jemand kommt und geht. Wenn ich nicht hier bin, um eine Lieferung vom Festland entgegenzunehmen, kann das ernste Folgen haben – es könnte Babynahrung oder ein Paket mit Medikamenten sein.«

»Ich habe den Eindruck, dass die Leute Ihnen mehr als nur ihre Post anvertrauen.«

»In einem Dorf kann es schwierig sein, ein offenes Ohr zu finden. Die Leute wissen, dass ich den Mund halten kann.« Sie lächelt stolz. »Was Kathy MacKinnon im Vertrauen mitgeteilt wird, kommt nie wieder ans Tageslicht.«

Darauf erwidert Richie etwas, das die Frau erneut zum Kichern bringt.

George verdreht die Augen und bleibt vor einer großen Karte neben der Tür stehen. Von oben erinnerte Eilean Eadar an eine geschwollene Niere mit zerfurchten Einschnitten ringsum. Die topografischen Details kennzeichnen einen flachen Strand entlang der inneren Krümmung dieser »Niere«. Nördlich davon befindet sich der Hafen mit der engen Einfahrt. Jemand hat auf den Standort des Postamts hingewiesen: An der entsprechenden Stelle auf der Landkarte steht mit rotem Stift fein säuberlich »SIE SIND HIER« geschrieben. George fährt mit den Fingern einen zwischen den Wörtern angezeigten Weg nach, der auf der Karte über gewellte Linien führt, die einen steilen Anstieg dorthin andeuten, wo angeblich ihre Unterkunft auf sie beide wartet. Die Vorstellung, den Rest der Woche täglich den Hügel rauf- und runterzumarschieren, beunruhigt George nicht; sie ist allerdings überzeugt, dass Richie dies völlig anders sehen wird.

Ihr Finger streicht über ein dichtes Waldstück in der Mitte der Insel und verharrt auf einem schwarzen Punkt an der Südostküste. *DER LEUCHTTURM.* Sie schätzt die Entfernung zwischen ihm und der Ortschaft ab.

»Postmeisterin für ein gesamtes Dorf zu sein, ist eine ziemliche Verantwortung«, meint Richie.

»Ist nicht so schwer, wie Sie vielleicht denken«, entgegnet Kathy. »Einige der jüngeren Inselbewohner stellen die Briefe zu, wenn mir mein Knie zu schaffen macht. Aber wir bekommen, offen gestanden, nicht allzu viel Post. Auf diesem Felshaufen leben nur zweihundertsieben Seelen. Wenn man jemandem etwas mitteilen will, braucht man nur vor die Tür zu treten und zu brüllen.«

»Zweihundertsechs.«

Sowohl Kathy als auch Richie schauen zu George hinüber. Richie blickt fragend und Kathy so, als hätte sie Georges Anwesenheit vergessen.

»Wie bitte, Inspector?«

»Hier leben gegenwärtig zweihundertsechs Menschen. Es sei denn, Sie haben Alan Ferguson bereits von der Gesamtzahl abgezogen.«

Ein unangenehmes Schweigen tritt ein.

»Aye«, sagt Kathy schließlich und hebt eine Hand an den rosigen Hals. »Zweihundertsechs. Stimmt.« Dann hellen sich ihre Züge abrupt auf, so als wäre nur kurz eine Wolke an der Sonne vorübergezogen. »Bestimmt können Sie beide es kaum erwarten, eine warme Mahlzeit und ein Bett zu bekommen. Ich zeige Ihnen jetzt das Haus vom alten Sam.«

Der Weg zurück durch das Dorf und einen gewundenen, unbefestigten Pfad hinauf zu Samuel Nicholsons Kate auf dem Hügel wird voraussichtlich dreißig Minuten dauern. Zum Glück hat der Regen endlich aufgehört, aber der schlammige Untergrund ist tückisch.

»Die Sonne wird sich wohl nicht so bald blicken lassen«, merkt Kathy leicht schnaufend an. Ihr Atem bildet Wölkchen in der kalten Luft. »Schauen Sie nur, wie dicht die Wolken sind. Uns steht heute noch mehr Regen bevor.«

George legt den Trageriemen ihrer Reisetasche auf die andere Schulter und zuckt dabei zusammen. Als Polizistin muss sie ein gewisses Maß an körperlicher Fitness besitzen, doch zwei schwere Taschen bergauf zu tragen und dabei vorsichtig auf ihre Schritte zu achten – das stellt sogar ihre Ausdauer auf die Probe.

Sie findet es bemerkenswert, dass Kathy nicht mal schwitzt, obwohl sie immer noch den Keramiktopf und den Korb mit ihrem Proviant für den Abend schleppt.

»Schneit es hier jemals?«, fragt George und sieht sich um. Die sanften Hügel präsentieren sich derzeit als Flickenteppich aus frischem Schlamm, drahtigem Gras und verstreuten Steinen, die der salzige Wind weiß gebleicht hat. George kann sich zwar nicht vorstellen, wie anderes Wetter einem so trostlosen Ort mehr Leben einhauchen könnte, doch vielleicht hat Kathy mit ihrer Äußerung zur Verwandlungskraft von Sonnenlicht recht.

»Nur gelegentlich, wegen dem Golfstrom«, antwortet Kathy, tritt an Georges Seite und geht nun neben ihr her. »Aber ich bin auf einen Bericht über einen Schneesturm gestoßen, der so schwer war, dass man sogar das Licht des Leuchtturms nicht mehr sehen konnte.« Nach einem Moment fügt sie leise hinzu: »Die Wärter waren damals sehr besorgt.«

George wirft ihr einen Seitenblick zu. »Woher wissen Sie das?«

»Als der Leuchtturm noch in Betrieb war, haben die dort wohnenden Wärter Logbücher geführt.«

George nickt und presst die Lippen zusammen, um sich eine Flut von Fragen zu verkneifen.

Als wüsste Kathy eine solche Zurückhaltung zu schätzen, fährt sie unaufgefordert fort: »Sie klagen darin viel über den Regen und die Kälte und haben gelegentlichen Sonnenschein regelrecht gefeiert. Aber in einem Eintrag vom, oh, Oktober 1918, glaube ich, beschreiben sie einen extrem dichten Schneefall. Darin heißt es, zwei der Männer wären die ganze Nacht in der Kuppel geblieben und hätten mit einem Besen laufend die Fenster vom Schnee befreit, damit vorbeifahrende Schiffe das Licht sehen konnten.« Kurz verstummt sie und schaut auf. »Ich glaube, ihre Worte waren: ›Der Schnee fällt auf Eadar wie eine Decke.‹«

George zögert. »1918?«

Kathys Gesichtsausdruck verändert sich. »Diese Insel ist seit Jahrtausenden immer wieder bewohnt gewesen – haben Sie das gewusst?«, fragt sie in verbittertem Ton. »Man hat in der Erde Werkzeuge aus der Eisenzeit gefunden. Auch Keramik und andere Artefakte aus der Zeit, als die ersten Siedler aus Irland hier eintrafen – und dann später, als die Wikinger hergekommen sind. Aber für all das werden wir nie in den Geschichtsbüchern stehen. Immer nur wegen jener blöden Geschichte.«

»Ich weiß nicht viel darüber«, sagt George verhalten. »Nach dem, was ich gelesen habe, scheinen sich die Leute im Verlauf der Zeit gewisse Freiheiten bei der Wiedergabe von Fakten genommen zu haben.«

Einen Moment lang presst Kathy ihre Lippen fest zusammen. »Was haben Sie denn gelesen?«

»Nur dass man den Betrieb des Leuchtturms 1919 eingestellt hat, kurz nach dem … äh … Verschwinden der letzten drei

Wärter. Ich glaube, es waren zwei ältere Männer und ein junger Kerl von etwa neunzehn Jahren.«

»So weit stimmt das.«

George fasst die Worte als Einverständnis auf, um fortzufahren. »Ich habe außerdem gelesen, dass die Wärter keine Einheimischen waren. Es gab zu jener Zeit einen Rotationsplan für die Leuchtturmwächter der äußeren Inseln, und die Teams wurden alle drei Monate abgelöst. Aber als damals die Nachfolgemannschaft hier eingetroffen ist, waren jene drei Wärter verschwunden. Und wie sie den Leuchtturm hinterlassen haben …« – wieder zögert sie –, »war seltsam.«

Kathy seufzt. »Zwei Regenmäntel hingen an der Tür, in den Lampen war frisches Öl, im Kamin ein erlöschendes Feuer«, berichtet sie in einem rezitierenden Tonfall, als läse sie von einer Einkaufsliste ab. »Die neue Leuchtturmmannschaft hat sämtliche Einheimischen befragt, wohin die Wärter verschwunden waren, aber niemand wusste es. Als wären alle drei an jenem Morgen aufgewacht und hätten sich dann irgendwann in Luft aufgelöst. Erzählt man es sich auf dem Festland ungefähr so?«

George zuckt mit den Schultern und versucht herunterzuspielen, wie viel sie aus dem Onlineforum aufgesogen hat. »Vielleicht hatten sie einen Streit, und einer hat die anderen von der Klippe gestoßen und ist anschließend mit einem Boot geflüchtet. Oder sie wurden von Sirenen ins Wasser gelockt oder von einem heimtückischen Inselgeist in den Wahnsinn getrieben.«

Kathy lacht kurz auf. »Verdächtigt man nicht die Einheimischen?«

»Bestimmt war auch das darunter.« Tatsächlich lautet so eine der Haupttheorien, die mit Spekulationen über wilde, rückständige Bewohner einer von der Zivilisation kaum berührten Insel einhergeht. Aber George ist nicht scharf darauf, Kathy davon zu erzählen. »Wenn dem so sein sollte, haben die Wärter vielleicht Unruhe im Dorf gestiftet«, meint sie leichthin. »Vielleicht waren sie keine guten Menschen.«

»Schon möglich. So was ist manchmal schwer zu sagen.«

»Also haben Sie die Logbücher? Ich hätte gedacht, sie wären in einem Museum.«

»Dafür müsste schon jemand herkommen, um sie zu holen.« Kathys Miene hellt sich auf, als sie eine Idee hat. »Möchten Sie darin lesen? Das Papier ist zwar dünn, und einige Abschnitte sind unleserlich geworden. Aber es stehen viele faszinierende Einzelheiten über die Insel drin. Wie es damals so war.«

»Oh, äh … gern.« Sie wüsste einiges, was sie lieber täte, als durch brüchige, staubige Wälzer zu blättern, aber sie ist überzeugt davon, dass Kathy eine Ablehnung persönlich nehmen würde. »Glauben Sie, dass diese Geschichte die Menschen von hier fernhält? Oder doch etwas anderes?«

»Na ja, die große Entfernung ist auch nicht gerade hilfreich. Einige von uns setzen sich für Veränderungen ein und versuchen, den Tourismus zu fördern. Es ist ein harter Kampf gegen manche der älteren Bewohner, aber wir erzielen Fortschritte.«

Ein Windstoß lässt Georges Haar hochfliegen und jagt ihr einen Schauder über den Rücken. Sie klatscht sich mit der Hand auf den Kopf und streicht die Locken um die Ohren nach unten. »Was glauben Sie denn, was aus ihnen geworden ist? Aus den Wärtern, meine ich.«

Abermals seufzt Kathy, ein kläglicher Laut. »Vermutlich das Gleiche, was Sie jetzt hergeführt hat.«

Eine Weile setzen sie den Weg nachdenklich schweigend fort.

»Also sind Sie Postmeisterin, Reiseleiterin und Heimatforscherin?«

»Eine Gemeinschaft wie diese kann nur überleben, wenn jeder mehrere Aufgaben übernimmt. Sogar unser Priester arbeitet von Zeit zu Zeit auf den Booten.« Kathy wirft George einen Seitenblick zu. »Aber Sie als Kriminalkommissarin in der Großstadt müssen wohl reichlich viel zu tun haben. Wahrscheinlich erleben Sie an einem Tag mehr Tragödien als wir in einem Jahrzehnt.«

George fragt sich, ob Alan Fergusons Tod für die Inselbewohner die Tragödie dieses Jahrzehnts ist. Sie denkt kurz darüber nach, dies gegenüber Kathy anzusprechen, entscheidet sich dann allerdings dagegen. »Ich bin sicher, ich habe ungefähr genauso viel Freizeit wie Sie«, sagt sie stattdessen.

Sie bleiben bei leichteren Themen, während sie den schier endlosen Aufstieg fortsetzen. Kathy stellt dabei zunehmend persönlichere Fragen, denen George geschickt auszuweichen versteht. Denn nachdem sie das von Touristen stark frequentierte Zentrum von Edinburgh verlassen hatte, um als Polizistin durch die Straßen von Glasgow zu patrouillieren, musste George sich daran gewöhnen, unerwünschte Aufmerksamkeit von sich abzulenken. Damals wurde sie trotz ihrer Uniform sowohl von Zivilisten als auch von Kollegen aufgrund ihrer Jugend und ihres hübschen Gesichts entweder als Freiwild oder als leichtes Opfer betrachtet. Aber im Verlauf der Zeit, während sie den mühsamen Weg nach oben durch die Ränge gegangen ist, hat sie etwas festgestellt: Die Meinung anderer zu ändern, ist nicht so einfach, wie den eigenen Wert unter Beweis zu stellen – und das bedeutet manchmal, dass man zuerst zuschlagen muss. Denn das ist das Einzige, was einen brutalen Kerl aufzuhalten vermag.

»Sind Sie verheiratet?«, erkundigt sich Kathy.

George kanalisiert ihre Irritation in ein Seufzen. Selbst wenn sie nicht im Dienst wäre, empfände sie eine solche Frage – gestellt von einer wildfremden Person – als völlig unangemessen. Aber entweder zeigt sich hier Kathys mangelnde Erfahrung im Umgang mit Gesetzeshütern, oder sie ist es gewohnt, persönliche Grenzen zu überschreiten, als wären sie nur mit unsichtbarer Kreide gezeichnet. Doch wie dem auch sei, Kathys aufrichtiges Interesse unterscheidet sich so sehr von den anzüglichen Mienen, die George bei dem Thema gewohnt ist, dass sie widerwillig verneint.

Was sie sofort bereut.

»Ich muss Ihnen unbedingt ein paar der jungen Männer im Dorf vorstellen«, erwidert Kathy eifrig. »Alle sehr verantwortungsbewusst, zuverlässig und niemals arbeitsscheu.«

»Das ist nicht nötig.« *Und auch nicht erwünscht*, fügt George im Stillen hinzu.

Kathys Gesichtsausdruck legt die Vermutung nahe, dass Georges mangelndes Interesse an einer Gegenüberstellung mit Eadars heiratswilligen Junggesellen sie kränkt. Aber sie lässt es auf sich beruhen, dreht sich um und ruft den Hang hinunter: »Wie geht es Ihnen, Detective Inspector Stewart?«

Richies Wangen und Nase sind leuchtend rot vor Kälte und Anstrengung. Sein üblicher Frohsinn hat sich irgendwann in den vergangenen knapp dreißig Minuten verflüchtigt. »Wie weit ist es noch zu diesem verflixten Haus?«, entgegnet er keuchend und lockert die Krawatte, während er zu ihnen aufschließt.

»Es liegt gleich um die nächste Kurve«, antwortet Kathy aufmunternd.

Trotz Richies mattem Protest verlangsamen die beiden Frauen ihre Schritte, um in seinem Tempo den letzten Abschnitt der Wegstrecke zurückzulegen. Bald darauf erblicken sie ein niedriges, von Hand errichtetes Häuschen aus Stein, das im Verlauf seines Daseins offenkundig mehrere halbherzige Renovierungen durchlaufen hat. Dank ihrer erhabenen Lage ist Samuel Nicholsons Kate dem Schicksal der Gebäude unten am Meer entgangen. Die Steine sind verwittert, aber nicht verfallen, die Farbe ist ein getrübtes Weiß und kein Braun. Ziemlich weit oben in den Mauern sind kleine Fenster mit Milchglasscheiben eingelassen worden, und ein Kamin ragt etwas schräg aus dem dicken Strohdach heraus. Hinter dem kleinen Wohngebäude erkennt man einen bescheidenen Schuppen.

»Sie werden gleich ein Feuer anzünden wollen«, meint Kathy, als sie sich der Haustür nähern. »Ich habe einem der Jungs gesagt, er soll ein wenig Holz neben dem Kamin stapeln. Mehr davon ist in dem Schuppen dort hinten. Achten Sie darauf, das Feuer nicht ausgehen zu lassen, sobald es brennt.«

Sie schließt die Holztür auf, an der die Farbe abblättert, und geht als Erste in das Gebäude hinein. Richie folgt ihr sofort, George hingegen verharrt noch kurz draußen.

Trotz des miserablen Wetters ist die Aussicht auf der Kuppe von Nicholsons Hügel … nun ja, schöner, als sie erwartet hat. Von hier oben aus kann sie die gesamte Insel überblicken. Links ist das Dorf, wo stetig Rauch aus sämtlichen Schornsteinen aufsteigt. Geradeaus liegen mehrere umzäunte Koppeln, die an das dichte Waldstück grenzen, das George auf der Karte gesehen hat. Auf der anderen Seite des Abhangs befindet sich rechts der Leuchtturm, der einsam auf einem Klippenrand thront. Und in jede Richtung, in die sie sich dreht, sieht sie das Meer wie eine schiefergraue Platte mit weißen Schaumkronen. Da der Regen jetzt aufgehört hat, sind Seevögel gen Himmel hochgeflogen. Überrascht stellt George fest, dass sie von keinem Salzgeruch umgeben ist, als ihr Haar abermals vom Wind hochgeweht wird. Die Luft riecht frisch und sauber, makellos. Sie holt ihr Handy aus der Tasche hervor, muss dann jedoch mit bangem Herzen feststellen, dass die Anzeige für den Empfang zwischen einem Balken und dem Notruf schwankt, obwohl sie sich auf dem höchsten Punkt von Eadar befindet.

»Kommen Sie raus aus der Kälte, Inspector! Wir zünden ein Feuer an.«

Sie füllt noch einmal die Lunge mit viel Luft, bevor sie sich der Tür zudreht … und bemerkt, dass etwas in den Sturz über ihrem Kopf eingeritzt ist. Als sie sich auf die Zehenspitzen stellt, erkennt sie, dass jemand mit großer Sorgfalt eine kleine Doppelspirale in das Holz geschnitzt hat. Die gleichmäßigen Kreise zeugen von einer ruhigen Hand. Das Zeichen sieht alt aus, stammt vielleicht von Samuels Vater oder Großvater. Sie fragt sich, ob es sich um ein Familienwappen handelt – oder ob sich nur irgendwann jemand gelangweilt hat.

Der Rundgang innen durch die Zimmer dauert keine Minute. Im Wohnhaus riecht es überall nach Holzrauch und Staub, der in Wolken aufgewirbelt wird, während sie sich durch die Räume bewegen. Kathy zeigt ihnen ein kleines Schlafzimmer mit einem niedrigen Doppelbett, ein winziges Badezimmer »mit ordentlichen Sanitäranlagen«, wo George ein wenig die Knie beugen muss, um hineinzugehen, und einen kärglich wirkenden Bereich, den die Postmeisterin in wohlwollender Weise als »die große Stube« bezeichnet und der eine Kombination aus Küche, Ess- und Wohnzimmer darstellt. Durch ein Fenster über dem Spülbecken erblickt man den Holzschuppen. Die einzigen Möbel sind ein zerkratzter Holztisch mit zwei Stühlen und eine durchhängende Couch für zwei Personen. Die Dekoration beschränkt sich auf ein großes, handgeschnitztes Kreuz an der Wand.

»Samuel hatte nicht oft Gäste«, sagt Kathy zum Abschluss des Rundgangs in die Stille hinein.

Drei Anläufe sind nötig, um sie zum Gehen zu bewegen: Sie besteht darauf, ihnen zu zeigen, wie man den kniffligen Herd anzündet, und erklärt ihnen den mickrigen Generator, der Strom liefert. George überlässt Richie die Verhandlungen. Der Druck in ihrem Kopf ist früher als erwartet zurückgekehrt. Sie lässt sich an der Armlehne der Couch nieder und bemüht sich um eine unverbindliche Miene.

Endlich verschwindet Kathy zur Tür hinaus, verspricht jedoch, am nächsten Tag zurückzukehren – »um mich zu vergewissern, dass Sie die Nacht überlebt haben«, fügt sie hinzu.

»Die sind hier eindeutig nicht daran gewöhnt, mit der Polizei zu reden«, merkt Richie an, während er von der Tür aus beobachtet, wie die Postmeisterin beschwingten Schrittes ins Dorf zurückkehrt. »Zu Hause würde ich solche Worte als Drohung auffassen.«

»Oder als Warnung«, ergänzt George und drückt unauffällig den Daumen an ihre Augenbraue.

Kapitel 3

Georges und Richies Plan für den ersten Tag auf Eadar – nach der Ankunft am frühen Nachmittag und dem Einzug in die Kate – hat beinhaltet, vor Sonnenuntergang bei Alans Mutter vorstellig zu werden. Aber der heftige, von Kathy prophezeite Regenguss hält sie drinnen, und als er nachlässt, hat sich bereits Dunkelheit über die Insel gesenkt.

»Im Nachhinein betrachtet«, stellt Richie fest, als sie gähnend an Samuel Nicholsons uraltem Tisch sitzen und sich die letzten Reste des Eintopfs direkt aus dem Topf in den Mund löffeln, »waren wir für den ersten Tag wohl ein bisschen zu ehrgeizig.«

»Der Fairness halber muss man festhalten, dass es erst halb fünf ist«, betont George. »Es sieht nur so aus, als hätten wir bereits Mitternacht. Was, meinst du, ist das?« Sie betrachtet ein unidentifizierbares Protein an ihrem Löffel.

»Hm?«

Sie deutet mit dem Kinn zum Eingang der Kate und zu den Koppeln dahinter. »Dort unten hab ich ein paar Schafe grasen gesehen, aber es sind wohl kaum genug von ihnen da, um das Dorf zu ernähren. Sie müssen Lebensmittel vom Festland beziehen.«

Richie unterdrückt ein Rülpsen. »Wahrscheinlich – Entschuldigung – Fisch. Ich glaube nicht, dass die Schafe zum Essen da sind. Die verkaufen hier Wolle, weißt du noch?« Sein Mund weitet sich zu einem mächtigen Gähnen. »Himmel, irgendwas an Seereisen macht mich müde. Trotzdem denke ich, wir sollten uns an den Plan halten – uns Alans Mutter vorstellen und bei ihr ein paar Fragen loswerden, bevor wir es für heute gut sein lassen.«

George stöhnt beim Gedanken daran, sich in der Dunkelheit einen Weg den Hang hinunter zu suchen. »Wahrscheinlich weiß sie längst, dass wir hier sind. Und kennt wohl sogar schon unsere Namen.«

Aber Richie bleibt beharrlich. »So werden wir einen guten Start mit ihr haben. Komm jetzt, rein in die Stiefel.«

Sie schaffen es, ohne gebrochene Fußgelenke zur Hauptstraße zurückzukehren. Und Richie ist auf dem Weg hinunter in weitaus besserer Laune gewesen als zuvor bergauf. George stellt fest, dass ihr Eindruck von völliger Finsternis übertrieben war. Obwohl die Dämmerung längst eingesetzt hat, lassen die blaugrauen Wolken genug Helligkeit durchschimmern, um die Umgebung wahrzunehmen. Hilfreich ist auch, dass hinter vielen Fenstern Licht brennt, nach draußen scheint und die Straße ebenso wie die Gesichter der Passanten erhellt. Richie hält ein paar Teenager an und fragt sie nach dem Weg zum Haus der Fergusons. Sie zeigen an der Post vorbei. Er lächelt, als sie einen höflichen Abschied murmeln und den Weg fortsetzen.

»Die Menschen hier sind freundlicher, als man uns glauben machen wollte, findest du nicht?«

»Damit könnte Kathy etwas zu tun haben. Sie hat ja gesagt, dass einige Leute inoffiziell eine Kampagne gestartet haben, um

Touristen auf die Insel zu bringen.« Als sie an der Reihe dunkler Läden vorbeigehen, fügt sie hinzu: »Bin mir nicht sicher, wie viel Glück sie damit haben werden.«

»Sie haben die raue Schönheit der Äußeren Hebriden auf ihrer Seite …« Er hält inne, um eine ihnen entgegenkommende Frau zu begrüßen. »Guten Abend!«

»Inspector Stewart, Inspector Lennox«, erwidert sie und nickt beiden knapp zu, bevor sie weitergeht.

Als George die Stirn runzelt, fragt Richie: »Gefällt dir das wirklich nicht? Ich komme mir allmählich wie ein Promi vor.«

»Mir gefällt es nicht, wenn Leute meinen Namen kennen, ich aber nicht ihren.«

Er schnaubt. »Die Leute vertrauen Menschen, die sie kennen. Wenn sich einem jemand verschließt, warum sollte man sich ihm umgekehrt öffnen?«

»Ist die Lektion kostenlos, oder muss ich irgendein Abo kündigen?«

Ein breites Lächeln, das von einem Ohr zum anderen reicht, umspielt seine Lippen. »Ich will damit nur sagen, dass man mit Honig mehr Fliegen fängt, Lennox. Du wirst das noch lernen, wenn du diesen Job erst einmal so lange gemacht hast wie ich.«

Als sie die Lichter der Hauptstraße hinter sich lassen, holen beide ihre Taschenlampen heraus, um den ansteigenden Weg zu erhellen, der zur Kirche hinaufführt. An einer Kreuzung biegen sie nach rechts ab und gelangen so zu einer Kate mit Giebelfassade und überdachter Veranda. Über der Haustür brennt ein schwaches Licht, das alle paar Sekunden flackert. Die kleinen runden Pflastersteine, die sie zum Eingang führen, werden allmählich von Gras überwuchert. Auf der Schwelle steht ein großer Kochtopf mit Deckel. George bückt sich, um den Inhalt zu untersuchen, während Richie an einer Schnur zieht, die an einer trüb gewordenen Glocke befestigt ist.

»Fisch«, stellt sie ohne Überraschung fest. Sie verstaut ihre Taschenlampe, ergreift den Topf und richtet sich auf. »Noch warm.«

»Vielleicht ist sie unterwegs«, murmelt Richie und späht durchs vordere Fenster. »Oder sie hat keine Lust auf Besucher.«

Nach einer Minute klingelt Richie erneut. Im Haus rührt sich nichts. Nicht mal ein Zupfen am Vorhang ist zu sehen.

George setzt dazu an, den Topf wieder auf den Boden zu stellen. »Ich sehe mal hinten nach. Vielleicht ist sie …«

»Was wollen Sie?«

Beide wirbeln herum. Eine spindeldürre Frau Mitte vierzig mit tiefen Raucherfalten steht an der Ecke der Veranda, den einen Gartenhandschuh angezogen, den anderen in der bloßen Hand. Sie trägt eine bequeme Hose und einen Pullover, der aussieht, als hätte er ihr früher gepasst, nun jedoch so weit herunterhängt, dass die hervorstehenden Schlüsselbeine freiliegen.

Richie erlangt rasch die Fassung wieder, tritt vor und schaltet seine Taschenlampe aus. »Ich bin Detective Inspector Richard Stewart, und das ist Detective Inspector Georgina Lennox. Wir suchen Catriona Ferguson.«

»Tja, die haben Sie gefunden.« Catriona streicht sich silbrigblonde Strähnen aus der Stirn und sieht die beiden mit verbittertem Blick an. »Wissen Sie, ich habe die Fragen von Ihresgleichen schon beantwortet. Ich habe Kathy sogar Fotos schicken lassen.«

»Ja, und danke dafür«, erwidert Richie mit einem höflichen Lächeln. »Aber uns schickt die Staatsanwaltschaft. Wir hätten noch ein paar Fragen, wenn es Ihnen nichts ausmacht.«

»Viele Leute haben Fragen, Inspector«, antwortet Catriona leise. »Die Antworten auf die meisten hat allein Gott.«

»Trotzdem«, sagt Richie nach einem Moment. »Hätten Sie ein paar Minuten Zeit, um mit uns zu reden?«

Catrionas Blick fällt auf den Topf in Georges Händen.

»Der hat auf der Schwelle gestanden«, erklärt George. »Er ist noch warm.«

Catriona presst ihre Lippen zu einer schmalen Linie zusammen. »Ich wünschte, die Leute würden aufhören, mir Essen zu bringen. Noch kann ich für mich selbst kochen. Ich habe einen Sohn verloren, nicht die Hände.« Sie schaut an den beiden vorbei zur Straße, bevor sie mit dem Kopf zur Seite des Hauses deutet. »Dann kommen Sie eben mit.«

George und Richie wechseln einen kurzen Blick, bevor sie ihr folgen. Dabei steigen sie vorsichtig über Gegenstände hinweg, die halb verborgen im Dunkeln liegen – über einen ordentlich aufgewickelten Schlauch, einen platten Fahrradreifen und eine Vielzahl leerer Blumentöpfe. Den Garten hinter dem Haus erhellt ein greller Scheinwerfer über der Hintertür. Hier sieht es genauso wild wie vorn aus. Zwischen ein paar niedergedrückten Pflanzen wuchert Unkraut auf einem schlammigen Grasplatz. Dort gibt es zwei Stühle, zwischen denen ein Tisch mit einem vollen Aschenbecher steht. Auf den Sitzflächen hat sich Regenwasser angesammelt.

George deutet mit dem Kopf auf den Rasen. »Abendliche Gartenarbeit, Mrs Ferguson?«

»Hm. Hat stark geregnet. Das Unkraut saugt die Nässe regelrecht auf. Muss es an den Wurzeln rausreißen, bevor es zu viel Schaden anrichtet.« Sie hält inne und wirft die Handschuhe zur Tür. Dort landen sie neben einem Paar Gummistiefel, die mit getrocknetem Schlamm verkrustet und zu groß für Catriona sind. »Füße abstreifen! Bitte.«

Sie betreten eine winzige Küche, die George an das Haus ihrer Großmutter in Edinburgh erinnert: ein interaktives Relikt aus einer anderen Ära. Von langjährigem Gebrauch glatt gewetzte Holzbänke, grüne Schränke, der Geruch von Zigarettenrauch, der aus den Wänden zu sickern scheint.

»Das können Sie auf den Herd stellen«, sagt Catriona zu George, die nach wie vor den Topf umklammert hält. »Ich esse es wohl besser, sonst verletze ich noch jemandes Gefühle. War ein Zettel dabei?«

George sieht nach, dann schüttelt sie den Kopf.

»Kathy weiß bestimmt, von wem er ist«, meint Catriona mit einem kleinen Seufzer. »Tee?«

Sie lassen sich in einem Wohnzimmer direkt neben der Küche nieder. Weiche Stoffe gleichen die Kälte der Steinmauern aus. Unter ihren Füßen liegt ein dicker Teppich; und mit einer Tiefenreinigung würde die Couch, auf die sich George und Richie gesetzt haben, in einem Antiquitätenladen ein hübsches Sümmchen erzielen.

Catriona lässt sich steif auf einem cremefarbenen Paisley-Sessel nieder. Ein Couchtisch trennt sie von ihren beiden Gästen. Die Anordnung der Plätze deutet darauf hin, dass sie schon viele Besucher in derselben Konfiguration bewirtet hat. In den drei Wochen seit Alans Tod wahrscheinlich wesentlich mehr als sonst.

Ein Kruzifix hängt über einem gerahmten Foto von Alan an der Wand. Das Glas schimmert im warmen Lampenlicht.

Richie beugt sich vor und stellt seine Teetasse auf ein Knie. »Zunächst mal, Mrs Ferguson, möchte ich Ihnen im Namen von Detective Inspector Lennox und mir unser aufrichtiges Beileid zu Ihrem schrecklichen Verlust ausdrücken. Ich habe selbst zwei Mädchen, beide nur wenige Jahre älter, als es Alan war. Eltern sollten so etwas nie erleben müssen. Wir sind nicht dazu bestimmt, unsere Kinder zu begraben.«

Catrionas Kinn bebt. »Tja. So sieht die Vereinbarung mit Gott nun mal aus, wenn man ein Kind auf die Welt bringt. Er hat seine Gründe.« Wie Cecily trägt Catriona ein kleines silbernes Kreuz um den Hals. Ihre spindeldürren Finger streichen darüber, während sie spricht.

»Ist Alans Vater da?«, fragt Richie.

»Nicht mehr, seit Alan neun war.«

»Sie haben ihn hier draußen ganz allein großgezogen?« Richie stößt beeindruckt einen Pfiff aus. »Sie sind eine unbesungene Heldin, Mrs Ferguson.«

Aber Catriona wischt mit einer Handbewegung das Lob beiseite. »Ich hab es nicht allein geschafft.« Sie deutet mit dem Kopf in Richtung des vorderen Fensters und des Dorfs unten. »Die Leute kommen, wenn sie gerufen werden.«

George holt ihr Notizbuch heraus. »Wir haben nur ein paar Fragen, Mrs Ferguson.«

»Und wir gehen es langsam an«, fügt Richie hinzu. George weiß, dass die Worte an sie gerichtet sind, obwohl er Catriona anlächelt. »Wenn Sie eine Pause brauchen, sagen Sie es jederzeit.«

George nickt bestätigend. »Wir würden gern über den Tag sprechen, an dem Alan gestorben ist. Könnten Sie mit uns Ihre Bewegungen durchgehen?«

»Bewegungen? Sie meinen, Sie wollen wissen, was ich an dem Tag gemacht habe?«

»Soweit Sie sich daran erinnern können.«

»Warum?«

»Standardverfahren, Ma'am.«

Catriona öffnet den Mund, doch bevor sie mit ihrer Antwort beginnen kann, ist ein lautes Klopfen an der Haustür zu vernehmen, das sie zusammenzucken lässt. »Oh«, sagt sie, als wäre ihr gerade ein ernüchternder Gedanke gekommen.

Richie steht auf. »Soll ich für Sie hingehen, Mrs Ferguson?«

Nach kurzem Zögern nickt sie. »Sagen Sie ihm, er soll reinkommen.«

Richie verschwindet in einem schmalen Flur und kehrt wenig später mit einem großen, stämmigen Mann im Schlepptau zurück. Graue Haare sprießen an den Schläfen des Neuankömmlings. Mit seinem dicken marineblauen Pullover und der Jeans ist er wie ein Vorstadtvater gekleidet. Er könnte ein paar Jahre jünger als Richie sein – obwohl er sich eindeutig wie ein Mann fortgeschrittenen Alters bewegt und beim Gehen das linke Bein beträchtlich nachzieht.

»Tut mir leid, dass ich mich verspäte, Catriona. Ich musste mir eine von Gordon MacKinnons Kriegsgeschichten anhören. Und du weißt ja, dass sie jedes Mal länger zu werden scheinen. Inspector Lennox …« Er streckt George die Hand entgegen. »James Ross. Freut mich, Sie endlich kennenzulernen. Überall im Dorf wird von Ihrer Ankunft geredet. Hab das Gefühl, ich bin der Letzte auf der Insel, der Sie beide zu Gesicht bekommt.«

George ergreift seine Hand. »Tja, Sie überrumpeln uns mitten in einer Befragung. Wenn's Ihnen also nichts ausmacht …«

Ross blinzelt, dann schaut er Catriona an.

Sie senkt den Blick zu den im Schoß gefalteten Händen. Schließlich wendet sie sich an George. »Ich habe mir schon gedacht, dass Sie heute Abend herkommen würden, Inspector. Pater Ross hat mir seine Unterstützung angeboten.«

Etwas aus dem Gespräch mit Cecily fällt ihr wieder ein. Mit hochgezogenen Brauen mustert sie den Mann. »Sie sind der Priester?«

Pater Ross grinst und entblößt dabei gleichmäßige Zahnreihen. »Brauchen Sie meinen Ausweis?« Er hakt einen dicken Finger in den Ausschnitt seines Pullovers und zieht ihn weit genug nach unten, um das Kollar darunter freizulegen.

»Alles klar. Und woher haben Sie gewusst, dass wir gerade bei Catriona sind?«

»Habe es von jemandem erfahren, der es von jemandem erfahren hat«, antwortet er lachend. »So verbreiten sich hier Neuigkeiten in der Regel. Ich kann mich aber auch zurückziehen, wenn Sie etwas Vertrauliches mit Catriona besprechen müssen.«

»Wir gehen gerade die Einzelheiten des Tags durch, an dem man Alan gefunden hat«, berichtet Richie. »Wenn Catriona Sie gebeten hat, dabei zu sein, ist es für uns in Ordnung.«

George schürzt zwar die Lippen, protestiert jedoch nicht, als sich der Priester auf einem Sessel an Catrionas Seite niederlässt und sich mit einem verzerrten Gesicht das linke Knie massiert.

»Bitte, lassen Sie sich von mir nicht weiter stören«, sagt er.

George fühlt sich unerklärlich aufgewühlt, als sie sich wieder an Catriona wendet. »Also … könnten Sie uns etwas über jenen Tag erzählen, Mrs Ferguson? Fangen Sie mit dem Aufwachen an.«

Einen Moment lang ist Catrionas Gesichtsausdruck leer. Dann sieht sie sich um, bis ihr Blick an einem Zigarettenetui auf einem Beistelltisch hängen bleibt. Sie holt eine Zigarette daraus hervor, steckt sie sich zwischen die Lippen und schlägt ein Streichholz an. Nachdem Catriona zur Beruhigung tief eingeatmet hat, beginnt sie zu erzählen.

»Ich bin um drei Uhr morgens aufgewacht«, sagt sie mit leiser, aber deutlicher Stimme. »Nach einer Tasse Tee hab ich mich angezogen und bin um halb vier in der Bäckerei gewesen. An dem Tag war ich damit dran, sie zu öffnen. Um halb fünf ist Sally MacGill gekommen. Da hatte ich bereits sechs Brote und zwei Dutzend Brötchen im Ofen. Sie hat übernommen, während ich eine Pause gemacht habe. Ich hab mich draußen auf die Stufen gesetzt und geraucht. Dabei hab ich zugeschaut, wie sich der Himmel verfärbt hat.«

George macht sich ein paar Notizen, obwohl sie hört, wie Richie neben ihr in rasantem Tempo schreibt. »Und wie lange waren nur Sally und Sie dort?«

»Ich hatte noch Pause, als Andy Fraser aufgetaucht ist. Er hat jetzt ein kleines Baby und ist die halbe Nacht wach gewesen. Dann sind Linda Campbell gekommen, das ältere Ross-Nicholson-Mädchen, meine Schwägerin und ihre Kinder – und schließlich Kathy. Sie hat mich gebeten, zum Tee vorbeizuschauen, wenn ich könnte. Ich hab ihr gesagt, dass ich kommen würde, sobald Sally die Kunden bedienen könnte, ohne auf die Öfen aufpassen zu müssen.«

»Wann sind Sie bei ihr eingetroffen?«

Catriona zuckt mit den Schultern und klopft die Asche von der Zigarette. »Gleichzeitig wie unser Zusteller, kurz nach sechs. Kathy ist nach hinten gegangen, den Tee zuzubereiten. In der Zwischenzeit hab ich mich ein paar Minuten mit ihm unterhalten. Und dann ist Sally reingestürmt gekommen, weiß wie die Wand und zitternd wie Espenlaub.«

Eine kurze Pause folgt, während der Catriona zweimal recht lang an der Zigarette zieht. George und Richie warten. Pater Ross lauscht mit geneigtem Haupt.

»Es war das Letzte, was ich je zu hören erwartet hätte«, fährt sie fort, bevor sie kurz verstummt und einen Mundvoll Rauch zur Decke bläst. »Wer bringt sich schon an einem Mittwoch um?«

Von da an wird Catrionas zeitlicher Ablauf weniger konkret. Sie erinnert sich, dass sie Sally in die Arme gefallen ist, als ihre Beine unter ihr nachgegeben haben, gefolgt von verschwommenen Worten und verzweifelten Schreien. Ihr ist der Eindruck im Gedächtnis geblieben, dass viele verschiedene Leute sie an ihre Brust gedrückt, viele Arme sie festgehalten und dann an eine nächste Person übergeben haben. Alle waren dabei, sich auf die Messe vorzubereiten. Catriona meint, dass ihr schien, als hätte sich die gesamte Bevölkerung der Insel um sie versammelt.

»Zu dem Zeitpunkt waren schon Leute am Leuchtturm – die Neuigkeit hat sich schneller verbreitet, als meine Beine laufen konnten. Jemand hat versucht, mich zurückzuhalten, aber der Pater hat mir den Weg frei gemacht. Und da war er. Mein Junge. Auf dem Rücken hat er gelegen, die Arme an den Seiten.« Ihre Augen glänzen. Sie presst sie zu.

»Ich habe mich neben ihm in den Schlamm gekniet«, erzählt sie flüsternd weiter, »ihm das Haar aus der Stirn gestrichen und ihn hierhin geküsst – wie früher, als er klein war.« Sie hebt die Hand an eine Stelle zwischen den Brauen, die genauso hell wie die ihres Sohns sind. »Das war der einzige unversehrte Teil von ihm.«

Als sie George schließlich ansieht, ist der trübe Ausdruck ihrer Augen verschwunden. »Ich wusste nicht, dass der Zusteller die Küstenwache angefunkt hat, während wir oben am Turm waren. Deshalb war es ein Schock, als diese Leute aufgetaucht sind, um ihn wegzuschaffen. Als man ihn eine Woche später zurückbrachte, damit wir ihn beerdigen konnten, dachte ich, es wäre alles erledigt, und ich könnte in Ruhe trauern. Aber dann hat mich vor ein paar Tagen jemand von der Staatsanwaltschaft angerufen und mir mitgeteilt, dass *Stadtpolizisten* hergeschickt werden, um mit mir zu reden.« Sie drückt den Zigarettenstummel im Aschenbecher aus.

Richie lächelt entschuldigend. »Danke, dass Sie das mit uns durchgegangen sind, Mrs Ferguson.«

Sie nickt knapp, bevor sie sich eine weitere Zigarette anzündet. »Ist das alles, was Sie wissen wollten?«

George sieht ihre Fragen durch. »Haben Sie Ihrem Sohn nahegestanden, Mrs Ferguson?«

»Ich denke schon, ja.«

»Irgendwelche Befürchtungen, was seine geistige Gesundheit anbelangte?«

Catriona starrt sie mit ausdrucksloser Miene an.

George unternimmt einen neuerlichen Versuch. »Hat er in letzter Zeit irgendwie mürrisch gewirkt?«

»Alan war erst ein glückliches Kind, dann ein glücklicher Teenager. Er hat gern gelernt. Mein Junge war klug.«

Pater Ross rutscht auf seinem Sitz hin und her. Als George zu ihm hinüberschaut, massiert er sich wieder das Knie.

»Wir haben seine Zeugnisse gesehen«, merkt Richie dazu an. »Ein sehr intelligenter Junge. Und ich glaube, er wurde zu Hause unterrichtet, stimmt das?«

Catriona gibt mit der Zigarette im Mund einen bejahenden Laut von sich. »Wie alle Teenager hier.«

»Wir sehen keinen Sinn darin, sie zu den Schulen in Stornoway oder in ein Internat auf dem Festland zu schicken«, wirft Pater Ross ein. »Nicht wenn sie den Stoff auch zu Hause bewältigen können.«

»Und nach der Oberschule?«, fragt George. »Bestimmt wollen einige die Insel verlassen, um eine höhere Ausbildung zu absolvieren.«

»Alan hat ein paar Bewerbungen an Universitäten auf dem Festland verschickt«, antwortet Catriona und nickt. »Ich hab mich bemüht, ihn deswegen nicht zu bedrängen. Er war nervös. Hat angefangen, mich anzuherrschen, wenn ich ihn gefragt habe, ob schon irgendwelche Zulassungsbescheide gekommen sind.«

»Wie hätte er reagiert, wenn er eine Ablehnung erhalten hätte? Könnte ihn das bestürzt haben?«

Catriona schüttelt den Kopf. »Kathy sieht die gesamte Post, die hierherkommt, und sie hat gesagt, dass nichts für ihn eingetroffen ist.«

»Vielleicht per E-Mail? Hatte er einen Computer?«

Der Priester schmunzelt verlegen. »Auf der Insel gibt es nur einen, und der steht im Postamt. Für jegliche Kommunikation verlassen wir uns darauf und auf die Funkgeräte an Bord der Boote. Unsere liebe Kathy leitet Mitteilungen weiter.«

Der fehlende Mobilfunkempfang ist eine Sache – aber zweihundert Menschen, die sich ein einziges Telefon und nur einen Computer teilen? Keine Privatsphäre bei persönlichen Anrufen, um verschreibungspflichtige Medikamente oder Geschenke zu bestellen … George kann nicht schnell genug wieder eine neutrale Miene aufsetzen, und das Lächeln des Priesters wird breiter.

»Mir ist bewusst, dass Ihnen so etwas höchst seltsam vorkommen muss, Inspector. Sie leben in der Stadt, wo Ihnen alles Mögliche an Technologie immer zur Verfügung steht. Wir haben gelernt, auf vieles zu verzichten, und kommen stets gut damit zurecht.«

»Schön für Sie.« Eine andere Erwiderung fällt ihr nicht ein.

»Hatte Alan einen Job?«, fragt Richie.

»Ja. Er hat bei MacLeod gearbeitet«, antwortet Catriona.

Georges Stift schwebt über dem Notizbuch. »Bei wem?«

»Alisdair MacLeod. Er züchtet die Schafe.«

George hält die Information fest. »Hat Alan gern für ihn gearbeitet?«

»Er ist nicht besonders freundlich, aber auch nicht unfreundlich. Mag vor allem die eigene Gesellschaft, was mich nicht stört. Einige andere schon.«

»Welche Arbeit hat Alan für Mr MacLeod verrichtet?«

»Die Schafe gehütet, nehme ich an. Aber wenn es nicht viel zu tun gegeben hat, dann hat er stattdessen auf irgendjemandes Boot ausgeholfen.«

»Hätte er am Tag seines Tods arbeiten sollen? Auf der Farm oder auf einem Boot?«

Catriona zögert, bevor sie nickt. »Auf der Farm. Er sollte die ganze Woche dort sein.«

»Hatte er Freunde bei der Arbeit?«

»Das weiß ich nicht.«

Mit leicht gerunzelter Stirn schaut George auf. »Wirklich nicht?« Angesichts der Tatsache, wie klein die Gemeinde ist, findet sie die Antwort verwunderlich.

»Ich habe nie das Bedürfnis verspürt, meinem Sohn nachzuspionieren«, erwidert Catriona mit einer neuen Schärfe in der Stimme.

Richie beugt sich wieder nach vorn. »Uns interessiert nur, wie und mit wem Alan seine Zeit verbracht hat.«

Catriona scheint die Zigarette zwischen ihren Fingern vergessen zu haben. Die Asche daran wird länger und länger. »Alan hatte kein großes Interesse an den anderen jungen Leuten. Er war freundlich, hat aber die eigene Gesellschaft vorgezogen. Ende letzten Jahres hatte er eine Freundin – Fiona Bell. Allerdings hat das nur ein paar Monate gehalten.«

Richie notiert sich den Namen. »Wissen Sie, warum sich die beiden getrennt haben?«

Catriona schaut zu Alans Foto und seufzt. »Ich habe gehört, man hat ihn mit einer anderen jungen Frau erwischt. Und bevor Sie fragen – keine Ahnung, mit wem. Fiona weiß es wohl auch nicht, sonst hätte jenes Mädchen genau wie Alan ein blaues Auge abbekommen … Fionas Vater war früher Wettkampfboxer«, fügt sie als Erklärung hinzu, bevor sie einen entschuldigenden Blick zu Pater Ross wirft.

Er bemerkt ihn und lächelt. »Vor der Hochzeit ist es kein Ehebruch. Und Alan war noch ein Junge. Wir waren schließlich alle mal jung.« Der Priester wendet sich an Richie. »Fiona arbeitet gelegentlich ein paar Schichten auf den Booten, aber sie kommt nach ihrem Vater. Jedes zweite Wochenende ist sie für Kämpfe auf dem Festland. Sie ist vier Jahre in Folge Juniorenmeisterin geworden. Wir sind alle sehr stolz auf sie.«

»Ich verstehe«, sagt Richie und wirft George einen Blick zu. »Meinen Sie, Fiona könnte noch verärgert darüber sein, wie es geendet hat?«

Catriona schüttelt den Kopf. »Am Tag danach ist sie zu mir gekommen und hat gesagt, wie traurig sie alles findet … Das werden Sie oft hören, wenn Sie herumlaufen und Fragen stellen«, fügt sie mit plötzlich harter Stimme hinzu. »Niemand hatte etwas gegen Alan, und er hat nie jemanden verletzt.«

Der Priester legt Catriona tröstend die Hand auf den Arm. »Es steht uns nicht zu, Gottes Pläne zu erfahren, Catriona. Wir müssen es einfach ertragen, sie hinzunehmen. Denk an *Sprüche 3,5*.«

George schaut verwirrt zwischen den beiden hin und her. »Was steht in *Sprüche 3* …«

»›Verlass dich auf den Herrn von ganzem Herzen, und verlass dich nicht auf deinen Verstand‹«, zitiert Richie. Er nickt George zu, bevor er verkündet: »Ich denke, wir lassen es an der Stelle für heute gut sein, Mrs Ferguson. Vielen Dank für Ihre Zeit.«

»Wenn es Ihnen nichts ausmacht«, sagt George rasch, als sie aufsteht, »würde ich noch gern etwas sehen.«

Als George fünfzehn Jahre alt war, starb ein Mädchen an ihrer Schule nach einem langen Kampf gegen den Krebs. Von der Schule wurde eine Spendenaktion organisiert, um den Eltern beim Bezahlen der Bestattung zu helfen. Als der endgültige Betrag feststand, wurden Freiwillige gesucht, die den Scheck überbringen sollten. Georges beste Freundin zu der Zeit war Schülersprecherin und hatte das verstorbene Mädchen gekannt, deshalb meldete sie sich für die Aufgabe. George ging als moralische Unterstützung mit.

Natürlich war es schrecklich. Die Eltern konnten nicht aufhören zu weinen, auch nicht, als sie zu lächeln versuchten und Tee herumreichten. George fühlte sich schon unwohl dabei, den Vater mit seinem bebenden Kinn zu umarmen, doch diese Empfindung schnellte in ungeahnte Höhen, als sie in das Zimmer des toten Mädchens geführt wurden, um sich »zu verabschieden«. Sogar mit fünfzehn verspürte sie ein tiefes Unbehagen, als sie sich umsah. Die Eltern hatten nichts angerührt – nicht mal die auf dem Nachttisch liegen gelassenen Tabletten und die Falten im Kissen ihrer Tochter. Als rechneten sie damit, dass sie jeden Moment nach Hause kommen könnte.

Das Zimmer, in dem Alan Ferguson achtzehn Jahre lang geschlafen hat, stellt einen krassen Gegensatz dazu dar, fühlt sich jedoch genauso beunruhigend an. Der winzige rechteckige Raum mit der niedrigen, schrägen Decke könnte ebenso gut ein Motelzimmer sein – so wenig Behaglichkeit und Individualität strahlt er aus. Das Einzelbett ist makellos gemacht; am Fußende befindet sich eine blaue, ordentlich zusammengelegte Tagesdecke. Unter einem kleinen Fenster mit halb zugezogener Jalousie steht ein leerer Schreibtisch aus Holz. Keine Fotos, keine Poster, keinerlei Anzeichen von jugendlicher Leidenschaft oder Rebellion.

»Haben Sie …« Richie verstummt für einen Moment, während sein Blick mit kaum verhohlener Ungläubigkeit über die kahlen Flächen wandert. »Haben Sie ein wenig Ordnung gemacht?«

»Einige der Frauen sind hergekommen und haben es für mich ausgeräumt«, antwortet Catriona, die steif im Flur steht.

Obwohl Alans Wesen vollständig aus dem Raum beseitigt zu sein scheint, vermittelt die Körpersprache der Mutter George das Gefühl, in einen heiligen Raum einzudringen.

Als sie das Haus durch die Vordertür verlassen, winkt ihnen Pater Ross vom Sessel aus hinterher. Mittlerweile ist die Sonne endgültig untergegangen. Die Welt jenseits des Verandalichts ist so stockfinster wie der Grund eines Brunnens. Während sie den Pfad entlanggehen, dreht sich George halb um und hebt die Hand zum Abschied, doch die Arme von Catriona bleiben fest vor ihrer Brust verschränkt. Dann ruft der Priester sie zurück ins Haus.

Als sie wieder den Feldweg erreichen, könnte George schwören, dass sie gehört hat, wie die Tür verriegelt worden ist.

Sobald sich Richie und sie außer Sicht- und Hörweite des Hauses befinden, schalten sie die Taschenlampen ein.

»Also, das war interessant«, sagt George.

»Finde ich auch. Ich hätte gedacht, gerade sie würde erfreut sein, uns zu sehen.«

»Sollte man meinen. Aber anscheinend war ihre Trauer zeitlich begrenzt. Er ist erst seit drei Wochen tot, und schon ist sein Zimmer ausgeräumt.«

Richie denkt kurz nach, bevor er zu einer möglichen Erklärung ansetzt. »Bei so wenigen Arbeitskräften können sie es sich wahrscheinlich nicht leisten, dass jemand zusammenbricht. Todesfälle kommen halt vor, und trotzdem müssen die Menschen weiterhin ihr Brot verdienen.«

Sie biegen an der Kreuzung links ab und treten den Weg zurück in Richtung des Dorfs an. Der Untergrund ist noch etwas rutschig vom Regen, vor allem dort, wo halb in der Erde liegende Steine von einer dünnen Schlammschicht bedeckt sind. Richie hält den Strahl seiner Taschenlampe auf den Boden gerichtet und zeigt so an, wohin sie ihre tastenden Schritte setzen sollen. George schwenkt ihre Lampe hin und her, um die Dunkelheit vor ihnen etwas zu erhellen. Während sie sich vorsichtig den Weg zur Hauptstraße suchen, fallen Georges Antworten auf Richies Überlegungen zunehmend kürzer aus. Jeder Schritt jagt ihr Schmerzen durch das Rückgrat nach oben, die wie ein Blitz in die empfindliche Stelle in ihrem Schädel einschlagen. Sie muss sich bewusst zusammenreißen, um nicht zu stöhnen. Zum Glück weiß sie, dass ihr Partner keine aufmunternden Worte von ihr braucht, um weiterzureden. Er neigt dazu, laut nachzudenken. Ideen und Vorschläge fügen sich bei ihm wie perfekt aneinandergelegte und befestigte Bahngleise zusammen.

Daher wirft sie ihm einen fragenden Blick zu, als er abrupt verstummt.

»Was …«

»Pst.«

Er kann ihre hochgezogenen Augenbrauen zwar nicht sehen, spürt jedoch ihre Irritation. Die Hand, die sich auf ihre Schulter legt, vermittelt zugleich eine Entschuldigung und hält sie zurück – seine Schritte werden langsamer und weichen dann ein kleines Stück vom Weg ab. Auch als sie schließlich im nassen Gras stehen bleiben, schweigt er. Das plötzliche Kribbeln im Nacken gibt George zu verstehen, dass sie ebenfalls den Mund geschlossen halten sollte. Sie folgt dem Beispiel ihres Kollegen, als er die Taschenlampe den Hügel hinaufschwenkt, zurück in die Richtung, aus der sie gerade gekommen sind. Aber selbst die beiden vereinten Lichtstrahlen werden rasch von der Dunkelheit verschluckt.

Während sie Seite an Seite in der Finsternis stehen und Richies warme Hand nach wie vor auf Georges Schulter ruht, wird ihr Gehör schärfer und übernimmt das Kommando anstelle ihres eingeschränkten Sehvermögens. Dann bemerkt auch sie, was Richie kurz zuvor wahrgenommen hat.

Schritte. Ruhig, nicht hastend. Sie nähern sich.

Aber aus welcher Richtung? Richie glaubt eindeutig, dass sie von oben kommen – er zielt mit der Taschenlampe unverändert in Richtung des Ferguson-Hauses.

»Vielleicht haben wir ja da oben etwas vergessen«, flüstert sie.

Richie kommentiert ihre Bemerkung mit einem Brummen, bevor er sie erschreckt, indem er laut ruft: »Wer ist da?«

Das Geräusch eines über Erdreich schrammenden Schuhs ertönt – allerdings von *hinten*. Sowohl George als auch Richie wirbeln herum. Die vereinten Strahlen ihrer Lampen landen auf einer Frau, die einen großen Flechtkorb an der Hüfte trägt.

Ein spitzer Laut entfährt ihr, und sie kneift im plötzlichen grellen Licht die Augen zusammen. »Runter damit, Herrgott noch mal!«

George lacht, als Richie etwas zittrig den Atem ausstößt und die Lampe zu Boden richtet. »Entschuldigung, Ma'am«, sagt sie. »Wir wollten Sie nicht erschrecken.«

Selbst im gedämpften Licht erkennt George, wie Verblüffung im Gesicht der Frau aufblitzt, schnell gefolgt vom Verstehen. »Oh, das sind die Festländer«, sagt sie, als wäre es eine Bemerkung für einen Begleiter an ihrer Seite, obwohl George nur sie drei auf dem Weg ausmachen kann. »Sie haben mich halb geblendet«, fügt sie hinzu und blinzelt theatralisch.

»Na ja, Sie brauchen wahrscheinlich nicht solche Dinger, um sich zurechtzufinden«, erwidert Richie und hebt die Taschenlampe leicht an. »Sie kennen die Wege hier bestimmt wie Ihre Westentasche.«

Ihre Verärgerung verschwindet mit einem Kichern. »Manche Leute benutzen Taschenlampen oder Laternen. Aber man gewöhnt sich an die Dunkelheit, wenn man sich lang genug in ihr aufhält.«

Danach wünscht sie ihnen eine gute Nacht und biegt an der Kreuzung nach links ab, in Richtung Landesinnere. George verstört es, wie schnell die Gestalt der Frau von der Dunkelheit verschlungen wird, und sie verstärkt ihren Griff um die Taschenlampe.

»Da schau sich einer mich an«, sagt Richie, als sie sich wieder in Bewegung setzen. »Gleich an unserem ersten Tag hier jage ich einer Einheimischen einen Mordsschrecken ein. Dabei hätte ich schwören können, ich hätte jemanden aus der anderen Richtung kommen gehört …« Er schaut über die Schulter dorthin, wo die Frau soeben verschwunden ist. »Bin wohl schon zu lange in der Stadt. Ich bin nicht mehr daran gewöhnt, wie ein Geräusch zu deuten ist, wenn der Schall von nichts zurückgeworfen wird.«

George vernimmt, wie peinlich ihm das ist. »Ich habe sie überhaupt nicht kommen gehört.«

»Tja«, murmelt er. »Ich will bloß nicht, dass wir wieder überrumpelt werden.«

Wieder.

Hat er das mit voller Absicht gesagt? Oder ist ihm dieses Wort einfach so herausgerutscht? Denn in der jüngeren Vergangenheit ist nur einmal jemand von ihnen überrumpelt worden, was mit Blut, Knochen und einer Narbe hinter Georges Ohr geendet hat. Trotz der Kälte fühlt sich ihr Gesicht plötzlich sehr heiß an.

Richies Stimme bricht das mittlerweile eingetretene Schweigen. »Meinst du, der Pathologe, von dem Alan untersucht worden ist, hat die Farmarbeit berücksichtigt, als er den Fall der Staatsanwaltschaft übergeben hat?«, fragt er nachdenklich.

»Was?«

»Könnte die Blutergüsse erklären.«

Sie schnaubt, und die Hitze in ihren Wangen überträgt sich auf ihren Tonfall. »Willst du etwa andeuten, einem Schaf könnten Finger gewachsen sein, die Alans Arm so fest umklammert haben, dass Abdrücke zurückgeblieben sind?«

Richies Stirnrunzeln spürt sie mehr, als dass sie es sieht. Wie immer bleibt er unbeeindruckt von ihrem Sarkasmus. »Nicht mal der Pathologe konnte bestätigen, dass es Fingerabdrücke waren«, merkt er an.

»Aber *wir* wissen, dass es welche waren«, entgegnet sie mit Nachdruck und fühlt sich bestätigt, als Richie nicht widerspricht. »Und sie waren ungewöhnlich genug, um eine Untersuchung zu rechtfertigen.«

»Ungewöhnlich bedeutet nicht gleich, dass ein Mord vorliegt, Lennox. Bei toten Jugendlichen wird fast immer eine Untersuchung empfohlen, ob die Umstände verdächtig sind oder nicht. Und selbst wenn es kein Selbstmord war, könnte es ein Unfall gewesen sein. Vielleicht haben er und ein paar andere junge Leute auf dem Turm herumgealbert. Er hat das Gleichgewicht verloren, sie haben versucht, ihn zu packen, aber …« Er schnalzt mit der Zunge. »Dieser Ross – warum kommt mir der Name bekannt vor?«

»Im Bericht der Küstenwache ist er erwähnt. Er war einer der wenigen, die eine Aussage gemacht haben, als man Alans Leiche abgeholt hat.«

»Ach ja, richtig. Und wer hat ihn gefunden?«

»Jemand hat angerufen …« Sie blättert in Gedanken in ihrem Notizbuch. »John MacNeil.«

»Setzen wir ihn auf die Liste«, schlägt Richie vor, ehe er einen missbilligenden Laut von sich gibt. »Und wenn der Himmel um halb sechs weiterhin so aussieht wie jetzt, sollten wir morgen besser früh loslegen.«

Die Unterhaltung kommt zum Erliegen, als sie das Dorf durchqueren und den zweiten Aufstieg zu Nicholsons Kate am heutigen Tag beginnen. George könnte die Stille Richies Müdigkeit zuschreiben – sie muss selbst ein Gähnen unterdrücken, während sie beide beim Gehen ihre Zehen in den Schlamm drücken. Aber nach einigen Minuten, in denen man nur die schmatzenden Laute von Matsch hört, wird ihr klar, dass er dasselbe macht wie sie – auf Schritte in der Dunkelheit lauschen.

Kapitel 4

Ein leises Stöhnen lässt George vom Seifenwasser im Spülbecken aufschauen. Richie steht im Wohnbereich und blickt mit stiller Verzweiflung auf die Couch hinab.

»Wird bestimmt nicht allzu schlimm«, sagt er, lässt ein Knie in die Polsterung hineinsinken und zuckt zusammen.

George trocknet den letzten Becher ab und hängt das Geschirrtuch an einen Haken neben dem Wasserhahn. »Nimm das Bett! Ich bleibe noch eine Weile auf und sehe meine Notizen durch.«

Trotz seiner Müdigkeit heftet er einen eindringlichen Blick auf sie. »Geht's dir gut?«

»Ja«, antwortet sie ruhig. »Und dir?«

Er ignoriert den Versuch, ihn abzulenken. »Was ist mit deinem Kopf? Irgendwelche Schmerzen?«

»Dem Kopf geht's bestens, meinen armen Nerven allerdings weniger …«

Er hebt die Hände. »Schon gut, schon gut, ich frage ja nur. Du weißt, dass ich es muss.« Sein Blick gleitet zu ihrem Schläfenbereich hin.

Augenblicklich streicht sie ihr Haar nach vorn. Eine peinliche, reflexartige Reaktion, in der Regel verschlimmert durch die damit einhergehenden mitleidigen Blicke der Leute, die wissen, was sie zu verbergen versucht. Richie bildet dabei keine Ausnahme. Seine Züge werden milder, nehmen einen Ausdruck an, der in ihr den Wunsch weckt, das Haar so weit nach vorn zu bürsten, dass ihr gesamtes Gesicht bedeckt ist. Trotzdem spielt sie eine Sekunde lang mit dem Gedanken, ihm von den Kopfschmerzen und dem Schwindelanfall an Bord des Boots zu erzählen. Aber nach acht langen Monaten mit Terminen bei Fachärzten und Schreibtischdienst beißt sie sich auf die Zunge.

»Du musst dir um mich keine Sorgen machen, Rich.« Als er die Augenbrauen hochzieht, fügt sie gereizt hinzu: »Willst du das Bett jetzt oder nicht?«

Nach einer äußerst halbherzig geführten Diskussion über die Aufteilung der Schlafgelegenheiten hört George keine zwanzig Minuten später ein grollendes Schnarchen durch die Schlafzimmertür. Sie kauert sich neben den Kamin, wirft zwei große Scheite hinein und schürt das Feuer, bis die Flammen hochzüngeln. Der vertraute Geruch und die kribbelnde Hitze auf der Haut erinnern sie an die von ihrer Familie zwischen den Schulsemestern gemietete Ferienhütte. Ihr Vater hatte dort für ihre Schwester und sie Marshmallows auf lange Stöcke gesteckt und über dem Feuer geröstet.

Ihre Familie reagierte sehr unterschiedlich darauf, als sie erzählte, dass sie zu Ermittlungen auf eine der abgelegensten Inseln Schottlands reisen würde.

»Wenn man dienstlich verreist, sollte es nach Dubai oder Sydney sein«, meinte Jane, deren Schmunzeln man sogar durch das Telefon deutlich mitbekam. »Ich dachte, mit der Beförderung zum Inspector würde ein bisschen mehr Glamour einhergehen.«

Die Reaktion ihrer Eltern war von liebenswürdiger Sorge geprägt.

»Bist du sicher, dass du das schaffst, Schatz?«, fragte ihr Vater. »Es ist erst acht Monate her …«

Die Stimme ihrer Mutter klang zittrig. »Und was, wenn du einen Arzt brauchst? Du wirst Stunden von einem anständigen Krankenhaus entfernt sein.«

Aber George hatte ihrer Vorgesetzten davor monatelang mit dem Gesuch in den Ohren gelegen, zu echter Ermittlungsarbeit zurückkehren zu dürfen. Nur ging ihre Hartnäckigkeit nach hinten los, als das Ersuchen der Staatsanwaltschaft samt Alans beigefügter Akte vor drei Tagen auf ihrem Schreibtisch abgelegt wurde.

»Wahrscheinlich bloß ein Selbstmord«, mutmaßte Superintendent Kylie Cole, die ihre Brille die Nase hinunterschob, sodass sie anschließend George und Richie darüber hinweg anschaute. Sie hatte die beiden in ihr Büro gerufen, um den Fall zu besprechen. »Davon erleben wir auf diesen winzigen Inseln im Westen viel. Die Abgeschiedenheit und der Regen treiben die Menschen in den Wahnsinn. Aber er war gerade mal achtzehn Jahre alt, deshalb will die Staatsanwaltschaft, dass wir uns den Fall genauer ansehen.«

»Und Sie glauben wirklich, zwei Detective Inspectors hinzuschicken, ist eine sinnvolle Nutzung von Zeit und Ressourcen?«, fragte George und deutete auf Richie. Er saß mit der aufgeschlagenen Akte auf dem Schoß da und las nachdenklich den Bericht des Rechtsmediziners.

Cole bedachte sie mit einem warnenden Blick, dann sagte sie: »Vorsicht, Lennox! Ihr neuer Titel ist immer noch in seiner Plastikverpackung. Für Sie wird das eine gute Erfahrung sein. Sie haben bisher nie einen Fall abseits des Festlands bearbeitet.«

»Weil da draußen nichts passiert. Diese Inseln sind mittelalterliche Zeitkapseln mit Relikten als Bewohnern.«

»Sie dürfen also ein paar Tage in einem malerischen Küstendorf verbringen. Betrachten Sie es als bezahlten Urlaub.« Da die Frau Superintendent spürte, dass sich ein weiterer Protest von George anbahnte, wandte sie sich an Richie. »Geben Sie uns eine Minute allein.«

Richie reichte George die Akte und verließ kommentarlos den Raum.

Cole nahm die Brille vollständig ab. »Ich möchte, dass Sie mir jetzt zuhören, ohne mich zu unterbrechen. Schaffen Sie das? Falls nicht, brauchen Sie eindeutig mehr Zeit als Detective Sergeant, um zu lernen, wo Ihr Platz ist.«

George nickte mit zusammengebissenen Zähnen.

»Gut. Sie scheinen nämlich vergessen zu haben, dass ich beim Zuteilen von Fällen nicht zu Diskussionen darüber einlade. *Ja*, Stewart und Sie sind gute Ermittler. Und *ja*, es könnte durchaus ein Fall sein, bei dem sich herausstellt, dass die Sachlage glasklar ist. Aber es ist Ihr erster als Detective Inspector *und* Ihr erster seit jenem Vorfall. Betrachten Sie es daher als Gelegenheit, mir zu beweisen, dass Sie damit umgehen können. Danach werde ich erwägen, Sie mit komplexeren Fällen zu betrauen. Verstanden?«

Durch Georges Kopf rasten hundert Argumente, doch sie schluckte alle mit einiger Mühe herunter und nickte erneut.

Cole lächelte breit. »Wunderbar. Und jetzt raus!«

Aber als George die Tür erreichte, richtete Cole noch einmal das Wort an sie.

»Sind Sie wirklich sicher, dass Sie dafür bereit sind, Lennox? Es besteht kein Grund für eine übereilte Rückkehr. Nicht nach dem, was Sie durchgemacht haben.«

Ihr sanfter Ton entfachte ein widerspenstiges Feuer in George. »Der Arzt hat mir die Freigabe erteilt.«

»Das habe ich nicht gefragt.«

»Es geht mir gut«, beteuerte sie rasch. »Ich bin bereit.«

Cole blickte sie lange an und nickte dann. »Sobald Sie Selbstmord als Todesursache bestätigt haben, empfehlen wir der Staatsanwaltschaft, den Fall zu schließen. Danach weiß ich, dass Sie wirklich zurück sind.«

Mit dem Versprechen echter Fälle am Horizont hat George ihre Vorgesetzte gebeten, die Abreise nach Eadar so schnell wie möglich zu arrangieren. Danach ist sie zu ihrem Schreibtisch zurückgekehrt und hat begonnen, über Alan Ferguson und die winzige Insel zu recherchieren, die seine Heimat gewesen ist.

Jetzt stellt George ihre Reisetasche neben der muffigen Couch ab, die für die nächsten fünf Nächte ihr Bett sein wird, und trägt dann die Aktentasche zum Tisch. Sie öffnet die Schnallen und holt sämtliche Dokumente heraus, die sie beide über Alan und seine achtzehn Lebensjahre zusammengetragen haben. Es entmutigt George, zu sehen, wie wenige Unterlagen es sind. Sie hegte irgendwie die vage Hoffnung, es könnten allein dadurch mehr geworden sein, dass sie sich dort aufhalten, wo er gestorben ist.

Der spärliche Autopsiebericht nennt jeden Bruch und jeden Kratzer, die der Pathologe an Alans Leichnam entdeckt hat. Elf beigefügte Fotos sind mit einer Papierklemme daran angeheftet. Zudem gibt es das N5-Zeugnis des zu Hause unterrichteten jungen Verstorbenen. Es weist Bestnoten auf: Nur eine Zwei in

Biologie trübt die Reihe der Einser – mit dem Fach hatte auch George in der Sekundarschule ihre liebe Not.

Sie holt ihr Notizbuch heraus und liest abermals durch, was sie aufgeschrieben hat. Bisher bestehen ihre Einträge überwiegend aus Fragen, und sie muss sie nicht mehr anstarren, weil sie sich ihr längst ins Gedächtnis gebrannt haben.

Als Richies Schnarchen zunehmend zu einer Versuchung wird, holt sie zwei Fläschchen mit Tabletten aus dem Innenfach der Aktentasche und schüttelt je eine Pille heraus. Auch ohne die Etiketten – die sie vor der Abreise heute Morgen entfernt hat – kann sie Tramadol von Zolpidem unterscheiden. Beide Pillen sind länglich, aber während die eine weiß ist, weist die andere eine Schattierung von Rosa auf. Seite an Seite liegen sie auf ihrer leicht zitternden Handfläche.

Mit den von Cecily zur Verfügung gestellten Decken und einem Kissen, das Richie ihr vom Bett gebracht hat, sieht die Couch recht gemütlich aus. Obwohl sie größer ist als Richie, weiß sie, dass sein Rücken die Nacht hier draußen nicht überstanden hätte. Sie legt einige weitere Scheite aufs Feuer, bevor sie unter die Decken kriecht.

Dank Zolpidem dauert es nicht lange, bis der Schlaf sie zu überwältigen beginnt – obwohl ihr ein ekelhafter, süßlich-feuchter Geruch von der Polsterung des Sofas in die Nase steigt. Der flackernde Feuerschein verleiht der Dunkelheit eine violette Schattierung. Das erinnert sie an die Anmerkung im Autopsiebericht, den ihre Vorgesetzte erwähnt hat.

Blutergüsse, die nicht mit einem Aufpralltrauma vereinbar sind.

George beobachtet, wie die Flammen an den braunen Holzscheiten lecken und sie zuerst weiß und dann schwarz färben, bis ihr die Augen zufallen.

Sie ist sich nicht sicher, wie viele Stunden vergangen sind, als sie aufwacht. Vom Feuer sind nur noch wenige glimmende Scheite übrig. Das schwache Licht, das von ihnen ausgeht, kann es nicht mit der Dunkelheit im Raum aufnehmen. Abgesehen von einem gelegentlichen Knacken aus dem Kamin hört man nur die Geräusche einer abflauenden Brise – klägliche Laute, die zu einem Wimmern verklingen, als sich George auf der Couch herumdreht und mit der Hand auf dem Boden nach der vertrauten Form ihres Smartphones tastet. Als sie es findet, schaltet sie die Taschenlampenfunktion ein und leuchtet mit dem Handy über die Rückenlehne des Sofas.

Bei so wenigen Möbeln lässt sich leicht feststellen, ob etwas nicht stimmt; doch es sieht so aus, dass alles in Ordnung ist. Ihre Ohren nehmen leise Geräusche von menschengemachten Geräten wahr – das Brummen des kleinen Kühlschranks, das entfernte Dröhnen des Generators draußen. Aber darüber hinaus … Sie reibt sich die Augen, als würde es auch ihr Gehör schärfen, wenn sie klar sieht. Es hilft nicht. Oder es gibt wirklich nichts zu hören, weil auf der Insel, abgesehen von den beiden Geräten, völlige Stille herrscht. Keine Rufe von nachtaktiven Tieren, kein Säuseln von Gras. Eine Stille wie bei angehaltenem Atem. Die Art von Stille, die sich wie ein Lauschen anfühlt. Als würde die Insel nur darauf lauern, dass es jemand wagt, ihren Frieden zu stören.

George gähnt. Falls jemand so verrückt ist, nachts draußen herumzulaufen – dann viel Glück demjenigen. Sie wird es mit Sicherheit nicht tun. Sie schaltet die Taschenlampenfunktion aus und lässt sich von den lockenden Fingern des Schlafs zurück in dessen Tiefen ziehen.

Als sie das nächste Mal aufwacht, weiß sie genau, wer daran schuld ist. Ein lautes Krachen und eine Abfolge deftiger Flüche katapultieren George innerhalb von Sekunden aus ihrem Tiefschlaf in einen schmerzlich wachen Zustand. Der Übeltäter ist Richie, der sich überschwänglich für das unsanfte Aufwecken entschuldigt, während er vorsichtig die Scherben des Bechers einsammelt, den er vom Tisch gestoßen hat.

Sie reibt sich die Augen und spürt ihren wild pulsierenden Herzschlag am Hals. »Du hättest mir auch einfach auf die Schulter tippen können.«

»Ich wollte eine Tasse Tee bereit haben, bevor ich dich wecke«, erklärt er betrübt. »Wie hast du geschlafen?«

»Gut«, antwortet sie gähnend. »Neben dem Feuer zu liegen, wiegt die Verrenkung auf, die ich meiner Wirbelsäule zumute. Ich glaube, irgendwann bin ich durch Windgeräusche wach geworden. Hast du auch was gehört?«

»Keinen Laut. Aber ich bin sofort weggetreten, sobald mein Kopf das Kissen berührt hat.« Er rollt die Schultern. »Irgendwie ist die Matratze sowohl zu hart als auch zu weich. Und mir graut beim Gedanken daran, wie sie so geworden ist.« Er füllt erneut den Wasserkocher und deutet mit dem Kinn zum Badezimmer. »Zieh dich an! Ich mache inzwischen noch einen Tee.«

George geht ins Badezimmer hinein. Ihr fehlt die Geduld, darauf zu warten, dass der uralte Heizkessel warmes Wasser ausspuckt. Sie spritzt sich stattdessen eisiges Nass ins Gesicht. Nachdem sie in eine Hose geschlüpft ist, zieht sie sich einen weichen schwarzen Rollkragenpulli über den Kopf. Als sie in den Spiegel schaut, wird ihr Blick sofort von der rosafarbenen Narbe angezogen, die hinter dem linken Ohr beginnt und im Haaransatz verschwindet. Unaufgeregt fährt sie mit einem Finger über das erhabene Gewebe. Die Haut fühlt sich dort rau an, was einen Anflug von Ekel in ihrer Magengrube auslöst. George dreht dem Spiegel den Rücken zu, zieht den Kragen des Pullovers hoch und lässt ihr Haar über die Schultern nach vorn schwingen.

Als sie das Badezimmer verlässt, hat Richie die Falldokumente auf einer Seite des Tischs gestapelt und zwei dampfende Tassen sowie einen Teller mit Toast daneben abgestellt.

»Ist fast so, als wären wir in einer Frühstückspension«, meint er, während er in dem Korb stöbert, den Kathy bei ihnen gelassen hat. »Möchtest du Marmelade oder Honig?«

»Was für Marmelade?«

»Schwarze Johannisbeere.«

Sie verzieht das Gesicht. »Honig.«

»Großer Tag heute«, sagt Richie und schiebt ihr das Glas zu. »Als Erstes müssen wir zur Post und uns das Satellitentelefon leihen, um uns bei Cole zu melden. Und ich dachte mir, am Nachmittag sollten wir etwas davon an die Wand kleben.« Er deutet mit dem Kopf auf die Notizen. »Ich hab Klebemasse dabei. Die sollte auf Stein halten.«

»Hoffen wir, dass wir bis zum Ende des Tags noch ein paar weitere Notizen hinzufügen können«, erwidert George und nippt an ihrem Tee, um einen metallischen Geschmack aus dem Mund zu vertreiben. »Bist du sicher, dass du letzte Nacht nichts gehört hast?«

»Ja. Du sagst, es war der Wind?«

Sie drückt sich den Rand des Bechers an die Unterlippe und genießt die Wärme. »Das glaube ich jedenfalls. Andererseits, danach war es … still.«

Richie lacht.

Als sie die eigenen Worte noch einmal in ihrem Kopf ablaufen lässt, lacht auch sie. »Wahrscheinlich hattest du gestern Abend recht – Geräusche übertragen sich hier anders. Ich bin einfach dran gewöhnt, in einer belebten Straße zu wohnen.«

»Hm. Keine vorbeibrausenden Autos, keine laut dröhnende Musik, keine bellenden Hunde.« Lächelnd schließt er die Augen. »Die Inselbewohner haben ja keine Ahnung, wie glücklich sie sich schätzen können, dass sie hier leben.«

Kapitel 5

Als sie nach draußen treten, begrüßt sie eine andere Art von Kälte als zuvor.

»Heute ist es heller«, stellt Richie fest, bevor er den Blick voller Widerwillen auf den Weg vor ihnen richtet. »Aber ich schätze, regnen könnte es trotzdem bald wieder.«

George schaut zum Himmel auf und ist davon weniger überzeugt. Obwohl er bedeckt ist, scheint es aufgrund des weißen Schimmerns, das von den Wolken ausgeht, heller zu sein als am Vortag. Sie stapfen den Hang hinunter und bemühen sich, den schlammigsten Stellen auszuweichen, auf denen sie stürzen und dann ins Dorf hinunterpurzeln könnten. Als George von Kathys Angebot erzählt, ihr die hiesigen Junggesellen vorzustellen, erntet sie von Richie ein gackerndes Lachen.

»Könntest du dir vorstellen, hier zu leben?«, fragt sie. »Jeden Tag das Gleiche – die gleichen Routinen, die gleichen Gesichter, die gleichen Geschichten?«

»Du beschreibst gerade meinen idealen Ruhestand. Den habe ich vor, anzutreten, sobald ich sechzig werde«, erwidert Richie. »Dann werde ich vierzig Jahre bei der Truppe gewesen sein und wohl genug davon haben. In Gedanken plane ich es schon seit Jahren. Ich werd 'ne Torte anschneiden, eine große Rede halten und euch ungefähr eine Stunde lang um mich flennen lassen.

Anschließend springe ich ins Auto, in dem Jenny auf der Straße wartet, und brause mit ihr in den Sonnenuntergang davon. Das nächste Mal hörst du dann von mir, wenn ich dich zur großen Wiedereröffnung des von mir übernommenen Pubs auf dem Land einlade.«

»Weiß Jenny schon davon?« George kann sich mühelos vorstellen, wie sich das Gesicht seiner Frau zu einem Ausdruck liebevoller Fassungslosigkeit verzieht – eine Miene, die sie in Richies Gegenwart oft zeigt.

Er wischt die Frage weg. »Ich habe noch drei Jahre, um mir zu überlegen, wie ich es ihr verkaufe … Oh, hallo!«

George schreckt beim abrupten Wechsel seines Tonfalls auf. Sie folgt seinem Blick und sieht einen schlanken älteren Mann, der parallel zu ihnen über die Koppeln geht und sich einen Weg durch eine Handvoll grasender Schafe bahnt. Als Reaktion auf Richies Gruß schaut er zu ihnen herüber. Dichtes graues Haar streift über die Schultern seiner Steppweste, und seine langen Beine stecken in einer schlammverschmierten Hose. Sein Gesicht ist wettergegerbt, aber markant. Georges Mutter würde ihn vermutlich attraktiv finden.

»Wir kommen gerade von der Nicholson-Kate«, ruft Richie leutselig. »War ganz schön kalt gestern Nacht, was?«

Der Mann schwenkt den Blick von Richie zu George und zurück. Er erwidert nichts.

Richie zeigt zum Himmel. »Aber ich hoffe, heute steht uns ein besserer Tag als gestern bevor.«

Keine Reaktion.

»Ich bin Detective Inspector Stewart, und das ist Detective Inspector Lennox.« Richie lässt nicht locker. »Wir sind wegen Alan Ferguson hier. Haben Sie ihn gekannt?«

Weder ihre Titel noch Alans Name scheinen bei dem Mann anzukommen. Ohne eine Miene zu verziehen, setzt er den Weg durch die Koppeln fort. Einige der Schafe trotten hinter ihm her.

Richie dreht sich zu George um. »Den bringt man einfach nicht zum Schweigen, was?«

»Glaubst du, das könnte Alisdair MacLeod gewesen sein?«

»Oh!« Richie schaut wieder zu der sich entfernenden Gestalt des Mannes. »Könnte schon sein. Gut mitgedacht, Lennox.«

Auf der Hauptstraße herrscht mehr Betrieb als am Vortag. Sie begegnen neugierigen Blicken und werden murmelnd gegrüßt – einige Einheimische gehen sogar so weit, George und Richie korrekt mit Namen anzusprechen. Richie findet das nach wie vor erfreulich. George hingegen behagt die unverdiente Vertrautheit immer noch nicht.

Die Glocke bimmelt, als sie das Postamt betreten. Diesmal steht Kathy hinter der Theke.

»Guten Morgen«, grüßt sie fröhlich. »Ich wollte gerade zu Ihnen los. Wie sind Sie zurechtgekommen?«

»Gut, gut«, antwortet Richie. »Tatsächlich müssen wir Ihre Gastfreundschaft wohl noch etwas mehr strapazieren. Dürfen wir Ihr Telefon benutzen?«

»Natürlich«, erwidert sie und schiebt das Satellitentelefon über die Theke. »Soll ich Ihnen eine Nummer heraussuchen?«

Richie unterdrückt ein Lächeln. »Nein, nein, die hab ich im Kopf gespeichert.«

Kathys offensichtliche Enttäuschung ist deutlich spürbar. Aber während sie schweigend darauf warten, dass die Verbindung hergestellt wird, wirbelt sie mit neuem Enthusiasmus zu George herum. »Ich habe diese Bücher für Sie, Inspector! Ich hole sie Ihnen sofort.«

Damit wendet sie sich ab und eilt durch die Tür hinter ihr.

Richie sieht George mit hochgezogener Augenbraue an. »Was für Bücher?«, flüstert er.

»Keine Ahnung«, murmelt sie zurück.

Fältchen zeichnen sich um Richies vergnügt blickende Augen ab, doch seine Miene ändert sich, als blechern eine Stimme aus dem Hörer dringt.

»Hi, Lucy, hier Richard. Kannst du mich bitte zur Chefin durchstellen?«

Schnelle Schritte kündigen Kathys Rückkehr an. Eine Sekunde später platziert die Postmeisterin drei dicke Wälzer auf der Theke. »Bitte sehr, Inspector.«

George beäugt die Bücher verhalten. »Was ist das?«

Neben ihr hat Richie begonnen, nur noch mit leiser Stimme zu sprechen.

»Das sind die Logbücher der Wärter«, erwidert Kathy in einem Ton, als wäre es offensichtlich. »Sie haben doch gesagt, Sie möchten sie lesen.«

Ihr gestriges Gespräch während des Wegs zur Kate hoch, auf dem sie außer Atem gekommen waren, fällt George wieder ein. »Tatsächlich? Ich meine – richtig, das habe ich. Wow.« George streckt die Hand aus und berührt das oberste Buch. Zu ihrer Überraschung fühlt sich das zerfledderte braune Leder des Einbands weich an. »Oh, wow«, wiederholt sie mit mehr Aufrichtigkeit. »Die sind so … alt.«

»Über hundert Jahre«, sagt Kathy stolz und schlägt die erste Seite des Buchs auf. »Schauen Sie – hier haben sie ihre Namen hingeschrieben.«

George blickt auf die Stelle, auf die Kathys kurzer Fingernagel zeigt. Mit verblasster schwarzer Tinte stehen dort drei Namen: *J. Smith, D. Wilson, T. McClure.*

»Das sind sie. Sie sind es wirklich.«

»Hm. Die armen Seelen.«

George blättert vorsichtig die Seiten um und überfliegt die ersten Einträge. »Sie haben jeden Tag etwas ins Logbuch geschrieben?«

»Ohne Ausnahme. Wetterbeobachtungen, die Namen der vorbeifahrenden Schiffe und ihre Richtung. Sie erwähnen sogar, was sie zum Abendessen hatten«, antwortet Kathy schmunzelnd.

»Das sehe ich«, murmelt George, nachdem es ihr gerade bei den Wörtern »gepökeltes Hammelfleisch« innerlich alles zusammengezogen hat. »Und liefert irgendetwas darin einen Hinweis darauf, was aus ihnen geworden sein könnte?«

»Falls ja, bin ich überzeugt, dass Sie ihn finden, *Inspector*.«

George lacht verlegen. »Ich bin mir nicht sicher, ob die Zeit für zwei verschiedene Ermittlungen reicht.«

»Dann schmökern Sie eben nur zum Einschlafen darin.« Kathy lässt nicht locker. »Ich glaube wirklich, dass Sie irgendwelche Erkenntnisse daraus gewinnen können.«

George gibt einen halbherzig zustimmenden Laut von sich. Richie tritt zu ihnen, nachdem er den Anruf beendet hat.

»Sollen wir aufbrechen?«, schlägt er vor. »Oh, was haben wir denn hier?«

»Erzähle ich dir unterwegs«, antwortet George, die spürt, dass die Postmeisterin sich für eine weitere Erklärung bereit macht. »Hätten Sie vielleicht eine Tasche, in der ich sie verstauen kann, Kathy? Wir haben einen kleinen Spaziergang vor uns.«

Für den Weg zum Leuchtturm werden sie fast eine halbe Stunde brauchen. Kathy hat sie auf eine Abkürzung hingewiesen, sodass sie nicht zur Kate zurückkehren und um MacLeods Farm herumgehen müssen.

Der Feldweg beginnt unten an der Hauptstraße neben dem Campbell-Haus. George hört spielerische Rufe und Kreischen von drinnen, als sie daran vorbeigehen. Der Pfad gabelt sich fast sofort. Links befindet sich der schmale Strandstreifen, den sie vom Boot aus gesehen haben, rechts geht es unverzüglich bergauf, entlang der Klippen. George und Richie nehmen natürlich den letzteren Weg. Keuchend unterhalten sie sich, während sich der Pfad unerbittlich nach oben schlängelt. George trägt die Logbücher in einer Flechttasche, die sich infolge des Gewichts der Wälzer dehnt und bei jedem Schritt gegen ihren Oberschenkel schlägt.

Auf Richies Drängen legen sie eine Pause ein, als sie den Grat erreichen. Zwischen dem Pfad und dem Abgrund zum Strand hinunter erstreckt sich nur ein schmaler Streifen mit langem, kratzigem Gras. Die Aussicht ist beeindruckend, doch Georges Blick wird nach rechts zur östlichen Grenze des dichten Walds gelenkt. Der Wind vom Meer pfeift in ihren Ohren, und sie fragt sich, wie tief man in das Waldgebiet eindringen müsste, bis die Geräusche vom Ozean kein bisschen mehr zu hören wären. Sie bemerkt eine Unterbrechung in der Linie der Bäume vor ihnen; und als Richie ausreichend zu Atem gekommen ist, um weitergehen zu können, stellt sich bald heraus, dass es sich um den Beginn eines schmalen Trampelpfads handelt. Vermutlich biegt er irgendwann nach rechts und führt zur Farm.

Unterwegs begegnen sie einigen Leuten, die ihre Anwesenheit mit einem Lächeln oder einer vertrauten Begrüßung zur

Kenntnis nehmen. Allerdings ereignet sich auch ein merkwürdiger Zwischenfall: Ein Mann mit schütter werdendem Haar und drei toten Kaninchen über der Schulter packt den dünnen Teenager neben ihm am Arm, als er sie erblickt, und verlässt mit dem Jungen vollständig den Weg, um George und Richie vorbeizulassen. Neugierig schaut sie zu den beiden zurück und stellt fest, dass es ihr der Teenager gleichtut. Aber dann fordern ihre jeweiligen Gefährten wieder ihre Aufmerksamkeit, und der Moment verstreicht.

Der Leuchtturm, an dem Alan Ferguson tot aufgefunden wurde, steht einsam an der südöstlichen Spitze von Eadar. Nur der Himmel und kreischende Seevögel leisten ihm Gesellschaft. In der Nähe steht ein Gebäude mit niedrigem Giebel – die Überreste der Hütte der Wärter, die nach über einem Jahrhundert Vernachlässigung, Wind und Regen nur noch ein Gerippe darstellt. Der Turm selbst hingegen ragt unverändert solide auf, selbst dem Schlimmsten trotzend, was der Atlantik ihm entgegengeschleudert hat. Der raue weiße Stein und die morschen Fensterbänke weisen braune Flecken auf, was den Eindruck vermittelt, dass seit Generationen etwas Widerliches aus dem Bauwerk sickert.

George und Richie gehen einmal um die Hütte herum und spähen durch die Fenster ins Innere hinein. Der Blick wird nicht von Schmutz oder fadenscheinigen Vorhängen beeinträchtigt. Kupferfarbener Rost hat sich an den Angeln festgesetzt, und mehr als eine Scheibe ist zerbrochen – ob von den Elementen oder von Vandalen, vermag George nicht zu erkennen. Anscheinend hat sich weder Kathy noch sonst jemand dafür angeboten, dieses Gebäude instand zu halten. Kniehohes Gras und Unkraut konkurrieren bis hinauf zu den Mauern um die Vorherrschaft.

Auf der anderen Seite des Leuchtturms weist der Boden eine leichte Vertiefung auf, die mit zähem Schlamm gefüllt ist und in der sich eine kleine Pfütze mit schmutzigem Wasser gebildet hat. Richie umgeht die Stelle vorsichtig. George jedoch bleibt stehen.

»Rich.«

»Hm?«

Sie deutet mit dem Kopf auf die Pfütze. »Glaubst du, er ist hier gelandet?«

Richie blinzelt, ehe er den Boden mit neuem Interesse in Augenschein nimmt. »Catriona hat gesagt, man hätte ihn im Schlamm liegend gefunden …«

Ihre Blicke wandern die gesamten dreizehn Meter des Turms hinauf. Je weiter es in die Höhe geht, desto stärker lassen die Verfärbungen nach. Die Steine im oberen Drittel könnten noch ihre ursprüngliche Farbe aufweisen. Ein dünnes Geländer umgibt die verglaste Kuppel, in der einst die große Laterne brannte. George hört das Geländer im Wind rattern. Übelkeit regt sich in ihrem Magen.

Richie stößt gedehnt den Atem aus. »Was für ein schrecklicher Ort zum Sterben.«

George gibt ihm stillschweigend recht und senkt erleichtert den Blick, bis sie wieder geradeaus schaut. Die Aussicht von der Kate aus hat Eadar deshalb schön erscheinen lassen, weil von dort alles in einiger Entfernung liegt. Erst wenn man die einzelnen Objekte aus der Nähe betrachtet, erkennt man die Risse.

»Also gut, ich bin gleich wieder da.«

Sie runzelt die Stirn. »Wo willst du hin?«

Richie deutet mit dem Kopf nach oben zur Spitze des Turms.

George unterdrückt ihre Übelkeit und marschiert hinter ihm her. »Dann lass uns raufgehen.«

Er streckt den Arm aus, um sie aufzuhalten. »Nein, sieh du dich weiter hier unten um.«

»Du kannst nicht allein da rauf. Wir haben keine Ahnung, wie stabil das Geländer ist.«

»Genau. Und falls es wackelig ist, haben wir die Bestätigung, dass ein Tod durch Unfall möglich ist.«

»Und du willst es auf die harte Tour rausfinden?«

»Das ist eine Aufgabe für einen allein, Lennox.«

»Oh, jetzt reicht's aber!«, entgegnet sie schneidend. »Du musst nicht …« Sie verstummt abrupt, atmet aus und leitet ihre Frustration wie einen Blitz in die Erde ab. »Das hab ich dir schon in Glasgow gesagt – ich lasse mich nicht an die Seitenlinie drängen.«

Sein Blick wirkt sanft. »Ich will bloß nicht, dass du dich übernimmst.«

Das Mitleid in seinem Ton trifft sie hart und schmerzhaft. »Es steht dir nicht zu, darüber zu entscheiden, welche Teile meines Jobs ich bewältigen kann, Richard.«

Sie merkt ihm an, dass er sich eine Entgegnung verkneift. Schweigend deutet er mit dem Kopf zum Turm. George strafft die Schultern und folgt ihm.

Vor acht Monaten wurden George und Richie damit beauftragt, den Tod einer Siebzigjährigen in ihrer zweistöckigen Maisonettewohnung zu untersuchen. So, wie sie am Fuß der Treppe lag, hätte sie ohne Weiteres auf den Stufen gestolpert und gestürzt sein können. Aber Nachbarn hatten heftige Auseinandersetzungen zwischen der Frau und ihrem erwachsenen Enkelsohn erwähnt, der zu der Zeit bei ihr wohnte.

Als Richie die Tür des Leuchtturms aufschiebt und seine Taschenlampe einschaltet, wird George in die Nacht zurückversetzt, in der sie zum ersten Mal Margaret Villos Wohnung betrat. Man hatte ihr mitgeteilt, wo sie Margaret finden würde. Aber George verspürte immer schon in der unnatürlichen Stille des Schauplatzes eines Mords eine knisternde Elektrizität, die sie dorthin zu führen schien, wohin sie wirklich gehen musste. In jener Nacht wurde sie geradezu magnetisch an der Leiche vorbei und dann die Treppe hinauf in ein Schlafzimmer gezogen.

George späht in die rechteckige Leere hinter der Tür des Leuchtturms und wartet darauf, dass sich jenes altvertraute Gefühl in ihren Adern ausbreitet – das Knistern, das ihr zuflüstert: *Schau da drüben nach.* Aber es bleibt aus. Ein weiterer wesentlicher Bestandteil ihrer selbst, den ihr der Fall Villo geraubt hat.

»Meinst du, es ist jemand hier?«, fragt sie. Die Erinnerungen lassen ihre Stimme dünn klingen.

Richie scheint ihre Anspannung nicht zu bemerken. Er legt die Hände um den Mund herum. »Hallo? Ist da oben jemand?«

Seine Stimme hallt von den gebogenen Wänden wider, doch es kommt keine Antwort. Richie sieht George mit hochgezogener Augenbraue an. »Bleib trotzdem wachsam.«

George folgt Richie in die Dunkelheit, schaltet die eigene Taschenlampe ein und schwenkt den Strahl durch den Eingangsbereich. Drinnen fühlt es sich ungefähr fünf Grad kälter als draußen an, und das gedämpfte, durch ungesehene Fenster einfallende Licht bietet keine Wärme. Die hohe Decke über der Tür fällt rasch dorthin ab, wo die Wendeltreppe rechts beginnt.

»Sorg am besten dafür, dass die Tür geöffnet bleibt. Ich glaube, bis wir oben ankommen, werden wir nicht viel Licht haben.«

Sie beginnen den Aufstieg. Richie richtet den Strahl seiner Lampe nach oben, George den der ihren auf die Füße. So gehen sie die letzten Schritte von Alan Ferguson nach.

Richie hatte recht, was den Mangel an Licht anbelangt. Ihren zwei Taschenlampen gelingt es kaum, die Dunkelheit zwischen den in gleichmäßigen Abständen angeordneten Fenstern von ihnen beiden fernzuhalten. So klein, wie diese Öffnungen im Mauerwerk sind, bezweifelt George, dass sie sich hindurchzwängen könnte – nicht mal ohne die dicke Jacke, die sie trägt. Sie bemerken Nischen. Richie mutmaßt, dass früher Kerzen oder Laternen darin standen.

»Ankunft im ersten Stock«, verkündet er plötzlich im Ton einer Durchsage an einem Bahnhof. Die Art, wie seine Stimme widerhallt, vermittelt den Eindruck, sie hätten eine Höhle betreten. Aber als sie ihre Lichter umherschwenken, stellen sie fest, dass es sich bloß um einen beengten, kahlen Raum handelt. Das Fenster am Treppenabsatz weist längst kein Glas mehr auf. Jeder Windstoß wirbelt Staub vom weißen Steinboden auf.

»Sieh dir die Brandspuren auf dem Stein an«, sagt George und zeigt auf einen breiten schwarzen Fleck am Boden neben dem Fenster. »Glaubst du, die Hüter des Leuchtfeuers haben sich hier ihr Essen gekocht? Die Belüftung muss schrecklich gewesen sein.«

»Alles an dem Job muss schrecklich gewesen sein«, murmelt Richie. »Man könnte mir nicht genug zahlen, damit ich Tag und Nacht zitternd in einem Turm herumhocke. Meinst du, das da ist an die Wand geschweißt?«

George folgt seinem Finger, der auf ein Kreuz an der Wand rechts des Fensters zeigt. »Wahrscheinlich scheuen sich die Leute davor, es zu entfernen.«

Sie setzen den Weg die Treppe hinauf fort. Im zweiten Stock finden sie einen identischen Raum wie darunter vor. Hier ist zwar nichts an den Wänden, dafür steht an der hinteren Mauer ein rostiger Trog. Durch ihn wirkt die Kammer noch beengter. George fragt sich, wie drei erwachsene Männer in so klaustrophobischen Verhältnissen zurechtkommen konnten, ohne überzuschnappen.

Andererseits – vielleicht ist ja genau das passiert.

Am Ende der nächsten Treppenflucht gelangen sie in helles Tageslicht. Richie klettert vor ihr eine schmale Leiter hoch. Sie führt durch eine Öffnung in der Decke, die sich als Boden des kuppelförmigen, runden Überwachungsraums erweist. Beherrscht wird er von der uralten gläsernen Umhüllung, in der einst die Laterne untergebracht war. Mittlerweile dient sie als Abfallbehälter für weggeworfenes Werkzeug, Bierflaschen und kaputte Möbel.

Durch den über die Jahre angehäuften Dreck ist es nahezu unmöglich, durch die unteren Fenster zu sehen. George lässt den Blick durch den Raum wandern, bis sie entdeckt, wonach sie sucht. Zwei Hände und eine beträchtliche Anstrengung sind erforderlich, doch letztlich bekommt sie den verrosteten Eisenriegel auf und öffnet die Tür hinaus zur Galerie. Noch bevor sie nach draußen geht, rast ihr Herz, und ihr Mund wird trocken. Behutsam stellt sie die Logbücher auf dem Boden ab und umklammert den Türrahmen, denn sie weiß, dass ansonsten ihre Finger zittern würden.

»Lennox?«

Ihr ist klar, dass er sie fragen will, ob es ihr gut geht. Oder ihr sagen möchte, dass sie nicht rausgehen muss. Aber in ihrem Kopf hallen Coles Worte wider.

Betrachten Sie es daher als Gelegenheit, mir zu beweisen, dass Sie damit umgehen können.

»Ich bin leichter als du«, sagt sie mit einem nur geringfügigen Zittern in der Stimme.

Er weiß, dass es keinen Sinn hat, erneut mit ihr zu diskutieren.

Die Galerie fühlt sich zwar solide unter ihren Füßen an, aber sie traut dem nicht und umklammert das Innengeländer so fest, dass ihre Knöchel weiß hervortreten. Der Wind fährt zielsicher in die Lücken ihrer Kleidung, woraufhin ihre Zähne zu klappern beginnen. Sie steckt die Haarspitzen unter den Kragen ihrer Jacke, damit sie ihr nicht ins Gesicht peitschen, dann konzentriert sie sich darauf, gleichmäßig zu atmen, während es in ihrem Magen brodelt. George befiehlt sich, nicht direkt nach unten zu schauen.

Die Aussicht ist nicht so großartig wie vom Hügel aus, aber sie kann linker Hand klar und deutlich die Nicholson-Kate erkennen. Aus dem Schornstein steigt eine dünne Rauchfahne hoch.

»Unser Feuer brennt noch«, ruft sie Richie zu. Als sie sich umdreht, um seine Antwort zu hören, bemerkt sie aus dem Augenwinkel eine Bewegung auf dem Hügel. Suchend schaut sie zurück zur Kate und deren Umgebung, wo jetzt allerdings nur der Rauch die regungslose Stille stört.

Widerwillig wendet sie sich wieder ihrer Aufgabe zu. Der Abstand zwischen dem Geländer, das sie krampfhaft umklammert, und jenem am äußeren Rand der Plattform beträgt nur ungefähr einen Meter, doch für ihr wild pochendes Herz fühlt er sich kilometerweit an. Zentimeterweise bewegt sie die Füße zur Mitte der Galerie hin und streckt eine zitternde Hand aus, die Richie hoffentlich nicht sehen kann. Ihre Fingerspitzen erreichen das kalte Geländer und rütteln versuchsweise daran. Als sie ein Scheppern von Metall hört, stockt ihr der Atem.

»Lennox«, sagt Richie mit hoher Stimme. »Deinetwegen kriege ich Herzrasen.«

Ihre Sicht beginnt zu verschwimmen. Das Hämmern in ihrer Brust hat ein widerhallendes Pochen in ihrem Schädel hinzubekommen. Wie lange ist es her, dass sie ihre Medikamente genommen hat? An diesem Morgen musste sie dabei schnell sein. Sie hat gewartet, bis Richie im Badezimmer verschwunden ist, bevor sie die Fläschchen mit ihren Tabletten aus der Aktentasche geholt hat.

»Ich mach jetzt einen Rundgang auf der Galerie«, verkündet sie laut und kämpft mit zusammengebissenen Zähnen gegen das Pochen hinter ihrem Auge an.

»Das ist nicht nötig. Sieh dich einfach um.«

George ignoriert seine Worte und richtet ihr Augenmerk so intensiv auf ihre Finger, dass sie von allem anderen – auch vom Abgrund unter ihr – nur einen verschwommenen Eindruck hat. Da sie ihr gesamtes Körpergewicht von dem Bein tragen lässt, das der Mauer am nächsten ist, müsste es für einen fremden Beobachter so aussehen, als hätte sie eine Gehbehinderung. Sollte eines der Geländer locker sein, würde ein kräftiger Windstoß genügen, um sie ins Gras unten zu befördern. Der Gedanke löst bei ihr einen weiteren Anflug von Übelkeit aus. Diesmal jedoch kann sie ihn nicht zurückdrängen. Sie würgt, sinkt in die Hocke und presst den Körper an die Mauer.

Schritte bringen die Galerie zum Vibrieren, dann legt Richie einen Arm um ihre Taille.

»Komm mit, Lennox! Wir sollten unsere Füße auf festen Untergrund bringen, nicht wahr?«

Auf Richies Drängen hin verharrt George eine kurze Weile mit dem Kopf zwischen den Knien am Fuß des Leuchtturms.

»Nur ein Schwindelanfall«, beteuert sie erneut. »Habe ich immer wieder mal, seit ich ein Teenager war.«

Richie kauert neben ihr; die Tasche mit den Logbüchern hat er sich inzwischen über die Schulter geworfen. »Weniger reden, mehr atmen.«

Sie wirft ihm einen mürrischen Blick zu. »Würdest du wohl aufhören, mich so anzusehen?«

»Wie denn?«

Als wärst du besorgt um mich.

Als könnte ich das hier nicht bewältigen.

Als würde ich gleich in kleine Stücke zerbrechen.

»Soweit ich es beurteilen konnte, ist das Geländer zwar alt, aber recht sicher«, sagt sie stattdessen. »Wenn sich Alan nicht gerade draufgesetzt hat und nach hinten gekippt ist, halte ich einen Unfall für unwahrscheinlich.«

»Er könnte mit Freunden oben gewesen sein, getrunken und herumgealbert haben.«

»Nur hat Catriona gesagt, dass er kaum Zeit mit anderen jungen Leuten verbracht hat.«

»Wohl wahr. Er ist also einsam, und jeder auf der Insel weiß, dass er seine Freundin betrogen hat. Zudem plagt ihn die Sorge, ob er an der Universität aufgenommen wird oder nicht. Er war verängstigt, traurig und hat befürchtet, dass er es nicht schafft, von hier wegzukommen. Vielleicht hatte Cole recht damit, dass Selbstmord die wahrscheinlichste Möglichkeit ist.«

Schließlich hebt George den Kopf und ist erleichtert, als die Bewegung keinen weiteren Schwindelanfall verursacht. »Klar besteht diese Möglichkeit. Aber warum sollte er es da oben getan haben?«

»Was meinst du damit?«

George schiebt die ihr angebotene Hand weg und steht aus eigener Kraft auf. Ihre Knie zittern nur leicht, als sie nach vorn geht, bis lediglich ein Halbkreis aus steinigem Erdreich sie vor einem Sturz hinunter ins Meer bewahrt. So nah am Rand des Abgrunds scheint die Luft zu knistern. Sie wappnet sich dafür, langsam weiter vorzurücken und hinabzuschielen. Knapp fünfzig Meter weiter unten brechen sich die Wellen an den Felsen am Fuß der Klippe. Ein Sprung von hier würde den sicheren Tod bedeuten.

»Wenn man sich schon umbringen will, indem man irgendwo runterspringt, warum nicht hier?« Sie dreht sich zu Richie um, der ihr zögerlich gefolgt ist, und deutet zum Rand des Abgrunds. »Der Turm ist zwar hoch, aber nicht *so* hoch. Wenn Alan anders aufgeprallt wäre, hätte er vielleicht überlebt. Vermutlich hätte er sich ein paar Knochen gebrochen, wäre aber trotzdem am Leben geblieben.«

»Menschen, die sich in einer solchen seelischen Verfassung befinden, denken nicht immer klar.«

»Aber klar genug, um drei Treppenfluchten hochzusteigen und diesen schwer zu handhabenden Riegel aufzubekommen.«

»Wenn er die Entscheidung getroffen hatte, die Sache dort oben zu beenden, hat die Entschlossenheit vielleicht dafür gereicht.«

George kaut auf der Unterlippe, während ihr Blick über den Horizont wandert. »Vielleicht.«

Richie zieht sich die Mütze tiefer ins Gesicht. »Sehen wir zu, dass wir schleunigst von diesem Turm wegkommen«, schlägt er schauernd vor.

George protestiert nicht dagegen. Sie ist sich nicht sicher, ob es an den aufsteigenden Vibrationen von den unten gegen die Klippenwand brandenden Wellen liegt oder ob ihre Beine immer noch wackelig sind – jedenfalls fühlt es sich jetzt so an, als würde die gesamte Insel erbeben, während sie am Rand von Eadar steht.

Sie folgen einem anderen Trampelpfad um den südlichen Rand des Walds herum und wollen zur Kate zurückkehren, um dort einen Happen zu essen. Der Anstieg beginnt harmlos, wird aber rasch schwieriger, doch Richie zeigt sich mit der Aussicht auf ein oben wartendes Mittagessen motivierter als zuletzt. Während er vor sich hinplappert, wird Georges Blick vom Wald zu ihrer Rechten angezogen. Das Sonnenlicht, das bereits Mühe hat, es durch die dichte Wolkendecke zu schaffen, tut sich noch schwerer damit, das Blätterdach zu durchdringen. Nur wenige Schritte in den Wald hinein würde man in eine Dunkelheit eintauchen – eine Düsternis, die noch zunehmen würde, da die knorrigen Bäume dichter und dichter beisammenstehen.

Eine plötzliche Bewegung lässt George abrupt anhalten. Sie holt ihre Taschenlampe hervor und richtet den Strahl in die Leere zwischen den Stämmen.

»Lennox?«

George bedeutet ihrem Partner, still zu sein. »Ich dachte, ich hätte was gesehen.«

Richie tritt an ihre Seite. Zusammen spähen sie einige Sekunden lang in die Dunkelheit. »Das sind sehr alte Bäume«, meint er schließlich. Dann ändert sich seine Stimme und nimmt einen akademischen Ton an. »Nur wenige Inseln hier draußen sind überhaupt bewaldet. Hauptsächlich wegen des rauen Wetters und der ausgedehnten Torfmoore. Obwohl einige auch die Theorie vertreten, die Wikinger hätten jegliches Waldland gerodet, damit die Inselbewohner keine Boote bauen konnten.« Neugierig betrachtet er die Bäume. »Ich frage mich, wie die hier der Axt entgangen sind.«

»Inspectors!«

Der Ruf kommt von Kathy, die untypischerweise außer Atem ist und mit einer an der Schulter wippenden Tragetasche im Joggingtempo auf sie zueilt. Hinter ihr folgt ein hochgewachsener Mann. Jeder seiner großen Schritte ist doppelt so lang wie die von Kathy.

»Da sind Sie ja«, sagt sie. »Ich hab schon überall nach Ihnen gesucht! Wo haben Sie sich versteckt?«

»Wir kommen gerade vom Leuchtturm«, antwortet Richie, der aufgrund ihres vorwurfsvollen Tons irritiert klingt. »Jetzt sind wir auf dem Rückweg, um einen Happen zu essen.«

»Oh, perfekt. Ich habe gerade noch etwas mehr zum Essen in der Kate abgeliefert, da ich ja nun weiß, dass Sie länger bleiben.«

George zieht eine Augenbraue hoch. »Sie sind den ganzen Weg hierher gerannt, nur um uns das zu sagen?«

Die Postmeisterin nickt mit ernster Miene. »Und weil ich Ihnen Lewis vorstellen wollte. Er ist unser hiesiger Mann für alle Gelegenheitsarbeiten – ihm verdanken Sie das warme Wasser in der Kate des alten Sam. Als er gesehen hat, wie viel ich heute zustellen muss, hat er angeboten, mich zu begleiten. Zum Glück ist er nicht verheiratet. Sonst würde sich seine Frau wohl fragen, was er den ganzen Tag mit mir auf den Weiden treibt.« Kathy stellt sich entsetzlich ungeschickt beim Versuch an, George subtil zuzuzwinkern.

Der Mann namens Lewis tritt vor und schiebt sich sein zotteliges blondes Haar aus dem Gesicht. Sommersprossen sprenkeln die Nase, die Wangen und die Stirn. Sie verleihen ihm ein jungenhaftes Aussehen – aber die hellen Stoppeln an der Kieferpartie und am Hals lassen George vermuten, dass er mindestens in ihrem Alter ist, vielleicht sogar älter. »Die alten Leutchen brauchen ja irgendwas, worüber sie tratschen können«, meint er und bringt Kathy damit zum Kichern. »Lewis MacGill.«

»Ich bin sicher, unsere Namen kennen Sie bereits«, erwidert George und ergreift die ihr entgegengestreckte Hand.

Er lächelt wissend. »Wir sind froh, dass Sie hergekommen sind, Inspectors. Alan hätte eindeutig Hilfe gebraucht. Ich wünschte nur, wir hätten bemerkt, dass er Probleme hat, bevor es so weit gekommen ist.«

Ein stockender Atemzug von Kathy erregt die Aufmerksamkeit der anderen.

»Tut mir leid«, entschuldigt sie sich. »Ich … kann nur nicht aufhören, an Catriona zu denken. Wie viel Schmerz sie erleiden muss, und das aus einem Anlass, der wahrlich nicht schön ist.«

Richie tätschelt ihr den Rücken. »Kommen Sie mit, und essen Sie mit uns. Mein Magen knurrt schon seit einer Stunde.«

Mit wässrigen Augen lächelt sie ihn an, lässt sich von ihm umdrehen und geht an seiner Seite wieder bergauf. Lewis reiht sich neben George ein.

»Also, Inspector Lennox. Was haben Sie angestellt, dass Sie hiermit bestraft worden sind?«

Stirnrunzelnd sieht George ihn an. »Wie meinen Sie das?«

Lewis deutet mit einer weit ausholenden Geste auf die Umgebung. »Das ist nicht gerade Ibiza.«

»Es entspricht tatsächlich nicht dem, was die Broschüre versprochen hat«, erwidert sie sarkastisch, bevor sie mit einem Kopfnicken auf Kathy deutet. »Die Sache hat sie wirklich mitgenommen.«

»Catriona und sie sind beste Freundinnen«, erklärt Lewis. »Aber wenn so etwas passiert, trifft es alle hart. Bei einer so kleinen Bevölkerung empfindet man jeden Verlust als …« Er verstummt kurz und bläst langsam den Atem aus. »Wissen Sie, wir alle hören es, wenn nachts ein Baby weint. Wenn in irgendeinem Haus jemand krank wird, versammeln sich die Frauen dort. Und wenn jemand stirbt, trauern alle.«

»Mr MacGill, ich frage mich, ob …«

»Gern einfach Lewis.«

»Mr MacGill«, wiederholt George mit Nachdruck, »ist so etwas schon mal passiert?«

»Dass jemand vom Leuchtturm gesprungen ist? Oder … meinen Sie Selbstmord im Allgemeinen?«

»Es wäre nachvollziehbar, finde ich. Die fehlende Privatsphäre, die Abgeschiedenheit vom Festland. Und wo man auch hinschaut, überall sieht man nur das Meer. Das muss den Menschen ja zusetzen.«

»Ich gebe zu, dass die Insel als Touristenziel nicht viel hermacht, doch zum Leben ist sie eigentlich ein angenehmer Ort. Die Menschen hier kümmern sich umeinander. Wir teilen, was wir haben, vor allem wenn eine Lieferung nicht rechtzeitig eintrifft.«

George wittert ein »Aber« und wartet.

»Natürlich ist nicht alles perfekt«, räumt er schließlich zögerlich ein. »Wir haben dieselben Probleme wie die Menschen anderswo.«

Sie wirft ihm einen fragenden Blick zu.

Er lacht, und dabei entstehen Atemwölkchen in der kalten Luft. »Ach, Sie wissen schon, was ich meine. Es gibt Winkelzüge, es gibt Klatsch. Herrgott, ja, es gibt Klatsch«, wiederholt er düster. »Irgendjemand tuschelt immer über irgendetwas, äußert Vermutungen, zeigt mit dem Finger auf jemanden oder auf etwas.«

»Tuschelt auch jemand über Alans Tod?«

Lewis' Kieferpartie verhärtet sich. »Natürlich. Das war einfach so ...« Er schaut zurück zum Leuchtturm.

George folgt seinem Blick. Aus dieser Entfernung wirkt das Gebäude wieder makellos weiß, und man erkennt keine Risse.

»So brutal«, beendet Lewis den Satz. »Es war kein schneller Tod, oder?«

Sie steckt die Hände in die Taschen und schürzt die Lippen, während sie abwägt, ob sie es ihm sagen soll – ob er die grausamen Tatsachen verkraftet. »Die offizielle Todesursache war Ersticken. Laut Bericht ist er wahrscheinlich mit dem Gesicht nach unten gelandet und hat es dann noch irgendwie geschafft, sich herumzurollen. In seiner Kehle hat sich Blut gesammelt. Zu dem Zeitpunkt war er bereits bewusstlos. Dann ist er daran erstickt.«

Lewis' Sommersprossen zeichnen sich deutlich auf den blassen Wangen ab. »Also hat er noch ... wie lange gelebt? Eine Minute? Zwei?«

»Eher fünf.« George zögert. »Ich frage mich immer ... Wenn sich jemand das Leben nehmen will, aber der Tod nicht sofort eintritt … frage ich mich, ob es derjenige bereut. Ob er hofft, dass Hilfe eintreffen wird.«

Lewis stößt zittrig den Atem aus.

Sie gibt ihm einen Moment, um sich zu fassen, und starrt weiterhin auf den Turm. George selbst hat Jahre gebraucht, um im Kopf Schließfächer anzulegen, in die sie solche Wirklichkeiten einsperrt.

Aber was als Nächstes von Lewis kommt, überrascht sie.

»Sollte ich in dieser Weise sterben … würde ich wollen, dass jemand erfährt, was am Ende passiert ist. Es sollte immer irgendjemand wissen, wie man die letzten Momente erlebt hat.« Er zuckt mit den breiten Schultern. »Fühlt sich wichtig an, oder?«

Während George darüber nachdenkt, beobachtet sie, wie ihre Stiefel in den weichen Boden sinken. »Ja«, sagt sie schließlich. »Stimmt.«

Nach einem Moment der Stille schaut Lewis zum Himmel auf. »Sehen wir lieber zu, dass wir aus dem Regen rauskommen.«

»Es regnet doch gar nicht.«

Er wirft ihr nur einen wissenden Blick zu und schreitet rascher den Hang hinauf.

Die ersten Tropfen kommen herunter, als sie die Kate erreichen. Kathy kehrt wieder ihr übersprudelndes Ich hervor und stellt einen Eintopf – abermals Fisch – auf den Herd. Während sie darauf warten, dass er heiß wird, nennt sie auf eine unglaubwürdig beiläufige Art weitere persönliche Qualitäten von Lewis. Richie grinst George über seinen Becher Tee hinweg an. Sie wirft ihm einen mürrischen Blick zu, der mehr auf ihre zunehmenden Kopfschmerzen als auf eine Verärgerung zurückzuführen ist.

Aber es gibt im Augenblick keine Möglichkeit, unbemerkt an ihre Tabletten zu gelangen. Also verschränkt sie stattdessen die zitternden Hände hinter ihrem Rücken, bis Kathy ihr eine dampfende Schüssel reicht.

George und Lewis überlassen Richie und Kathy die beiden Stühle, und da die Couch noch als Bett gemacht ist, begeben sich die beiden mit ihren Portionen nach draußen. Dampf steigt aus ihren Schalen auf. Die Regentropfen sind schwer und fallen langsam herab; sie platschen auf die Erde um die Kate herum und lassen wie detonierende Landminen Dreck aufspritzen. In der Koppel weiter unten blöken MacLeods Schafe in klagenden Tönen einander zu.

Lewis hockt mit dem Rücken an der Wand unter dem Dachvorsprung. George beobachtet ihn von ihrem Platz auf der Türschwelle aus.

»Gehört zu Kathys vielen Rollen auch die der Dorfkupplerin?«, fragt sie unvermittelt – ein Versuch, sich von den Schmerzen hinter ihrer Augenbraue abzulenken. Wie verzweifelt die Inselbewohner um den Erhalt ihrer Bevölkerung bemüht sind, zeigt sich daran, dass sogar eine Polizistin vom Festland als gute Partie betrachtet wird, die man mit einem der Einheimischen verkuppeln sollte.

Er stöhnt. George ist erleichtert, dass er Kathys Bemühungen als genauso unangenehm zu empfinden scheint wie sie. »Die fällt nicht nur ihr zu – daran versuchen sich alle. Selbst Paare, die kaum zwei Tage verheiratet sind, wenden sich meinem Fall zu, fragen mich, auf wen ich ein Auge geworfen habe, und sagen mir, es wäre an der Zeit, eine Familie zu gründen.«

»Ich dachte, Kathy könnte mich benutzen wollen, um eine schlechte Beziehung auseinanderzubringen.«

»Bestimmt verrät Ihnen die Kirche da drüben unsere Einstellung zum Ehebruch. Und zu Scheidungen«, murmelt er und verdreht die Augen.

»Ist schwer, sie nicht zu bemerken.«

»Sie ist ein Mahnmal und erinnert uns daran, anständig zu bleiben. Religion spielt vermutlich auch dabei mit, warum so darauf gedrängt wird, zu heiraten, aber sie ist nicht der Hauptgrund.«

George bedeutet ihm mit dem Löffel, fortzufahren.

»Es ist albern«, sagt er, während er noch ein paar Kartoffelstücke im Mund hat. »Alte Ängste sind hier tief verwurzelt. Dazu gehört die lächerliche Annahme, man könnte jederzeit die Sachen packen, aufs Festland verschwinden und nie zurückkommen, solange man nicht verheiratet ist. Die Leute fürchten sich davor, gute Arbeiter zu verlieren. Kathy hat zwar die besten Absichten, aber sie lässt sich einfach nicht davon abbringen.« Seine gequälte Miene verwandelt sich in ein herausforderndes Grinsen. »Oder steht Ihnen der Sinn nach einer Veränderung und einem Leben nah am Meer?«

George verzieht das Gesicht.

Sein Grinsen wird breiter. »Dachte ich mir. Lebt Ihre Familie in Glasgow?«

»Nein, in Edinburgh. Aber ich bin seit ein paar Jahren in Glasgow zu Hause. Meine Eltern wollten nicht, dass ich wegziehe. Nur hat ihnen dann meine Schwester den Wind aus den Segeln genommen, indem sie für einen Job nach Dubai gezogen ist. Lebt Ihre Familie hier?«

Er nickt. »Meine Eltern und alle meine Cousins.«

»Bestimmt stehen Sie ihnen nahe.«

»Mit meinen Cousins komme ich gut aus. Meine Eltern und

ich … leben nebeneinander her.« Sein Ton lädt zu keinen weiteren Fragen darüber ein. Abrupt wechselt er das Thema. »Wie alt sind Sie?«

George verengt die Augen zu Schlitzen. »Wieso wollen Sie das wissen?«

»Weil ich es nicht einschätzen kann.«

Sein Tonfall lässt keine Hintergedanken erahnen.

»Ich bin achtundzwanzig.«

»Oh. Jünger, als ich dachte.«

Vielleicht hat sie sich geirrt. Ihr Verstand geht bereits ein Dutzend vernichtende Erwiderungen durch, um Lewis in die Schranken zu weisen: treffsichere Spitzen, die schon bei härteren Kerlen als ihm Wirkung erzielt haben.

»Nicht weil Sie alt aussehen«, fügt er hastig hinzu. »Ihr Gesicht ist bloß sehr ausdrucksstark. Als hätten Sie schon viel durchgemacht.«

Ihre Empörung verblasst. »Die Arbeit als Polizistin beschränkt sich nicht auf Verkehrsvergehen und Ladendiebstähle«, erwidert sie. »Ich kenne Beamte mit zehn, zwanzig Jahren Berufserfahrung, die eines Nachts zu einem Einsatz gerufen wurden und am nächsten Tag gekündigt haben. Was sie gesehen haben, was ihnen widerfahren ist, hat alles Gute in ihren Laufbahnen bedeutungslos werden lassen.«

Die Art, wie er sie ansieht – so als wäre die Narbe hinter ihrem Ohr irgendwie mitten auf die Stirn gewandert –, macht sie nervös.

»Aber Sie sind immer noch im Dienst«, merkt er an.

George setzt eine bewusst unverbindliche Miene auf und unterdrückt das steigende Verlangen, den Sitz ihrer Frisur zu prüfen. Sie wird Cole wohl kaum beweisen, dass sie für härtere Fälle bereit ist, wenn sie nicht mal darüber reden kann, was …

»Was ist Ihnen passiert?«

Abrupt senkt sie den Löffel in die Schüssel. »Ich bin vor einiger Zeit im Dienst verletzt worden.«

»Schwer?«

Sie zuckt mit einer Schulter. »Nichts, was nicht heilen würde.«

»Und Sie haben nicht daran gedacht, zu kündigen?«

»Nie. Dafür bin ich zu gut in meinem Job.«

Lewis schaut über die Hügel. »Hoffen wir es. Wie lange sind Sie noch hier?«

»Einschließlich heute sind es fünf Tage. Am Sonntagmorgen werden wir abgeholt.«

»Eine lange Zeit«, meint er und klingt dabei beeindruckt. »Haben Sie schon mit vielen Leuten geredet? Über Alan?«

»Noch nicht, werden wir aber. In Situationen wie die hier hält jeder ein kleines Puzzleteil in der Hand. Es geht nur darum, sie alle einzusammeln, damit wir das Gesamtbild zusammensetzen können.«

»Sie wollen herausfinden, warum er sich umgebracht hat.«

»Natürlich.«

Seine Augen richten sich blitzschnell auf sie. »Oder *ob* er sich umgebracht hat.«

Ihr Magen krampft sich zusammen. »Was veranlasst Sie, das zu sagen?«

»Zum einen, weil Sie überhaupt hier sind. Das ist seltsam.«

»Es entspricht der üblichen Vorgehensweise.«

»Wirklich?«

George wird plötzlich bewusst, dass Lewis ihre Frage vorhin

nicht beantwortet hat. »Hat sich schon mal jemand auf Eadar das Leben genommen?«

»Soweit ich weiß, war Alan der Erste. Die Menschen sind hier überwiegend glücklich.« Er schaufelt sich ein Stück Schellfisch in den Mund.

George nickt nachdenklich, während sie sich Alans aufgeplatzte, blutige Lippen vorstellt, verzerrt zu jenem grotesken Lächeln.

»Auf dieser Insel gibt es tatsächlich eine Sache, wegen der ich todunglücklich bin«, sagt Lewis in die ausgedehnte Stille hinein.

»Fischeintopf?«

Mit ernster Miene nickt er. »Fischeintopf.«

Wieder dauert es eine Weile, bis es gelungen ist, Kathy mit gutem Zureden zur Tür hinauszubekommen.

»Du hast versprochen, dass wir bis zwei mit den Zustellungen fertig sind«, sagt Lewis, nimmt ihr die Tragetasche von der Schulter und hängt sie sich über die eigene. »Ich habe noch anderes zu erledigen und keine Lust, es in der Dunkelheit zu tun.«

»Oh, schon gut, schon gut«, erwidert sie und lässt sich nach draußen ziehen. »Ich schaue morgen früh vorbei, ob Sie irgendwas brauchen«, droht sie George und Richie an.

»Sie müssen nicht den weiten Weg auf sich nehmen«, entgegnet Richie. »Wir wissen ja, wo wir Sie finden.«

Schmollend schiebt sich ihre Unterlippe nach vorn. »Wie Sie meinen.« Dann winkt sie und folgt Lewis den Pfad hinunter.

George hört ihre Stimme über die Weiden tönen, bis sie nicht mehr zu sehen ist. Richie und sie ziehen sich in die Kate zurück und genehmigen sich einige Augenblicke der Stille.

»Sie würde eine hervorragende Verbrecherin abgeben«, meint Richie schließlich und sinkt in den Sessel. »Niemand würde sie freiwillig verhören wollen. Hast du von ihm irgendwas Interessantes erfahren?«

George lässt sich auf die Couch plumpsen und schließt kurz erleichtert die Augen. »Der allgemeine Konsens lautet, dass es Selbstmord war. Aber er sagt auch, dass sich Alan als Einziger seit Menschengedenken umgebracht hat. Das wirft für mich die Frage auf, ob zum spärlichen Luxus der Leute hier vorsätzliche Ignoranz gehört.«

Sie öffnet ein Lid einen Spaltbreit und späht sehnsüchtig zu der Stelle, wo ihre Aktentasche an der Wand lehnt. Richies Kopf dreht sich. Er folgt ihrem Blick.

»Er hat gesagt, die Leute reden darüber«, fügt sie schnell hinzu und lenkt seine Aufmerksamkeit wieder auf ihre Worte. »Wir müssen rausfinden, was man hinter verschlossenen Türen munkelt.«

»Tja, dafür gibt's nur eine Möglichkeit.«

George verkneift sich ein Stöhnen und hievt sich auf die Beine. »Wir müssen hinter eine verschlossene Tür.«

»Apropos, die da hast du offen gelassen.«

»Hm?«

Richie zieht die Handschuhe an und deutet mit dem Kopf zur Haustür. »Kathy hat das Essen auf dem Tisch abgestellt, bevor sie uns suchen gegangen ist.«

George denkt an ihren Aufbruch am Morgen zurück und schüttelt den Kopf. »Ehrlich, ich hab abgeschlossen. Schau her.« Sie holt den Schlüssel aus der Tasche und hält ihn hoch.

Richie zuckt mit den Schultern. »Ich hab nur wiedergegeben, was sie gesagt hat.«

Aber seine Unbekümmertheit wirkt gekünstelt, als er die Hand ausstreckt. »Vielleicht ist es ein kniffliges Schloss«, meint er leichthin.

Nach einem Moment des Zögerns reicht sie ihm den Schlüssel.

Bevor er die Tür hinter ihnen zuzieht, erhascht George einen letzten Blick auf ihre Aktentasche. Und als sich Richie umdreht, um abzuschließen, atmet sie tief und zittrig durch.

Kapitel 6

»Pater Ross? Können wir ein paar Minuten mit Ihnen reden?«

Eadars geistliches Oberhaupt wirkt überrascht von ihrer Anwesenheit auf seiner Schwelle, dennoch lädt er sie herzlich ein, durch die hohe Doppeltür ins Gotteshaus der Insel hineinzukommen. Während er sie durch einen breiten, mit Teppich ausgelegten Korridor zu seinem Büro führt, schleift er den linken Fuß leicht hinter dem rechten her.

»Eine Verletzung aus der frühen Jugendzeit«, erklärt er, als Richie sich danach erkundigt. »Ich habe auf eine glanzvolle Karriere als Rugbyprofi gehofft, aber bei einem unglücklichen Tackle ist mein vorderes Kreuzband gerissen. Von einer schlecht durchgeführten Operation ist mir das Hinken geblieben. Theologie war mein Ausweichplan.«

»Gibt's hier überhaupt genug Spieler für Matches?«

Er schmunzelt. »Mein Vater hat mich dem Rugbyclub in Stornoway beitreten lassen, deshalb habe ich die meisten Wochenenden dort verbracht. Nach der Verletzung habe ich ein paar Jahre im Ausland studiert und bin ein bisschen gereist.« Er dreht den Kopf und sieht sie über die Schulter mit einem schiefen Lächeln an. »Ich dachte mir, ich sollte etwas mehr über die Welt erfahren, bevor ich versuche, die Menschen durch sie zu führen. Danach bin ich nach Hause zurückgekehrt und habe das Amt von meinem Vorgänger übernommen. Es war ein nahtloser Übergang. Geholfen hat dabei, dass er auch Pater Ross geheißen hat.«

»Ein Onkel?«, rät George.

Der Priester nickt. »Familientradition wird bei uns großgeschrieben.«

Sie kommen an eine offene Tür und bleiben stehen. Eine Gruppe Kinder im Alter von fünf bis zwölf Jahren sitzt an niedrigen Tischen in einem großen Klassenzimmer, greift sich Buntstifte aus Gemeinschaftsdosen und arbeitet an eindeutig selbst angefertigten Aufgabenheften. George erkennt am vordersten Tisch Cecily Campbells mittleres Kind, das Mädchen mit dem geflochtenen blonden Zopf auf dem Rücken. In dem Raum herrscht lebhaftes Geplapper; die Kinder unterhalten sich vergnügt. Poster an der Wand, die sowohl in Englisch als auch in Gälisch beschriftet sind, zeigen gezeichnete Versionen von Jesus, Moses mit den Zehn Geboten sowie Noah mit seiner Arche. Eine dunkelhaarige Frau mit langem Rock schlendert zwischen den Tischen umher, kommentiert die Arbeiten und bietet Ratschläge an. Sie bemerkt die Beobachter an der Tür und schenkt dem Priester ein Lächeln, das jedoch verschwindet, als sie George und Richie neben ihm bemerkt.

»Wer sind die?«, fragt ein kleiner Junge und starrt sie mit einem Bleistift in der Hand an.

»Das ist die Polizei«, verkündet Cecilys Tochter sachlich. »Die waren bei mir zu Hause.«

»Bei *uns* zu Hause!« Ihr älterer Bruder, der George und Richie zum Postamt begleitet hat, steht auf und winkt ihnen überschwänglich zu.

Ein neben ihm sitzender Junge legt die Stirn in Falten. »Mein Pa hat gesagt, wir sollten nicht mit ihnen reden …«

»So, genug geplappert«, ergreift die Lehrerin laut das Wort, aber George hört die Kinder weiterhin tuscheln, als sie ihren Weg am Klassenzimmer vorbei fortsetzen.

Das Büro des Priesters erweist sich angesichts der Größe der Kirche als überraschend klein. Bücherregale säumen zwei der Wände, gefüllt mit verschiedenen Fassungen und Einbänden der Bibel. George vermutet, dass die Sammlung im Laufe mehrerer Generationen entstanden ist. An den beiden anderen Wänden hängen religiöse Poster, Kunstwerke von Kindern und gerahmte Fotos.

George lässt sich auf dem Sitz nieder, auf den Pater Ross zeigt – direkt unter einer krakeligen Kinderzeichnung mit knurrenden Hunden. Richie nimmt neben ihr Platz. Ein schmaler Schreibtisch trennt sie von dem Geistlichen. George braucht einen Moment, um zu begreifen, was ihr hier merkwürdig vorkommt.

»Ich glaube, ich habe seit Jahren keinen Schreibtisch mehr ohne Computer gesehen.«

Pater Ross schmunzelt, als er sich auf seinen Stuhl setzt. »Ein Priester braucht in Wirklichkeit nur Papier, einen Stift und eine einnehmende Persönlichkeit. Ich kann ja jederzeit ins Dorf, wenn ich Kathy brauche, um etwas zu bestellen.« Er faltet die Hände auf dem Schreibtisch. »Lassen Sie mich damit beginnen, Ihnen dafür zu danken, dass Sie den weiten Weg auf sich genommen haben. Ich wünschte nur, die Umstände Ihres ersten Besuchs unserer Heimat wären nicht so tragisch.«

»Nun ja, man hat Alans Tod als ungewöhnlich genug eingestuft, um eine Untersuchung zu rechtfertigen«, sagt Richie behutsam.

»Und er lastet mir schwer auf der Seele und dem Verstand. Ein Mitglied unserer Gemeinde durch Selbstmord zu verlieren, ist … na ja, für die Leute nicht einfach zu verstehen. Seit Hunderten von Jahren trotzt diese Insel Stürmen, Armut und Bränden, und wir haben geliebte Menschen an das Meer verloren. Überlebt haben wir das alles, indem wir an unseren Überzeugungen festgehalten haben. Der Glaube an Gott und das Vertrauen in die Welt, die er für uns erschaffen hat, bilden unser Fundament. Wenn eines unserer Mitglieder strauchelt, fällt mir die Aufgabe zu, meine Herde zu beruhigen und um Vergebung für den zu beten, den ich nicht retten konnte.«

George zieht eine Augenbraue hoch. »Herde? Macht Sie das zum Hirten?«

»Der Vergleich fühlt sich richtig an.«

»War Alan katholisch?«, fragt Richie.

»Er hat mit allen anderen die Kirche besucht«, antwortet Pater Ross vorsichtig. »Bei einigen jüngeren Leuten unserer Gemeinde lässt sich schwer sagen, ob sie des Glaubens wegen kommen oder wegen des gesellschaftlichen Aspekts. Das kann ich nachvollziehen – der einzige andere Treffpunkt mit einer vernünftigen Heizung ist das Pub. Und das ist eindeutig kein geeigneter Ort für leicht beeinflussbare junge Leute, um einander kennenzulernen. Ich bemühe mich, Menschen jeden Alters zu ermutigen, die Kneipe ganz zu meiden. Ist allerdings schwierig, wenn der Besitzer während des gesamten Gottesdienstes auf der vordersten Kirchenbank sitzt und mich anglotzt.«

»Hatten Sie je …«, beginnt George, bevor ein Klopfen an der Tür sie unterbricht.

Eine sehr kleine Frau mit weißer Haarpracht steckt den Kopf herein.

»Brauchen Sie etwas, Pater? Tee? Kaffee?« Sie schenkt George und Richie ein warmherziges Lächeln. »Irgendetwas für die Inspectors?«

Der Priester sieht die beiden fragend an, aber sie schütteln den Kopf.

Die Frau lächelt erneut. Ihr Blick verharrt auf George. »Mein Enkelsohn ist ungefähr in Ihrem Alter«, merkt sie an. »Sind Sie …«

»Danke, Mary«, fällt Pater Ross ihr rasch ins Wort. »Ich komme zu Ihnen, sobald die Inspectors gegangen sind.«

Enttäuscht verzieht sie die Lippen, als sie die Tür hinter sich schließt.

»Was ich sagen wollte …«, fährt George mit zusammengebissenen Zähnen fort. »Hatten Sie je den Eindruck, dass Alan mit irgendetwas zu kämpfen hatte?«

»Ich glaube, er war ziemlich intelligent und hatte hervorragende Zensuren. Aber er war auch ein Teenager an der Schwelle zu einem jungen Mann. Ich bin sicher, dass er wie jeder andere seine Geheimnisse hatte.«

»Auf einer so kleinen Insel bleiben Geheimnisse doch bestimmt nicht lange geheim«, erwidert George, die sich daran erinnert, was Lewis über Klatsch gesagt hat. »Streitigkeiten unter Nachbarn, verstohlene Blicke …«

Pater Ross runzelt die Stirn. »Der Andeutung von Ehebruch unter meiner Aufsicht kann ich nichts abgewinnen, Inspector. Die Mitglieder meiner Gemeinde sind anständige, gottesfürchtige Katholiken.«

»Ich habe schon viele gottesfürchtige Menschen in allen

möglichen Situationen erlebt, die den Lehren ihres Glaubens widersprochen haben.«

Der Priester lässt sich nicht beirren und reckt trotzig das Kinn vor. »Hier werden Sie das nicht erleben. Die Menschen auf Eadar sind fromm und vor allem folgsam.«

George starrt ihn an und zwingt ihre Lippen, sich zu einem höflichen Lächeln zu öffnen.

Richie nimmt die entstehenden Spannungen wahr und greift ein. »Nehmen Sie auch die Beichte ab?«, fragt er.

»Nicht auf traditionelle Weise. Wir haben keinen Beichtstuhl. Es gibt nur diese beiden Ohren« – er deutet darauf – »und ein außergewöhnliches Pokerface.« Traurig schüttelt er den Kopf. »Im Gegensatz zu vielen Inselbewohnern, darunter einige in Alans Alter, hat er mich nie als Vertrauten aufgesucht.«

»Hat Ihnen unlängst jemand sein Herz ausgeschüttet?«

»Ich hoffe, Sie verlangen nicht gleich von mir, gegen das Beichtgeheimnis zu verstoßen.«

»Für unsere Ermittlungen ist es von Interesse, ob jemand Alan in den letzten Wochen erwähnt hat«, stellt George klar.

Pater Ross sieht sie an, als hätte sie etwas Dummes von sich gegeben. »Natürlich haben wir alle unsere Bestürzung und Trauer miteinander geteilt. Es gab auch erzürnte Äußerungen von Leuten, in deren Augen Alan den Plan Gottes für sein Leben abgebrochen hat. Letzten Endes haben mich die Menschen aufgesucht, um mich zu fragen, welche Anzeichen für jene schreckliche Tat sie bei ihm übersehen haben und worauf sie bei der eigenen Familie und Freunden achten sollten.«

»Hat jemand in den Wochen oder Monaten vor Alans Tod mit Ihnen über ihn gesprochen?«, möchte Richie als Nächstes wissen. »Ist irgendjemandem aufgefallen, dass er sich seltsam verhalten hat oder in Meinungsverschiedenheiten geraten ist?«

»Nein«, antwortet Pater Ross mit fester Stimme. »Deshalb war sein Tod auch ein solcher Schock.«

George wirft einen Blick auf ihr Notizbuch. »Würden Sie sagen, dass die Leute, mit denen Sie gesprochen haben, generell die Ansicht vertreten, Alan hätte sich das Leben genommen?«

Pater Ross' Augen werden groß. »Mir war nicht bewusst, dass es eine andere Theorie gibt.«

»Wir bleiben lediglich aufgeschlossen für alles«, wirft Richie ein. »Also hat Alan Ihres Wissens und Ihren Beobachtungen zufolge vor seinem Tod keine Anzeichen von Verzweiflung gezeigt?«

»Das ist richtig.« Der Priester verlagert auf dem Sitz das Gewicht und beugt das beeinträchtigte Bein. »Andererseits bringen sich glückliche Menschen nicht um.«

George schüttelt den Kopf. »Unserer Erfahrung nach nicht.«

»Mrs Ferguson hat berichtet, Sie waren bereits am Leuchtturm, als sie dort eingetroffen ist«, sagt Richie. »Hat Sie jemand geholt?«

»Alex Thomson. Als er mir erzählt hat, was passiert war, bin ich sofort zum Leuchtturm aufgebrochen.«

»Wie spät war es zu dem Zeitpunkt?«, fragt George.

»Ich habe mich gerade auf die Morgenmesse vorbereitet, also vielleicht … kurz nach sechs.«

Pater Ross schildert, dass er so schnell gehastet ist, wie es das schwächere Bein zugelassen hat. Unterwegs wurde er von Alex genauer informiert. John MacNeil war dabei, Kaninchenfallen aufzustellen, als er am Fuß des Leuchtturms einen Körper bemerkte. Er ging so nahe heran, wie er sich traute. Als er feststellte, dass Alan tot war, rannte er zu MacLeod und schlug Alarm. Alex ist ein weiterer Arbeiter, der teils auf der Farm und teils auf den Booten tätig ist. An dem Morgen war er auf den Koppeln.

»Ein paar von MacLeods Landarbeitern sind zum Leuchtturm und haben dort beim Leichnam gewartet. Einer wurde zu Catriona geschickt. Und Alex hat mich geholt.«

Richie schiebt sein Notizbuch über den Schreibtisch. »Könnten Sie mir die Namen der Landarbeiter aufschreiben?«

Der Priester ergreift das Notizbuch und nimmt sich einen Stift aus einem Keramikbecher voller Schreibwaren. »Alex und ich sind allein dort hinauf«, erzählt er, während er zu schreiben beginnt. »MacLeods Leute hatten Alan bereits überprüft, trotzdem habe ich selbst noch mal nach einem Puls getastet. Nur um mich zu vergewissern, wie ich annehme. Ich kann mich erinnern, wie kalt seine Haut war. Als würde man einen Stein am Grund eines Flusses berühren.« Kurz verstummt er und sieht seine Besucher an. »Alan hat nicht mehr in dem Körper gesteckt.«

George ist verblüfft darüber, wie gut er ein Gefühl sprachlich zum Ausdruck gebracht hat, das ihr selbst nur allzu vertraut ist, da sie schon so viele Tote untersucht hat. Neben ihr nickt Richie mit verkniffener Miene.

»Ich hätte zu Catriona gehen sollen, sobald ich davon gehört habe. Ohne eigene Polizei fällt die Bürde, schlechte Nachrichten zu überbringen, häufig mir zu. Leider hat sie es erfahren, bevor ich es ihr mitteilen konnte.« Er schüttelt den Kopf. Enttäuschung vertieft die Falten um seinen Mund. »Man hat mir erzählt, dass sie im Postamt zusammengebrochen ist. Einem Zusteller vom Festland hat sie damit den Schreck seines Lebens beschert, aber Gott sei Dank konnte er die Behörden so schnell herbringen.«

George weiß, dass die Mitglieder der Küstenwache oft die Rolle der Ersthelfer übernehmen müssen, wenn sie zu diesen abgelegenen Inseln gerufen werden – wo sie dann als Bergungskräfte, Sanitäter und gelegentlich sogar als Gesetzeshüter tätig sind.

Richie stellt noch ein paar Fragen über die darauf folgenden Tage und darüber, ob sich bei der Beerdigung etwas Ungewöhnliches ereignet hat. Abgesehen davon, dass es ein bedrückender Tag war, ist Pater Ross nichts Merkwürdiges aufgefallen – »außer dass MacLeod nicht gekommen ist«.

George schaut auf. »Alans Boss hat nicht an der Beerdigung teilgenommen?«

»Alisdair gehört zu meinen … schwierigeren Schäfchen. Er ehrt Gott auf seine Weise und bleibt für sich.« Diese Darstellung des Mannes – zusammen mit jener von Catriona – bestärkt George in der Überzeugung, dass der schweigsame Mann, den sie auf den Koppeln antrafen, tatsächlich Alisdair MacLeod war.

Richie richtet einen Blick kurz auf George, bevor er sich mit den Händen auf die Knie klatscht. »Ich denke, für heute haben wir von Ihnen alles, was wir brauchen, Pater. Allerdings bin ich überzeugt davon, dass wir in den nächsten Tagen mit weiteren Fragen vorbeischauen werden.«

»Ich stehe Ihnen voll und ganz zur Verfügung.«

Auf dem Weg zur Tür blättert George im Notizbuch eine Seite zurück. »Können Sie uns sagen, wo wir John MacNeil finden? Wir würden gern hören, was er über jenen Tag zu berichten hat.«

Pater Ross verzieht das Gesicht zu einer Grimasse. »Ach …«

Richie wechselt mit George einen weiteren Blick und fragt: »Gibt's ein Problem?«

»Nein, nein«, entgegnet Pater Ross hastig. »Aber ich denke, es wäre am besten, wenn ich Sie dabei begleite. John ist alleinerziehender Vater, und sein Sohn … Na ja, beide sind es nicht gewohnt, Besucher zu empfangen. Ein vertrautes Gesicht wäre hilfreich.«

»Haben Sie vor, bei jeder unserer Befragungen dabei zu sein?«, fragt George in neutralem Ton.

Der Geistliche sieht sie blinzelnd an. »Nur bei denen, wo ich gebraucht werde. Aber sagen Sie es mir ruhig, wenn das ein Problem für Sie wird, Inspector.«

Als er sie zurück durch den Korridor führt, bleibt Pater Ross abrupt stehen. »Oh, das habe ich Ihnen ja gar nicht gezeigt!«

Sie biegen nach rechts anstatt nach links ab und gelangen zu einer anderen Doppeltür aus hellem Holz. Er schiebt sie auf und winkt George und Richie hindurch.

In der Kirche riecht es nach sauberem Teppichboden, Holzpolitur und auch unvermeidlicherweise muffig. Hoch über ihren Köpfen breitet sich die gewölbte Decke aus, deren Dachsparren unverkleidet sind – ein Umstand, dem vermutlich die weitverbreiteten Staubwolken geschuldet sind. Zehn lange Kirchbänke erstrecken sich zu beiden Seiten eines breiten Mittelgangs. Zwei Frauen und ein Mann bewegen sich zwischen ihnen: Sie plaudern ungezwungen, sammeln Gesangbücher ein und wischen die Sitze ab. Die Unterhaltung gerät ins Stocken, sobald sie George und Richie bemerken, und sie endet völlig, als der Priester die Tür hinter ihnen schließt.

Entweder bemerkt Pater Ross die Spannung nicht, die in der Luft liegt, oder er ignoriert sie bewusst. Jedenfalls ruft er den drei Leuten einen unbeschwerten Gruß zu, die mitten in der Arbeit innegehalten haben und herüberstarren. Die Anwesenheit des Priesters veranlasst sie im nächsten Moment, mit ihrer Arbeit fortzufahren, allerdings bewegen sie sich dabei steif, als versuchten sie, George und Richie aus dem Augenwinkel im Blick zu behalten. George ist ein wenig gekränkt von ihrem Argwohn: Als wären ihr Kollege und sie gefährliche Tiere, denen man nicht den Rücken zukehren durfte.

Ein leiser Pfiff von Richie erregt ihre Aufmerksamkeit. Sie folgt seinem Blick zu einem spitzen Fenster in der hinteren Wand der Apsis. »Ein solcher Anblick bestätigt einen im Glauben an Gott«, sagt er.

Pater Ross strahlt übers ganze Gesicht. »Wunderschön, nicht wahr?«

Dem muss George zustimmen. Die Lage des Gotteshauses hoch oben auf dem Hügel dient nicht nur als Mahnung, dass man anständig bleiben soll. Da das Fenster nur wenige Meter von einem steilen Abgrund zum Ozean entfernt ist, wird durch die markante Trennlinie zwischen Meer und Himmel sicherlich eine dramatische Hintergrundkulisse für Pater Ross' Predigten geschaffen.

»Einige Inseln der Hebriden sind katholisch geblieben, als die protestantische Welle über das Land gefegt ist«, erzählt Ross und gesellt sich zu Richie, der vor dem Fenster steht.

»Darüber habe ich mich schon gewundert«, sagt Richie. »Ist Eadar unter dem Radar geblieben, weil es so weit draußen liegt?«

»Vielleicht«, meint Ross leichthin. »Allerdings vermute ich auch, dass man unsere Gemeinde als zu klein erachtet hat, um sich die Mühe zu machen, uns niederzuwerfen. Und siehe da, Jahrhunderte später hat sich nichts an unserem Glauben geändert.«

Er sieht aus, als sei er auf diese Tatsache unheimlich stolz. Richie hingegen vermittelt den Eindruck, ein wenig verstört zu sein.

»Das meiste ursprüngliche Holz haben wir behalten«, fährt der Priester fort, ohne etwas von Richies Reaktion mitzubekommen. »Über die Jahre hinweg haben wir dank der wachsenden Bevölkerung und aufgrund des besseren Zugangs zu Materialien vom Festland notwendige Verbesserungen vorgenommen. Aber dieses Fenster hat es schon immer gegeben.« Wehmütig lächelnd fährt er mit der Hand am Rahmen entlang. »Mir jedenfalls hat es geholfen, in dunklen Zeiten eine Perspektive zu finden. Wie eine Erinnerung daran, dass der Herr – so wie der Himmel hoch oben und das Meer unten von ihm erschaffen worden sind – auch uns aus einem ganz bestimmten Grund auf dieser kleinen einsamen Insel platziert hat.«

Entlang der Decke erstrecken sich von der Tür bis zur Apsis kreuz und quer uralte Balken. Auf dem Weg zurück zum Eingang schaut George zu ihnen hinauf und bemerkt eine in den Balken unmittelbar über der hintersten Kirchbankreihe geschnitzte Doppelspirale, die dem Boden zugewandt ist. »Was bedeutet das Symbol?«, fragt sie und winkt die Männer zu sich. »Es ist auch über der Tür unserer Kate.«

»Und beim Postamt«, fügt Richie hinzu. »Auf dem wunderschönen alten Briefkasten davor.«

Eine der Reinigungskräfte, eine Frau mittleren Alters mit dichten Locken, die ein Bündel von Papieren an die Brust gedrückt hält, schaut abrupt auf.

Pater Ross lacht. »Sie verdienen Ihre Dienstbezeichnungen wirklich, Inspectors.«

George vermag nicht recht zu sagen, ob er bewusst so herablassend klingt oder ob sich das Predigen in jeden Aspekt seiner Persönlichkeit eingeschlichen hat. »Für eine katholische Gemeinde kommt es mir ziemlich heidnisch vor«, sagt sie.

Richie wirft ihr einen warnenden Blick zu, doch der Priester scheint sich nicht an der Bemerkung zu stören. Er streckt die Hand nach oben und berührt die Spiralen.

»Für jemanden vom Festland muss es wohl ungewöhnlich wirken«, meint er. »Dort pflegt man alte Traditionen nicht so gewissenhaft. Aber die keltische Kultur ist mindestens tausendzweihundert Jahre älter als das Christentum. Wir haben sie nicht aufgegeben, nur weil wir Letzteres angenommen haben. Und seit ich Priester der Insel geworden bin und die damit verbundenen Pflichten geerbt habe, ist mir klar geworden, dass die beiden Hand in Hand gehen.« Er deutet auf das Symbol. »Das war schon lange vor mir hier – und lange, *lange*, bevor wir Teppiche und eine Heizung hatten.«

»Was bedeutet es?«

Die Antwort kommt nicht von Pater Ross.

»Es stellt ein Gleichgewicht zwischen zwei entgegengesetzten Kräften dar. Geburt und Tod, Schöpfung und Zerstörung, Licht und Finsternis.«

George dreht sich um und sieht die Frau mit den Locken fragend an. Ihr Gesichtsausdruck ist eindringlich, und sie presst sich die Papiere geradezu krampfhaft an die Brust.

»Natürlich erwarten wir nicht, dass jemand vom Festland das versteht«, fügt sie hinzu, verzieht die Lippen und entblößt dabei ihre krummen Zähne.

George schaut zu Richie, der genauso verdutzt vom giftigen Tonfall der Frau zu sein scheint. »Ich glaube, wir sind einander noch nicht vorgestellt worden. Ich bin Detective Inspector Lennox. Und wie heißen Sie?«

Statt zu antworten, schaut die Frau an George vorbei zu Pater Ross. George dreht sich um und sieht gerade noch, wie der Priester kaum merklich nickt.

Die Frau klingt genervt, als sie antwortet: »Angela Fraser.«

»Und was genau würde ich Ihrer Ansicht nach nicht verstehen, Ms Fraser?«

»Dass Gott eine Welt erschaffen hat, die von einer Dualität geprägt ist, und dass es uns nicht zusteht, sie zu hinterfragen. Wir müssen die uns zugedachten Rollen in Dunkelheit erfüllen und bei Sonnenaufgang unseren Frieden damit schließen.«

George bemüht sich, keine Miene zu verziehen. »Ich denke, das bekomme ich schon in den Kopf.«

Ruckartig deutet Angela mit dem Kinn zum Fenster und zum Meer dahinter. »Dann müssen Sie auch verstehen, dass wir Sie hier nicht brauchen.«

»Ich finde, das ist jetzt genug, Angela«, sagt Pater Ross leichthin. »Wie wir alle machen die Inspectors nur ihre Arbeit.« Er zeigt auf die Papiere in ihren Armen. »Die können Sie auf dem Weg nach draußen Mary geben.«

Ein Ausdruck von Zorn huscht über das Gesicht der Frau, aber sie eilt prompt davon.

Pater Ross lächelt entschuldigend. »Wir sind hier auf unserem kleinen Felsen ein leidenschaftlicher Menschenschlag. Ich denke, sie wollte Ihnen erklären, dass Volkstum nicht im Widerspruch zur Religion steht. Beides erfordert Glauben, Übung und Opfer.« Hingebungsvoll deutet er mit dem Kopf nach oben zum Symbol. »Deshalb kann auf Eadar beides harmonisch nebeneinander existieren.«

George und Richie wollen sich nicht länger in der Kirche aufhalten, und Pater Ross führt sie zum Eingang. Im Foyer haben sich einige Leute um Angela Fraser geschart, die wütend auf Gälisch flüstert. George entdeckt unter ihnen ein bekanntes Gesicht: Cecily Campbell, deren Tochter sich an ihr Bein klammert. Als sie Georges Blick bemerkt, vergewissert sie sich, dass Angela ihr den Rücken zugedreht hat, und sieht mit einem genervten Ausdruck zur Decke.

George zieht zum Schutz gegen die Kälte den Reißverschluss ihrer Jacke zu und schaut zum Priester zurück. »Sind Sie wegen Alans Tat wütend auf ihn? Immerhin widerspricht es Ihrem Glauben.«

»Nein«, antwortet Ross, der nun seine Hände in die Taschen steckt. »Ich fühle mich nur schuldig, weil ich nicht rechtzeitig tätig geworden bin. Vielleicht hätte er auf den rechten Weg zurückgeführt werden können.«

»Glauben alle, dass Alan – oder wohl vielmehr seine Seele – jetzt in der Hölle schmort?«

Seinem Blick entnimmt George, dass er abzuwägen versucht, ob sie die Frage sarkastisch meint. Ihr neutraler Gesichtsausdruck scheint ihn zu beruhigen. Als er ihr dann antwortet, bekommt sie die volltönende Stimme des Hirten von Eadar zu hören.

»*Denn ich bin gewiss, dass weder Tod noch Leben, weder Engel noch Mächte noch Gewalten, weder Gegenwärtiges noch Zukünftiges, weder Hohes noch Tiefes noch irgendeine andere Kreatur uns scheiden kann von der Liebe Gottes.* So schreibt Paulus in Römer 8,38–39.«

Seine Lippen öffnen sich zu einem aufrichtigen Lächeln, das die Augen erreicht. »Kurzum, ich glaube, dass Alans Seele unabhängig von seinen im Leben begangenen Sünden liebevoll in den Armen unseres Herrn liegt. Und zu dieser Überzeugung ermutige ich auch alle anderen.«

Kapitel 7

Das Licht draußen hat sich verändert. Trotz der Wolkendecke erkennt George, dass die Sonne sich zusehends dem Horizont nähert.

»Gehen wir zurück zur Kate?« Als von Richie keine Antwort kommt, dreht sie sich zu ihm um.

Er betrachtet etwas auf der anderen Seite des Hügels. »Komm her und sieh dir das an, Lennox!«

Auf dem Hang mit Blick zum Meer liegt der gepflegte Friedhof von Eadar. Ein gewundener Weg führt von dort zu einem Nebeneingang der Kirche. Eine niedrige Steinmauer grenzt das Reich der Toten dieser Insel von dem der Lebenden ab.

»Für die Aussicht würde ich mit Freuden sterben«, meint Richie.

In Anbetracht des durchdringenden Kreischens der am Himmel kreisenden Seevögel und des Tosens der unten an die Felsen brandenden Wellen in den Ohren ist George nicht sicher, ob sie dem zustimmen kann. Doch wie dem auch sei, sie folgt Richie durch das niedrige Eingangstor und schaut sich um.

Vielen der bröckelnden Grabsteine, die George in der ersten Reihe passiert, sieht man eindeutig die große Anzahl von Jahren an, die seit ihrer Errichtung vergangen sind. Doch es dauert nicht lange, bis die eingeritzten Daten nur noch Jahrzehnte statt Jahrhunderte zurückreichen.

»MacKinnons, Campbells, ein paar MacLeods«, murmelt sie, als sie eine kurze Steintreppe zur nächsten Gräberreihe hinabsteigt. »Die haben nicht damit gescherzt, dass sie Festländer zum Einheiraten brauchen«, ruft sie Richie zu. »Hier sind nur ungefähr fünf verschiedene Nachnamen, die immer wieder auftauchen.«

»Wahrscheinlich hat Kathy einen Stammbaum im Postamt hängen.« Richie beugt sich vor und betrachtet einen bröckligen Grabstein genauer. »*Dahingerafft von Krankheit*«, liest er vor und gibt einen missbilligenden Laut von sich, ehe er sich dem nächsten Stein zuwendet. »*Verschollen auf See*. Muss ein leeres Grab sein.«

»Fischen ist ein gefährlicher Beruf, wie ich annehme.«

»Das eine oder andere wissen wir wohl auch über gefährliche Berufe.«

George denkt an ihre dramatische Ankunft auf der Insel zurück. »Ich hatte gehofft, ›Ertrinken‹ würde weiter unten in unserer Liste der Berufsrisiken stehen. He, ich hab Samuel Nicholson gefunden!«

Zwischen den Gräbern hindurch bahnt sich Richie einen Weg zu ihr hin. In der Nähe schwebt eine verwegene Möwe auf einen Grabstein herab und beobachtet sie von dort mit ihren Knopfaugen.

»Mr Nicholson«, sagt Richie und bückt sich, sodass er auf Augenhöhe mit dem eingemeißelten Namen ist. »Danke, dass wir in Ihrem Haus übernachten dürfen.«

George bewegt die Lippen dicht zu Richies Ohr und säuselt mit rauer Stimme: »Ich bin in dem Bett dort gestorben.«

Richie wirft ihr einen finsteren Blick zu. »Zeig gefälligst ein bisschen Respekt vor den Toten, Lennox.«

Schnaubend zeigt sie auf die Daten auf Samuel Nicholsons Grabstein. »Wenn ich mit dreiundneunzig sterbe, werde ich mich nicht in der Nähe meines Grabs herumtreiben, um mich zu vergewissern, dass Besucher höflich sind.«

Doch ihr Humor verfliegt, als sie um die letzte Ecke biegen und frisch aufgewühlte Erde erblicken.

Anscheinend hat Alan reichlich Besuch in den zwei Wochen bekommen, seit man ihn zur letzten Ruhe gebettet hatte. Mehrere offensichtlich selbst gebastelte Karten aus Pappe zieren das Grab; drei Kerzenstummel stehen dicht beisammen. Es erscheint allerdings nahezu unmöglich, dass sich an den Dochten angesichts des ständigen Winds jemals eine Flamme hatte halten können. Ein kleiner Blumenstrauß, frisch gepflückt und mit einer groben Schnur zusammengebunden, lehnt an dem brandneuen Grabstein. Die gelben Blütenblätter heben sich hell vom Erdreich ab. George fragt sich, wem es gelingt, an einem so feuchten, sonnenlosen Ort wie hier Blumen mit einem solch heiteren Farbton zu züchten.

Richie richtet eine Karte auf, die der Wind umgeweht haben muss, ehe er vorsichtig zum Fußteil des schlammigen Rechtecks zurückweicht.

»Ist immer hart, ein Geburts- und Sterbedatum so nah beisammen zu sehen«, meint er und schaut zur Kirche hinauf. »Was hast du von unserem Gespräch dort gehalten?«

George folgt seinem Blick zu dem über ihnen aufragenden Kreuz. »Ross hat aufrichtig betrübt geklungen. Er scheint den Tod des jungen Mannes als Versagen seinerseits zu betrachten.«

»War es wohl auch.« Als Antwort auf Georges fragenden

Blick fügt Richie hinzu: »Ich kann nachvollziehen, warum er sich so etwas zu Herzen nimmt. Immerhin ist es seine Aufgabe, über das geistige Wohlergehen der Gemeinde zu wachen. Ein ziemlich grauenvolles Anzeichen dafür, dass immer wieder Leute durch die Maschen fallen.« Schweigend starrt er auf den Grabstein hinab. Dann tritt er zu ihm, legt die Hände darauf und neigt das Haupt. Seine Lippen bewegen sich stumm. George weiß, dass er betet. Schließlich richtet er sich auf und nickt ihr zu. »Gehen wir ein Netz anlegen.«

Ohne eine Antwort abzuwarten, schlängelt er sich zwischen den Grabsteinen hindurch zurück in Richtung des Tors.

George jedoch zögert. Als ihre Finger über die Oberkante von Alans Grabmal streichen, weht eine plötzliche Brise ihr Haar hoch und weitere Karten um. Geschickt steigt sie über das Erdreich und sammelt sie auf. Bei einigen steht auf der Vorderseite in sauberer Handschrift eine recht allgemein gehaltene Beileidsbekundung. George klappt die oberste Karte auf, um herauszufinden, was für Botschaften der Selbstmord eines Teenagers den Menschen hier entlockt.

Allerdings erweist sich die Karte innen als leer. Die nächste auch. George sieht die restlichen durch, aber keine enthält irgendeine persönliche Mitteilung. Vielleicht gibt es nichts Angemessenes, was man unter solchen Umständen schreiben könnte.

Ein Kribbeln kriecht ihr über den Rücken. Mit den Karten in den Händen lässt sie den Blick über den Friedhof und das Gelände hinter der Mauer wandern. Sie sieht Richie, der gerade durchs Tor hinausgeht. Zwei kreischende Kinder verfolgen ein drittes einen entfernt liegenden Hang hinunter. Unten im Hafen läuft ein Boot ein, auf dessen Deck mehrere Gestalten in der Kabine verschwinden und einige andere aus ihr auftauchen. Niemand geht in die Kirche hinein oder aus ihr hinaus, niemand kommt, um sie dafür zu rügen, dass sie den Friedhof betreten hat … Doch da! In einem kleinen Fenster neben dem Seiteneingang rührt sich etwas.

Ein Vorhang, der zurück an seinen Platz schwingt.

Sie bemüht sich, das wachsende Unbehagen in ihrem Unterleib zu verdrängen, geht zu ein paar Sträuchern und hebt dort einen faustgroßen Stein vom Boden auf. Damit kehrt sie zum Grab zurück, legt die Karten zu einem ordentlichen Stapel zusammen und beschwert sie mit dem Stein. Dann eilt sie hinter Richie her.

Auf dem Weg zurück zur Kate reden sie wenig. Das Schweigen wird nur gelegentlich unterbrochen, um eine Frage zu stellen oder etwas zu bestätigen, das Pater Ross gesagt hat.

Zwei Männer, mindestens zwanzig Jahre älter als Richie, schlendern ihnen auf dem Hügel entgegen und lassen sich dabei Zeit für den steilen Abstieg. Finstere Mienen scheinen sich in ihre Gesichter dauerhaft eingebrannt zu haben. George fragt sich, ob es am ständigen Zusammenkneifen der Augen zum Schutz vor dem Wind liegt … oder vielleicht doch am Anblick zweier Polizisten auf ihrer Insel. Obwohl man sie überwiegend herzlich und höflich behandelt, hat die Begegnung mit Angela Fraser verdeutlicht, dass nicht alle auf Eadar erfreut über ihre Anwesenheit sind. Und dennoch, als Richie winkend die Hand hebt, erwidern die Männer die Geste und murmeln einen gälischen Gruß.

George beäugt sie argwöhnisch. Sie hätte schwören können, dass sie hier in der Umgebung eine Bewegung wahrgenommen hat, als sie oben auf dem Leuchtturm gewesen ist. Könnten die Inselbewohner so neugierig auf ihre Ermittlungen sein, dass sie in der Kate herumgeschnüffelt haben, als George und Richie unterwegs gewesen sind?

Das unbehagliche Gefühl, beobachtet zu werden – sie empfand es bereits auf dem Friedhof –, ist geblieben. Als sie Richie davon erzählte, wirkte er nicht überrascht: Natürlich wären die Leute ihretwegen neugierig, meinte er nur.

Dennoch sucht sie jetzt, wo sie vor der Kate steht, die Fenster und den Türrahmen nach Anzeichen eines gewaltsamen Eindringens ab, während sie ungeduldig darauf wartet, dass er den Schlüssel hervorholt. Ihr Blick bleibt an der Spirale auf dem Sturz hängen. Als Richie den Schlüssel ins Schloss steckt, greift sie nach oben und fährt mit der Fingerspitze über die Kreise des Symbols. Das Holz fühlt sich weich an, erodiert durch jahrzehntelange Einwirkung der Elemente – und dann plötzlich nicht mehr. Mit einem Zischen zieht sie die Hand blitzschnell zurück.

Richie bekommt einen Schreck und sieht sie besorgt an. »Alles in Ordnung?«

Sie betrachtet den dünnen Splitter in ihrem Zeigefinger, bevor sie ihn an den Mund hebt und das klitzekleine Holzstück mit den Zähnen herauszieht. Ein winziger Blutstropfen quillt aus dem Finger. Sie hält ihn Richie vors Gesicht, der daraufhin die Augen verdreht.

»Ich denke, du wirst es überleben.«

George folgt ihm in die Kate und saugt dabei an ihrem Finger.

Richie steuert schnurstracks den Kamin an und legt neue Scheite auf die glühend heißen Kohlen, um das Feuer wieder anzufachen. Danach schieben sie die Möbel von der einzigen kahlen Wand im Raum weg. Anschließend bewaffnen sie sich mit Karteikarten und Klebemasse und beginnen, das »Netz ihrer Ermittlungen« anzulegen.

Die Zeit für ein Abendessen verstreicht. Der Himmel vor dem Fenster ist pechschwarz geworden, als sie endlich eine Zeitleiste mit den bisher bekannten Fakten zu Alans Leben und Tod erstellt haben. Es ist ernüchternd zu sehen, wie viele Lücken es noch zu füllen gilt.

Bevor sie am Nachmittag mit Pater Ross gesprochen haben, sind sie eine Zeit lang im Dorf von Tür zu Tür gegangen. Die meisten Bewohner sind überrascht gewesen, die beiden auf ihrer Schwelle zu erblicken, haben sich aber als hilfsbereit erwiesen und bereitwillig Auskunft darüber gegeben, was sie wissen – was entsprechend der Darstellung an der Wand nicht wirklich viel ist.

»Ich denke, gleich als Erstes sollten wir morgen MacLeod aufsuchen«, meint George, die inzwischen am Tisch Platz genommen hat. Der Druck in ihrem Kopf hat sich in den letzten Stunden verdoppelt, aber Richie hat den Raum nie so lange verlassen, dass sie zu ihrer Aktentasche hätte hasten können. »Ich will wissen, was für eine Art von Arbeit Alan verrichtet hat und wer seine Kollegen waren. Und warum sein Boss nicht zur Beerdigung gekommen ist.«

Richie sitzt mit einem Becher in den Händen am Feuer. Seine Lider werden sichtlich schwer. Er reibt sich das Gesicht, bevor er nickt. »Okay, zuerst MacLeod. Danach John MacNeil. Aber anscheinend brauchen wir den Priester als Begleitung.«

»Ich frage mich, ob er wirklich wegen MacNeil dabei sein will.«

»Hast du eine andere Theorie?«

»Die köchelt noch. Er hat etwas gesagt, das mich zum Grübeln gebracht hat.«

»Ach ja?«

George schlägt eine leere Seite in ihrem Notizbuch auf und zeichnet eine grobe Karte von Eadar. »Hier ist der Leuchtturm, da die Hauptstraße. MacLeod ist in der Mitte.« Entlang der Hauptstraße schreibt sie drei X; zwei setzt sie dicht nebeneinander, eines in etwas größerem Abstand von den beiden anderen. »Alex Thomson rennt vom Leuchtturm direkt zur Kirche, um Ross zu holen«, sagt sie und fügt eine punktierte Linie hinzu, die von der Südostspitze der Insel zum äußersten X reicht. »Dann eilen sie zurück.«

»Du bist ja voll die Künstlerin, Lennox.«

»Halt die Klappe! Ross hat gesagt, er ist davon ausgegangen, dass sich einer der anderen Farmarbeiter auf den Weg gemacht hat, um Catriona zu informieren.« Sie fährt mit dem Stift zurück zu dem Rechteck, das für MacLeods Farm steht. »Alex Thomson und dieser andere, unbekannte Arbeiter müssten den gleichen Weg zum Dorf zurückgelegt haben. Aber der Arbeiter dürfte zuerst die Bäckerei angesteuert haben.« Der Stift umkreist das erste X. »Als er Catriona dort nicht angetroffen hat, ist Sally zum Postamt.« Ein weiterer Kreis wird um das zweite X hinzugefügt. »Da hat Catriona die Neuigkeit erfahren und ist schließlich zum Leuchtturm aufgebrochen.« Sie zieht eine scharfe Linie zwischen den beiden Punkten, bevor sie den Stift klappernd auf den Tisch wirft. »Wie also konnte Ross vor ihr dort sein?«

Aber Richie schüttelt bereits den Kopf. »Sie hat gesagt, sie wäre von der Nachricht überwältigt gewesen, schon vergessen?

Die Frau ist zusammengebrochen. Ich gehe davon aus, dass sie nicht sofort zum Leuchtturm losmarschiert ist.«

Eindringlich starrt George auf die Karte, bevor sie aufstöhnt. »Tja, Scheiße.«

Er schmunzelt. »Du glaubst, der Priester hatte was mit seinem Tod zu tun, oder? Also, ich hab ja mitbekommen, dass er dir nicht behagt …«

»Das hab ich nie gesagt.«

»… aber ich glaub kaum, dass er sich mit dem lahmen Bein auf einen Kampf einlassen würde«, beendet Richie seinen Satz voller Überzeugung.

»Hm«, brummt George nachdenklich. Dann blickt sie zum auf dem Tisch liegenden Autopsiebericht. Sie legt die Finger der linken Hand auf den rechten Arm. »Ein, zwei, *drei* kleine, runde Blutergüsse in gleichmäßigen Abständen am Bizeps, einer darunter. Ich frage mich, was sie verursacht haben könnte.«

Richie ahmt die Fingerstellung am eigenen Oberarm nach und schaut mit gerunzelter Stirn darauf. »Tja. Das kann ich nicht entkräften. Und wir behalten es im Hinterkopf, während wir unsere Fragen stellen. Nur springst du zwischen Theorien hin und her wie ein Floh in einem Rudel Hunde, Lennox. Lass sie weiter … köcheln, aber davon nicht unsere Vorgehensweise beeinflussen.« Ein lautes Gähnen schwächt seinen gebieterischen Tonfall ab. »Ich geh schlafen. Solltest du auch.«

»Uns bleiben nur noch vier Tage hier auf der Insel«, gibt George zu bedenken und zieht den Antrag der Staatsanwaltschaft zu sich. »Ich muss nicht unbedingt meine acht Stunden haben.«

»Manche Menschen brauchen mehr Schlaf als andere«, entgegnet Richie mit einem Schniefen. »Außerdem bist du nutzlos für mich, wenn du vollkommen übermüdet bist und dich mit den spärlichen Informationen, die wir bisher haben, im Kreis drehst.« Als er einen sich anbahnenden Protest spürt, wird seine Stimme schneidend. »Du kannst argumentieren, so viel du willst, Lennox, aber wir wissen beide, dass du dich immer noch nicht von deinem Sturz vollständig erholt hast.«

Nach einer spannungsgeladenen Stille schwenkt Richie mahnend einen Finger in ihre Richtung. »Geh schlafen. Das ist ein Befehl von deinem Vorgesetzten.«

»Wir haben inzwischen den gleichen Rang.«

»Ich bin älter. Und schöner.«

Damit verschwindet er im Schlafzimmer und schließt die Tür.

George wartet, bis der dünne Lichtstreifen unter der Tür nicht mehr zu sehen ist, bevor sie vom Tisch aufsteht und auf Zehenspitzen zu ihrer Aktentasche schleicht. Als Erstes wirft sie mit einem Schluck von ihrem längst kalten Tee die Schlaftablette ein. Die Schmerztablette jedoch ist erst auf halbem Weg zum Mund, als Richie plötzlich die Schlafzimmertür aufreißt.

Es lässt sich nicht verbergen, was sie gerade macht. Ihre Blicke begegnen sich, als Georges hohle Hand den Mund erreicht.

Rasch schluckt sie die Pille runter. »Nur gegen Kopfschmerzen.«

Nach einem Herzschlag nickt er. Dann beschleunigt sich ihr Puls, als er sich nähert und ihr das Fläschchen aus den Fingern zieht. Seine Augen weiten sich, als er erkennt, um was für Tabletten es sich handelt, obwohl das Etikett entfernt worden ist.

»Tramadol? Die sind stark. Du nimmst sie gegen Kopfschmerzen, sagst du?«

Ein siedendes Gefühl steigt ihr in die Kehle. »Sind mir verschrieben worden«, sagt sie und ist selbst überrascht von ihrem hitzigen Ton. »Vom Arzt.«

Warum sie die letzte Äußerung hinzugefügt hat, weiß sie selbst nicht. Und so, wie Richie die Brauen zusammenzieht, er offensichtlich auch nicht. Aber sie kann es nicht ertragen, dass er sie wieder wie zuvor oben auf dem Leuchtturm ansieht – wie es alle tun, die Bescheid wissen: voller Besorgnis, Mitleid und Bedenken. Nachdem sie sich mit einem kurzen Seitenblick vergewissert hat, dass das andere Medikamentenbehältnis unsichtbar in seinem Fach verborgen ist, holt sie sich die Tramadol-Tabletten zurück.

»Wie lange nimmst du die schon?«, fragt Richie, während er beobachtet, wie sie das Fläschchen in der Aktentasche verstaut und sie schließt.

Sie ignoriert die Frage und lässt die Verschlüsse laut einrasten.

»Ich hatte die auch mal …« Er bleibt beharrlich beim Thema und folgt ihr, als sie mit der Aktentasche zur Couch geht. »Nach einem Motorradunfall vor zehn Jahren. Aber der Arzt hat sie mir nur für ein paar Wochen verschrieben. Doch dein Unfall ist Monate her.«

»Also kennst du dich besser damit aus als mein Arzt?«

»Nein, George. Ich weiß nur, dass sich das Abhängigkeitsrisiko erhöht, wenn man sie zu lange nimmt.«

»Was ich offensichtlich mit meinem Arzt besprochen habe. Sofern du also keinen Abschluss in Medizin besitzt, von dem ich nichts weiß, kannst du deine Meinung gern für dich behalten.«

Richie verstummt, als sie die Tasche unter die Couch schiebt und sich anschließend unter die Decke legt. Ihr ist egal, dass sie noch angezogen ist. Sie wickelt sich einfach bis zum Kinn ein und dreht ihm den Rücken zu.

Sie hört, wie er Atem schöpft, bevor er über den Steinboden davonschlurft. Er verschwindet im Bad und schließt die Tür hinter sich.

Eine halbe Stunde später befindet sich Richie wieder im dunklen Schlafzimmer, und George hat sich auf die andere Seite gerollt, um die Flammen im Kamin zu beobachten. Das Adrenalin, das aufgrund des Streits ausgeschüttet worden ist, verzögert offenbar die Wirkung der Schlaftablette – süße Träume fühlen sich auf eine frustrierende Weise unerreichbar an.

Richies Schnarchen dringt grollend wie entfernter Donner durch die Wand. Einer von Georges Ex-Freunden hat fürchterlich geschnarcht, was mit ein Faktor – wenn auch nicht der Hauptgrund – für ihre Trennung war. Damals hat sie sich gefragt, ob sie deshalb so lange zusammengeblieben sind, weil sie während des Großteils ihrer Beziehung nie wirklich neben ihm schlief – entweder weil sie Nachtschichten hatte, oder weil sie mit taumelnden Schritten in sein Gästezimmer ging, wenn sie den Lärm nicht mehr ertragen konnte. Allein zu schlafen bedeutet sicherlich, dass man seine Ruhe hat, aber allmählich macht sie das nervös. *Ruhe* – das ist ihr die vergangenen acht Monate von allen Seiten aufgezwungen worden. Zurückhaltung beim Sport, weniger Verantwortung, stille Abendessen, bei denen sich ihre Freunde entschuldigen, wenn sie mit dem Besteck klappern.

Ich bin nicht kaputt!, hätte sie Cole, ihren Eltern und ihren Freunden oftmals gern ins Gesicht geschrien. *Ich kann denken, ich kann mich bewegen, es geht mir gut!*

Aber es ist schwer, Leute davon zu überzeugen, die einen zerbrochen gesehen haben.

Eine Träne bildet sich in ihrem Augenwinkel. Warm kullert sie ihr über die Wange und benetzt ihr Haar. George spart sich die Mühe, die hinterlassene Spur wegzuwischen – die Hitze, die das Feuer ausstrahlt, trocknet ihre Haut rasch. Als sie jedoch spürt, dass sich weitere Tränen anbahnen, setzt sie sich auf und presst die Finger gegen die Schläfe, die Wangenknochen, die Kieferpartie. Sie muss sich unbedingt zusammenreißen, sonst wird Richie denken, dass sie austickt.

Vielleicht kann sie es der Insel in die Schuhe schieben – gut möglich, dass sie schon früher Menschen in den Wahnsinn getrieben hat.

George schaut zum Stuhl am Esstisch, an dessen Rückenlehne die Tasche mit den Logbüchern hängt. Schlaf wird sich eindeutig nicht so schnell einstellen; vielleicht erweisen sich Kathys Gutenachtgeschichten doch noch als nützlich.

Und so geht George zum Tisch, lässt sich auf dem Stuhl nieder und holt die Logbücher aus der Tasche. Auf jeder Umschlaginnenseite steht mit schwarzem Stift der Zeitraum, den das jeweilige Buch umspannt. George vermutet, dass diese Ergänzungen von Kathy stammen. Sie wählt das älteste Buch aus und beginnt mit dem ersten Monat der Männer auf Eadar. Zwischen ihren Fingern fühlen sich die Seiten brüchig an, ihre Ecken kräuseln sich leicht nach innen. Sie hält die Nase an das Papier und atmet genüsslich den etwas süßlichen Geruch ein, bevor sie zu lesen anfängt.

Die ersten Einträge sind überwiegend mit Tinte verfasst. Doch gelegentlich hat jemand mit Bleistift geschrieben, und bei solchen Passagen ist die Handschrift noch schwieriger zu entziffern, weil die Buchstaben im Verlauf der Zeit verblasst sind. Zwischen den Seiten finden sich Hinweise auf Kathys Reise durch die Bücher – ein Zettelchen, ein ausgefranstes Band, eine große Sicherheitsnadel. George fragt sich, ob Kathy damit etwas Bemerkenswertes gekennzeichnet oder einfach nur ständig die zuletzt gelesenen Stellen markiert hat.

Ein relativ gut lesbarer Abschnitt vom 17. September 1918 stammt von einem gewissen J. Smith. Er beschreibt darin die Aufgaben eines Vormittags: putzen, Brennholz hacken, in der Laterne den Brennstoff nachfüllen. Seine Abscheu über das Essen am vergangenen Abend bringt er in so lebendigen Einzelheiten zum Ausdruck, dass George unwillkürlich laut auflacht. Danach schreibt er:

> *Wieder einmal hat Wilson nicht gut geschlafen und ist nicht rechtzeitig für seine Schicht aufgestanden. Das Wetter macht ihm zu schaffen. Der Sturm tobt heftig, und er fürchtet, das Dach könnte einstürzen. Er ist jung und noch nie zuvor so weit im Westen gewesen. Trotz meiner Beschwichtigungen wird seine Miene immer finsterer, je länger wir hier sind. Ich kann nur beten, dass eine Pause dieses schrecklichen Wetters seine Nerven beruhigen wird, denn mit jedem Tag, der verstreicht, wird er unangenehmer. McClure verliert allmählich die Geduld.*

Die letzten Zeilen ernüchtern George ein wenig. In dem Abschnitt folgt keine weitere Erwähnung von Wilsons Einstellungsproblemen oder McClures Verärgerung. Aber in Anbetracht der weitverbreiteten Theorie, einer der Wärter könnte irgendwann durchgedreht sein und sich gegen seine Gefährten gewandt haben, weckt die Andeutung eines Konflikts ihr Interesse. Ungeduldig blättert sie weiter, doch ein seltsames Geräusch lässt sie innehalten. Sie sieht sich um.

Richies Schnarchen hat einen eigenartigen Ton angenommen. Es klingt länger, gedehnter. Nach einigen Sekunden erkennt sie, dass die merkwürdigen Laute nicht aus dem Schlafzimmer kommen – sondern von draußen. Langsam bewegt sie sich auf die Tür zu und spitzt die Ohren zwischen Richies grollenden Atemzügen. Aber als sie den Eingang erreicht, ist das Geräusch von draußen vollständig verstummt. Schulterzuckend kehrt sie um.

Aber nach nur einem Schritt in Richtung des Tischs setzt das Geräusch wieder ein, so als hätte es nur darauf gewartet, dass sie ihm den Rücken zudreht.

Und einen Moment lang kann ihr Verstand das, was sie zu erkennen glaubt, nicht verarbeiten. Es ist mit Sicherheit unmöglich – immerhin befinden sie sich auf einer winzigen Insel mitten im Meer. Aber noch während sie mit der Logik hadert, hallt der Laut erneut über den Hügel.

Der Steinboden unter ihren Füßen neigt sich. George schwankt und streckt die Hand aus, um sich abzustützen. Endlich setzt die Wirkung der Tablette ein, bewirkt eine schleichende Schläfrigkeit. Sie steuert schnurstracks auf die Couch zu, legt sich hin und zieht sich die Decke zum Kinn hoch. Bevor George in einen traumlosen Schlaf sinkt, ist ihr letzter zusammenhängender Gedanke, dass es auf Eadar weitaus mehr zu fürchten gibt als brutale Stürme und Isolation, wenn real ist, was sie gehört hat. Und der Liste ihrer Fragen fügt sich eine weitere hinzu.

Warum hat niemand die Wölfe erwähnt?

Kapitel 8

Sosehr sie sich auch bemüht, ihn zu überzeugen, Richie versucht nicht mal, seine Skepsis zu verbergen. »Sag«, meint er nur, »sind die Wölfe hergeschwommen oder haben sie ein Boot gemietet? Mal abgesehen von der überaus hervorstechenden Tatsache, dass man in Schottland seit tausend Jahren keinen Wolf mehr gesichtet hat.«

»Jetzt sei kein Arsch. Ich weiß selbst, dass es hier keine echten Wölfe geben kann. Ich erzähle dir nur, was ich gehört habe.«

Er hatte bereits geduscht, als sie wach wurde. Und die Atmosphäre zwischen ihnen war frostig, als er die Küche betrat. Aber als sie beim Frühstück begonnen haben, sich zu unterhalten, hat George gespürt, wie er aufgetaut ist.

Nun verbirgt Richie ein Schmunzeln hinter seinem Teebecher und wirft einen Blick auf seine Armbanduhr. »Sofern wir nicht geschnappt werden, bevor wir Großmutters Haus erreichen, müssen wir heute wieder bei der Post vorbeischauen.« Seine Wangen röten sich. »Ich hab gestern vergessen, Jenny anzurufen.«

Als sie ihre Sachen einsammeln und zur Tür hinausgehen, wünschte George, sie hätte es für sich behalten, dieses seltsame Geräusch gehört zu haben. Vor allem, nachdem er sie erwischt hat – nein, nicht *erwischt*. Das Wort »erwischen« würde andeuten, dass sie etwas Unrechtes gemacht hat. Aber die Schmerztabletten hat ihr wirklich ein Arzt verschrieben. Und er hat gesagt, sie könnte sie so lange einnehmen, bis die Kopfschmerzen aufhören. Doch das ist nebensächlich. Solange sie ihre zerbrochenen Teile zusammenhält, schuldet sie niemandem eine Erklärung darüber, wie es ihr gelingt.

Das Geheul war vermutlich nur der Wind, denkt sie, während sie zum Farmgebäude am Fuß des Hügels hinabmarschieren. Vielleicht ist es genau dieses Geräusch gewesen, das sie in der ersten Nacht geweckt hat – und vielleicht hatte es auch dem jungen Leuchtturmwärter Wilson so viele schlaflose Nächte beschert. Wie zur Bestätigung, dass dies wahrscheinlich der Fall gewesen war, streicht eine recht starke Brise über die Koppel, und das lange Gras wogt hin und her. Von hoch oben betrachtet würde die winzige Insel Eadar wohl nahtlos mit der kabbeligen See verschmelzen.

Über die Koppeln verstreut ist eine Handvoll Landarbeiter damit beschäftigt, Zäune zu reparieren, Wassertröge zu füllen und Futter zu verteilen. Eine junge Frau verzieht vor Anstrengung das Gesicht, während sie einen Holzpfahl stützt und zwei andere Arbeiter einen Draht zwischen ihm und einem anderen Pfosten spannen. Alle drei schauen zu George und Richie hinüber, als die beiden an ihnen vorbeigehen.

George setzt ein verkniffenes Lächeln auf, denn sie rechnet mit einem äußerst persönlichen Gruß oder zumindest mit einem Winken. Doch weder das eine noch das andere passiert. Stattdessen wird ihr Lächeln mit drei identischen Mienen unverhohlener Feindseligkeit quittiert. Richie, der an ihrer Seite geht, scheint davon nichts mitzubekommen. Er plappert über Windrichtungen und Gezeiten, als die Frau sich plötzlich in

Bewegung setzt. Ohne George aus den Augen zu lassen, beugt sie sich langsam über den Zaun und spuckt ins Gras.

Vor lauter Bestürzung über dieses unerwartete aggressive Verhalten entgeht George, dass Richie auf eine Antwort von ihr wartet, bis er ihren Namen laut wiederholt.

»Was?«, hakt sie nach und löst den Blick von dem Trio hinter ihnen.

»Ich habe dich nach deinen Gedanken über Alisdair MacLeod gefragt«, antwortet Richie, der prüfend in sein Notizbuch schaut. »Wenn er das war, den wir gestern gesehen haben – wie hoch stehen dann die Chancen, dass er heute mehr zu sagen haben wird?«

»Äh …« Mühsam konzentriert sie sich wieder auf die bevorstehende Aufgabe. »Nach den Beschreibungen, die wir bisher gehört haben? Bei der Befragung kannst gern du das Heft in die Hand nehmen.«

Richie verzieht zwar das Gesicht, findet sich aber damit ab, dass er gleich die Faust erheben wird, um an die Tür von MacLeods Farmhaus zu klopfen. Es handelt sich um ein altes Steingebäude, das ihrer eigenen Unterkunft nicht unähnlich ist, nur wird es offensichtlich von kompetenteren Händen instand gehalten. Die Fensterbänke sind unlängst dunkelgrün gestrichen worden, und die Beete im Garten sehen gepflegt aus. George hat sich so an die Palette gedämpfter Farben auf Eadar gewöhnt, dass die violetten und gelben Blumenköpfe sie regelrecht verblüffen.

Sie hebt den Blick, und sogleich stupst sie Richie. Auch über dieser Tür prangt eine Doppelspirale.

Seine Augen weiten sich leicht, und er murmelt: »Unheimlich.«

Als Richie ein zweites Mal anklopft, entfernt sich George von ihm und wirft einen Blick auf das restliche Grundstück von MacLeod. Zwischen dem Haus und zwei Schuppen, einer wesentlich größer als der andere, befindet sich ein nicht allzu großer Hof. An der Wand der kleineren Baracke lehnt ein Fahrrad, und in einer Schubkarre liegt ein Haufen verdreckten Heus, aus dem eine Mistgabel ragt. Um die Ecke taucht ein Landarbeiter auf, der sich nach vorn beugt und die Griffe der Karre packt.

»Entschuldigung«, ruft George dem Mann zu. »Ist Mr MacLeod da?«

Vor Überraschung lässt der Arbeiter beinahe die Schubkarre fallen. Dann deutet er den Hang hinauf, zu einer Gestalt, die sich ihnen nähert.

George stupst Richie an, der inzwischen an ihre Seite getreten ist. »Das bekommt man in der Stadt nicht zu sehen.«

Richie folgt ihrem Blick und stößt einen beeindruckten Pfiff aus. »Wäre er dreißig Jahre jünger, würdest du ihn anschmachten. Verdammt, das würde sogar ich.«

Ehrfürchtig schweigend beobachten die beiden, wie Alisdair MacLeod – es ist tatsächlich der kantige Mann, den sie gestern gesehen haben – von einer entfernten Koppel auf das Farmhaus zusteuert, die Ärmel bis zu den Ellbogen hochgekrempelt. Auf seinen Schultern trägt er ein ausgewachsenes Schaf, während mehrere weitere hinter ihm her trotten. Das Tier auf seinen Schultern wippt in Übereinstimmung mit seinen Bewegungen und wirkt rundum zufrieden, so transportiert zu werden. Aufgrund der Größe des Schafs schätzt George, dass es mindestens doppelt so viel wiegt wie sie selbst. Trotzdem scheint MacLeod keinerlei Mühe damit zu haben.

Dank seiner muskulösen Unterarme und kräftigen Hände, die das Tier an den Beinen festhalten, kann es ihm nicht vom Rücken rutschen.

Als MacLeod das Tor erreicht, dröhnt seine raue Stimme so laut, dass sie über den Hof bis zu George und Richie trägt.

»Bleibt zurück!«, brüllt er die ihm folgenden Schafe an. »Zurück, ihr dämlichen Viecher.«

Er schließt erfolgreich ohne Ausreißer das Tor hinter sich zu und schreitet auf den größeren Schuppen zu. Nachdem die beiden Kriminalbeamten einen beeindruckten Blick gewechselt haben, versuchen sie, ihn auf sich aufmerksam zu machen.

»Mr MacLeod?«, ruft Richie. »Können wir ein paar Minuten mit Ihnen reden?«

Als MacLeod sie erblickt, verengt er die Augen zu Schlitzen. Dann schaut er mit einem Kopfrucken wieder nach vorn und setzt seinen Weg in den Schuppen fort. George und Richie folgen ihm hinein. Drinnen riecht es angenehm nach einer Mischung aus Stroh, altem Leder und Tieren. Als sich Georges Augen an das Halbdunkel gewöhnen, erkennt sie, dass es sich bei dem Schuppen in Wirklichkeit um eine Scheune handelt. Halbhohe Wände unterteilen den Raum in vier Boxen. Drei weisen kahle, gekehrte Erdböden mit wenigen Strohresten in den Ecken auf. In der vierten ist eine dicke Schicht aus frischem Stroh ausgelegt. Außerdem gibt es dort einen Trog mit Wasser und einen Eimer mit verschiedenen Körnern. In dieser Box legt MacLeod das Schaf sanft zu Boden.

»Ist es krank?«, fragt George und tritt näher.

MacLeod richtet sich auf und zieht die Schulterblätter mit einem hörbaren Knacken zurück.

»Hat sich das Bein verletzt«, brummt er und schüttelt die

Hände aus. George bemerkt nun die Dreck- und Blutstreifen auf seinem weißen Hemd. Weiteres Blut entdeckt sie am linken Vorderbein des Schafs. Ihr zieht sich alles zusammen, als sie die tiefe Schnittwunde sieht.

»Wie ist denn das passiert?«

Er zuckt mit den Schultern. »Es sind Schafe. So was kommt vor.« Er greift nach einem über der Boxentür hängenden, sauberen Stoffstreifen und verbindet mit geschickten Handgriffen erfolgreich das Bein des Tiers. Als MacLeod den Knoten festzieht, blökt es einmal, ansonsten verhält es sich ruhig. Er richtet sich auf und wischt sich Strohhalme von den Knien.

George geht wieder ein kleines Stück näher heran. »Darf ich?«

Weder verneint MacLeod, noch bejaht er. Stattdessen beobachtet er mit ausdrucksloser Miene, wie sie die Hand ausstreckt und den Kopf des Schafs streichelt. Die Wolle dort ist kürzer, trotzdem fühlt sie sich weich unter den Fingern an. Das Tier schnuppert neugierig an ihrem Handgelenk. Warmer Atem streicht über ihre Haut. Richie schüttelt gutmütig den Kopf, als sie zurücktritt. Sie freut sich im Stillen. Zuvor hat sie noch nie ein Schaf berührt.

Sobald sich MacLeod vergewissert hat, dass sein verletztes Tier das Futter und das Wasser erreichen kann, schließt er die Boxentür und marschiert an den Ermittlern vorbei auf den Hof. Sie trotten hinter ihm her zum Farmhaus. An einem Nebeneingang bleibt er stehen, streift die Stiefel ab und wirft ihnen einen Blick zu. »Keine Schuhe drinnen«, sagt er nur, bevor er im Haus verschwindet.

George grinst Richie an und streckt den Daumen hoch. Ihr Kollege schaut finster drein und bückt sich, um die Schnürsenkel zu lösen.

Innen erweist sich MacLeods Zuhause als so minimalistisch wie der Mann selbst. Durch die Tür gelangen sie in einen kleinen Vorraum, hinter dem sich ein schmaler Flur erstreckt. MacLeod gibt den beiden mit dem Zeigefinger zu verstehen, dass sie sich nach links wenden sollen. Er selbst geht nach rechts, um, wie er erklärt, »mir die Scheiße von den Händen zu waschen«.

Zwei Ledersessel beherrschen die Mitte des Wohnzimmers. Ein niedriges Bücherregal enthält eine Sammlung von Romanen im Taschenbuchformat, deren Einbände abgegriffen sind. Die Keramikskulptur eines Soldaten in traditioneller schottischer Uniform steht auf einem Beistelltisch neben einem gerahmten Foto eines Paars mit einem kleinen Kind auf dem Schoß der Frau. Die altmodische Kleidung der beiden lässt darauf schließen, dass es sich um MacLeods Eltern handelt. George betrachtet eingehend die großen Augen und den offenen Mund des Kinds und versucht, darin Spuren des Mannes mit der grimmigen Miene zu finden, der sie soeben in sein Haus gelassen hat. Es fällt ihr schwer, eine Ähnlichkeit zu erkennen. An den holzgetäfelten Wänden hängen keinerlei Kunstwerke, aber die zusätzliche Dämmschicht lässt George und Richie ihre dicken Jacken innerhalb einer Minute ablegen.

Sie halten sich immer noch im Wohnbereich auf, als MacLeod um die Ecke kommt und in seine kompakte Küche geht. Eine Theke trennt die beiden Räume voneinander. George stellt fest, dass sich die Täfelung nebenan fortsetzt. So viel Holz hat sie noch in keinem der bisher von ihr besuchten Häuser gesehen. Die Kirche scheint das einzige andere Gebäude zu sein, das sich solchen Luxus leistet. Mit dem Hüten der Schäfchen der Gemeinde geht offenbar ein ordentliches Einkommen einher.

»Tee«, brummt MacLeod und greift bereits nach dem Wasserkessel.

Als Richie begreift, dass es sich um eine Frage gehandelt hat, antwortet er hastig: »Für mich nicht, danke.«

»Ich nehme einen«, sagt George und erntet dafür einen überraschten Blick von Richie. Sie lächelt gelassen. Gleich darauf zeigen seine Gesichtszüge an, dass ihm etwas klar geworden ist: Da sie weiß, dass er die Befragung führen wird, ist sie mehr als glücklich darüber, diese Begegnung in die Länge ziehen zu können.

Mit mürrischem Blick nähert sich Richie der Theke. »Haben Sie schon immer hier gewohnt, Mr MacLeod?«

Der Mann gibt einen zustimmenden Laut von sich, während er den Kessel füllt. »Familienfarm.«

»Und leben Sie allein?«

»Aye.«

Er stellt den Wasserkessel zum Erhitzen auf den Herd und verschwindet aus dem Blickfeld. Einen Moment später taucht er im Wohnzimmer wieder auf. Er schaut zwischen den beiden hin und her. Dabei zeigt sich das erste Anzeichen von Unbehagen in Form einer Falte zwischen den silbrigen Augenbrauen in seinem Gesicht. »Sie können sich setzen.«

George nimmt auf einem der Sessel Platz. Da es sich um einen von der Art handelt, die einen zu verschlingen droht, wenn man den Fehler begeht, sich zurückzulehnen, kauert sie steif auf der Kante. MacLeod lässt sich mit einem leisen Stöhnen in den anderen fallen.

»Wird das lange dauern? Ich habe viel zu tun, und die Tage sind kurz.«

»Nicht lange, nein«, versichert ihm Richie. »Wir möchten

Ihnen nur ein paar Fragen über Alan stellen. Uns wurde gesagt, dass er in den Monaten vor seinem Tod für Sie gearbeitet hat.«

MacLeod blinzelt langsam, erwidert jedoch nichts.

»Ist das richtig?«, hakt Richie nach.

»Ist was richtig?«

»Dass Alan für Sie gearbeitet hat. Das ist eine Frage, auf die es nur ein Ja oder ein Nein als Antwort gibt.«

»Hat nicht so geklungen.«

»Hat Alan um die Zeit seines Tods herum hier gearbeitet?«, formuliert Richie seine Frage mit untypisch angespannter Stimme um. Es kommt nicht oft vor, dass sein natürliches Charisma versagt.

»Aye.«

»Wie lange hatte er davor hier gearbeitet?«

»Drei Monate.«

»Hatte er Freunde? Eine feste Freundin?«

MacLeod starrt ihn an. »Das geht mich nichts an«, entgegnet er schließlich mit unerwarteter Schärfe im Ton.

Richie rutscht ein ungeduldiger Laut heraus. »Ihnen wird nichts vorgeworfen. Wir versuchen nur, uns ein deutlicheres Bild von Alans Leben zu verschaffen.«

»Dann sind Sie beim Falschen«, erwidert MacLeod gleichmütig. »Ich habe ihn für seine Arbeit bezahlt, nicht für seine Freundschaft. Mir ist scheißegal, was die Leute in ihrer freien Zeit machen, solange sie meine nicht verschwenden.«

Ein Pfeifen in der Küche schwillt schnell zu einem schrillen Kreischen an. MacLeod stemmt sich aus dem Sessel hoch, um sich um den Wasserkessel zu kümmern. Der Raumteiler gestattet nicht mal eine geflüsterte Verständigung, aber George hat beschlossen, sich ihres Kollegen zu erbarmen, und bedeutet ihm mit einer Geste, dass sie nun die Gesprächsführung übernimmt, bevor MacLeod mit zwei Bechern zurückkehrt. Er reicht ihr einen, dann lässt er sich wieder auf seinem Sessel nieder. In dem Moment wird ihr ganz nebenbei bewusst, dass er sich nicht erkundigt hat, wie sie den Tee möchte. Bekommen hat sie ihn schwach und milchig.

»Da haben Sie recht, Mr MacLeod«, sagt George. »Sie waren sein Arbeitgeber, nicht sein Freund. Konzentrieren wir uns also auf die beruflichen Aspekte.«

Den Blick auf seinen Becher geheftet, macht MacLeod eine vage Geste.

George fasst sie als Aufforderung zum Fortfahren auf.

»Verkaufen Sie Wolle ans Festland?«, erkundigt sie sich.

»Hm. Im Vergleich zu den Farmern auf dem Festland habe ich eine Miniherde. Aber die Qualität ist erstklassig, und ich verkaufe genug, um die Rechnungen zu bezahlen.«

»Und Ihre Mitarbeiter«, hebt George hervor und deutet mit dem Kopf in Richtung der Weiden. Sie erinnert sich an die Gesichter der drei, die sie angestarrt haben, und ihr Magen krampft sich zusammen. »Sie müssen wohl für den Unterhalt von so einigen Familien auf der Insel sorgen.«

Er zuckt mit den Schultern. »Die Arbeit muss erledigt werden. Ich schaffe nicht alles allein.«

»Und was für Tätigkeiten erledigen Ihre Mitarbeiter für Sie?«

»Zäune reparieren, die Schafe scheren und hüten. Streuner einfangen, bevor sie von der Klippe stürzen können.«

Richie räuspert sich, ist anscheinend bereit, sich wieder ins Getümmel zu werfen. »Wann haben die Leute am Tag von Alans Tod mit der Arbeit begonnen?«

MacLeod reibt sich das Kinn, kratzt sich über die Bartstoppeln. »An dem Tag mussten die Schafe in eine neue Koppel getrieben werden. Schätze, sie haben gegen vier angefangen.«

»Also kann man dann davon ausgehen, dass um halb fünf alle anwesend waren und gearbeitet haben?«

Er brummt bejahend.

»Kommen Ihre Mitarbeiter gut miteinander aus?«, fragt George.

»Nie was anderes gehört.«

»Fällt Ihnen ein Grund ein, warum Ihnen niemand gesagt hat, dass Alan an dem Morgen nicht zur Arbeit erschienen ist?«

MacLeod erwidert darauf nichts.

»Wäre es möglich, dass niemand seine Abwesenheit bemerkt hat?«, mutmaßt Richie. »Ihr Grundstück erstreckt sich über eine beträchtliche Fläche.«

»Kann sein.« Das ist alles, was er als Antwort bekommt.

»Ist er öfter zu spät zur Arbeit erschienen?«, erkundigt sich Richie.

»Bei mir hat sich nie jemand über ihn beschwert.«

»Hatten Sie denn irgendwelche Probleme mit Alan als Arbeiter?«

MacLeod gibt ein »Hrmpf« von sich, das tief in seiner Kehle entsteht. »Als er angefangen hat, konnte er das eine Ende eines Schafs nicht vom anderen unterscheiden. Hat einfache Anweisungen vergessen. Hatte den Kopf in den Wolken, der Junge.«

»Wenn er kein guter Arbeiter war, warum haben Sie ihn dann behalten?«, will Richie wissen.

Der Farmer nippt an seinem Tee. »Was gibt's hier für die jungen Leute sonst schon zu tun? Wenn sie nicht arbeiten, langweilen sie sich. Und Langeweile führt zu Streitigkeiten.«

»War Alan in irgendwelche Streitigkeiten verwickelt?«, fragt George.

»Was zum Beispiel?«

»Ich frage mich nur, ob es sich Alan mit irgendjemandem verscherzt haben könnte.«

MacLeod rutscht auf dem Sessel nach vorn. »Wie kommen Sie darauf?«

»Er hatte Verletzungen.«

»Erscheint mir nach einem solchen Sturz nur logisch.«

George kaut auf der Innenseite ihrer Wange, während sie überlegt, wie sie den nächsten Teil angehen soll. Zum Glück schaltet sich Richie wieder ein.

»Alan hatte ein paar eigenartige Blutergüsse«, sagt er. »Die nicht zu einem Sturz passen. Wir sind uns nicht sicher, was sie verursacht hat …« – er wirft George einen mahnenden Blick zu –, »deshalb stellen wir alle möglichen Fragen, um herauszufinden, woher sie stammen könnten. Wäre es denkbar, dass er sie sich hier bei der Arbeit zugezogen hat?«

»Ich dulde keine Raufereien auf meinem Land. Abgesehen davon gilt, was ich schon gesagt habe: Alles andere geht mich nichts an.«

»Könnte es einen Unfall gegeben haben?«, legt Richie nahe. »Mit Vieh zu arbeiten birgt doch bestimmt Gefahren.«

»Vielleicht. Kommt drauf an, wo er verletzt war.«

»Wie meinen Sie das?«, hakt George nach.

MacLeod bedenkt sie mit einem herablassenden Blick. »Ein Schaf würde keine Spuren über der Taille hinterlassen. Außer man wäre so dumm, sich neben eines zu legen.«

»Dann vielleicht kein Schaf«, meint Richie und zieht MacLeods Aufmerksamkeit wieder auf sich. »Gibt es andere Arbeiten, bei denen man sich Kratzer oder Blutergüsse zuziehen könnte?«

»Wir sind hier auf einer Farm«, betont MacLeod, der die herablassende Haltung nun Richie gegenüber zeigt. »Hier gibt's keine gemütlichen Bürojobs. Die meiste Arbeit ist hart.« Er hebt den Becher an die Lippen, allerdings nicht schnell genug, um ein Grinsen zu verbergen. »Wer nicht ein paar Stöße aushält, macht es hier nicht lange.«

»Was passiert dann?«, verlangt George zu wissen. »Wenn man so etwas nicht aushält, meine ich.«

Sein Blick richtet sich über den Becher hinweg auf sie. »Dann wird man es sehr schwer haben. Wir leben hier in einer rauen Welt, Inspector. Hoffentlich bleiben Sie nicht lang genug, um das festzustellen.«

»Selbst wenn ich so lange bleibe«, erwidert sie mit unverbindlicher Miene, »klingt es für mich so, als würden Sie sich dabei heraushalten.«

Ein Funkeln tritt in seinen Blick. »Aye. Geht mich nichts an.«

Nachdenklich schürzt George die Lippen. Dann sieht sie Richie an und nickt.

»Danke für Ihre Zeit, Mr MacLeod«, sagt Richie wie aufs Stichwort. »Wir lassen Sie jetzt den Rest Ihrer Pause genießen. Falls Ihnen noch irgendetwas einfällt ... Na ja, die nächsten drei Tage sind wir noch Ihre Nachbarn. Sie wissen, wo Sie uns finden.«

Auf dem Weg zur Tür erregt bei einem zufälligen Blick durchs Fenster eine Bewegung Georges Aufmerksamkeit. Ein grasendes Schaf streift den Zaun entlang. Dahinter zeichnet sich am Horizont düster der Wald ab.

»Haben Sie hier irgendwelche Probleme mit Raubtieren?«, fragt sie abrupt.

»Was meinen Sie?«

George deutet nach draußen. »Ihre Herde hält sich im Freien auf. Hat jemals irgendein anderes Tier versucht, die Schafe zu reißen?«

Er zuckt mit den Schultern. »Auf der Insel gibt's nicht viele Hunde, und wer einen hat, ist schlau genug, ihn nicht hierherstreunen zu lassen. Jeder weiß, dass ich immer eine Schrotflinte griffbereit habe.« MacLeod verzieht die Lippen zu einem wilden Grinsen und entblößt dabei die Zähne. »Wenn hier irgendetwas – oder irgendjemand – rumschnüffelt, jage ich es oder ihn gern mit einer kräftigen Ladung zum Teufel.«

Kapitel 9

»Ich mag ihn nicht.«

Richie lacht. »Das wird ihm bestimmt den Schlaf rauben.«

Sie passieren das Tor zum Hauptweg, der nach links hinauf zur Kate und nach rechts hinunter zum Dorf führt.

»Ihn lässt völlig kalt, dass einer seiner Mitarbeiter – einer seiner *Nachbarn* – unlängst gestorben ist«, fährt George hitzig fort und schaut voller Verachtung zum Farmhaus zurück. »Sollte sich wirklich etwas zwischen Alan und einem anderen Arbeiter abgespielt haben, dürfte er es vorgezogen haben, sich aus der Angelegenheit herauszuhalten, statt etwas dagegen zu unternehmen.«

»Und was ist daran verkehrt? Er ist der Arbeitgeber der Leute, kein Schiedsrichter.«

»Wenn wir beide Streit hätten, würde Cole eingreifen.«

»Wir streiten uns ständig, und Cole lässt es nur allzu gerne zu, wenn wir solche Auseinandersetzungen unter uns ausfechten.« Bevor sie etwas erwidern kann, fügt er hinzu: »Du hast den Mann gehört. Was die Leute in ihrem Privatleben machen, geht ihn nichts an.«

»Warum verteidigst du ihn? Er hat auch dich verärgert.«

»Der Mann ist mit Sicherheit kein vorbildlicher Zeuge, aber wir waren diejenigen, die bei ihm angeklopft haben. Er ist nicht verpflichtet, nett zu uns zu sein. Und ich verteidige ihn nicht«, hebt er hervor und bedenkt sie mit einem missbilligenden Blick. »Ich mag ihn nicht, Lennox, aber ich habe auch keinen Widerwillen gegen ihn. Wenn du mal in meinem Alter bist, erkennst du vielleicht, dass nichts jemals nur schwarz oder weiß ist.« Nach einer kurzen Pause ergänzt er: »Seltsam finde ich, dass ihm keiner der anderen Arbeiter etwas von Alans Abwesenheit gesagt hat. Könnte sein, dass es ihnen einfach egal war. Falls Alan auf der Farm nichts getaugt hat, war er womöglich nützlicher, wenn er gar nicht erst gekommen ist.«

»Vielleicht. Aber ich wäre sauer, wenn jemand gleich viel wie ich für weniger Arbeit verdient.«

»Was daran liegt, dass du egoistisch und kleinkariert bist.«

Sie verdreht die Augen. »Kannst du dir vorstellen, an einem so kleinen Ort über einen längeren Zeitraum hinweg einen Groll zu hegen? Es dürfte doch praktisch unmöglich sein, wütend auf jemanden zu bleiben, wenn er dein Boss, dein Cousin oder dein Friseur ist.«

»Und erst recht nicht, wenn Kathy, die sich in jedermanns Angelegenheiten einmischt, sich bei einer Auseinandersetzung einbringt.« Er sieht sie aus dem Augenwinkel an. »Was sollte das am Ende eigentlich?«

»Was meinst du?«

»Das mit den Schafen. Du glaubst doch nicht wirklich, dass du Wölfe gehört hast, oder?«

»Ich bilde mir nichts ein«, erwidert sie schärfer als beabsichtigt. »Und ich weiß, dass es nur der Wind war. Die Frage ist mir einfach in den Sinn gekommen.«

»In Ordnung«, sagt er. »Ich gehe jetzt zur Post und rufe Jenny an. Treffen wir uns ...« – er schaut auf die Armbanduhr –

»in einer Stunde bei der Kirche; dann geben wir Pater Ross Bescheid, dass er uns zu John MacNeil begleiten kann. Geh nicht zu weit weg. Und lass dich nicht von Wölfen fressen.«

George fährt den hochgestreckten Mittelfinger aus.

Während sie ihm hinterherschaut, überlegt sie, zur Unterkunft zurückzukehren und ihre Notizen auf die Übersicht an der Wand zu übertragen. Aber bis sie dort angekommen wäre und die Zeitleiste ergänzt hätte, dürften vermutlich so viele Minuten verstrichen sein, dass sie danach in größter Eile hetzen müsste, um es rechtzeitig zur Kirche zu schaffen.

Plötzlich wird ihr klar, was sie in der Zwischenzeit gut tun könnte – insbesondere jetzt, wo sie von Richie nicht beobachtet wird. Mit forschen Schritten setzt sie sich in Bewegung und folgt dem Zaun um MacLeods Grundstück herum. Ein paar Schafe in der hinteren Koppel schauen mit rhythmisch mahlenden Unterkiefern auf, als sie an ihnen vorbeigeht, bevor sie die Köpfe wieder zum Gras senken.

Auf der anderen Seite der Schaffarm marschiert George bergab und bemüht sich, ungezwungen zu wirken, als sie sich der ersten Baumreihe nähert, in deren Nähe immer noch Arbeiter den Zaun reparieren.

Obwohl die Sonne wacker versucht, sich durch die Wolken zu kämpfen, ist die Temperatur gegenüber dem Vortag nicht gestiegen. Aber als der Boden unter Georges Füßen von Gras zu faulendem Laub und weichem Unterholz übergeht, kriecht ihr ein Kältegefühl wie ein eisiger Finger über das Genick.

Die Bäume hier verästeln sich auch ganz weit unten, so als wären sie krallenbewehrte Hände, die aus dem Erdreich emporkommen. Samtgrünes Moos umhüllt die dunkelbraunen Stämme. Der Farbton erinnert George an den Leuchtturm und die Ladenfronten, die ähnlich von Dreck und Salz überzogen sind. Alles auf Eadar scheint auf die eine oder andere Weise von etwas verdeckt zu sein.

Nach ein paar weiteren Metern zwischen den Bäumen rümpft George die Nase. In der Nähe modert etwas vor sich hin – dem vertrauten Verwesungsgeruch nach wohl ein totes Tier. Aufmerksam behält sie den Boden im Auge, als sie den Pfad verlässt und vorsichtig Steinen und abgefallenen Äste ausweicht, die teilweise von Laubhaufen bedeckt sind. Das Letzte, was sie möchte, ist, bis zum Fußgelenk im Brustkorb eines auf der Insel heimischen Tiers zu versinken. Aber obwohl sie sich mehrere Minuten lang umsieht, entdeckt sie keine verräterischen Anzeichen, beispielsweise Fellbüschel oder Federn, die von einem Kadaver herrühren könnten.

»Haben Sie sich verlaufen?«

George erschrickt und wirbelt herum. Als sie den Sprecher erblickt, schlägt der Anflug von Angst in Zorn um. »Sie sollten sich nicht so an eine Polizistin anschleichen, Mr MacGill!«

Ein paar Meter entfernt steht Lewis mit einer Tasche über der Schulter. »Wer schleicht denn?«, entgegnet er und tritt auf sie zu. »*Sie* hätten doch *mir* beinahe einen Herzinfarkt beschert. Ich dachte schon, ich wäre über jemanden vom Volk der Hügel gestolpert.«

»Jemand vom Volk der Hügel? Oh, Sie meinen eine Fee?«

Ohne Vorwarnung klatscht Lewis ihr die Hand auf den Mund.

Ihr Körper reagiert instinktiv; ihr Muskelgedächtnis übernimmt die Kontrolle über ihre Handlungen. Nach drei schnellen Bewegungen kniet Lewis auf dem feuchten Boden, und George hat ihm den rechten Arm auf den Rücken gedreht.

Das Blut pulsiert wild durch ihre Schlagadern und verstärkt das Pochen in der Schläfe.

»Was zum Teufel soll das?«, fragt sie knurrend.

»Entschuldigung!«, stößt Lewis keuchend hervor. »Ich wollte nicht … Es ist nur … *Sie* mögen es nicht, wenn man sie so nennt.«

Verdutzt, aber zufrieden mit dem Wissen, dass sie ihn zu Boden ringen könnte, wenn er so etwas noch mal versuchen sollte, lässt sie Lewis los und tritt einen Schritt zurück. »Pater Ross hat nicht gescherzt«, stellt sie fest, als sich Lewis auf die Beine stemmt. »Als wäre das katholische Schuldbewusstsein nicht genug, sorgen auch noch Mythen und Legenden dafür, dass niemand aus der Reihe tanzt.«

»Wissen Sie eigentlich, wie viele keltische Traditionen und Geschichten das Christentum sich angeeignet hat? Dadurch ist es einfach geworden, dass die Menschen sich vor beidem fürchten.« Er sieht sich um und reibt sich die Schulter. »Sie sind weit vom Weg abgekommen. Wo wollten Sie denn hin?«

»Nirgendwo. Bin nur einem Bauchgefühl nachgegangen.«

Er verlagert sein Gewicht von einem Bein auf das andere. Das Laub raschelt unter seinen Füßen. »Und was haben Sie dabei gefunden?«

»Nichts«, antwortet sie ehrlich.

Er stößt ein Lachen aus. »Dann wünsche ich Ihnen, dass Sie beim nächsten Mal mehr Glück haben. Kommen Sie, ich zeige Ihnen den Weg aus dem Waldgebiet heraus. Außerdem gibt es da etwas, das müssen Sie unbedingt sehen.«

George folgt Lewis zurück zur Grenze von MacLeods Koppeln. Was sie dann zu Gesicht bekommt, überrascht sie tatsächlich – zwischen den Wolken hat sich eine beträchtliche Lücke aufgetan, durch die endlich die Sonne scheinen kann. Kaum ist George unter dem Blätterdach der Bäume hervorgetreten, spürt sie, wie die Wärme der schwachen Strahlen ihre Kleidung durchdringt. Sie neigt das Gesicht dem Himmel zu und genießt das Gefühl, von der Sonne beschienen zu werden. Lewis tut es ihr gleich.

»Alle drehen ein bisschen durch, wenn die Sonne rauskommt«, sagt er, während er den Kopf hin und her bewegt. »Dann laufen wir auf einmal ohne Jacken rum, planen Ausflüge hinunter zum Strand und bitten Kathy, Sonnencreme zu bestellen. Eine Minute später ziehen sich die Wolken wieder zusammen, und die Realität kehrt zurück.«

»Sie könnten ja einfach irgendwo hinziehen, wo nicht ständig ein rekordverdächtiger Sturm droht. Ein paar Tausend Kilometer in …« – kurz verstummt sie, orientiert sich am Stand der Sonne und streckt dann den rechten Arm und Zeigefinger aus – »… die Richtung, und Sie landen in Nordamerika.«

»Sobald ich achtzehn war, bin ich ein paar Monate lang gereist«, sagt er. »Ein kleines bisschen von der Welt habe ich also gesehen.«

»Und trotzdem haben Sie sich entschieden, zurückzukommen.« Sie fragt sich, ob aus ihrem Ton hervorgeht, dass sie schwer an seiner Vernunft zweifelt.

»Natürlich. Immerhin ist hier meine Heimat. Die fehlt einem nach einer Weile. Außerdem gibt's hier so viel zu tun.«

Sie zieht eine Augenbraue hoch, ist sich nicht sicher, ob er scherzt. Als sie ihn mustert, fällt ihr verspätet auf, was er trägt. »Das ist eine sehr rote Mütze.«

Er hebt eine der Ohrenklappen an, um ihr die pelzgefütterte Innenseite zu zeigen. »Gefällt sie Ihnen? Ich dachte mir, falls mich je eine mächtige Welle von der Insel reißt, ist das die Farbe, die ich tragen möchte, wenn man nach mir sucht.« Er schnaubt. »Nur müsste man sich ziemlich beeilen. Ich kann nämlich nicht schwimmen.«

George starrt ihn entgeistert an. »Ihnen ist schon klar, wo Sie leben, oder?«

»Auf einem Felsen, der von Wasser umgeben ist. Aye.« Abwehrend zuckt er mit den Schultern. »Einige Leute – überwiegend Eltern – haben sich beim Gemeinderat dafür eingesetzt, die Kleinen ein paar Wochen aufs Festland zu bringen, um dort Schwimmunterricht zu erhalten. Aber was die Erwachsenen anbelangt … Niemand von uns hat es je gelernt.«

Einen Moment lang bleibt George an der verblüffenden Enthüllung hängen, dass er nicht schwimmen kann, dann aber kommt ihr etwas anderes in den Sinn. »Haben Sie gerade gesagt, dass es auf der Insel einen Gemeinderat gibt?«

»Davon hat Ihnen niemand erzählt?«

»Sie werden es sogleich tun.«

Er schmunzelt. »Der Gemeinderat besteht aus einigen der ältesten Bewohner von Eadar – Leuten, die noch bei klarem Verstand sind. Und ein paar, die es nicht mehr sind. Sie treffen sich jede Woche, um zu entscheiden, wofür wir Geld ausgeben, um Streitigkeiten zwischen Nachbarn zu schlichten … Eben lauter so langweiliger Kram. Ein Großteil davon, was sie tun, ist harmlos. Aber wie ich schon erwähnt habe, setzen sich einige von uns für Veränderungen ein.«

»Weil sie nicht mit der Zeit gehen?«

Lewis stützt die Ellbogen auf den Zaun. »Oh, das tun sie – nur leider mit ihrer Zeit. Es gibt eine lange Liste von Anregungen, die sie abgelehnt haben.«

George lehnt sich neben ihm an den Zaun. »Also Sie, Kathy … Wer gehört noch zum Team Fortschritt?«

»Die meisten, glaube ich. Aber sie sind zu verängstigt, um es zuzugeben.«

»Wieso sollten sie verängstigt sein?«

Lewis' Miene trübt sich. »Niemand will Staub aufwirbeln.«

»Aber es ändert sich ja bereits etwas. Das kann ich schon den Stimmen von Ihnen und vielen anderen entnehmen.« Als sie seinen verwirrten Blick bemerkt, erklärt sie: »Bei den Älteren, mit denen ich in den letzten Tagen gesprochen habe, hört man einen sehr ausgeprägten Akzent. Sie hingegen, Cecily Campbell und ihre Kinder, die jüngeren Leute – Sie alle klingen eher wie Festlandbewohner.«

Die Feststellung scheint ihn zu freuen. »Das gehört mit zum Plan, für Fortschritt zu sorgen. Es verbringen mehr Leute Zeit auf dem Festland. Die Jüngeren kriegen Zugang zu Musik, Filmen, Büchern. Lauter kleine Schritte, aber …« Er verstummt, zuckt mit den Schultern und deutet mit dem Kopf zu den Bäumen. »Was wollten Sie da im tiefen Wald?«

»Zeit totschlagen, bevor ich mich mit Inspector Stewart treffe. Er musste telefonieren, und unsere Handys haben nirgendwo auf der Insel Empfang. Dabei fällt mir ein …« – sie stößt sich vom Zaun ab und wendet sich dem Weg zu –, »dass ich jetzt gehen sollte. Bis dann.«

»Warten Sie!«

George dreht sich um.

Lewis deutet zum Wald. »Gehen Sie da nicht alleine rein.«

»Warum nicht?«

Er winkt sie weg. »Das sage ich Ihnen, wenn wir uns das nächste Mal sehen, okay?«

George spielt mit dem Gedanken, sofort nachzuhaken. Dann jedoch wirft sie einen Blick auf die Armbanduhr, stößt einen leisen Fluch aus und läuft in Richtung des Dorfs los. Erst als sie die Hauptstraße erreicht, wird ihr klar, dass sie Lewis gar nicht gefragt hat, was er im Wald gewollt hat.

Kapitel 10

»Du hast die Zeit ganz vergessen, nicht wahr?«, fragt Richie mit vor der Brust verschränkten Armen. Hinter ihm ragt drohend die Kirche auf.

»Beruhig dich, ich bin nur zwölf Minuten zu spät. Weiß Ross schon, dass wir hier sind?«

»Holt gerade seine Jacke. Er hat John bereits Bescheid gegeben, dass wir vorbeikommen.«

»Prima. Ist der Anruf gut gelaufen?«

»Die Verbindung war zwar brüchig, aber ich bin zu Jen durchgekommen. Zu Hause regnet es anscheinend ununterbrochen. Poppys Wohnung steht unter Wasser, deshalb zieht sie für ein paar Wochen zurück zu uns.« Richie schaut trotz des Pechs seiner ältesten Tochter vergnügt drein. »Ness ist nicht begeistert, sich das Zimmer wieder mit ihrer Schwester teilen zu müssen. Aber es wird schön, alle meine Mädchen unter einem Dach zu haben.«

Richie versucht nie, die Zuneigung für seine Familie zu verbergen. George glaubt nicht, dass er es überhaupt könnte. Als ihre Zusammenarbeit begann – damals als Detective Sergeant und Detective Inspector –, sorgte Georges Argwohn gegenüber ranghöheren Beamten und deren herablassender Art für angespannte erste Wochen, um es harmlos auszudrücken. Aber nachdem sie Richie wiederholt so liebevoll über seine Familie, Freunde und ehemaligen Kollegen reden gehört hatte, wurde sie bald unvoreingenommener. Manchmal, wenn sie lauscht, wie er seine Gefühle so ungezwungen und mühelos in Worte kleidet, stellt sie sich vor, dass sie selbst eine Eidechse und Richie ein von der Sonne erwärmter Stein unter ihr ist.

»Was ist?«

Sie schüttelt den Kopf. »Mir kommt nur gerade der Gedanke, dass es auf der ganzen Welt nicht genug Geld gibt, um meine Schwester und meinen Vater dazu zu bewegen, wieder unter einem Dach zusammenzuleben. Sie haben einander lieb«, betont sie, als würde sie Richie nicht seit Jahren klagen, wie unvereinbar die Kommunikationsstile in ihrer Familie sind, »aber einfach ist ihre Beziehung nicht.«

»Tja, so ist es nun mal. Manchmal ist es leichter, jemanden in kleinen Dosen zu lieben.«

»Wie mich.«

»Genau. Wie dich«, bestätigt er in ernstem Ton, obwohl seine Augen voller Humor funkeln. »Ich hätte dich viel lieber, wenn du nicht ständig bei mir zu Hause aufkreuzen würdest.«

»Dann sag deiner Frau, sie soll aufhören, mich einzuladen.«

»Dafür ist es zu spät«, grummelt er. »Sie scheint dich als unser Mündel zu betrachten.«

George grinst. Dasselbe hat auch Jenny zu ihr gesagt – bei ihren zugegebenermaßen häufigen Besuchen im Hause Stewart zu Geburtstagen, Feiertagen und gelegentlichen zwanglosen Abendessen unter der Woche. Jenny zufolge zählt Georges liebevolle Beziehung zu ihren Eltern nicht, weil sie in einer anderen Stadt leben. In Jens Augen ist George eine Waise, um die sich jemand kümmern muss.

Die Eingangstür der Kirche schwingt auf, und Pater Ross tritt heraus. Er trägt einen eng anliegenden, langen schwarzen Wollmantel und wickelt sich einen Schal um den Hals, als er sich ihnen nähert. »Haben Sie gesehen, wie die Sonne herausgekommen ist?«, fragt er aufgeregt. »Zwar nur kurz, aber es war herrlich.«

»Genau zu der Zeit habe ich telefoniert«, erwidert Richie. »Ich werde mich jedoch bemühen, es beim nächsten Mal mitzubekommen.«

Pater Ross lacht. »So ein Ereignis ist wie eine Sonnenfinsternis. Könnte sein, dass Sie eine ganze Weile darauf warten müssen.«

Der Priester plaudert unbeschwert mit ihnen, während er sie zu John MacNeils Haus führt. Richie freut sich darüber, mit jemandem plaudern zu können, und übernimmt die Beantwortung des Löwenanteils der Fragen, die Pater Ross ihnen stellt. Allerdings wird die Unterhaltung regelmäßig von Passanten unterbrochen, die dem Priester Grüße zurufen, die er lächelnd und nickend erwidert.

Ihr Weg führt sie zurück in das Dorf. Sie kommen am Haus der Fergusons und am Postamt vorbei, und kurz vor dem Heim der Campbells biegen sie in eine Gasse ein. Ross bleibt vor einem schmalen Gebäude stehen und legt die Hand auf ein hüfthohes grünes Gartentor. Unkraut ragt zwischen den Eisenpfosten hervor.

»Wie schon gestern erwähnt, kann John ein bisschen … distanziert sein, wenn neue Gesichter auftauchen. Am besten lassen Sie mich das Vorstellen übernehmen.«

Sie folgen dem kurzen Weg zur Haustür und warten, während Pater Ross zweimal kräftig anklopft. Sofort nähern sich drinnen Schritte. George zählt mit, wie deutlich unterscheidbar drei verschiedene Schlösser entriegelt werden, ehe sich die Tür öffnet und vor ihnen ein kleiner Mann mit schütterem Haar steht, der wohl Anfang vierzig ist. Als er George und Richie misstrauisch beäugt, erkennt sie ihn wieder: Sie beide sind am Vortag auf dem Weg hinauf zur Klippe an diesem Mann vorbeigekommen.

»John«, beginnt Pater Ross in freundlichem Ton. »Das sind Detective Inspector Lennox und Detective Inspector Stewart.«

John presst die Lippen zu einer schmalen Linie zusammen. »Ich habe schon erzählt, was passiert ist.«

»Sie bleiben nicht lange«, versichert Pater Ross und legt die Handfläche an die Tür, als vermute er, John könnte sie jeden Moment zuknallen.

Nach einem weiteren abwägenden Blick auf die beiden Polizisten gibt John ein Brummen von sich und tritt beiseite. »Geradeaus und nach rechts. Und seien Sie gefälligst leise.«

George erstarrt so abrupt auf der Schwelle, dass Richie, der hinter ihr geht, um ein Haar mit ihr zusammenstößt. »Ist noch jemand im Haus?«, fragt sie argwöhnisch, und ihr Herzschlag beschleunigt sich.

Sie spürt, wie sich Richie versteift, ehe er sich an ihr vorbeischiebt.

Bevor John antworten kann, hört George, wie sich leise Schritte nähern. Eine blasse Hand legt sich um einen Türrahmen, und dann lugen zwei große, dunkle Augen um die Ecke.

Pater Ross sieht John an. »Du hast doch gesagt, er würde bei Sarah sein.«

Johns Kieferpartie verkrampft sich. »Er wollte nicht weg.«

Pater Ross starrt John noch einen Herzschlag länger an, bevor er gutmütig schmunzelt. »Stur wie immer.«

George hat den Wortwechsel kaum mitbekommen, weil das Rauschen in ihren Ohren gerade erst nachlässt.

Richie legt den Kopf schief und lächelt warmherzig. »Hallo.«

Der Junge – George schätzt ihn auf fünfzehn – antwortet nicht, sondern beäugt Richie und sie weiterhin mit unverhohlener Neugier.

John wirft sich in die Brust und setzt eine unerklärlich warnende Miene auf. »Das ist mein Sohn Calum.« Seine Stimme wird überraschend sanft. »Ist schon gut, Cal.«

Die dunklen Augen sind nun auf ihn gerichtet.

»Die sind nur hier, um mit mir zu reden. Du kannst in deinem Zimmer bleiben.« Johns Gesichtsausdruck verändert sich, als er sich den Kriminalbeamten zuwendet, und seine Stimme klingt wieder schroff, als er ihnen sagt: »Fassen Sie sich kurz!«

Sie folgen John in ein beengtes Esszimmer mit einem kleinen Tisch und vier Stühlen. Dank eines breiten Bogendurchgangs ist die Küche von hier aus gut sichtbar. George bemerkt, dass sich das Geschirr auf einem Trockengestell stapelt; ansonsten sehen die beiden Zimmer makellos aufgeräumt aus.

Mit mürrischer Miene pflanzt sich John auf einen Stuhl und verschränkt die dicken Arme vor der Brust. George und Richie nehmen ihm gegenüber Platz. Pater Ross lässt sich auf dem letzten Sitz nieder und wirkt nervös. Sein Blick löst sich nicht von Johns Gesicht. George fragt sich, ob er dem Mann zu vermitteln versucht, dass er die Feindseligkeit einstellen soll.

Es scheint nicht zu funktionieren.

»Ich habe den anderen schon alles erzählt«, sagt John. »Den Ersten, die gekommen sind.«

»Ja, wir haben Ihre Aussage gelesen, die Sie gegenüber der Küstenwache gemacht haben«, erwidert Richie. »Wir brauchen nur ein paar weitere Einzelheiten von Ihnen.«

John wirft Pater Ross einen finsteren Blick zu. »Was wollen die denn noch wissen?«

Richie schlägt sein Notizbuch auf, und eine Seite mit Eselsohren kommt zum Vorschein. »Ihr Name ist John MacNeil?«

»Wollen Sie meine Zeit wirklich mit solchen Fragen vergeuden?«

Pater Ross streckt die Hand aus und legt sie John auf den Arm. »Sie machen nur ihre Arbeit. Dann gehen sie wieder.«

John zuckt mit den Schultern. »John MacNeil, einundvierzig Jahre alt. Brauchen Sie auch meine Geburtsurkunde? Und wann ich zuletzt gekackt habe?«

George ist froh, dass Richie bei dieser Befragung das Ruder übernommen hat. Bei MacLeod hat sie sich seiner erbarmt. Aber nach seiner bissigen Bemerkung über ihre Verspätung sieht sie gern dabei zu, wie er sich abmüht.

Richie ringt sich ein Lächeln ab. »In Ihrer Aussage haben Sie angegeben, dass Sie Alans Leiche gegen fünf Uhr morgens entdeckt haben. Was haben Sie um die Zeit dort draußen gemacht?«

»Fallen überprüft.«

»Was für Fallen?«

Pater Ross meldet sich zu Wort. »Wir haben eine kleine, jedoch ärgerliche Kaninchenpopulation. Da es auf der Insel keine Raubtiere gibt, kann ihre Zahl rasch überhandnehmen. John sorgt dafür, dass es dazu nicht kommt.«

»Also arbeiten Sie für das Dorf?«, fragt George, die sich jetzt nicht mehr zurückhalten kann.

John starrt sie finster an. »Nicht aus Mildtätigkeit. Ich bin Geschäftsmann.«

»Oh, wie Lewis MacGill?«

Johns bereits verdrossener Gesichtsausdruck verdüstert sich zu einer Gewittermiene.

»Nein«, entgegnet er barsch. »Nicht wie der verdammte MacGill. Ich mache mir die Hände schmutzig, statt scheinheilig rumzulaufen und den Leuten zu sagen, was sie denken sollen.«

George fragt sich, ob Lewis von MacNeils Feindseligkeit ihm gegenüber weiß.

»Eine Menge Arbeit muss getan werden, damit auf der Insel alles reibungslos läuft«, wirft Pater Ross in unbeschwertem Tonfall ein. »Jeder trägt auf seine Weise etwas dazu bei. Sogar Calum arbeitet als Lehrling seines Vaters.« Der Priester schenkt John ein wissendes Lächeln. »Hält den Jungen von Ärger fern, nicht wahr? Sonst stellt er alle möglichen Dummheiten an.«

John starrt nur finster auf den Tisch.

»War Calum bei Ihnen, als Sie Alan gefunden haben?«, fragt Richie.

John schüttelt den Kopf. »Er war erkältet. Ich hab ihn ins Bett verbannt.«

»Und Sie haben Fallen überprüft, als Sie auf Alans Leichnam gestoßen sind?«

»Aye. Ich hatte ein paar am Fuß des Leuchtturms aufgestellt. Sie werden oft vom Gras verdeckt, deshalb habe ich den Blick auf den Boden gerichtet, als ich raufmarschiert bin. Dabei wäre ich beinahe über ihn gestolpert.«

»Und als Sie ihn gefunden haben, war er schon tot, ja?«

John heftet einen verächtlichen Blick auf Richie. »Aye, er

war tot. Das hab ich gleich gemerkt, als ich ihn gesehen habe. Sein Gesicht war Brei und kalt wie Eis.«

»Woher haben Sie gewusst, dass es Alan war?«, fragt George unvermittelt.

»Hä?«

»Ich habe die Fotos gesehen. Sein Gesicht war ein einziges Chaos aus Blutergüssen und Schwellungen. Ich frage mich, wie Sie erkannt haben, wer der Tote war.«

»Wer hat denn gesagt, dass ich ihn erkannt habe?«

»Catriona wurde nicht gebeten, die Leiche zu identifizieren«, erwidert George. »Das halbe Dorf hat gewusst, wer vom Turm gesprungen war, bevor es ihr jemand mitgeteilt hat. Also, konnten Sie ihn erkennen?«

John sieht sie gleichmütig an. »Ist alles ein bisschen verschwommen. An viel von dem Tag kann ich mich nicht wirklich erinnern.«

George lächelt. »Bisher machen Sie das gut.«

Er starrt sie nur an.

»Okay«, sagt Richie, der die verfahrene Situation beendet. »Haben Sie sonst jemanden in der Nähe des Leuchtturms gesehen?«

»Nein. Ich hab gewusst, dass MacLeods Leute auf den Weiden waren. Also bin ich hingerannt und hab's ihnen gemeldet.«

»Erinnern Sie sich daran, mit wem Sie gesprochen haben?«

»Wie gesagt, es ist alles verschwommen. Irgendjemand ist ins Dorf gegangen.«

»Können Sie sich erinnern, wer …«, beginnt Richie, verstummt jedoch abrupt, als ein Kopf um die Esszimmertür lugt.

John bemerkt die Bewegung und setzt zum Aufstehen an.

»Alles in Ordnung, Cal? Brauchst du irgendwas?«

Calum MacNeil schaut mit großen Augen neugierig zwischen George und Richie hin und her.

»Ich hole Sarah«, sagt Pater Ross und erhebt sich bereits, aber John winkt Calum zu sich heran.

Nach ein paar zaghaften Schritten huscht der Junge an die Seite seines Vaters. Auf der anderen Seite des Tischs beobachtet George, wie Ross kurz die Brauen zusammenzieht, bevor sich seine Stirn wieder glättet.

John legt seinem Sohn schützend den Arm um die Taille und mustert eingehend das Gesicht des Jungen. »Wirklich alles okay, Cal?«

Der Junge antwortet mit einem kurzen Nicken. Sein Blick wandert langsam über George und Richie. Er scheint auf jede Einzelheit zu achten – auf ihre Mienen, ihr Haar, ihre Kleidung, die Notizbücher.

»Hallo, Calum«, sagt Richie. »Ich bin Inspector Stewart. Wie alt bist du?«

»Er ist zwölf«, antwortet John sofort anstelle seines Sohns.

George verbirgt ihre Überraschung und betrachtet die großgewachsene Gestalt des Jungen. Calum sieht sie an, als hätte er ihre musternden Blicke gespürt. Sie lächelt. Als Reaktion darauf hebt sich ein Mundwinkel, bevor er den Blick scheu auf den Tisch richtet.

»Unterrichten Sie Calum, Mr MacNeil?«, erkundigt sie sich beiläufig.

»Aye. Und Sarah Mackay. Sie kommt ein paar Mal die Woche her und löst mich ab. Ein kluges Mädchen. Und Calum mag sie.«

Tatsächlich schaut Calum auf, als er Sarahs Namen hört. Wieder streicht sein Blick über die Anwesenden.

»Kann er nicht allein bleiben, während Sie arbeiten?«, will Richie wissen.

»Er wird … unruhig, wenn er zu lange im Haus ist«, antwortet John und wirft einen unergründlichen Blick zu Pater Ross. »Wenn ich ihn nicht mitnehme, geht er weg und wandert umher. Er interessiert sich für die Welt um ihn herum, für die Leute. Ihn beschäftigt, warum sie dies oder jenes machen. Ich habe versucht, es ihm zu erklären …« John schüttelt den Kopf. Die Geste wirkt eher verwundert als konsterniert. »Er kann Richtig von Falsch unterscheiden. Und er ist klug, sagt Sarah. Klüger als ich, auch wenn das nicht viel heißen will. Aber du meinst es gut, nicht wahr?« Liebevoll lehnt er die Stirn an Calums Schulter, bevor er die Ermittler ansieht, als wolle er sie davor warnen, ein Wort über die zärtliche Geste zu verlieren.

George beugt sich vor. »Hi. Ich bin George. Ich komme vom Festland.«

Calum reagiert darauf mit glockenhellem Gelächter.

»Also, eigentlich heiße ich Georgina«, erklärt sie, weil sie errät, was ihn zum Lachen gebracht hat. »Aber ich finde, George passt besser zu mir. Richie findet das auch, nicht wahr?«

»Oh, auf jeden Fall«, bestätigt er, sichtlich erfreut über die Heiterkeit des Jungen. »Georgina passt überhaupt nicht zu dir. Klingt viel zu zierlich.«

Sie ignoriert den Seitenhieb. »Bist du schon mal auf dem Festland gewesen, Calum?«

»Nein.« Erneut hat sich John eingeschaltet.

»Spricht der Junge auch selbst?«, fragt Richie leichthin.

»Er ist schüchtern«, lautet Johns knappe Antwort.

George lässt den Blick auf Calum gerichtet. »Wir sind hier,

um etwas über Alan Ferguson zu erfahren. Hast du ihn gekannt?«

Bevor John für ihn antworten kann, nickt Calum.

George fällt ein, dass Cecily ihre Kinder im Dunkeln darüber lässt, was geschehen ist. Deshalb fragt sie vorsichtig: »Weißt du, was mit ihm passiert ist? Mit Alan?«

Pater Ross kratzt sich am Kinn. In der eingetretenen Stille kann George das damit einhergehende Geräusch deutlich hören. Es fesselt auch Calums Aufmerksamkeit. Er dreht den Kopf und starrt den Priester an.

John ergreift mit knurrendem Unterton das Wort. »Natürlich wissen wir es – dieser dumme Mann ist vom Turm gesprungen.«

»Mann?«, hakt George nach. »Er war gerade mal achtzehn.«

In Johns Augen treten Zorn und überraschend deutlicher Kummer. »Da ich das Grab ausgehoben habe«, sagt er mit zittriger Stimme, »weiß ich, dass ich kein Kind beerdigt habe. Ich würde nicht … könnte nicht …«

Wieder legt ihm Pater Ross die Hand auf den Arm.

John nimmt keine Notiz von der Berührung und fragt zähneknirschend: »Sind wir jetzt fertig? Ich muss Calums Mittagessen machen.«

Richie steht auf. »Ich denke, das ist alles, was wir …«

Doch George fällt ihm ins Wort. »Mr MacNeil, ich weiß ja nicht, auf welche Ressourcen Sie von hier aus zugreifen können, aber auf dem Festland gibt es Organisationen, die Ihnen Unterstützung bieten könnten.«

Der Mann erstarrt. »Wovon reden Sie?«

Um ein Haar kneift George. Doch als Calum besorgt zwischen ihnen hin- und herschaut, weil er die Anspannung offenbar spürt, festigt sich ihre Entschlossenheit. »Es gibt … bestimmte Gruppen«, sagt sie so langsam, als würde sie sich einer scharfen Bombe mit einer Zange nähern. »Leute, die Calum unterstützen können, wenn er älter wird. Wenn er ein so neugieriges Kind ist, wird er vielleicht irgendwann raus und mehr von der Welt sehen wollen.«

Genauso gut hätte sie mit Schneeschuhen durch ein Minenfeld stapfen können. John springt so schnell auf, dass sein Stuhl umkippt und mit einem Knall auf dem Boden landet.

»Keine Ahnung, was genau Sie meinen, aber Sie sind auf dem Holzweg«, faucht er. »Cal braucht außer mir nichts und niemanden.«

Dann beugt er sich weit über den Tisch, sodass sein rot anlaufendes Gesicht keine dreißig Zentimeter von dem von George entfernt ist. Sie stählt sich, weigert sich, zurückzuweichen – selbst dann, als sein Speichel ihr ins Gesicht spritzt.

»Und wenn mir zu Ohren kommt, dass Sie sich draußen das Maul über Calum zerreißen, ist das nächste Grab, das ich aushebe …«

Pater Ross' Stimme ertönt scharf wie ein Peitschenknall. *»John.«*

Mit nur einem Wort entschärft der Priester die Bombe. John schnappt nach Luft, hebt den Stuhl auf und sinkt darauf zurück. »Entschuldigung, Pater«, murmelt er und greift nach Calums Unterarm – mehr zur eigenen Beruhigung als der seines Sohns, vermutet George. »Ich muss nur – wenn es recht ist – Calums Mittagessen zubereiten und mit meiner restlichen Arbeit weitermachen.«

Der Priester starrt ihn nur an. Dabei hat er eine Kälte in den Augen, die George zuvor nicht bei ihm gesehen hat. Sie merkt Richie an, dass die Veränderung auch ihm auffällt.

Schließlich entspannen sich Pater Ross' Züge, vermitteln allerdings eine Art von elterlicher Enttäuschung. »Es ist dein Zuhause, John. Du kannst tun und lassen, was du willst.«

John rührt sich nicht sofort. Er scheint auf eine deutlichere Erlaubnis zu warten. Als sie ausbleibt, steht er zittrig auf und führt Calum aus dem Raum. Schwere Schritte stapfen den Flur hinunter. Geräuschvoll wird eine Tür geschlossen.

Betretene Stille breitet sich aus. George lehnt sich auf dem Stuhl zurück, während Richie mit offenem Mund zum Durchgang starrt.

Schließlich räuspert sich Pater Ross. »Wollen wir?«

Kapitel 11

Sobald das Tor quietschend hinter ihnen geschlossen ist, richtet Richie einen finsteren Blick auf Pater Ross. »Bei allem Verständnis für seine Situation – er hat gerade meine Kollegin bedroht.«

Der Priester sieht Richie geradezu flehentlich an. George beschleicht das Gefühl, dass es eine Miene ist, die er nicht oft aufsetzen muss. »Es ist meine Schuld«, sagt er und schaut zurück zum Haus. »Ich dachte, ich würde ihn besser im Griff haben. Bitte haben Sie Verständnis dafür, dass er unter enormem Druck steht. Seine Frau ist vor einigen Jahren zurück aufs Festland gezogen. Calum ist alles, was er hat.«

Richie ist im Begriff, zu einem Protest anzusetzen, doch George schüttelt den Kopf. »Was hat er damit gemeint, dass er Gräber aushebt?«

»Oh, er pflegt unseren kleinen Friedhof. Bei Bedarf greift er auch zur Schaufel.«

George runzelt die Stirn. »Und sein Sohn hilft ihm?«

»Meistens behindert er ihn. John hat alle Hände voll damit zu tun, Calum aus Schwierigkeiten herauszuhalten. Ein lieber Junge, aber auch sehr belastend. Er ist … Na ja, Sie haben ihn ja gesehen.«

Richie presst die Lippen zu einer schmalen Linie zusammen. »Er ist was?«

Pater Ross schnaubt irritiert. »Ich meine damit … Calum ist nicht schüchtern. Er steckt die Nase ständig in alles Mögliche oder schleift die arme Sarah am Ärmel hinter sich her, um ihr zu zeigen, was diesmal sein Interesse geweckt hat. Er versteht alles, manchmal mehr, als den Leuten lieb ist. Calum redet bloß nicht.«

George wechselt mit Richie einen Blick, bevor sie fragt: »Haben Sie auf der Insel einen Arzt?«

»Tja«, antwortet der Priester, der sie wieder in Richtung Hauptstraße führt, »wir hatten einen Allgemeinmediziner. Aber der wurde selbst krank und musste nach Stornoway ziehen, um näher bei einem Krankenhaus zu sein. Das war vor zwei Jahren. Seither ist die Stelle unbesetzt.«

»Und was machen die Leute, wenn sie krank werden?«, fragt Richie erstaunt.

»Hoffen, dass es ihnen in absehbarer Zeit wieder besser geht«, erwidert der Priester mit einem matten Lächeln, ehe er rasch hinzufügt: »Natürlich werden sie nach Lewis oder aufs Festland gebracht, wenn es etwas Ernstes ist.«

»Hat sich der Gemeinderat damit schon an die Gesundheitsbehörden gewandt?«, erkundigt sich George. »Es gibt übrigens eine Organisation namens Scottish Rural Medicine Collaborative, die vielleicht in der Lage ist, Ihnen bei dem Problem zu helfen. Sie könnten es ja bei der nächsten Ratsversammlung ansprechen.«

Pater Ross bleibt abrupt stehen. »Sie wissen vom Gemeinderat?«

»Jemand hat ihn flüchtig erwähnt.«

Nach einem kurzen Moment wird seine Miene nachdenklich. »Also, ich werde diese Möglichkeit bei der nächsten Versammlung sicherlich zur Sprache bringen. Aber für junge Ärzte ist es nicht gerade ein verlockender Posten. Kann durchaus sein, dass wir warten müssen, bis jemand von meinen Schäfchen auf dem Festland einen Arzt oder eine Ärztin kennenlernt und zu uns lockt.«

»Ich finde, Sie sollten darauf bestehen, dass etwas unternommen wird«, sagt George, die bei dem Thema nicht lockerlassen will. »Wenn Calum mehr Unterstützung braucht, als sein Vater oder Sarah ihm bieten können, sollte Ihr Rat jede Möglichkeit ausschöpfen, um ihm zu helfen. Und als jemand mit beträchtlichem Einfluss in dieser Gemeinde sollten Sie darauf drängen. Wahrscheinlich würden viele Inselbewohner hier von mehr Umgang mit dem Festland profitieren.«

Pater Ross lächelt. Für George fühlt es sich frostig an. »Vielleicht, Inspector, können Sie ja am Ende Ihres Besuchs bei uns eine Liste sämtlicher Möglichkeiten erstellen, auf welche Weise wir das Leben auf der Insel verbessern können.«

Als sie auf die Hauptstraße biegen, wird der Priester wieder von Einheimischen bedrängt, die ihn eifrig grüßen. Er nimmt die Aufmerksamkeit mit Herzlichkeit hin, scheint grenzenlose Zeit und Geduld für seine Schäfchen zu haben. George, der noch die vernichtenden Blicke von MacLeods Farmarbeitern in den Knochen sitzen, fragt sich unwillkürlich, was die Leute wirklich denken, wenn sie ihr höfliches Lächeln auf Richie und sie richten. So rasant, wie sich Neuigkeiten auf der Insel verbreiten, wäre sie nicht überrascht, wenn sich bereits herumgesprochen hätte, wie abrupt ihr Besuch im MacNeil-Haus geendet hat.

»Wie Detective Inspector Lennox richtig angemerkt hat, sind Sie hier äußerst beliebt«, sagt Richie zu dem Geistlichen, als sie wieder unter sich sind. »Die Leute respektieren Sie.«

Pater Ross zuckt zwar leichthin mit den Schultern, scheint sich jedoch über diese Feststellung zu freuen. »Es gilt gemeinhin als ratsam, es sich nicht mit dem Priester zu verscherzen. Apropos …« Herausfordernd hebt er das Kinn. »Sehe ich Sie beide morgen bei der Messe? Punkt sieben Uhr.«

»Ich denke nicht«, antwortet George schnell. »Wir fangen ziemlich früh an.«

»Ach ja? Inspector Stewart ist es heute Morgen gelungen, die Zeit dafür zu finden.«

Verdattert richtet George den Blick auf Richie. »Du warst in der Kirche?«

Er zuckt mit einer Schulter, unbekümmert von ihrer Verblüffung. »Du weißt, dass ich zu Hause auch hingehe. Pater Ross hat mich vorbeigehen gesehen und mich eingeladen. Es hat ihm nichts ausgemacht, dass ich Protestant bin.«

Der Priester schmunzelt. »Wir überprüfen die Zugehörigkeit nicht an der Tür. Je mehr, desto besser – so sehe ich es.«

»Danke für die Einladung«, sagt George, »aber für mich ist das nichts.«

Pater Ross lächelt nachsichtig, als hätte sie etwas Kindisches von sich gegeben. »Die Kirche ist für alle da.«

»Ich bin weder Katholikin noch Protestantin«, betont sie und tritt einen Schritt zurück. »Ich bin tatsächlich gar nichts.«

»Man muss keiner Religionsgemeinschaft angehören. Man muss nur glauben.«

»Tja, auch da hapert es bei mir ein wenig.«

»Dann sind Sie vielleicht hergeschickt worden, um mehr als nur Alans Geschichte zu erfahren, Inspector.« Anschließend verabschiedet er sich von ihnen und macht sich auf den Weg zur Kirche.

George wartet, bis er außer Hörweite ist, bevor sie sich an Richie wendet. »Warum hast du mir nichts davon erzählt?«

»Davon, dass ich beim Gottesdienst war? Darüber reden wir sonst auch nicht, Lennox. Wieso sollte es hier anders sein?« Er zuckt mit den Schultern. »Lass uns zurückgehen und die neuen Erkenntnisse der Übersicht hinzufügen. Danach sollten wir Alex Thomson aufspüren, denke ich.«

»Wir hätten Ross fragen sollen, wo er wohnt. Allerdings hätte ich nichts dagegen, wenn ich nicht mehr mit ihm reden müsste. Er ist mir unheimlich.«

Richie lacht.

»Was?«

Er beginnt, an den Fingern abzuzählen. »Du kannst MacLeod nicht ausstehen, zettelst einen Streit mit John MacNeil an, und jetzt ist dir der Priester unheimlich. Gibt's auf der Insel eigentlich überhaupt jemanden, den du leiden kannst, Lennox?«

»Im Moment nur dich, aber das will nicht viel heißen.« Aus dem Augenwinkel bemerkt George eine vertraute Gestalt, die gerade die Bäckerei betritt. »Allerdings gibt's eine weitere Anwärterin. Ich finde raus, wo Alex wohnt. Wir sehen uns in Kürze in der Kate.«

Als Richie weggeht, holt George ihr Notizbuch hervor und lehnt sich an die Mauer der Bäckerei. Sie schreibt einige Erkenntnisse aus der Befragung von John und Calum auf, doch ein nagendes Gefühl lenkt ihre Gedanken in eine andere Richtung.

Es stimmt, dass Richie und sie nicht über seinen Glauben reden. Allerdings nicht, weil es ein Tabuthema zwischen ihnen ist. Nach vier Jahren Zusammenarbeit und Jennys Bestreben, George in die Familie einzubinden, gibt es kaum etwas, worüber sie nicht sprechen können. Sie weiß, dass Richie niemandem seine Überzeugungen aufdrängt, nicht mal seinen Töchtern: Vanessa hat als Teenager aufgehört, die übrigen Familienmitglieder beim Kirchenbesuch zu begleiten, und wenn die anderen vor dem Essen das Tischgebet murmeln, sieht sie George gelangweilt an. Auch hat Richie niemals George ersucht, sich am Gebet zu beteiligen. Ebenso wenig hat er sie je zu Weihnachten oder zu Ostern zum Gottesdienst eingeladen, obwohl er gewusst hat, dass sie danach zum Essen kommen würde.

Vermutlich reden sie in Wirklichkeit deshalb nicht darüber, weil er ihre Verwirrung darüber, wieso er zu glauben vermag, bemerkt hat. Richies beruflicher Werdegang ist um Jahrzehnte länger als ihrer. Trotzdem hat sogar sie schon Dinge erlebt, die sie ihr Verständnis des Universums haben infrage stellen lassen. Richie, der so viel mehr gesehen hat als sie, glaubt trotzdem immer noch an eine höhere Macht – und findet darin offenbar Trost. Manchmal mutiert ihre Verblüffung darüber zu etwas, das sich mehr wie Zorn anfühlt. Und vielleicht ist es genau das, womit sich Richie nicht auseinandersetzen will. Nach so vielen Jahren im Dienst vermag er es besser als sie, die eigenen Kräfte auf das Wesentliche zu konzentrieren.

Als Cecily aus der Bäckerei kommt, ist sie damit beschäftigt, in Papier gewickelte Waren auf den Armen zu balancieren, und bemerkt George nicht auf Anhieb. Dann jedoch setzt sie jäh ein breites Lächeln auf. »Detective Inspector Lennox!«

George verstaut ihr Notizbuch. »Hallo, Mrs Campbell.«

»Oh, nennen Sie mich ruhig Cess«, bietet sie ihr an. »Mrs Campbell ist meine Schwiegermutter. Und je weniger ich mit ihr gemeinsam habe, desto besser.« Sie unterdrückt ein Gähnen. »Entschuldigung.«

»Natürlich.« George nimmt Cecilys zerknittertes Erscheinungsbild wahr und fragt: »Harte Nacht?«

Cecily gibt ein mattes, schnaubendes Lachen von sich. »Mein Kleinster ist mit Albträumen immer wieder aufgewacht. Und da ich mich derzeit allein um die Kinder kümmern muss, bin ich ständig hin und her gerannt. Mary Thomas hat mir soeben geraten, ich soll ein paar der Frauen holen und Zauber an ihm wirken lassen.«

George schüttelt den Kopf. »Zauber? So was wie Magie?«

Cecily gibt einen irritierten Laut von sich. »Eine Art Heilung gegen den bösen Blick. Schließlich weiß jeder, dass Kinder nicht bloß Albträume haben, nur weil sie *Kinder* sind.« Ihre Stimme trieft mittlerweile vor Sarkasmus. »Nein, es muss ein Fluch oder ein bösartiger Geist sein, der ihn – und mich – die ganze Nacht wach hält.« Die letzten Worte speit sie förmlich in Richtung der Bäckerei. George vermutet, dass sie für Mary Thomas gedacht sind. »Ich brauche dringend noch eine Tasse Tee. Hier …«, sagt sie und kippt ein paar ihrer Bäckereiwaren in Georges Arme. »Sie helfen mir, das zu tragen, und ich mache Ihnen dafür die beste Tasse Tee, die Sie auf diesem Felsklotz im Wasser je bekommen werden.«

Sie beginnen, die Straße entlangzugehen. »Wie finden Sie es bisher hier?«, erkundigt sich Cecily. »Das Wetter ist tragisch, nicht wahr?«

»Ich habe das Gefühl, den Großteil der Zeit entweder irgendwo hinzulaufen oder zu zittern. Gewöhnlicherweise beides gleichzeitig.«

»Oh, das kann ich nachvollziehen. Ich habe mich immer noch nicht an die Kälte gewöhnt, und dabei bin ich schon so lange hier, dass ich fast schon zum Inventar gehöre.«

Vor ihnen trägt eine Frau mit kurzem rotem Haar einen großen Teller, über dem ein Tuch liegt, und steuert damit auf die Stufen zum Hafen zu. George ist überrascht, so viele Menschen in schweren Stiefeln und dicken Jacken den Kai entlanggehen zu sehen. Die Leute dort unten tragen Eimer oder schleppen Netze zu einem kleinen Lagerschuppen. George macht sich bewusst, dass zum Fischereibetrieb natürlich mehr gehören muss, als nur mit Booten hinauszufahren.

Ein lauter Ruf ertönt. »Bleib sofort stehen, May MacGill!«

Die Rothaarige hält auf der obersten Stufe inne. »Mach dich nicht lächerlich!«, brüllt sie zurück.

Ein grau melierter Mann trottet zu ihr die Stufen hinauf und nimmt ihr den Teller ab. »Für dich mag es lächerlich sein. Aber ich hab schon ein Boot untergehen und ein anderes an Felsen zerschellen gesehen, nachdem ihre Kapitäne an einer Rothaarigen vorbeigegangen waren.« Seine strenge Miene verwandelt sich in ein Grinsen, und er zerzaust ihr das Haar.

Mit finsterem Blick tänzelt sie zurück und tritt nach seinen Schienbeinen.

»Bleib mit dem Haar von den Booten weg, MacGill, dann bringen wir dir ein Abendessen nach Hause«, ruft er ihr nach, als sie kopfschüttelnd den Rückweg antritt und in Richtung der Geschäfte stolziert.

Ein anderer Mann, der sich kaum von den anderen seiner Truppe unterscheiden lässt, da sie alle mit identischen Strickmützen und hohen Kragen herumlaufen, hat den Wortwechsel beobachtet. Er schaut zu George und Cecily hoch und winkt. George vermutet zwar, dass die Geste ihrer Begleiterin gilt, erwidert sie aber trotzdem. Sofort lässt der Mann die Hand sinken.

Cecily hat davon nichts mitbekommen und springt bereits die Stufen zum Eingang ihres Hauses hoch. George schaut zur Tür der Campbells auf – dann noch höher. »Oh. Sie haben das auch.«

»Hm?« Cecily legt den Kopf in den Nacken und schaut zur Doppelspirale über der Tür hoch. »Ach, das? Es war schon lange vor meinem Einzug hier. Mir fällt es gar nicht mehr auf. Ich wünschte, ich könnte dasselbe über den Rest der ursprünglichen Einrichtung behaupten. Unebene Böden, schimmelnde Tapeten, ein Badezimmerfenster, das sich nie ganz schließen lässt …« Mit einer Fingerbewegung deutet sie an, dass die Liste ihrer Klagen noch deutlich länger ist. »Kommen Sie rein, Inspector. Wenigstens ist es in der alten Hütte warm.«

Als George das Campbell-Haus zuletzt betreten hat, ist sie von Cecily direkt nach oben gescheucht worden. Heute wird sie durch einen schmalen Flur in die gemütliche Küche geführt. Der mit gelben Schränken und abgenutzten Gerätschaften ausgestattete Raum wirkt schäbig, aber aufgeräumt. In der Luft liegt ein leichter Fischgeruch. George fragt sich, ob es in allen Häusern in Hafennähe so riecht oder ob es der Fluch ist, mit einem Fischer verheiratet zu sein.

Sie versucht, sich vorzustellen, wie Fremde ihre Wohnung zu Hause olfaktorisch wahrnehmen würden. Wahrscheinlich würden sie Erschöpfung und Tiefkühlkost wittern. Die kleine Einzimmerwohnung ist eine Kopie der übrigen neun in ihrem Stockwerk. Jede besitzt einen bescheidenen Balkon, aber den anderen sieht man deutlicher an, dass sie benutzt werden. Ihrer ist kahl, abgesehen von einem um das Geländer gewickelten Flaggentuch. Zu ihrer Entlassung aus dem Krankenhaus überraschten Freunde sie mit einer Begrüßungsparty, aber ein ungläubiger Blick ihrer Schwester ließ alle hastig die Teller und Getränke nach drinnen zurücktragen.

Nachdem George von den verpackten Bäckereiwaren befreit ist, deutet Cecily auf einen Platz an einem zerkratzten Tisch, auf dem in der Mitte ein Keramikkrug mit künstlichen Lilien steht.

»Bevor ich Sie hergeschleppt habe, hätte ich Ihnen vermutlich sagen sollen, dass ich nur losen Tee habe«, sagt Cecily, während sie am Spülbecken einen Wasserkocher füllt. »Ist das in Ordnung?«

»Ich bin wohl kaum in der Lage, wählerisch zu sein.«

Cecily kichert. »Die Auswahl auf der Insel ist äußerst begrenzt.« Nachdem sie den Wasserkocher eingeschaltet hat, zieht sie ein Messer aus einem Holzblock und beginnt, einen dunkelbraunen Laib Brot aufzuschneiden.

Den Boden bedecken Papierbögen mit Zeichnungen, und Buntstifte liegen verstreut umher. George bückt sich und hebt einige der Kunstwerke auf. Bei der Durchsicht schmunzelt sie über die grotesken Karikaturen. Sie glaubt, die Kirche und Pater Ross, eine Unterwasserszene und einen zottigen, um den Leuchtturm laufenden Hund zu erkennen. »Welches Ihrer Kinder ist der Picasso?«

»Hm? Oh.« Cecily schnaubt. »Sie ist wirklich ein Picasso. Falls Sie es nicht erkannt haben – die violette Kreatur mit den aus dem Kopf ragenden Armen bin ich.«

»Dann sind diese kleinen, an Kobolde erinnernden Geschöpfe wohl ihre Geschwister.«

»So wurde es mir gesagt. Und wenn Sie aufs Dach schauen – das da ist Donald. Vor ein paar Wochen hat er den Schornstein repariert. Das hat sichtlich Eindruck hinterlassen.«

George ist beeindruckt von der künstlerischen Freiheit. Donald ist überwiegend grün, hat als Nase einen Tukanschnabel, und das stachelige braune Haar erinnert an ein Vogelnest. In einer Hand hält er einen Hammer, in der anderen ein kleines braunes Rechteck, das vermutlich ein Ziegelstein sein soll.

»Haben Sie ein Foto von Donald, damit ich die Ähnlichkeit vergleichen kann?«

»Oh, äh …« Cecily sieht sich stirnrunzelnd in der Küche um. »Hier nicht. Irgendwo oben. Aber glauben Sie mir, er ist gut getroffen. Vor allem die Nase.«

George zeigt auf eine kleine Gestalt, die aus einer Wand ragt. »Hat sie wenigstens den Hund richtig hinbekommen?«

Cecily legt die Stirn in Falten. »Den was?«

George dreht ihr die Zeichnung zu. »Da. Das ist doch ein Hund, oder?« Sie geht die anderen Zeichnungen durch und zeigt auf die zotteligen braunen Gestalten mit den spitzen Zähnen. »Sehen Sie, es ist auf allen Bildern derselbe – hier am Fenster, da vor der Haustür. Gehört der Hund einem Ihrer Nachbarn?«

Nach einem kurzen Blick zuckt Cecily mit den Schultern. »Wer weiß. Wahrscheinlich hat sie ihn bloß in einem Buch gesehen.« Der Wasserkocher schaltet sich mit einem Klicken aus. »Milch?«

»Nur Zucker, wenn Sie welchen haben.«

»Jetzt schon«, erwidert Cecily und tätschelt eines der braunen Päckchen. »Die Lieferung ist heute Morgen eingetroffen.« Sie seufzt wehmütig. »Das gehört zu den Dingen, die ich von zu Hause vermisse – einfach zwei Minuten die Straße runterlaufen zu können und alles zu bekommen, was man braucht. Ist schon eine ziemliche Umstellung, wenn man das Leben um vierzehntägliche Lieferungen herum planen muss. Man muss hoffnungslos romantisch sein, um auf die westlichen Inseln zu ziehen – oder vollkommen verrückt.«

George lehnt sich auf dem Stuhl zurück. »Ich kann mir nicht vorstellen, dass ich mutig genug wäre, eine solche Entscheidung zu treffen. Und mit achtzehn wäre ich es erst recht nicht gewesen.«

»Ich weiß! Was um alles in der Welt kann Donald nur gesagt haben, um mich zu überreden, mein gesamtes vorheriges Leben hinter mir zu lassen?« Nach einem nachdenklichen Blick schüttelt sie den Kopf. »Was es auch gewesen sein mag, jetzt würde es bei mir nicht mehr funktionieren.«

»Was haben Ihre Angehörigen gesagt, als Sie ihnen erzählt haben, dass Sie mit einem Fischersohn durchbrennen?«

»Das können Sie sich bestimmt vorstellen«, erwidert sie, lädt die Teeutensilien auf ein Tablett und trägt es zusammen mit dem Brot zum Tisch. »Sie haben gewusst, dass ich verknallt in ihn war, aber sie haben gedacht, das würde sich legen, sobald ich studieren gehen würde. Zu ihrem Pech glaube ich daran, dass es besser ist, um Verzeihung zu bitten, als um Erlaubnis zu fragen.« Sie grinst verschmitzt. »Als sie mitbekamen, was los war, hatte ich bereits den Ring am Finger und das Gepäck auf dem Boot seines Vaters.«

»Ihre Familie hat nie geahnt, was Sie vorhatten?«

Cecily verdreht die Augen. »Ungefähr sechsmal hätte Donald um ein Haar alles vermasselt! Der Mann kann ums Verrecken kein Geheimnis bewahren. Wenn man ihm zu viele Fragen stellt, wird er zunächst nervös und knickt später dann unter dem Druck vollständig ein. Wann immer meine Eltern die Zukunft angesprochen haben, musste ich das Reden übernehmen und dafür sorgen, dass er die Klappe hielt.« Sie deutet mit dem Kinn auf George. »Fünf Minuten mit Ihnen, und er würde Ihnen jedes Lied vorsingen, das er kennt.«

George lacht. »Und für Donald wäre es nie infrage gekommen, aufs Festland zu ziehen?«

Mit einem höhnischen Schnauben stößt Cecily ein Messer in eine Butterschale. »Das ist jetzt ein Scherz, oder? Niemand, der hier geboren ist, geht jemals weg. Die Leute schlüpfen mit einem Anker ums Fußgelenk aus dem Mutterleib.«

»Wie traumatisch für die Mütter.«

»Und ich habe das dreimal hinter mir. Aber, so Gott will, nicht noch einmal.«

Als sich George an das Bild der Jungfrau Maria erinnert, das sie oben in diesem Haus gesehen hat, tastet sie sich vorsichtig an ihre nächste Äußerung heran. »Pater Ross hat eine Zeit lang auf dem Festland studiert. Er muss doch mit einigen ... modernen Ansichten zurückgekehrt sein.«

»Bei einer Gesamtbevölkerung von knapp über zweihundert Menschen wird gemeinhin wenig von Geburtenkontrolle gehalten«, entgegnet Cecily nüchtern. »Und Donald will noch mehr: Er träumt davon, eine Armada von hochseetauglichen Campbell-Booten aufzubauen.«

George runzelt die Stirn. »Haben Sie wenigstens Zugang zu Verhütungsmitteln?«

»Das ist ohne einen Arzt auf der Insel nicht so einfach. Und der letzte hatte einen Sitz im Gemeinderat, der seine eigenen Prioritäten hat. Wir bevorraten alle möglichen Medikamente und Erste-Hilfe-Kästen, und einige von uns hat der Gemeinderat einen Kurs auf dem Festland machen lassen. Wenn es nur um Donald und mich ginge, würde mich das nicht weiter beunruhigen, aber die Kinder …« Seufzend greift sie zur Teekanne, um einzuschenken. »Was macht man nicht alles aus Liebe, richtig?« Ein neues Funkeln tritt in ihre Augen. »Wo wir gerade davon sprechen – ich habe ein Gerücht über Sie gehört.«

»Ich bin erst seit drei Tagen hier. Wie kann das sein?«

»Es heißt, man hat Sie mit Lewis MacGill gesehen. Kathy wird nicht eher ruhen, bis Sie das erste Baby zur Welt gebracht haben.« Sie schiebt einen dampfenden Becher zu George. »Entkommen können Sie ihr nur, indem Sie so schnell wie möglich von hier verschwinden. Obwohl Sie wunderschöne, große Kinder bekommen würden.«

»Hören Sie bloß auf. Und Lewis sollten alle in Ruhe lassen. Es braucht nun mal seine Zeit, die wahre Liebe zu finden; das gilt auch für ihn.« Ihr kommt ein Gedanke. »Wie steht man hier eigentlich zu, äh, nicht heterosexuellen Beziehungen?«

»Sie glauben, Lewis ist schwul?«

»Ich glaube gar nichts. Ich frage mich nur, ob das auf der Insel als Option infrage käme.«

»Pater Ross predigt aus derselben Bibel wie sein Onkel und der Ross vor ihm. Darin steht, dass Begierden keine Sünde sind, bis daraus Taten werden. Aber hier kann es einen in alle möglichen Schwierigkeiten bringen, wenn man auch nur das Falsche denkt.« Sie senkt den Blick, während ihre Finger jetzt ununterbrochen ein Stück Brot auseinanderzupfen. »Ich habe schon seit Jahren mit niemandem mehr so wie jetzt reden können. Als echter Mensch mit Gedanken, die etwas zählen, meine ich. Nicht nur als Donalds Frau vom Festland, die hier ist, um den Genpool zu vergrößern.«

Da George nicht recht weiß, wie sie darauf reagieren soll, sagt sie nur: »Tut mir leid.« Danach sitzen die beiden Frauen still da, während George auf ihren Tee pustet, damit er nicht mehr ganz so heiß ist.

»Oh, oh«, sagt schließlich Cecily mit Humor statt Traurigkeit in der Stimme. »Sie werden demnächst einen Brief bekommen.«

»Wie bitte?«

Sie zeigt auf die Oberfläche von Georges Tee. »Laut meiner Schwiegermutter ist es ein Zeichen dafür, dass man bald einen Brief erhält, wenn oben im Becher ein Teeblatt treibt.« Sie schnaubt spöttisch. »Nur ein Beispiel von vielen für den Aberglauben, dem diese Menschen hier anhängen.«

George entgeht keineswegs, dass sich Cecily mit der Äußerung davon ausnimmt. »Aber Sie nicht?«

Cecily heftet einen sarkastischen Blick auf sie. »Ich habe auch ohne irgendwelche Zeichen und Symbole genug Sorgen.« Sie steckt sich einen Bissen Brot in den Mund und kaut bedächtig. »Ich habe gehört, dass Sie mit Catriona gesprochen haben«, sagt sie schließlich mit belegter Stimme. »Wie geht es ihr?«

George sucht nach den richtigen Worten. »Sie scheint sehr hart im Nehmen zu sein.«

»Tja, das muss sie.« Als sie Georges offensichtliche Verwirrung bemerkt, fügt sie hinzu: »Wegen ihrem Ehemann. Hat sie es Ihnen nicht erzählt?«

»Uns was erzählt?«

»Oh. Na ja, er ist auch gestorben.«

»*Was?* Wie?«

»Ich kenne nicht die ganze Geschichte. Als ich ursprünglich hier angekommen bin, hat man mir im Grunde einen Job im Pub zugeteilt. Nach wenigen Wochen habe ich dort fast jeden Abend gearbeitet. Und Iain Ferguson war immer da, immer auf demselben Hocker in der Ecke. Ich habe dem Mann so viele Biere eingeschenkt.« Sie stößt den Atem aus. »Dass er schon zu lange zu viel getrunken hat, habe ich erst nach seinem Tod erfahren. Ich bin mir nicht sicher, ob sein Herz oder seine Leber zuerst den Geist aufgegeben hat.«

»Das muss schrecklich für Catriona gewesen sein. Und für Alan.«

Cecily nickt. »Iain hat regelmäßig mit uns Mädels hinter der Theke geflirtet. Es war völlig harmlos; er wollte uns nur zum Lächeln bringen. Ich hab gehört, dass Alan den Charme seines alten Herrn geerbt hatte.« Nach einem Gähnen blickt sie vorwurfsvoll auf ihren Tee hinab.

»Wie lange sind Sie noch allein mit den Kindern?«

»Keine Ahnung. Anscheinend stimmt irgendwas mit dem Motor nicht. Zumindest haben sie das gefunkt.« Zorn flammt in ihren Augen auf. »Wenn ich rausfinde, dass die sich in Wirklichkeit einen Männerurlaub auf dem Festland gönnen, dann …«

»Hat Donald so was schon mal gemacht?«

Cecily starrt in ihren Becher. »Kann ich Ihnen etwas anvertrauen? Inoffiziell – oder wie auch immer man das nennt? Jedenfalls geht es um etwas, das im Dorf nicht die Runde machen soll.«

»Sie brauchen kurz ein Paar Festlandohren?«

Dankbar nickt Cecily. »Es ist nur … Wenn Donald weg ist, bin ich so unglaublich einsam. Die Leute sind zwar nett zu mir und beziehen mich ein, aber ich merke ihnen an, dass sie sich wohler fühlen, wenn ich einen Raum an Donalds Arm betrete.« Ihre Finger krümmen sich zu den Handflächen. »Ich habe dieser Insel neun Jahre und drei Kinder geschenkt, und immer noch betrachtet man mich nicht als Einheimische«, sagt sie verbittert. »Die Leute könnten jederzeit entscheiden, dass meine Zeit hier um ist, und meine Familie auseinanderreißen.«

»Haben Sie Ihrem Mann gesagt, wie Sie empfinden?«

Cecily schnaubt. »Ja sicher – in den fünf Minuten, die er zwischen dem Boot und dem Pub zu Hause verbringt. Wissen Sie, ich habe das Gefühl, er schaut mich nicht mal mehr an. Oder falls doch, dann sieht er nicht mehr die junge Frau aus dem Laden, in die er sich verliebt hat, sondern dieses altbackene Hausmütterchen, das immer was zu nörgeln hat, wenn er durch die Tür reinkommt ...«

Ihre Stimme bricht, und sie presst sich eine Hand auf den Mund. »Ich hätte nie gedacht, dass ich mal so jemand werden würde«, stößt sie stockend hervor. »Und ich habe das Gefühl, als hätte ich ihn betrogen.«

»Ihn betrogen? Indem Sie erwachsen geworden sind? Ich habe den Mann ja noch nicht kennengelernt, könnte mir aber vorstellen, dass er auch nicht mehr so aussieht wie mit siebzehn.«

Cecily schenkt George mit wässrigen Augen ein Lächeln. »Hinten hat er ein paar graue Haare bekommen. Das hab ich ihm noch nicht gesagt. Aber er fährt so oft zum Festland und bleibt dort so lange ...« Ohne dass es ihr bewusst zu sein scheint, beginnt sie, den schmalen Goldreif an ihrem Ringfinger zu drehen.

George ringt sich zu einer gewagten Frage durch. »Sie glauben, es könnte eine andere Frau geben?«

Überraschenderweise lacht Cecily schallend. »Nein.« Dann beruhigt sie sich wieder. »Ich meine, ich ... ich hoffe nicht. Immerhin habe ich so viel aufgegeben, um hier bei ihm zu sein.«

Ihr Blick richtet sich auf die Haustür, doch George ist überzeugt davon, dass sie weit darüber hinausschaut, zum Hafen und zum schiefergrauen Meer dahinter. »Was würden Sie tun«, fragt sie, »wenn Sie herausfinden, dass Ihr Partner Sie betrügt?«

»Die Uniform schreckt normalerweise recht gut davon ab.«

»Aber falls das passieren sollte – was würden Sie tun?«, hakt Cecily nach. »Würden Sie ihn verlassen? Oder bleiben und um ihn kämpfen?«

George verkneift sich eine weitere scherzhafte Erwiderung. Cecilys Augen glänzen und haben seit einer Weile nicht geblinzelt. »Ich möchte gern glauben, dass ich kämpfen würde.«

Nach kurzem Schweigen flüstert Cecily: »Das würde ich auch.«

»Na ja«, meint George in aufmunterndem Ton, »dann sollten Sie ihm das gleich als Erstes mitteilen, wenn er durch die Tür da hereinkommt. Erinnern Sie ihn daran, wer zu Hause die Stellung hält und dass er nicht einfach tagelang verschwinden kann, wenn er eine Ehefrau und Kinder hat, die ihn brauchen.« George fasst in eine Innentasche und holt eine ihrer Visitenkarten heraus. »Wenn Sie je weitere Unterstützung oder einfach nur jemanden zum Reden brauchen, dann möchte ich, dass Sie mich anrufen. Auch wenn ich wieder auf dem Festland bin. Okay?«

Cecily nimmt die Karte entgegen. »Danke, Inspector Lennox. Es ist lange her, dass ich … Na ja, dass ich …« Verschwörerisch senkt sie die Stimme. »Hier kann man mit niemandem *reden*. Nicht über irgendetwas wirklich Wichtiges. Nicht, ohne dass die Falschen davon erfahren.«

»Mit mir können Sie reden. Und Sie können mich George nennen.«

Cecilys Lippen verziehen sich zu einem schiefen Lächeln. »Bedeutet dies, dass Sie nicht die Absicht haben, mich für irgendwas zu verhaften?«

»Noch nicht.« Dann besinnt sie sich des eigentlichen Zwecks ihres Besuchs. »Aber Sie könnten mir bei etwas helfen.«

Kapitel 12

Wie es das Glück will, hat Richie beschlossen, zu dem schmalen Strand zu schlendern, um sich dort umzusehen, während George mit Cecily geplaudert hat – und so geschieht es, dass sie ihm am Fuß des Wegs hinauf zur Kate begegnet. Wäre er bereits aus den Stiefeln geschlüpft gewesen, wenn sie ihm mitgeteilt hätte, dass sie in Erfahrung bringen konnte, wo Alex Thomson wohnt, hätte sie sich endlose Klagen von ihm anhören können.

Die Wegbeschreibung von Cecily führt sie den Hügel hinauf in Richtung der Kirche. Sie sehen, dass sich weiter oben drei Kinder auf einem seltenen Fleckchen ebener Wiese eingefunden haben, das ein kleines Stück abseits des Pfads liegt. Die Kinder gebärden sich laut; sie lachen und schreien sich gegenseitig an, während sie atemlos Schweinchen in der Mitte spielen.

Richie verhält sich ungewöhnlich still. »Warum hast du zugelassen, dass er so nah an dein Gesicht gekommen ist?«, fragt er schließlich unvermittelt.

»Wie bitte?«

»John MacNeil. In seinem Haus, als er dich angebrüllt hat. Er hätte dich verletzen können, trotzdem bist du nicht zurückgewichen. Du hast nicht versucht, die Lage zu entschärfen.«

Überrumpelt von der Richtung seiner Gedanken, wirft sie

ihm einen Seitenblick zu. »Du glaubst wirklich, er hätte mich geschlagen? Vor dir? Vor seinem Priester?«

»Du hast nicht gewusst, was er tun würde. Das ist der springende Punkt.«

Die Missbilligung in seinem Ton irritiert George, doch ihrer Erwiderung kommt mehrstimmiges Geschrei zuvor. Eines der Kinder hat den Ball zu weit geworfen, oder der Wind hat ihn weggeweht. Und jetzt hüpft er den Hang hinunter, beinahe direkt auf George und Richie zu. Sie verlässt rasch den Weg, eilt zum Ball und fängt ihn.

»Bitte sehr«, sagt sie und hält ihn den bei ihnen eintreffenden Kindern hin, die ihrem Spielzeug hinterhergelaufen sind. »Um ein Haar wäre er hinunter ins Dorf gerollt.«

Doch keines der Kinder rührt sich, um den Ball von ihr entgegenzunehmen.

»Hier«, sagt sie und tritt einen Schritt auf sie zu.

Alle drei weichen zurück.

George erstarrt. Gehört das zum Spiel? »Soll ich ihn … euch zuwerfen?«

Als sie keine Antwort erhält, wirft sie den Ball hoch genug, dass den Kindern genügend Zeit bleibt, um ihn zu schnappen. Aber das mittlere Kind weicht ihm stattdessen aus, als würde es sich mit etwas infizieren, sollte der Ball es berühren. Er prallt von einem Stein ab und rollt mit zunehmender Geschwindigkeit den Hang hinunter davon.

»Warum hast du das gemacht?«, fragt George verdutzt den blonden Jungen in der Mitte.

»Wir dürfen nicht mit Ihnen reden«, entgegnet er.

»Wieso nicht? Weil ich Polizistin bin?«

»Lennox!«

Richie winkt sie zurück. Sie hebt einen Finger, um ihm anzuzeigen, dass er warten soll. »Warum habt ihr den Ball nicht genommen?«

»Weil jetzt das Unglück daran klebt«, antwortet der Junge.

George runzelt die Stirn. »Unglück? Weil ich ihn berührt habe?«

Der Junge erwidert nichts, packt nur seine Freunde an den Armen und zieht sie zurück.

Richie ruft erneut nach George, und sie eilt zu ihm.

»Was war das denn?«, fragt er und schiebt seinen Schal höher den Hals hinauf.

Sie zuckt nur mit den Schultern. »Weiterer Inselschwachsinn.«

An der Kreuzung, die nach rechts zu Catrionas Haus führt, biegen sie diesmal nach links ab, weiter ins Landesinnere hinein. Entlang der Straße stehen mehrere Häuser aus Stein, aber der Abstand dazwischen wird umso größer, je weiter sie gehen.

»Findest du es nicht seltsam, dass Catriona bei unserer Befragung nicht den Tod ihres Ehemanns erwähnt hat?«, sagt George, nachdem sie Richie von ihrem Gespräch mit Cecily berichtet hat.

»Vielleicht hat sie es einfach nicht für relevant gehalten.«

»Ich habe sie gefragt, ob Alan etwas Traumatisches erlebt hatte. Findest du nicht, dass der Verlust des Vaters darunterfällt?«

»Kommt wohl auf den Vater an. Woher wissen wir, welches Alex gehört?« Richie betrachtet die Häuser, an denen sie vorbeimarschieren.

George lässt den Blick über die Vorgärten wandern und ruft sich Cecilys Beschreibung ins Gedächtnis. Ein Aufblitzen von Farbe springt ihr ins Auge. »Das ist es.«

Von allen verwitterten, ramponierten Häusern, die sie bisher auf Eadar gesehen haben, ist das von Alex Thomson dem Verfall am nächsten. Es ist von Hand aus Stein errichtet und mit einer baufälligen Veranda versehen; und George vermutet, dass Hammer und Nägel seit Jahren nicht mehr daran zum Einsatz gekommen sind. Wie ihre Unterkunft auf dem Hügel und die benachbarten Behausungen besitzt es ein Strohdach. George fragt sich, ob die Renovierung von Gebäuden außerhalb des Dorfs eine Ratsentscheidung ist oder ihr Zustand die wirtschaftliche Situation des jeweiligen Besitzers widerspiegelt. Das Dorfzentrum ist zwar auch alles andere als schön, doch zumindest weisen die Häuser dort Dachziegel auf.

Sie bahnen sich einen Weg durch den verwilderten Rasen. Dabei steigen sie über alte Fahrradteile und kaputte Möbel hinweg – darunter verbogene rote Gartenstühle, vor denen Cecily gewarnt hat. Schließlich erreichen sie die Eingangstür. George schaut nach oben: Wie erwartet ist in den Sturz eine Doppelspirale geschnitzt.

Sie klopft an, und beide beugen sich vor, um auf Geräusche im Haus zu lauschen. Ein gequältes Brummen lässt erahnen, dass ein alter Kühlschrank in der Nähe der Tür steht. Abgesehen davon herrscht Stille. Neugierig versucht es George mit dem Türgriff und sieht Richie an. »Verriegelt.«

»Und?«

»Cecily hat gesagt, dass auf der Insel niemand die Haustür abschließt.«

Richie schürzt die Lippen und streckt die Hand aus, um ebenfalls anzuklopfen. »Mr Thomson?«, ruft er. »Sind Sie zu Hause?«

Als keine Antwort kommt, richten sie ihr Augenmerk auf die Fenster und entdecken ein einziges ohne Vorhänge, durch das man ins Hausinnere schauen kann. Sie erblicken eine winzige Küche mit über die Bänke verstreutem Müll. Im Spülbecken stapelt sich schmutziges Geschirr, und direkt an der Wand steht ein kleiner Holztisch. George schirmt mit den Händen die Augen ab und versucht auszumachen, was sich auf Letzterem befindet: ein Aschenbecher, ein Teller mit einer halben Scheibe Toast und ein Becher mit einem Sprung.

Richie watet derweil durch das kniehohe Gras. Ein spitzer Laut rutscht ihm heraus, als sein Fuß auf etwas landet, das quietscht, bevor ein schnelles Kräuseln der Halme eine rasante Flucht anzeigt. »Lennox«, sagt er mit kaum verhohlener Ungeduld, »ich denke, er ist nicht da. Außerdem glaube ich ohnehin nicht, dass er uns irgendwas erzählen kann, das wir nicht schon gehört haben.«

Als sie nichts erwidert, seufzt er genervt. »Glaubst du etwa, John hat gelogen? Wenn er irgendwas mit Alans Tod zu tun hätte, warum wäre er dann auf die Idee gekommen, selbst Alarm zu schlagen?«

»Um nicht verdächtig zu erscheinen.«

»Und welches Motiv sollte er gehabt haben? Er hat gesagt, dass er Alan nicht wirklich gekannt hat. Und ich denke, er hat mit Calum genug um die Ohren.« Richie duckt sich unter einer herabhängenden Wäscheleine hindurch, die am Dach und an einem Pfosten befestigt ist. Ein zerrissenes graues T-Shirt und Unterwäsche baumeln daran schlaff herab.

Als sich George bückt, um ebenfalls darunter hindurchzugehen, fällt ihr etwas auf. »Rich.«

Als er sich umdreht, hält George einen der Ärmel des Shirts hoch. Ihr Finger zeigt auf mehrere verblasste rostfarbene Flecken.

»Könnte Wein sein«, meint er. »Schlamm. Haarfarbe. Tinte.«

»Möglich. Oder etwas anderes.«

Richie gibt einen missbilligenden Laut von sich. »Wenn wir nur einen Durchsuchungsbeschluss hätten.«

Er geht zurück in Richtung der Straße. George eilt ihm hinterher.

»Okay. Was, wenn wir uns einen besorgen?«

»Um einen winzigen Fleck auf dem Shirt eines Mannes zu überprüfen, der kein Verdächtiger in einem Fall ist, der derzeit nicht mal als Mord gilt?«

»Wir sind seit drei Tagen hier, Rich. Und was haben wir bisher vorzuweisen?«

»Wir machen unsere Arbeit, reden mit Leuten, die ihn gekannt haben, stellen Fragen, setzen die Zeitschiene zusammen …«

»Und wir sind immer noch nicht näher dran, herauszufinden, wie genau Alan gestorben ist.«

»Wahrscheinlich, weil wir es schon wissen«, entgegnet er gereizt. »Wir hatten die Antwort, noch bevor wir von zu Hause aufgebrochen sind.«

George wirft die Hände hoch. »Wenn du so denkst, warum hast du mir dann nicht geholfen, als ich Cole um einen besseren Fall gebeten habe?«

»Weil ich mir nicht sicher bin, ob du mehr bewältigen kannst.«

Sie merkt ihm an, dass er die Worte bereut, sobald sie ihm herausgerutscht sind.

»Lennox«, sagt er schnell, als sie sich abrupt abwendet. »Warte – das ist jetzt falsch rübergekommen.«

Sie stapft zurück zur Straße und empfindet grimmige Befriedigung über einen gequälten Laut von ihm, als er über ein im Gras verborgenes Schrottteil stolpert.

»Ist ja nicht so, als würde ich glauben, du hättest nichts drauf, Lennox. Ich weiß, was du kannst. Das hab ich oft genug aus nächster Nähe miterlebt.«

»Klar. Nur glaubst du, dass ich es jetzt nicht mehr kann.«

»Nicht wenn du Opioide wie Bonbons einwirfst.«

Wie zum Hohn flammen die Schmerzen hinter ihrem Auge pulsierend auf. Sie weiß, dass sie es als Warnung auffassen sollte, sich zu beruhigen und die sich überschlagenden Gedanken zu verlangsamen. Aber der Ansturm qualvoller Empfindungen führt dazu, dass sich ihre Finger zu der Hosentasche hinbewegen, in der sie an diesem Morgen eine Tablette versteckt hat. Zähneknirschend zwingt sie die Hand, an der Seite ihres Körpers zu bleiben.

»Wenn du gedacht hast, dass ich damit nicht fertigwerde, hättest du nie zustimmen sollen, mitzukommen«, schleudert sie ihm über die Schulter entgegen. »Du hättest Cole sagen sollen, dass du nicht zu einem Außeneinsatz mit einer Partnerin willst, der du nicht vertraust.«

»Das habe ich.«

Der Dolchstoß in den Rücken lässt sie abrupt innehalten. Einen kurzen Moment lang steht sie nur schwankend da.

Zumindest hat er den Anstand, entschuldigend dreinzuschauen, als sie sich zu ihm umdreht. »Nachdem du ihr Büro verlassen hattest, hat sie mich noch mal reingerufen. Sie hat gefragt, ob ich mich wohl dabei fühle, mit dir in einen Außeneinsatz zu gehen. Ob ich glaube, dass du bereit dafür bist.«

»Und du hast Nein gesagt.«

Sein Blick wird flehentlich. »George – ich kenne dich. Wir arbeiten seit Jahren zusammen. Wir haben Schreckliches gesehen, die grauenhaftesten Gewalttaten, die Menschen einander antun können. Und ich habe gesehen, wie du alles mühelos weggesteckt hast. Aber was dir in jener Nacht passiert ist …«

Ein Stück von dem steinhart gewordenen Eis, das sich um Georges Herz herum gebildet hat, bricht ab und rutscht ihr in den Magen.

»Ich werfe dir nicht vor, was er getan hat«, fährt er fort und bewegt sich langsam auf sie zu – wie ein Tierpfleger im Zoo auf einen Tiger mit zuckendem Schwanz. »Der Junge war so auf Meth, dass er sich nicht mal an den eigenen Namen erinnern konnte. Und ich weiß, wenn ich zuerst reingegangen wäre, dann wäre ich in der Einfahrt gelandet.«

»Du bist aber nicht hineingegangen«, schnauzt sie ihn an. »Sondern *ich*.«

»Weil *du* nicht auf mich gewartet hast«, erwidert er. Auch sein Temperament regt sich. »Weil du nicht erst einmal *nachgedacht,* sondern impulsiv gehandelt hast.«

»Genau das hat dir früher an der Zusammenarbeit mit mir gefallen.«

»Ja – bis du dadurch fast gestorben wärst!«

»Du bist also einer Meinung mit Cole.« *Und mit meinen Eltern, meiner Schwester, meinen Freunden.* »Du denkst, dass es zu früh für mich ist.«

Richie reibt sich die Stirn, als hätte auch er Kopfschmerzen.

»Du bist eine Kämpfernatur – das allein ist der Grund, warum du heute noch lebst. Ich hab immer gewusst, dass du zur Arbeit zurückkommen würdest. Und glaub mir, wenn ich dir sage, dass ich mit niemandem sonst zusammenarbeiten wollen würde. Wir sind Partner, George. Wir sollten uns gegenseitig den Rücken decken.« Kurz verstummt Richie, bevor er hinzufügt: »Aber wie kann ich darauf vertrauen, dass du mir den Rücken deckst, wenn du nicht ehrlich zu mir bist?«

Sie erstarrt. Hat er erraten, was das fehlende Etikett bedeutet? Oder weiß er auch von den Schlaftabletten? Ihr Herzschlag pulsiert laut in ihren Ohren und scheint zu sagen: *zuerst zuschlagen, zuerst zuschlagen, zuerst zuschlagen, zuerst …* Giftige Worte liegen ihr auf der Zunge. Es kostet sie gewaltige Mühe, sie runterzuschlucken. Sie brennen ihre Kehle hinab.

»Ich bin für diensttauglich erklärt worden«, hebt sie schließlich hervor. »Auch wenn du an *mir* zweifelst, so kannst du doch zumindest darauf vertrauen.«

Ihre Worte erzielen nicht die gewünschte Wirkung. Sie kann sehen, wie sich Traurigkeit zu der Enttäuschung in seiner Miene gesellt. Beinahe so, als hätte er die Wahrheit in ihren Augen erkannt und sich gewünscht, sie würde sie aus sich hervorbrechen lassen.

Er sagt nur: »Ein Arzt kann nicht wissen, was du ihm verheimlichst, George.« Dann holt er tief Luft. »Ein paar Tage haben wir hier noch. Wir werden tun, wofür man uns hergeschickt hat. Aber ich hoffe, du nutzt die Zeit auch, um dir zu überlegen, wie es weitergehen soll, wenn wir zurück zu Hause sind. Okay?«

Das Gift brodelt in ihrem Magen.

»Okay.«

Kapitel 13

Als sie die Kate erreichen, hat die durch ihre Auseinandersetzung hervorgerufene Spannung ein wenig nachgelassen – aber nicht das Pochen in ihrem Schädel. Es fühlt sich an, als würden Richies unverblümte Worte darin toben.

George hat an Richie immer seine Offenheit geschätzt. Gerüchten zufolge ist sie jedoch auch der Grund, warum er trotz drei Jahrzehnten bei der Polizei es nie weiter als bis zum Detective Inspector gebracht hat. Und obwohl ihr klar ist, dass sie ehrlich zu ihm hätte sein sollen, kann sie nicht ihre Frustration darüber leugnen, dass er nicht auf ihr Wort vertraut. Die Kopfschmerzen und die Schwindelanfälle – anhaltende Erinnerungen an ein schweres Schädeltrauma – sind bewältigbar. Und sie kann wirklich damit umgehen. Auch wenn sie die Lösungen dafür selbst finden musste.

Was den Fall allerdings angeht, liegt er schon richtig. Natürlich ist Alans Tod höchstwahrscheinlich ein Selbstmord oder ein Unfall gewesen, und ihre Zeit hier könnte durchaus enden, ohne dass sie die wahre Ursache für sein Ableben in Erfahrung bringen. Cole macht ihre Zukunft nicht davon abhängig, ob sie auf Eadar einen Mord aufdeckt. Und dennoch … Etwas daran, Alans Akte mit der einfachen Antwort zu schließen – auch wenn sie höchstwahrscheinlich richtig ist –, lässt ihr keine Ruhe.

Richie zieht den Schlüssel aus der Tasche. Dann schnuppert er. »Was ist das?«

»Du musst dich schon genauer ausdrücken.«

Er tritt einen Schritt zurück und betrachtet den Boden vor der Kate. »Riecht, als wäre was verendet.«

Als George tief durch die Nase einatmet, zuckt sie zusammen. Nicht ganz derselbe Mief wie jener im Wald, aber unbestreitbar der von etwas Fauligem.

»Mir fehlt mein Zuhause mit jedem Tag mehr«, brummelt Richie und geht hinein.

Auf dem Tisch erwarten sie ein Korb mit frischem Brot und ein versiegelter Topf.

George tritt an Richie heran. »Ich hab dir *gesagt*, dass ich die Tür gestern abgeschlossen habe.«

»Vielleicht ist es ja wirklich ein kniffliges Schloss«, meint Richie und betrachtet konsterniert den Schlüssel. »Unabhängig davon müssen wir ihr sagen, dass sie nicht einfach nach Lust und Laune reinkommen kann. Und für das ganze Essen sollten wir unbedingt bezahlen.«

»Kommt mir auch ein bisschen unethisch vor, kostenlose Mahlzeiten von diesen Leuten anzunehmen.« George entsiegelt den Topf, schnuppert am Inhalt und macht schnell wieder den Deckel zu. Es ist nicht der üble Geruch von draußen, den sie gerade wahrgenommen hat, aber auch kein angenehmer. »Falls das Bestechung sein soll, funktioniert sie nicht.«

»Hast du von zu Hause was zum Essen mitgebracht?«

In Gedanken geht sie durch, was sie eingepackt hat. »Ich glaube, ich hab Pfefferminzbonbons.«

Richie wendet sich wieder dem Korb zu. »Dann müssen wir die Bestechung wohl annehmen. Oh, was haben wir denn da?«

Er holt zwei dunkle Glasflaschen ohne Etikett heraus und hält sie zur Begutachtung ins Licht. »Vielleicht Cider? Oder Ale?« Richie schaut auf die Armbanduhr, bevor er George einen verschmitzten Blick zuwirft. »Sind wir außer Dienst?«

Während der Arbeit an einem Fall Alkohol zu trinken, sieht Richie nicht ähnlich. George vermutet, ihm ist eher daran gelegen, das letzte Eis zwischen ihnen zum Schmelzen zu bringen, bevor sie schlafen gehen.

»Wäre unhöflich, das Zeug verkommen zu lassen.«

Sein Lächeln verblasst. »Wann hast du zuletzt eine …?«

»Nicht mehr seit heute Morgen.« George zeigt ihm einen nach oben gestreckten Daumen und hat sogleich Bedenken, dass sie damit vielleicht zu dick aufträgt.

Sie bringen die Esszimmerstühle nach draußen und bohren die Beine ins Gras. Richie löst mit dem Stiefelabsatz die Deckel von den Flaschen und reicht ihr eine. George schnuppert argwöhnisch daran. Richie teilt ihre Vorsicht und nippt zaghaft an der Flasche.

»Oh«, entfährt es ihm überrascht, bevor er einen weiteren Schluck trinkt. »Das ist Starkbier!«

Sie späht in den Flaschenhals. »Wirklich? Hab ich noch nie probiert.«

»Meiner bescheidenen Meinung nach ist das feinstes schottisches Ale«, sagt er und betrachtet die Flasche geradezu liebevoll. »Himmel, ich hatte seit Jahren kein selbst gebrautes Starkbier mehr. Weißt du, solches Ale hat zu meinen ersten alkoholischen Getränken überhaupt gehört. Damals war ich … vielleicht vierzehn. Hat mir Haare auf der Brust wachsen lassen.« Genüsslich schmatzt er mit den Lippen. »Sei vorsichtig damit, Lennox! Heute wird ein Mann aus dir.«

Eine Weile sitzen sie in angenehmer Stille und beobachten, wie sich das Gras im Wind bewegt. Die Sonne lugt lang genug zwischen den Wolken hervor, sodass sie zuschauen können, wie das dunkle, gierige Meer das Tagesgestirn verschlingt. In dem Moment verwandelt sich Eadar von »malerisch« zu »trostlos« – aus grünen Hügeln werden graue Berge, die Umgebung wird mit unsichtbar raschelndem Getier lebendig, entfernte Lichter aus dem Dorf leuchten in der Dunkelheit wie glühende Augen.

»Ich hab darüber nachgedacht, was Pater Ross gesagt hat.«

»Was genau?«, hakt George nach. »Er hat mehrere bemerkenswerte Äußerungen von sich gegeben.«

»Als wir zum ersten Mal in der Kirche waren, hat er gemeint, die Insel hätte sich seit Jahrhunderten nicht weiterentwickelt. Ich dachte, dass er nur den Glauben meint, was verstörend genug wäre – was vor tausend Jahren sinnvoll war, ist heute aus gutem Grund nicht mehr haltbar. Und ich kann nicht erkennen, ob dieses krampfhafte Festhalten an Traditionen auf Gewissenhaftigkeit oder Starrsinn zurückzuführen ist.« Er betrachtet die Flasche und schwenkt nachdenklich das Bier darin. »Doch dann war es ihm so unangenehm, über Calum zu reden. Und zudem hat er sich so abfällig darüber geäußert, einen Arzt auf der Insel zu haben.«

»Cecily hat mir erzählt, dass sie und einige andere die Erlaubnis vom Gemeinderat einholen mussten, um Erste-Hilfe-Kurse auf dem Festland machen zu können.«

Stirnrunzelnd nickt er. »Ich frage mich, wie man hier über … Abweichungen von der Norm denkt.«

»Du meinst über jemanden, der nicht katholisch, neurotypisch …« – sie erinnert sich erneut an ihr Gespräch mit Cecily – »oder heterosexuell ist?«

»Ja, genau«, bestätigt Richie, legt den Kopf in den Nacken und trinkt den Rest von seinem Starkbier. »Nur so ein Gedankenspiel.«

Der Himmel ist bereits dunkelblau, als er anfängt, über die sinkende Temperatur zu klagen. Und kurz darauf geht er in die Kate hinein. Als George ihm folgen will, fällt ihr Blick auf einen Bereich des hohen Grases neben der Haustür. Einige der Halme sind geknickt, als hätte etwas Schweres sie niedergetrampelt. Mit vorsichtigen Schritten folgt sie der Spur, die am Küchenfenster endet. Während es draußen zunehmend dunkler wird, ist die Kate innen hell erleuchtet.

Von dieser Stelle am Fenster aus kann man den gesamten Hauptraum deutlich sehen, einschließlich der Türen zum Schlafzimmer und zum Bad sowie der Wand mit der Fallübersicht. Und der Couch, auf der George schläft.

Die Inselbewohner sind so unverhohlen neugierig auf sie – nicht nur, weil sie Polizisten sind, sondern auch, weil sie vom Festland kommen. Es wäre nicht überraschend, wenn sich ein paar wagemutige Kinder hergeschlichen hätten, um sich umzusehen. Mit zusammengekniffenen Augen heftet George den Blick an die Wand mit den Informationen zu ihrem Fall und prüft, wie viel man davon aus dieser Entfernung überhaupt lesen kann. Man erkennt eindeutig das Foto von Alan. Doch was die handschriftlichen Notizen anbelangt …

Zurück in der Kate beobachtet Richie sie mit hochgezogenen Brauen, als sie linkisch mit einer von Cecilys dünnen Decken auf die Arbeitsplatte in der Küche klettert und den Stoff in eine Lücke zwischen dem Fensterrahmen und den ihn umgebenden Stein klemmt. Besonders sicher fühlt es sich zwar nicht an, aber vorerst wird es reichen.

»Daran hätte ich selbst denken sollen«, meint er nur dazu.

Sie rechtfertigen ihr frühes Abendessen, indem sie eine Stunde lang ihre Tagesnotizen niederschreiben und die Wand damit ergänzen. Eine weitere halbe Stunde gehen sie Ideen und Fragen durch, doch George hat das Gefühl, damit eher Zeit totzuschlagen, als etwas zu erreichen. Sie merkt Richie an, dass ihm die zuvor geäußerten Gedanken nach wie vor durch den Kopf geistern. Während die Minuten verstreichen, fängt ihr Bein zu zittern an.

George ist noch hellwach – wogegen eine der kleinen Pillen in ihrer Reisetasche Abhilfe schaffen würde. Und das Pochen im Schädel könnte die Tablette beseitigen, die sie in die Hosentasche gesteckt hat. Mit leerem Blick starrt sie auf das »Netz ihrer Ermittlungsarbeit«, als Richie ihr auf einmal eine gute Nacht wünscht. Sie ringt sich eine Erwiderung ab, und noch im selben Moment schließt sich die verzogene Schlafzimmertür mit dem Geräusch von protestierendem Holz. Sekunden später hört sie den Bettrahmen quietschen.

George kann sich nur wenige Augenblicke zurückhalten, bevor sie mit zitternden Fingern in die Hosentasche greift und sich dann die Tablette zwischen die Lippen steckt. Sie ist sich nicht sicher, wie lange sie die Kopfschmerzen noch ertragen hätte. Hoffentlich hat sie noch rechtzeitig etwas dagegen unternommen, sodass sie sich nicht zu einer vollwertigen Migräne entwickeln werden. Sie tappt zum Spülbecken, dreht den Wasserhahn auf und schöpft sich mit der Hand wieder und wieder Wasser in den Mund, bis sie nach Luft schnappt.

Sie betrachtet ihren Zustand aus einer sachlich-kühlen, distanzierten Perspektive und ist sich bewusst, dass die Zeitabstände zwischen den Einnahmen der Tabletten kürzer werden und das

Zittern ihrer Hände nicht zusammen mit den Schmerzen nachlässt. Ihr ist klar, dass sie noch einen langen Weg vor sich hat, bis sie wieder in der Form sein wird, in der sie vor dem Villo-Fall war – vor der Verletzung, vor den Monaten der Genesung. Aber weiterhin Papierkram hinter einem Schreibtisch zu erledigen, ist nicht die Lösung. Für sie ist es nicht mal eine Option.

Ihre Finger berühren die Narbe hinter dem Ohr und tasten dann um sie herum. George weiß, dass sie nicht so groß ist, wie ihr Verstand es ihr vorgaukelt. Man erkennt sie nur, wenn sie ihr Haar nach hinten zu einem Pferdeschwanz bindet. Aber Richie sah in jener Nacht das Chaos aus Blut, Haaren und der so stark aufgerissenen Kopfhaut, dass dort der Schädelknochen gut sichtbar war. Hilflos musste er zuschauen, wie George – den Hals in einer Krause, der Oberkörper rot durchnässt – von Sanitätern auf einem steifen Spineboard in den Krankenwagen gehievt wurde.

Sie hat seine Aussage gelesen. Den Vorfall selbst sah er nicht, sondern traf erst ein, als er ihren Schrei hörte. Als er die Treppe zum Schlafzimmer hinaufrannte, war George bereits vom schmalen Balkon gefallen, und ihr Blut lief die Auffahrt hinunter zur Straße.

Nein. Nicht gefallen.

Alle sagten ihr, es wäre gut, dass sie sich nicht an den Ablauf der Ereignisse erinnern konnte. Aber George hat über Zeugenaussagen, den offiziellen Berichten und ihren Krankenakten gebrütet und versucht, die Fäden der Geschichte zu etwas Erkennbarem zu verflechten – zu irgendetwas, das einen Sinn ergibt.

Und selbst jetzt noch – während sich die Schmerzen langsam aus ihrem Schädel zurückziehen, der Brechreiz in ihrem Magen brodelt und sie die raue Narbe unter den Fingerspitzen spürt – fragt sie sich, ob ihre Bemühungen in dieser Sache ebenso wie Lewis' Anliegen, Eadar zu einer Touristendestination zu machen, ein hoffnungsloses Unterfangen darstellen.

Ihre Gedanken kehren zu den Logbüchern zurück. In der vergangenen Nacht hat der heulende Wind sie abgelenkt und davon abgehalten, mehr über die zunehmenden Spannungen zwischen Wilson und McClure zu lesen. Zwar hat sie Kathy erzählt, ihr würde die Zeit fehlen, sich mit dem Verschwinden der Wärter zu befassen. Doch da es der Wand vorläufig nichts hinzuzufügen gibt …

Diesmal setzt sie sich zum Lesen auf die Couch. Der Schein des Feuers reicht dafür aus. Die Einträge der nächsten Wochen erweisen sich als ziemlich fleckig. Ganze Absätze sind durch Wasserschäden oder schmierige Finger unleserlich geworden. Was sie entziffern kann, ist etwas enttäuschend: Die Männer haben wirklich alles protokolliert, und der Großteil davon ist stinklangweilig. Im zweiten Buch entdeckt sie den Eintrag über Schneefall. Kathy hat die Seite mit einer braun gesprenkelten Feder gekennzeichnet. Und sie hat Smith wortgetreu zitiert. *Der Schnee fällt auf Eadar wie eine Decke*. Beim Gedanken, dass es auf der Insel noch kälter werden kann, als es bereits ist, zieht sich George innerlich alles zusammen.

Nach einer weiteren halben Stunde hat sie nur dreierlei erfahren. McClure hat die schlimmste Handschrift, Wilson schreibt am wenigsten, und alle drei haben den Wind satt.

Ein Gähnen überkommt sie, und sie ist kurz davor, die Lektüre eines von McClure dahingekritzelten Eintrags aufzugeben. Doch da springt ihr ein Wort ins Auge. George rückt näher zum Feuer und beginnt, den Abschnitt aufmerksam von vorn zu lesen.

Mit schwerer Erkältung aufgewacht. Hatte den Verdacht, dass Wilson die Tür wieder nicht verriegelt hat, dann aber zerbrochenes Fenster in der Küche entdeckt. Großer Stein auf dem Boden.
Zum zweiten Mal diesen Monat – beide Male nur wenige Tage, nachdem der Katholik da gewesen ist. Smith ist losgegangen, um Holz und Nägel von Mr I. MacLeod zu beschaffen, um das Fenster abzudecken. Wilson noch weg.

Die Spannungen zwischen McClure und dem jungen Wilson sind immer noch augenscheinlich. Und George ist nicht sicher, ob »weg« hier bedeutet, dass Wilson weggetreten oder irgendwo unterwegs war. Aber das ist nebensächlich im Vergleich zu der neuen Information: Zum zweiten Mal wurde ein Fenster zerbrochen, und McClure schließt einen Windstoß als Grund eindeutig aus. George liest weiter, achtet auf bestimmte Wörter und findet schon bald, wonach sie sucht.

Wilson schreibt:

Losgeschickt, um Paket zu holen. Unterwegs im Catch ein Schlückchen gegönnt. Der katholische Priester hat mich angesprochen und uns wieder aufgefordert, den Gottesdienst zu besuchen. Ich habe ihm keine Antwort gegeben, nur mein Glas geleert und bin gegangen. Ma wäre stolz auf mich.

»In der Hinsicht hat sich nichts geändert«, murmelt George. Sie fragt sich, ob der Priester damals auch ein Ross war. Falls ja, bewundert sie Wilsons Zurückhaltung. Aber falls die wiederholt ausgeschlagenen Einladungen des Geistlichen mit den in die Unterkunft der Wärter geworfenen Steinen zusammenhingen, wie McClure andeutet, wäre es dann möglich, dass engstirniger Vandalismus zu etwas Gewalttätigerem eskaliert war?

Sie lehnt sich zurück und reibt sich die müden Augen. Warum setzt sie sich überhaupt damit auseinander? Kathy hätte es ihr bestimmt gesagt, wenn es handfeste Indizien gäbe, die Einheimische belasten. Oder falls sie den Ruf der Insel vor weiterem Schaden schützen will – warum hat sie ihr die Bücher dann überhaupt gegeben? In Georges Kopf drängen sich bereits zu viele Fragen über Alans Tod. Sie kann es sich nicht leisten, weitere über einen Fall hinzuzufügen, den zu lösen sie nicht hier ist.

Der Schluss daraus ist einfach, wenn auch etwas traurig. Bei der Abreise am Sonntag wird sie Kathy die Bücher mit einer Entschuldigung zurückgeben. Das Geheimnis, das sich um Eadars letzte Leuchtturmwärter rankt, wird weiterhin eines bleiben müssen.

Es gelingt ihr, den Wasserhähnen über der winzigen Badewanne einen steten Strahl zu entlocken. Und obwohl die Rohre nach einigen Minuten zu zittern beginnen, hat sie am Ende eine dampfende Wanne, in die sie dankbar hineinsinkt.

Beim Eintauchen in das heiße Wasser erkennt sie allerdings, wie sehr die Kälte in ihren Körper eingedrungen ist. Der abrupte Übergang zu Wärme löst tatsächlich Schmerzen in den Gelenken aus, bevor dort ein Wohlgefühl einsetzt. Die ersten fünf Minuten muss sie sich förmlich dazu zwingen, nicht aus der Wanne zu springen, doch ihr Durchhaltevermögen zahlt sich letztlich aus.

Da im Zimmer nebenan ein anständiges Feuer brennt, traut sich George, ihr Haar zu waschen. Drei Tage lang hat es unter einer Mütze gelitten, ist es ohne Kontakt mit der frischen Luft und einem Shampoo flach gegen den Kopf gedrückt gewesen. Sie lockert es mit den Fingern auf und atmet tief ein, bevor sie unter die Oberfläche sinkt.

Wenn sie zu Hause Feierabend gemacht hat und in ihre Wohnung zurückgekehrt ist, springt sie als Erstes unter die Dusche. Sich den Tag quasi physisch vom Körper zu waschen, ist eine Empfehlung eines Kollegen aus ihrer Anfangszeit bei der Polizei. Am besten jedoch gefällt George an diesem Ritual, den Kopf nach hinten unter das herabprasselnde Wasser zu neigen, bis es ihr in die Ohren rinnt und die Geräusche der Außenwelt dämpft. Diese kostbaren Augenblicke nahezu vollständiger Stille bescheren ihr ein Gefühl von Frieden, das sich in den vergangenen Monaten schwer auf eine normale Weise hat erreichen lassen.

In der Wanne unterzutauchen, erzielt dieselbe Wirkung. Sie kann bereits fühlen, wie sich ihre Gedanken verlangsamen. So verharrt sie eine lange Zeit, wobei die Nase über der Oberfläche bleibt, um atmen zu können. Als das Wasser lauwarm wird, zieht sie den Stöpsel heraus und steigt hinaus auf den kalten Steinboden.

Wenige Minuten später, als sie das mit dem Handtuch getrocknete Haar vor dem beschlagenen Spiegel kämmt, hört sie erneut das Geheul.

Sie erstarrt. Die entspannende Wirkung des Bads verfliegt schlagartig. Das Geheul hält vielleicht acht Sekunden lang an, bevor es abrupt verstummt.

In ein Handtuch gewickelt, rennt sie auf leisen Sohlen zu dem kleinen Fenster neben der Eingangstür und zieht den Vorhang beiseite. Doch das Flackern des Feuerscheins auf dem Glas macht es unmöglich, draußen etwas zu erkennen. Es hilft nichts – wenn sie herausfinden will, was die Quelle des Geräuschs ist, würde sie hinausgehen müssen. Und um das zu tun, ist sie nicht verrückt genug.

Mit einem resignierten Seufzen dreht sie sich um, lehnt sich mit dem Rücken an die Tür … und in der nächsten Sekunde setzt ihr Herzschlag aus.

Der provisorische Vorhang ist heruntergefallen. Und am Fenster ist ein Wolf.

Einen Moment lang überwältigt sie reines Grauen – bis sie erkennt, dass sie in Wirklichkeit eine menschliche Gestalt mit der Maske eines knurrenden Wolfs sieht. Befeuert von Adrenalinstößen, rast sie mit der Absicht in die Küche, sich ein Messer zu schnappen, eine schwere Pfanne, irgendetwas, womit sie sich verteidigen kann. Die Gestalt ist jedoch von ihren Bewegungen offenbar so erschreckt, dass sie sich aus dem Staub macht. Und obwohl ihr Herzschlag laut in den Ohren pocht, hört sie deutlich die Schritte der unbekannten Person, die zunächst an der Hausseite entlangstapft und dann um die Ecke verschwindet.

Die eben noch verspürte Angst schlägt in Zorn um. Hat dieser Spinner wirklich gedacht, sie würde sich von einer albernen Maske einschüchtern lassen? Bevor ihr vollständig klar ist, was sie da tut, hat sie sich ein Shirt über den Kopf gestreift, ist in eine Hose geschlüpft und hat die Füße in die Stiefel gesteckt. Nachdem sie die Hände durch die Ärmel ihrer Jacke geschoben hat, geht sie zum Messerblock in der Küche und zieht ein robustes Kochmesser heraus. Mit zitternden Fingern steckt sie es in eine tiefe Seitentasche.

Nach einem letzten Blick zu Richies Tür – durch die sein Schnarchen gut zu hören ist – bricht sie zur Jagd nach einem Wolf auf.

Kapitel 14

Sobald der Wind ihr feuchtes Haar erfasst, überkommt sie das Bedauern. Sie verflucht sich dafür, dass sie die Mütze und die Handschuhe vergessen hat, stülpt sich rasch die breite Kapuze ihrer Jacke über den Kopf und zieht sie fest unter dem Kinn zusammen. Ein Pullover und Socken wären ebenfalls keine schlechte Idee gewesen. Auch der Ironie ihrer Situation ist sie sich bewusst: Vor zwei Nächten hat sie jeden, der in der nächtlichen Dunkelheit rausgeht, für verrückt gehalten. Und doch hält sie sich nun selbst unter freiem Himmel auf … und zittert vor Kälte.

Der Mond ist noch Tage davon entfernt, voll zu sein, trotzdem wirft er vergleichsweise viel Licht über die Koppeln. Als sie den Blick über die Hügel wandern lässt und nach Bewegungen Ausschau hält, erregt etwas in der Ferne ihre Aufmerksamkeit.

Im Leuchtturm brennt Licht.

George bezweifelt, dass es die Person vor ihrem Fenster in der Zeit, die sie selbst gebraucht hat, um sich notdürftig anzuziehen, bis dorthin geschafft haben könnte. Aber die Verzögerung hat mit Sicherheit gereicht, um über die Hügelkuppe und hinunter ins Dorf zu verschwinden. Während das Adrenalin abebbt, wird ihr klar, dass sie den Unbekannten unmöglich noch einholen kann.

Aber das Licht im Fenster des Leuchtturms zeigt an, dass sich dort gerade jemand aufhält. Was in Anbetracht der Tatsache, dass es sich um ein nicht mehr genutztes Gebäude handelt, seltsam ist. Sie schätzt die Entfernung von der Kate zum Turm und wägt ab, ob sie imstande ist, es rechtzeitig bis zum Eingang zu schaffen, bevor die Person darin das Weite suchen könnte. Zumindest werden das hohe Gras und die unten gegen die Felsen tosenden Wellen die Geräusche ihrer Schritte dämpfen, wenn sie sich nähert.

Rasch setzt sie sich in Bewegung. Die nicht den Elementen direkt ausgesetzten Teile ihres Körpers fühlen sich wärmer an, als sie den Leuchtturm erreicht, wenngleich sie an der Nase und den Fingerspitzen allmählich ein Brennen spürt. Ihr keuchender Atem bildet Wölkchen vor ihrem Mund. Dann tritt sie ein wenig zurück, um besser an dem Gebäude hochzuschauen. Ihr Blick wandert von Fenster zu Fenster, bis sie erkennen kann, dass sich das Licht in einer Höhe von ungefähr zwei Dritteln des Turms befindet – im zweiten Stock. Sie klopft leicht auf die Hosentasche, in die sie nicht das Messer gesteckt hat, und augenblicklich rutscht ihr ein Fluch heraus: Sie hat die Taschenlampe in der Kate zurückgelassen.

Dank des schwach durch die Fenster eindringenden Mondlichts und ihrer linken Hand, die entlang der inneren Steinmauer tastet, erweist es sich als nicht gefährlich, die Stufen in der untersten Etage hochzusteigen. Im ersten Stock hält sie inne und späht die nächste Treppenflucht hinauf. Das sanfte Licht oben schimmert gleichmäßig. Vermutlich eine Lampe, keine Flamme.

»Hallo?«, ruft sie. »Ist da oben jemand?«

Sie zählt drei Herzschläge … Es bleibt still.

Dann erlischt das Licht.

Angst durchzuckt George mit der Intensität einer für tausend Taschenlampen reichenden Energie. In den grauenhaften, sich ausdehnenden Sekunden nach dem Einsetzen völliger Finsternis spitzt sie die Ohren, lauscht auf jegliche Geräusche, während sich ihre Augen langsam anpassen. Wer auch immer dort oben ist, hat das Licht mit einer ganz bestimmten Absicht ausgeschaltet: Dieser Mensch will nicht gesehen werden.

Als ob er ihren Gedanken als eine Herausforderung auffassen würde, der er sich stellen will, steuern über ihr Schritte auf den Treppenschacht zu. George ertastet sich den Weg zur nächsten Wand und presst sich dagegen. Dann schiebt sie die Hand in die Hosentasche, in der sich das Messer befindet, und holt es heraus. Ihre Finger, die sich um den Griff gelegt haben, fühlen sich taub und ungelenk an.

»Polizei!«, ruft sie mit fester Stimme. »Ich bin bewaffnet. Geben Sie sich zu erkennen, und kommen Sie langsam die Treppe herunter.«

Sie glaubt, Atemgeräusche und vielleicht das Knacken eines Gelenks zu hören, als jemand angespannt sein Gewicht von einem Bein aufs andere verlagert. Könnte die Person ebenfalls eine Waffe haben? Bewegt sich gerade langsam der Lauf eines Gewehrs, dessen Besitzer nur darauf wartet, dass sie mit einem Geräusch ihre Position verrät?

Eine gefühlte Ewigkeit herrscht völlige Stille. Nichts rührt sich. So lange, dass sich George fragt, ob ihr Gegner beschlossen hat, oben auszuharren, bis sie weg sein wird – notfalls bis zum Morgengrauen. Da ihr Herz in der Brust galoppiert wie ein Pferd und das Druckgefühl in ihrem Schädel bereits zurückgekehrt ist, weiß George, dass sie nicht in der Lage sein wird, stundenlang regungslos in einem eiskalten Turm zu stehen.

Aber die andere Person bricht zuerst aus ihrer Starre aus.

Es beginnt mit zwei zaghaften Schritten, die schnell in ein panisch klingendes Trappeln übergehen, das die Stufen herabkommt. Impulsiv springt George um die Ecke, bleibt auf dem Absatz zwischen den beiden Treppenfluchten stehen und reißt die Hände hoch, die Klinge zur Decke gerichtet.

»Halt!« Mehr bringt sie nicht heraus, ehe ein Körper ihr einen Stoß in die Seite verpasst und sie gegen die Innenwand taumeln lässt. Beim Aufprall stöhnt George auf. Bevor sie sich davon erholen kann, wird die Tür zugeknallt.

Sie reibt sich die Schulter, eilt zum winzigen Fenster und versucht, den Kopf hindurchzuzwängen, um zu sehen, in welche Richtung ihr Angreifer läuft, doch die Öffnung ist zu schmal. Mit einem frustrierten Aufschrei wirbelt sie herum, rennt die enge Treppe hinunter und zur Tür hinaus.

Wolken sind aufgezogen, wodurch das ohnehin bereits spärliche Licht des Monds fast ganz verschwunden ist. Es ist noch genauso unbarmherzig kalt wie zuvor, als George schlitternd im hohen Gras zum Stehen kommt. Der Wind hat zwar nachgelassen, trotzdem bewegen sich die Halme immer noch, als würde es darin von unsichtbaren Kreaturen wimmeln. George sieht sich noch eine Minute lang um, weiß jedoch sofort, dass die Suche aussichtslos ist. Wer auch immer sich im Leuchtturm herumgetrieben hat, ist in der Finsternis verschwunden. Fluchend tritt sie gegen den Boden, weil die durch ihren Körper strömende Energie ein Ventil verlangt. Mittlerweile ist es entschieden zu dunkel, um in den Leuchtturm zurückzukehren. Und trotz des Messers in ihrer nun klammen Hand hat George ihre panische Angst auf der finsteren Treppe nicht vergessen.

Widerwillig hält sie Ausschau nach dem Weg, der vom Wald hinauf zur Kate führt. Sie ist so darauf konzentriert, ihn zu finden, dass sie den zwischen den Bäumen auftauchenden Mann erst bemerkt, als er seine elektrische Laterne einschaltet und hochhält.

George reißt das Messer in der eisigen Luft nach oben, noch bevor ihre Augen das Gesicht erfassen. Selbst als sie es wiedererkennt, senkt sie den Arm nicht. Umso weniger, als sie den langen Lauf einer Schrotflinte bemerkt, die er sich über die Schulter gehängt hat.

»Mr MacLeod? Was zum Teufel machen Sie hier draußen?«

Die Laterne wirft tiefe Schatten unter MacLeods buschige Brauen und breite Nase, dennoch kann sie erkennen, dass er sehr verblüfft darüber ist, sie zu sehen. »Dasselbe könnte ich Sie fragen. Es ist ziemlich spät.«

»Zu meinem Glück bin ich Kriminalpolizistin«, erwidert George frostig. »Also werden meine Fragen zuerst beantwortet.«

Er gibt ein Knurren von sich. »Ein paar Schafe sind ausgerissen.«

Sie betrachtet die Schusswaffe und mildert den Ton. »Und Sie suchen in der Dunkelheit nach ihnen?«

»Aye. Sie könnten verletzt werden.« Sein Blick heftet sich auf ihre Hand. »Haben Sie vor, mich abzustechen?«

»Haben Sie vor, mich zu erschießen?«

»Warum sollte ich?«

George mustert seine Miene und senkt dann das Messer. »Wissen Sie nicht, wie gefährlich es ist, mitten in der Nacht herumzulaufen?«

»In meinem Alter fürchtet man sich vor nichts mehr.«

»Und doch tragen Sie eine Schusswaffe.«

»Sie haben noch nicht gehört, welche Laute ein Schaf mit einem gebrochenen Bein von sich gibt. Können Sie nicht schlafen?«

Sie schaut ihn kritisch an und versucht herauszufinden, ob er die Wahrheit sagt oder ob er derjenige sein könnte, der sie durch das Fenster beobachtet hat.

»Ich schlafe generell schlecht. Aber das ist nicht der Grund, warum …« Ihr Blick wandert zurück zum Leuchtturm. In der Finsternis kann sie ihn gerade noch als dunkelgrauen Schemen vor dem schwarzen Himmel ausmachen.

»Was haben Sie gesehen?«, fragt MacLeod unvermittelt.

Sie beißt sich auf die Innenseite der Wange. »Ist hier vor ein paar Minuten jemand vorbeigerannt?«

»Nein«, erwidert er, dreht sich aber langsam im Kreis und blickt suchend über die Landschaft. »Von wo soll er gekommen sein?«

»Vom Leuchtturm«, antwortet George und wünschte sich, dass sein Gesicht ihr zugewandt wäre, um seine Reaktion sehen zu können. Als er sich ihr wieder zudreht, hat er eine unverbindliche Miene aufgesetzt.

»Jugendliche«, brummt er im Brustton der Überzeugung. »Die besaufen sich dort oben.«

George versucht, sich die Momente der angespannten Pattsituation im Turm in Erinnerung zu rufen. Da sie jene Person nicht gesehen hat, kann sie deren Alter unmöglich einschätzen. Allerdings haben ihre anderen Sinne auf Hochtouren gearbeitet, um sich ein Bild von der Szene zu machen. Ist es möglich, dass dabei ihre Fantasie angesprungen und mit ihr durchgegangen ist? Könnte dort oben ein verängstigter Teenager gekauert haben, der nicht mit dem aus dem elterlichen Schnapsschrank gestohlenen Alkohol erwischt werden wollte? Diese bedrohliche Präsenz, die quälende Stille – war die Ursache dafür in Wahrheit nur ein erschrockener Jugendlicher, bewaffnet einzig und allein mit einer halb ausgetrunkenen Flasche Starkbier? Auf einmal fühlt sich das Messer in ihrer Hand lächerlich an, und sie ist froh, dass MacLeod in der Dunkelheit nicht sehen kann, wie ihr heiße Röte in die Wangen steigt. Leider breitet sich diese Wärme nicht jenseits ihres Kinns aus. George haucht sich warmen Atem in die freie Hand, denn die Fingerspitzen kribbeln wieder.

»Es wird nur noch kälter«, sagt er unvermittelt, bevor er in Richtung des Hügels deutet. »Ich begleite Sie hinauf.«

»Das müssen Sie nicht ...«

»Ich muss ohnehin nach meinen Schafen suchen.«

Er marschiert nach links hin los. Nach einem letzten Blick zum Leuchtturm eilt sie hinter ihm her und erkennt, dass er sie zum Weg führt.

»Was glauben Sie, wie die Schafe rausgekommen sind?«, fragt sie, als sie zu ihm aufschließt.

Er gibt einen Laut von sich, den sie so deutet, dass er sich nicht sicher ist, wie das passieren konnte.

»Sind Ihnen schon öfter Schafe abhandengekommen?«

»Aye. Durch kaputte Zäune, offen gelassene Gatter. Die dummen Viecher glotzen nur aufs Gras runter, bis sie ins Meer stürzen.«

»Das ist schrecklich.«

»Und eine Verschwendung von Wolle.«

George kommt ein Gedanke. »Hat Alan je Schafe entwischen lassen?«

MacLeod brummt. »Einmal. Das dumme Tier ist die Stufen zum Strand runtergefallen. Hat sich die Beine gebrochen. Hab von dem Jungen verlangt, ihm ’ne Kugel zwischen die Augen zu jagen, damit er sich immer daran erinnert, dass er einen solchen Fehler nicht noch einmal machen soll.«

»Sie müssen wütend auf ihn gewesen sein.«

Da er nichts erwidert, hakt sie nach. »Waren Sie deshalb nicht bei seiner Beerdigung?«

Trotz des wechselhaften Lichts kann sie erkennen, dass er sie ansieht.

»Wer hat Ihnen das gesagt?«

»Stimmt es denn nicht?«

Eine Weile herrscht Schweigen zwischen ihnen, während sie einen besonders steilen Abschnitt des Hangs bewältigen. Sie beobachtet ihn aus dem Augenwinkel. Dabei erinnert sie sich an Richies aufmunternde Worte vom ersten Tag auf Eadar – als er darüber sprach, dass man sich das Vertrauen der Menschen mit Ehrlichkeit verdienen muss. »Jemand war heute Abend an meinem Fenster«, sagt sie. »Das ist der eigentliche Grund, weshalb ich rausgegangen bin.«

»Sie wollten sich denjenigen schnappen.«

»Mit ihm reden.«

»Sie wissen ja, was man über Neugier sagt, Inspector.«

George brummt dazu nur, und er fährt fort, als hätte er die Richtung ihrer Gedanken erahnt.

»Ich war beschäftigt«, erklärt er in barschem Ton. »Am Tag der Beerdigung des Jungen. Und wie der verdammte Priester sehr wohl weiß, komme ich nicht, wenn man mit den Fingern nach mir schnippt.«

Die Laterne wirft flackernde Schatten über ihre Gesichter, als würden sie um ein Lagerfeuer kauern. Sie vertiefen die mürrischen Linien um MacLeods Mund, lassen ihn noch wilder als zuvor erscheinen. Aber ob es an seinem Seitenhieb gegen Pater Ross oder daran liegt, dass er sie davor bewahrt hat, durch die Dunkelheit zu irren – plötzlich verspürt George den starken Wunsch, ihm zu vertrauen.

»Sind Ihre Schafe wirklich verschwunden?«, fragt sie mit einem Anflug von Verzweiflung in der Stimme.

Der finstere Blick wird milder, und MacLeod seufzt. »Ja. Und ich würde sie gerne finden und wieder in mein Bett zurückkehren, bevor die Sonne rauskommt. Sollten Sie unbedingt auch.« Als sie ihn fragend anschaut, fügt er hinzu: »Sie sehen beschissen aus.«

George ist selbst überrascht, als sie mit einem Lachen auf seine Worte reagiert. Es ist eine Weile her, dass jemand so unverblümt mit ihr gesprochen hat.

Mittlerweile haben sie die Kuppe des Hügels erreicht. Kurz vor der Tür der Kate hält George inne und zögert, hineinzugehen. MacLeod bleibt bei ihr stehen und wartet.

»Ich hab etwas gehört«, gesteht sie. »Es hat geklungen wie … na ja, wie ein Wolf. Und ich weiß, wie unmöglich das ist. Aber das hab ich gehört.«

»Glauben Sie, die Person vor Ihrem Fenster hat geheult?«

Das hat sie noch nicht in Betracht gezogen. Doch sie schüttelt den Kopf. »Es hat sich nicht nach einem Menschen angehört.«

Einige Herzschläge lang sieht er sie unverwandt an. »Es *gibt* Wölfe auf Eadar, Inspector. Sie laufen bloß auf zwei Beinen.«

Bevor George nachfragen kann, was er damit meint, deutet er mit dem Kinn zur Tür. »Gehen Sie jetzt rein. Ein Umschwung kommt.«

Wie aufs Stichwort fährt eine eisige Brise durch das Gras zu ihren Füßen. Schaudernd bewegt sie sich auf die Tür zu. Plötzlich jedoch packt MacLeod sie am Arm.

»Was?«, zischt sie und wirbelt mit dem Kopf herum. »Was ist?«

Mit großen Augen wandert MacLeods Blick über George und die Vorderseite der Kate. »Dieser Geruch.«

Sie erschlafft leicht. »Ach, *das*. Keine Ahnung, woher er kommt, aber ich könnte schwören, dass er schlimmer wird.«

Sie hat nicht erwartet, dass er lachen würde, aber gedacht, ihre Worte würden ihn beruhigen. Stattdessen bleibt er angespannt, als er ihren Arm loslässt und anfängt, die Laterne über dem Boden und um die Tür herum zu schwenken.

George runzelt die Stirn. »Wonach suchen Sie?«

Er antwortet nicht, setzt nur seine systematische Suche fort und schnuppert dabei wie ein Bluthund. Sie überlegt, ob sie einfach ins Haus gehen soll, und zuckt beinahe zusammen, als sein Kopf abrupt hochschnellt. Er hebt die Laterne an und starrt zur Traufe über der Tür.

»Ach«, sagt er leise und mit angewidertem Ton. Dann streckt er die Hand zu einem dunklen Vorsprung hoch, der sich unmittelbar unter dem Sturz befindet. Verwirrt beobachtet sie, wie MacLeod von dort einen kleinen Stoffbeutel hervorholt, der fleckig, durchnässt und offensichtlich die Quelle des üblen Geruchs ist.

»Was ist das?«, fragt sie und bemüht sich, nicht zu würgen.

»Ein schmutziger Trick«, antwortet er. Bevor sie protestieren kann, öffnet er den Beutel.

Obwohl eine neue Welle des fauligen Gestanks herausdringt, treibt George die Neugier dazu, in das winzige Säckchen hineinzuspähen.

Der Inhalt von zwei oder drei zerbrochenen violett-schwarzen Eiern hat den Stoff durchnässt. Der Anblick der schleimigen Textur löst bei George weiteren Brechreiz aus. Aber ihre Aufmerksamkeit richtet sich auf einen anderen Gegenstand, den MacLeod langsam aus dem Beutel herauszieht.

»Ist das eine Puppe?«, fragt sie und betrachtet verdattert die aus grob verdrilltem Stroh gebastelte Figur.

»Gewissermaßen«, erwidert MacLeod. »Es ist ein Fluch.«

»Ein *Fluch?*«

Abrupt sieht sich MacLeod um, als rechne er damit, der Besitzer des Beutels könnte auftauchen und ihn zurückfordern. Dann drückt er George die Figur und den Beutel in die Hand.

»Verbrennen Sie das!«, befiehlt er ihr. »Werfen Sie alles ins Feuer, sobald Sie reingegangen sind.« Er schaut über die Schulter, späht in die Dunkelheit. »Gehen Sie jetzt, solange ich noch hier bin.«

Verwirrt und mehr als ein wenig erschüttert von der Entdeckung des unheimlichen kleinen Beutels über der Tür und MacLeods eigenartigem Verhalten bewegt sie sich auf den Eingang zu. Bevor sie reingeht, schaut sie zu MacLeod zurück. »Viel Glück bei der Suche nach den Schafen.«

Etwas verändert sich an seinem Gesichtsausdruck. Bevor sie es deuten kann, nickt er ihr kurz zu. »Gute Nacht, Inspector.«

Sie huscht hinein, verriegelt die Tür hinter sich, eilt zum Spülbecken und bringt die Decke wieder an, so gut es mit den steifen Fingern geht. Dann marschiert sie schnurstracks zum Kamin und entledigt sich eines Kleidungsstücks nach dem anderen, bis sie nur noch in Unterwäsche neben den Flammen hockt. Sie begutachtet die Strohfigur, dreht sie in den Händen und sucht nach irgendwelchen spezifischen oder verräterischen Merkmalen. Aber es ist bloß eine primitive, menschenähnliche Puppe aus Stroh. Kein erkennbares Geschlecht, kein Hinweis darauf, wer sie angefertigt hat oder warum sie in einem Beutel mit faulen Eiern in einem Spalt über ihrer Haustür war. Sie fragt sich, ob sie dort schon gelegen hat, bevor Richie und sie eingetroffen sind, oder ob Kinder oder Teenager den beiden Besuchern vom Festland einen widerlichen Streich spielen wollten.

»Netter Versuch«, murmelt sie, als sie die Puppe und den Beutel in die Flammen wirft. Sofort wird beides davon verschlungen. Der Beutel verströmt kurz, aber intensiv einen fürchterlichen Gestank, während er verbrennt. Doch obwohl Georges Augen tränen, lässt sie den Blick auf die Figur geheftet. Erst als sie sich vollständig in Asche aufgelöst hat, kann sich George entspannen.

Es dauert eine lange Zeit, bis ihr Körper ein wenig warm geworden ist – Zeit, die sie damit verbringt, über die turbulenten Ereignisse der letzten Stunde nachzudenken. Als sie dann ausreichend aufgetaut ist, um in den Pyjama zu schlüpfen, geht sie zum Tisch und greift sich einen Stift sowie vier leere Karten. Nachdem sie zu Ende geschrieben hat, steht auf ihnen:

PERSON AM KÜCHENFENSTER. WOLFSMASKE.

RICHTUNG DORF GERANNT

PERSON IM LT TEENAGER (?) UNERKANNT GEFLÜCHTET

A. M. DRAUSSEN. HAT A. F. SCHAF TÖTEN LASSEN.

»BESCHÄFTIGT« AM BEERDIGUNGSTAG

STROHPUPPE + FAULE EIER – STREICH??

Als sie die Karten zur Wand mit der Fallübersicht bringt, schnarcht Richie besonders laut. Nachdenklich schaut sie zu seiner Tür. Zwei Vorfälle in einer Nacht, dann die Entdeckung des dummen Streichs mit der Puppe und den Eiern – alles, weil sie allein rausgegangen ist. Das ist kein Verhalten, mit dem sie sein – und Coles – Vertrauen zurückerlangen wird.

Wenige Minuten später hat sich George unter den schweren Decken zusammengerollt und schaut zu, wie sich die Karten mit der Asche des Fluchs in den Flammen vereinen.

Kapitel 15

Da George zu nervös war, um in einen medikamentösen Schlaf zu versinken, ist sie beim ersten Licht der Morgendämmerung wach, steht auf und zieht sich an.

Diesmal achtet sie darauf, sich mit Blick aufs Wetter passend anzuziehen, und schleicht mit einer tief über die Ohren gezogenen Mütze zur Haustür hinaus. Ihr Atem bildet Wölkchen in der Luft, in der zum Glück kein Schwefelgestank von faulen Eiern mehr liegt. Sie bleibt stehen, zieht ein Paar Handschuhe an und lässt den Blick über die Insel streichen.

Der frühe Morgen hat etwas sehr Isolierendes an sich, sogar auf der höchsten Stelle eines kleinen Eilands mitten im Meer. Es ist, als würde alles und jeder einen Anfall von Schüchternheit ablegen – die Vögel rufen einander zaghaft zu, und das Geräusch des gegen die Klippen schwappenden Wassers klingt gedämpft, was George ausreichend Zeit gibt, sich auf den neuen Tag einzustimmen. Eine Lücke in den Wolken ermöglicht es der Sonne, am östlichen Himmel Streifen aus blassem Rosa und Gold zu malen, und einige Augenblicke lang ist George wie gebannt von der Wirkung des Farbenspiels auf Eadar.

Was vergangene Nacht wie eine Szenerie aus einem Albtraum angemutet hat, sieht jetzt nach einem verschlafenen Dorf aus einem Märchen aus. Rauch steigt träge aus Schornsteinen auf, der Raureif an den Spitzen der Grashalme funkelt, und das Meer liegt ruhig da.

Kann sich Alan Ferguson hier wirklich so elend gefühlt haben, dass er allein im Tod einen Ausweg gesehen hat?

Beim dritten Marsch zum Leuchtturm in drei Tagen verspürt George tiefe Traurigkeit angesichts des Wissens, dass es derselbe Weg sein könnte, dem Alan in den letzten Momenten seines Lebens gefolgt ist. Er wurde nicht innig festgehalten und getröstet. Rechtlich gesehen galt Alan zwar als Erwachsener, aber er war erst achtzehn Jahre alt – in Georges Augen ein halbes Kind, ein volles Jahrzehnt jünger als sie. In seinem Alter war sie von Menschen umgeben, die noch zu ergründen versuchten, was sie tun und wer sie sein wollten. Sie hat sich immer glücklich geschätzt, schon zum Abschluss der Schule gewusst zu haben, dass sie zur Polizei wollte. Aber nicht mal jetzt – *vor allem* nicht jetzt – ist sie sicher, ob sie auch in fünf, zehn oder fünfzehn Jahren noch Polizistin sein will. Bei der Erkenntnis, dass ihr immer noch viele Möglichkeiten offenstehen, bricht ihr der Gedanke an Alan erneut das Herz.

Mit achtzehn hätte er noch nicht dazu gedrängt werden sollen, zu beschließen, was er mit dem Rest seines Lebens anfangen wollte. Er hätte Zeit haben sollen, um zu reisen und zu reifen, um Entscheidungen zu treffen und Fehler zu begehen. Und lange bevor er jenen kalten Turm erklommen hat, hätte ihn ein Sicherheitsnetz aus Leuten auffangen müssen. Was auch immer aus Alan hätte werden können, ist jetzt nur noch Fantasie und Bedauern.

Da George nicht eine Abkürzung durch das taunasse Gras nehmen will, folgt sie weiter dem Trampelpfad – dem deutlich längeren Weg zum Eingang des Leuchtturms. Als ihr Mac-

Leods gespenstisches Erscheinen am vergangenen Abend einfällt, huscht ihr Blick zum Wald. Sogar die Bäume wirken in diesem morgendlichen Licht weniger bedrohlich. Durch die Lücken im Blätterdach strömt Sonnenlicht in Form von sanften goldenen Strahlen, die wie Suchscheinwerfer den Boden erreichen. Sie fragt sich, ob der Farmer seine entlaufenen Schafe gefunden hat oder ob sie zu den aktuell letzten Bewohnern von Eadar geworden sind, die durch einen Sturz den Tod gefunden haben.

»Hallo? Ist da oben jemand?«

Ihre Stimme hallt den Treppenschacht hinauf. Langsam erklimmt sie die erste Flucht von Stufen und kündigt ihre Anwesenheit zwei weitere Male an, bevor sie den ersten Absatz erreicht. Es ist schwer zu glauben, was sich dort erst vor wenigen Stunden ereignet hat. Sie versucht, sich vorzustellen, wie sie ausgesehen haben muss – mit erhobenen Armen auf dem Absatz, das Haar noch feucht, ein Messer in der Hand. Der Staub auf dem Boden hat Beweise für das Geschehen festgehalten: Es gibt zwar keine klar erkennbaren Fußabdrücke, aber der pulvrige Schmutz ist dort, wo der oder die Flüchtende sie weggestoßen hat, sichtlich aufgewühlt worden.

Auf dem Weg in den zweiten Stock ist es nicht einfacher, einen genauen Fußabdruck auszumachen. Die Flecken im Staub auf den Stufen könnten genauso gut durch Richie und sie selbst während ihres Besuchs vor zwei Tagen entstanden sein. Aber als sie den Raum im zweiten Stockwerk betritt, sieht sie etwas, für das Richie und sie definitiv nicht verantwortlich sind.

»Verdammt«, murmelt sie. Unter dem Fenster liegt umgekippt eine leere Flasche Bourbon mit einem Etikett, das sie von zu Hause kennt. George hebt sie behutsam mit behandschuhten Fingern am Hals auf, bevor sie wegen ihres Vorgehens die Augen verdreht. Als wäre es möglich, Fingerabdrücke davon zu nehmen. Oder nötig.

Es ist genau, wie MacLeod gesagt hat: Irgendein Jugendlicher hat sich mit einer Flasche hergeschlichen, um in Ruhe zu trinken, und hat es mit der Angst zu tun bekommen, als er ihre Stimme in der Dunkelheit gehört hat. Wäre sie nicht so enttäuscht, würde sie es komisch finden.

Auf dem Boden ist noch etwas. Ein Zettel. George hebt ihn auf und begutachtet ihn. Man hat ihn offensichtlich so häufig benutzt, dass er weich und völlig zerknittert ist. Kreuz und quer verlaufende Linien zeigen an, dass man ihn schon sehr viele Male zusammengefaltet hat. Eine Seite ist leer, innen jedoch steht etwas hastig Hingekritzeltes.

Achte auf die Kerze.

Ihr Blick wandert über den Boden, die Fensterbank, die Treppe, aber sie entdeckt nirgendwo eine Kerze. Ist das ein Zitat? Ein Code? Sie fragt sich, ob der Jugendliche den Zettel vergangene Nacht hat fallen lassen oder ob Richie und sie ihn beim ersten Besuch schlicht übersehen haben. Apropos … Richie wird sich bald rühren, und sie weiß, dass er sich sorgen wird, wenn er sie nicht auf der Couch vorfindet.

Allerdings holt die schlaflose Nacht sie bereits ein, und sie rutscht an der Wand entlang zu Boden, setzt sich unter das Fenster. Zeichen auf dem Fensterbrett fallen ihr ins Auge. Sie beugt sich näher hin und versucht, einige der in das alte Holz geritzten, krakeligen Initialen zu entziffern. Mit einem überraschten Lachen wird ihr klar, dass sie in unterschiedlich leserlicher Form womöglich gerade die gesamte Geschichte der Liebespaare von Eadar liest.

Fest steht, dass diese Tradition viele Jahre zurückreicht – einige der Schnitzereien sind wesentlich älter als andere. Manche Paare haben die Buchstaben mit einem Stift oder Marker nachgezogen, damit sie sich deutlicher von der abblätternden Farbe abheben. Sie fährt mit dem Finger über ein verblasstes, von einem Herz umschlossenes »H und J«, über ein »O&M« und ein recht neu aussehendes »D+A«, eingekeilt zwischen einem kürzlich eingeritzten »S+T« und einem sehr alten »K.P.«. Ihr Mund verzieht sich, als sie mehrfach ein »C+D« entdeckt und die scharfen Ecken des »C« jedes Mal auf denselben verliebten Verfasser hindeuten. Der Anblick dieser kleinen Akte von leidenschaftlichem Vandalismus lässt das Lächeln auf ihren Lippen verweilen. Ganz gleich, wo man sich auf der Welt befindet – der Drang, seiner Liebe Ausdruck zu verleihen, äußert sich überall auf dieselbe herrlich jugendliche Weise.

Mittlerweile ist die Kälte offiziell zu ihrer Haut durchgedrungen, und sie rappelt sich auf die Beine. Nach einem letzten Blick in die Runde trottet sie die beiden Treppenfluchten hinunter und lässt die Tür mit einem lauten, dumpfen Geräusch zufallen.

Der Wasserkessel hat gerade zu pfeifen begonnen, als Richie aus dem Schlafzimmer auftaucht. Am Hinterkopf steht das Haar wie der Kamm eines Gockels ab. Blinzelnd sieht er George an, die Hände in den Taschen.

Sie starrt zurück. »Du hast einen Morgenmantel eingepackt?«

»Ich mag meine kleinen Annehmlichkeiten, Lennox. Warum bist du so früh auf?« Er zieht eine Hand aus der Tasche und wirft einen Blick auf die Armbanduhr.

»War joggen. Oh, und ich hab rausgefunden, was den komischen Mief verursacht hat. Jemand hatte einen Beutel mit faulen Eiern über der Tür versteckt.«

Er lacht auf und klingt dabei recht schockiert. »Was? Warum? Ein Streich?«

George erinnert sich an MacLeods Gesicht zurück, als er den Beutel und die Strohfigur darin gefunden hat, auch an seine Erklärung, welche Absicht hinter einer solchen Tat steckt. »Ich glaube, er sollte Unglück über uns bringen.«

Richie verzieht das Gesicht und sieht sich um. »Was hast du damit gemacht?«

»Ihn ins Feuer geworfen. Aber vielleicht sollten wir uns heute umhören und versuchen, herauszufinden, wer ihn dort platziert haben könnte.«

Richie reibt sich die Stirn und bewegt sich dann aufs Badezimmer zu. »Ich gehe schnell duschen.«

»Nachher wartet ein Becher Tee auf dich. Du, sei vorsichtig beim Reinsteigen!«, ruft sie ihm nach, als sich die Tür hinter ihm schließt. »Nur für den Fall, dass der Fluch funktioniert. Ich will nicht, dass du dir die Hüfte brichst.«

Er würdigt ihre Warnung keiner Antwort.

Keine zehn Minuten später kehrt er in die Küche zurück. Mittlerweile hat George den Tisch mit zwei Tellern, den restlichen Brotaufstrichen aus Kathys Korb und zwei Bechern Tee gedeckt.

»Du warst joggen?«, hakt Richie nach, als er sich auf einem Stuhl niederlässt. »Konntest du nicht schlafen?«

»Nur ein paar Stunden«, antwortet sie ehrlich.

Er schaut schuldbewusst drein. »Die letzten zwei Nächte solltest du das Bett nehmen. Ist nicht fair, dass du dich die ganze Zeit mit der Couch begnügen musst.«

Sie lehnt den Vorschlag ab, indem sie mit ihrem Toast wedelt. »Liegt nicht an der Couch. Und auch nicht an …« Sie deutet auf ihren Kopf. »Ich war einfach rastlos. Außerdem«, fügt sie selbstgefällig hinzu, »bin ich in diesem Zimmer näher am Feuer.«

Er brummt. »Ja, in den frühen Morgenstunden spüre ich wirklich, wie die Kälte unter die Decke kriecht; aber dann ziehe ich meine Bettstrümpfe an und schlafe sofort wieder ein.«

»Du bist zu jung, um so viele Rentnerklischees in einem Satz zu äußern.«

»Ich fasse das als Kompliment auf. Also danke, Lennox. Obwohl dir die grauen Haare hier widersprechen. Aber zumindest habe ich noch welche.«

»Und Jenny beklagt sich sicher nicht darüber. Sie hat ein Faible für Silbermähnen.«

Jäh reißt er die Augenbrauen hoch. »Wann hat sie das gesagt?«

»Bei deinem Geburtstagsessen«, antwortet sie und versteckt ein Lächeln hinter ihrem Becher. »Sie, Poppy und ich haben beobachtet, wie du einen mächtigen Wutanfall wegen dem Pizzaofen bekommen hast …«

»He, jetzt warte mal, der Ofen war brandneu, und ich hatte bloß noch nicht ganz rausgefunden, wie …«

»Da hat sie seufzend gemeint: ›Wenigstens fängt er langsam an, wie Iain Glen auszusehen.‹ Dann hat sie Poppy und mich gebeten, dir zu helfen.«

Richies Gesicht ist auf eine geradezu komische Weise ausdruckslos geworden. »Iain Glen?«, wiederholt er, fährt sich gedankenverloren mit einer Hand durchs Haar und zupft an den Strähnen. »Also, das ist … ist …« Er spricht nicht weiter, strafft die Schultern und betrachtet mit zusammengekniffenen Augen die Karten an der Wand. »Wie sieht der Plan für heute aus?«

George ignoriert seine geröteten Wangen großzügig, steht mit ihrem Tee auf und geht hinüber zur Wand. »Wir sollten mit Fiona Bell reden, Alans Ex-Freundin. Catriona hat gesagt, Fiona hätte zum Zeitpunkt seines Tods keinen Groll gegen Alan gehegt; allerdings sind die beiden nicht im Guten auseinandergegangen, als ihre Beziehung endete. Außerdem ist sie in seinem Alter – sie könnte mehr darüber wissen, wie er in den Jahren vor seinem Tod drauf war.«

»Einverstanden. Mir sind vor dem Einschlafen ein paar Gedanken gekommen, deshalb würde ich gern noch mal Catriona treffen und ihr einige weitere Fragen stellen.«

George fällt ein, was Cecily ihr über Catrionas Ehemann erzählt hat, und möchte nun ebenfalls unbedingt mit ihr ein weiteres Mal reden. Mit zwei großen Schlucken trinkt sie den Tee aus, ohne darauf zu achten, wie heiß er ihr die Kehle runterrinnt. »Dann mal los.«

Richie deutet empört auf seinen Teller. »Wirst du wohl einen Mann seinen Toast aufessen lassen?«

»Wir haben hier nur noch zwei volle Tage, Rich. Nimm ihn mit.«

Grummelnd schiebt Richie den Stuhl zurück und schnappt sich den Teller. »Aber den Pyjama darf ich noch ausziehen, ja?«

Die Tür des Hauses neben dem Metzger, an der die braune Farbe abblättert, wird von einer Frau geöffnet, die George vielleicht für die Mutter von Fiona Bell gehalten hätte – nur bestätigt diese sofort, dass sie es höchstpersönlich ist. Das kantige Gesicht sieht aus, als würde es zu einer Person gehören, die weitaus älter als die angeblichen achtzehn Jahre ist. Verstärkt wird diese Wirkung durch die krumme Nase und die vorstehenden Brauenknochen einer Boxerin. Ein abklingender gelblicher Bluterguss am Unterkiefer lässt darauf schließen, dass Fiona unlängst einen Kampf bestritten hat. George fragt sich, ob die finstere Miene im Gesicht für sie beide gedacht oder von einer Niederlage übrig geblieben ist.

»Was zum Teufel wollen Sie?«

Also gilt die Miene ihnen.

»Ich bin Detective Inspector Stew…«

»Ich weiß, wer Sie sind«, schneidet sie Richie das Wort ab und richtet den verdrehten Träger ihres Sport-BHs. »Ich habe gefragt, was Sie wollen.«

Richie blinzelt. »Wir möchten Ihnen ein paar Fragen zu Alan Ferguson stellen. Soweit ich weiß, waren Sie beide eine Zeit lang zusammen.«

»Ja, vor einer Ewigkeit«, erwidert Fiona und verschränkt die dicken Arme vor der Brust. »Und weiter?«

»Dürfen wir reinkommen?«, fragt George.

Zähneknirschend schaut Fiona zwischen ihnen hin und her, bevor sie sich nach draußen beugt und in beide Richtungen die Straße entlangspäht. »Na schön«, grummelt sie und tritt beiseite, um sie vorbeizulassen. »Sie haben zehn Minuten, klar? Dann treffe ich mich zum Training mit meinem Pa.«

Sie folgen Fiona durch einen schmalen Korridor. Fotos an

den Wänden dokumentieren die Boxtradition der Bells. Sie zeigen Generationen von Männern mit kantigen Gesichtern, die Fäuste in Kampfhaltung erhoben oder triumphierend über die Köpfe gestreckt. Die neuesten Bilder sind in Farbe und zeigen jüngere Versionen von Fiona, das Gesicht oft blutig und ramponiert. Auf einigen hält sie einen goldenen Gürtel, der im Blitzlicht der Kamera schimmert.

Fiona marschiert an der kleinen Küchenzeile vorbei und hinaus in einen winzigen Hinterhof. Ein Glastisch steht direkt an der linken Seite des Zauns; zwei der Beine sind tief in ein karges Blumenbeet eingesunken. Auf dem Tisch liegt ein Springseil. Fiona schnappt es sich kurzerhand und fängt an, damit rasch zu hüpfen. Trotz der unebenen Pflastersteine, an denen sich das Seil zu verhaken droht, gerät sie nicht aus dem Takt. Der breite Bogen des Seils und der begrenzte Platz auf dem Hof drängen George und Richie zurück zur Tür. George beschließt, die Befragung mit einem Fuß in der Küche zu führen.

»Ich möchte Ihnen versichern, dass Ihnen nichts vorgeworfen wird«, beginnt sie. »Wir versuchen nur, uns ein besseres Bild davon zu machen, wie Alan war und warum er sich das Leben genommen haben könnte.«

»Tja, wie gesagt«, erwidert Fiona, deren Stimme eine Schärfe hat, die von Verärgerung oder Anstrengung herrühren könnte, »wir waren vor einer Ewigkeit zusammen.«

»Wie lange waren Sie beide ein Paar?«, fragt Richie.

Das Seil schwingt über ihren Kopf. »Drei Monate?«

»Hat Alan in der Zeit oder danach jemals Probleme zu Hause oder mit Freunden erwähnt?«

»Keine Ahnung. Wir haben nicht viel geredet. Zu beschäftigt mit anderen Dingen.« Sie heftet auf Richie einen Blick, der ihn davor warnt, bei der Äußerung nachzuhaken.

Er verzichtet darauf, doch George nimmt die Herausforderung an. »Sind Sie und Alan während Ihrer Beziehung sexuell aktiv gewesen?«

Fiona sieht sie mit einer Miene an, die besagt: *Was glaubst du denn?* »Wir leben auf einer winzigen Drecksinsel. Abgesehen vom Fischen, Kämpfen und Ficken gibt's hier nicht viel zu tun.«

»Hat es irgendwelche Probleme gegeben, während Sie beide zusammen gewesen sind?«

»Was zum Beispiel?«

»In intimen Beziehungen ist nicht immer alles eitel Sonnenschein.«

Fiona verzieht das Gesicht. »Müssen Sie das wirklich alles wissen?«

»Es könnte uns helfen, ein besseres Bild von Alans Gemütsverfassung nach dem Austritt aus Ihrer Beziehung zu bekommen«, erklärt Richie.

»Austritt aus der Beziehung.« Fiona schnaubt, während sie weiter mit konstantem Tempo springt. »So klingt es, als wäre meine Muschi ein Klub.«

Gott, was wünschte George, sie könnte lachen. Sie merkt Richie an, dass er nicht recht weiß, ob er belustigt oder entsetzt sein soll.

Mit einem übertriebenen Seufzen hört Fiona mit dem Seilspringen auf. »Wir haben nicht gestritten, weil wir nicht wirklich viel geredet haben. Ich war … bin oft weg, um Kämpfe zu bestreiten.« Kurz verstummt sie. »Ich glaube, das hat er an mir gemocht.«

»Dass Sie oft nicht hier waren?«, hakt Richie zweifelnd nach.

»Dass ich weiß, wie viel größer als dieser verdammte Felsen im Meer die Welt ist. Das scheinen nicht viele Leute auf dieser Insel zu kapieren. Ich jedoch schon. Und ich mache auch wirklich was in der Richtung.« Wieder verstummt sie kurz und legt die Stirn in Falten. »Alan hat das verstanden. Er wollte ebenfalls weg.«

Bisher hat sich George ehrlich gefragt, was an Fionas Persönlichkeit Alan als anziehend empfunden haben könnte. Aber nun muss sie erkennen, dass aus den Worten der jungen Frau eine gewisse geistige Reife spricht. Und sie versteht, dass Fionas Entschlossenheit auf jemanden wie Alan – der mehr vom Leben wollte als Stille und Meeresgischt – inspirierend gewirkt haben dürfte.

»Was ist dann also zwischen Ihnen beiden vorgefallen?«, fragt Richie.

Der finstere Ausdruck kehrt in Fionas Gesicht zurück. »Es gab keine Probleme zwischen uns, bis ich herausgefunden habe, dass er es mit einer anderen getrieben hat. Dann hatten wir ein scheißgroßes Problem. Ich hab ihn geschlagen …« Das sagt sie ohne jegliche Scham. »Hab ihm eine aufs betrügerische Maul verpasst.«

George hat zu kämpfen, um keine Miene zu verziehen, diesmal allerdings nicht, weil sie ein Lachen unterdrücken muss. »Sie haben ihn angegriffen?«

»Hatte er verdient. Gekriegt hätte er es so oder so, entweder von Pa oder von mir. Und glauben Sie mir, er war froh, dass ich es war. Zu dem Zeitpunkt war ich außerdem noch nicht wieder im Training, somit ist er recht glimpflich davongekommen.«

George spürt, dass ein Vortrag über Körperverletzung hier nichts bringen würde. »Mit wem hat Alan geschlafen?«

»Habe ich nie herausgefunden. Zu ihrem Glück.«

»Warum? Hätten Sie auch sie geschlagen?«

Fiona öffnet den Mund, um zu antworten, dann aber hält sie kurz inne und verengt die Augen zu Schlitzen. »Kann ich verhaftet werden, wenn ich sage, was ich am liebsten getan hätte?«

»Ich bin mir sicher, dass Detective Inspector Lennox und ich es uns vorstellen können«, erwidert Richie mit gepresster Stimme. »Haben Sie irgendeine Theorie darüber, wer die junge Dame gewesen sein könnte?«

»Sie war jedenfalls nicht von hier.«

Die Äußerung weckt Georges Interesse. »Sie glauben, es war jemand vom Festland?«

»Wahrscheinlich. Alan ist mit ein paar der Fischer dorthin. Sie sind über Nacht geblieben. Einige Wochen später hat mir jemand erzählt, er hätte interessante Geräusche aus Alans Zimmer gehört.« Grinsend schaut Fiona auf Richies Notizbuch. »Ich bin keine Polizistin, aber so gut kann sogar ich kombinieren.«

»Also haben Sie ihn zur Rede gestellt?«

Fiona kratzt sich am Unterkiefer und zuckt zusammen, als sie zu kräftig über die Stelle mit dem Bluterguss reibt. »Ja. Er hat nicht versucht, zu leugnen, dass er mich betrogen hatte. Das hab ich trotz meiner Stinkwut respektiert. Er hat gemeint, dass er uns eine zweite Chance geben will und die Sache mit der anderen nie funktionieren würde. Ich glaube, er hat erwähnt, dass sie zu Hause einen Kerl hat. Aber für mich war es vorbei, sobald ich von seinem Fehltritt erfahren hatte.« Trotzig reckt sie das Kinn vor. »Bei mir kriegt man nur eine Chance, und wenn man sie versaut, war's das.«

Trotz Fionas offensichtlicher Abneigung gegen ihre Anwesenheit wird George die junge Frau tatsächlich allmählich sympathisch. »Gehen Sie mit der Einstellung auch in den Ring? Man hat uns gesagt, dass Sie sich auf dem Festland einen beachtlichen Ruf erkämpft haben.«

Bei den Worten verwandeln sich Fionas Gesichtszüge; und anstelle ihrer typischen finsteren Miene tritt ein Ausdruck von echtem Stolz. Plötzlich scheinen die kantigen Züge zu ihr zu passen. »Meinen Ruf kennt man überall in Großbritannien. *Fiona gibt den Ton an*«, sagt sie mit dröhnender Stimme. »So kündigt man mich bei Kämpfen an. Ich bin nämlich immer die Letzte, die im Ring noch steht.« Abwägend mustert sie George. »Sie sehen aus, als könnten Sie auch zuschlagen. Und einstecken.«

George ruft sich Lewis' verdatterten Gesichtsausdruck in Erinnerung, als sie ihn am Vortag zu Boden gerungen hat. Allerdings versucht sie, sich die Freude über Fionas Einschätzung äußerlich nicht anmerken zu lassen. Als die junge Frau anfängt, das Seil aufzuwickeln, tritt George näher an sie heran und weg von Richie. »Hatte er enge Freunde? Jemanden, mit dem er über seine Gefühle geredet haben könnte?«

Aber noch bevor Fiona antwortet, weiß George, was sie erwidern wird.

»Ne, er war mehr ein Denker als ein Schwafler. Ich glaube, das hat mir an ihm gefallen.« Sie verengt die Augen, als würde sie versuchen, sich zu erinnern. »Ein paar Dinge hat er mir allerdings schon erzählt.«

»Woran können Sie sich erinnern?«

»Äh … ich bin mir sicher, dass er über seine Mutter gesprochen hat, wenn sie sich über irgendwas gestritten haben. Bisschen über seine Arbeit für die Schule … Nur hat er gewusst, dass mich der Scheiß gelangweilt hat. Er hat über die Aufgaben geredet, die sie ihm an Bord der Boote aufgebrummt haben. Ich weiß noch, dass er vor allem über einen der Kerle dort geklagt hat, der immer irgendeinen Scheißjob für ihn hatte.« Fiona verzieht das Gesicht. »Aber lauter normaler, öder Kram, verstehen Sie? Zeug, das man sagt, wenn man den Reißverschluss der Hose zuzieht.«

»Der Tag, an dem Alan gestorben ist – woran können Sie sich erinnern?«, fragt Richie und bewegt sich zu der Stelle hin, die George soeben verlassen hat.

Fiona verdreht die Augen. »Na ja, der Tag war logischerweise ziemlich beschissen. Pa und ich haben gerade trainiert, als meine Ma aufgelöst angetrabt ist und sich die Augen aus dem Kopf geheult hat. Pa ist rauf zum Leuchtturm, um nachzusehen, ob es stimmt. Ich wollte auch hin, aber Ma war völlig neben der Spur. Sie hat Alan trotz allem echt gemocht.«

»Ihre Familie hat keinen Groll gegen ihn gehegt?«, hakt Richie nach.

»Wir haben zwar keine Zeit mehr zusammen verbracht, aber wie gesagt, so häufig bin ich nicht hier. Und wahrscheinlich bald gar nicht mehr – ein Manager auf dem Festland versucht gerade, mich in die US-Szene reinzubekommen. Wenn das klappt, bin ich ohne Rückfahrschein weg.«

Richie wirkt überrascht. »Sie würden nicht zurückkommen wollen?«

»Scheiße, nein. Warum sollte ich?«

»Immerhin ist hier Ihr Zuhause, oder?«

Sie öffnet den Mund, und dann schüttelt sie den Kopf, bevor sie erwidert: »Falls Ihnen irgendjemand weisgemacht hat, er wäre hier glücklich, lügt er wie gedruckt. Diese Insel ist ein Knast, nur weiß man nicht, ob man Gefangener oder Wärter ist, bis einem jemand 'ne Uniform reicht.«

Bevor George die Äußerung verarbeiten kann, schaut Fiona auf ihre Armbanduhr. »Und damit sind die zehn Minuten um.«

Kapitel 16

Fiona verlässt das Haus zusammen mit ihnen beiden. Bevor sie die Tür hinter sich zuzieht, schnappt sie sich noch eine Sporttasche. Anstatt sofort loszumarschieren, bleiben die drei in der Nähe des Bell-Hauses stehen.

An diesem Tag sind ziemlich viele Inselbewohner unterwegs; sie betreten mit eingezogenen Köpfen die Geschäfte oder schlendern durch Nebenstraßen. Eine Gruppe von jungen Mädchen, die sich in der Nähe der Stufen zum Hafen aufhält, kauert über etwas auf dem Boden. Ein schrilles Kreischen erhebt sich, als sich eines der Mädchen mit einem Fischskelett zwischen Daumen und Zeigefinger aufrichtet. Ein älteres Paar lächelt nachsichtig darüber; die zwei schmiegen sich eng aneinander, während sie den Blick über die Boote wandern lassen.

Etwas an der Szenerie fühlt sich merkwürdig an. Schließlich kommt George darauf, was es ist. An den Bewegungen der Menschen hier sind keinerlei Anzeichen von Dringlichkeit zu erkennen. Das stellt einen so krassen Gegensatz zur Hektik in der Großstadt dar, dass sie das Gefühl hat, alles liefe in Zeitlupe ab.

»Catriona hat erwähnt, dass Sie nach Alans Tod bei ihr vorbeigeschaut haben«, sagt Richie zu Fiona, und George richtet die Aufmerksamkeit wieder auf ihre Aufgabe.

Zum ersten Mal sieht Fiona ein wenig verlegen aus. »Das

gehört sich doch so, oder? Wenn jemand stirbt. Ich meine, sie kann schließlich nichts dafür, dass er den Verstand verloren hat.« Wieder sieht sie auf die Armbanduhr.

»Wann ist Ihr nächster Kampf?«, fragt George.

Fiona grinst. »Nächsten Donnerstag in Fort William. Sie sollten kommen. Kathy hat das Plakat ins Schaufenster gehängt.« Sie deutet mit dem Daumen den Hang hinauf, in Richtung des Postamts. »Wenn ich gewinne, signiere ich es für Sie.« Nach diesen Worten beginnt sie unvermittelt zu joggen. Sie eilt auf den Weg zu, der hinunter zum Strand führt.

»Oh, Mann«, sagt Richie und holt ein Taschentuch hervor. »Wenn die mal nicht reizend ist.«

»Also, ich würde nicht gegen sie kämpfen wollen. Ich würde das Handtuch werfen, sobald ich sie in den Ring steigen sehe.«

Richie brummt zustimmend. »Was hältst du von ihrer Geschichte? Abgesehen von dem Schlag scheint die Trennung ja recht freundschaftlich über die Bühne gegangen zu sein.«

»Vielleicht ist das ja im Justizsystem der Insel exakt so vorgesehen«, scherzt George und schaut zum Bell-Haus zurück. »Was ist mit dieser mysteriösen jungen Frau vom Festland?«

Richie stöhnt. »Ich werde nicht die nächsten zwölf Monate einer hypothetischen Beziehungskillerin nachspüren, die überall an der Westküste Schottlands leben könnte.«

»Aber das ist ein weiteres Teil des Puzzles«, hebt George hervor. »Was, wenn er sich in diese Frau vom Festland verliebt hat? Laut Catriona war Alan nach der Trennung von Fiona mit niemandem mehr zusammen. Aber was, wenn das überhaupt nicht stimmt?«

»Du denkst, er könnte eine Fernbeziehung geführt haben?«

Kurz denkt er darüber nach, bevor er sich ihr mit ernster Miene zudreht. »Glaubst du, Kathy hat ihn dafür das Satellitentelefon benutzen lassen? Oder haben sie Sexting über Rauchzeichen betrieben?«

Sie blickt ihn beeindruckt an. »Woher weißt du, was Sexting ist?«

»Ich bin alt, aber nicht tot«, entgegnet er schnaubend und betrachtet anschließend die Auslage im Schaufenster des Metzgergeschäfts. »Meinst du, wir sollten anfangen, uns selbst zu versorgen?«

Sie tritt zu ihm ans Fenster und legt eine hohle Hand an die Scheibe, um dahinter mehr zu erkennen. »Ich würde für irgendwas anderes als Fisch glatt morden. Aber was glaubst du, wie frisch dieses Fleisch ist?«

Während sie über das Für und Wider der verschiedenen Fleischstücke in der Auslage diskutieren, nähern sich von rechts Schritte. George rechnet damit, gleich zu hören, wie jemand den Bürgersteig verlässt und um sie beide herumgeht. Stattdessen hält die Person unbeirrt weiter auf sie zu. Als George den Kopf dreht, sieht sie gerade noch eine geballte Faust auf ihr Gesicht zurasen.

Die Knöchel einer knochigen Hand treffen auf ihren Wangenknochen. Sie taumelt gegen das Schaufenster zurück, das zum Glück nicht zerbricht. Es klingelt laut in ihren Ohren, über die sie schnell die Hände legt. Mehr vor Schreck als vor Schmerzen keucht sie auf.

Der Angreifer, ein alter Mann mit borstigem Bart, will nachsetzen, holt bereits zu einem weiteren Schlag aus. Doch Richie stellt sich rasch vor sie hin und fängt den Unterarm des Mannes mit festem Griff ab.

Mir fehlt nichts!, herrscht George stumm ihr rasendes Herz an. *Ich kann denken, ich kann mich bewegen, es geht mir gut.* Sie gibt einen Zischton von sich, als Schmerzen von der Wange zu ihrer Stirn hochsteigen. Richies laute Zurufe dringen aufgrund des Klingelns in den Ohren gedämpft zu ihr durch. Deutlich hört sie nur die eigenen stockenden Atemzüge. Sie bewegt den Unterkiefer und tastet mit der Zunge die Zähne ab. Nachdem sie sich davon überzeugt hat, dass keiner von ihnen wackelt, stößt sie sich vom Schaufenster ab, um Richie zu unterstützen. Mit Erleichterung stellt sie fest, dass kein Schwindelgefühl einsetzt. Ein kurzer Blick genügt, um zu erkennen, dass Richie ihre Hilfe nicht braucht.

Aus der Nähe sieht sie, dass ihr Angreifer ziemlich runzelig ist; zudem hat er trübe braune Augen und Hängebacken. Seine drahtigen Arme deuten darauf hin, dass er in der Vergangenheit ein Leben voller harter Arbeit geführt hat, doch mittlerweile plagt ein sichtliches Zittern seine Gliedmaßen. Richie muss den Mann weniger zurückhalten, sondern eher stützen – der Faustschlag scheint seine gesamte Energie aufgebraucht zu haben. George eilt an seine andere Seite und hilft ihrem Kollegen, den Alten auf die Stufen des Eingangs zur Metzgerei niederzulassen. Inzwischen drückt der Ladenbesitzer von drinnen das Gesicht an die Scheibe und glotzt mit offenem Mund auf sie herab. Mehrere Inselbewohner, die den Angriff mit eigenen Augen beobachtet haben, stehen wie erstarrt da und schauen fassungslos zu ihnen. Weiter entfernt ist eine Handvoll der Fischer, die unten im Hafen arbeiten, näher herangetreten und verharrt nun, dicht aneinanderdrängt und schweigend, auf den Treppenstufen.

»Was um alles in der Welt haben Sie sich dabei gedacht?«,

fragt Richie und geht neben dem Mann in die Hocke. Mit einer Hand umklammert er immer noch dessen Arm. »Wieso haben Sie das gemacht?« Mit besorgter Miene sieht er George an. »Wie geht's dir, Lennox? Alles in Ordnung?«

Sie nickt knapp und meidet seinen Blick, damit er nicht den Rest von Angst in ihren Augen bemerkt. »Bin froh, dass es nicht Fiona war.«

Der Mann keucht. Die dünne Brust rasselt sichtlich vor Anstrengung. Sein Blick wandert zwischen ihren Gesichtern hin und her, dann zur anderen Straßenseite und hinauf in den Himmel. George fragt sich, ob er vielleicht nicht ganz bei Sinnen ist. Der Ausdruck in Richies Antlitz bestätigt, dass ihm dasselbe durch den Kopf geht. Sie mustert die Umstehenden und entscheidet sich für einen großen Mann mit einem Tragetuch, in dem ein Säugling an seiner Brust schlummert. »Entschuldigung – wie heißen Sie?«

Der Mann ist allem Anschein nach erschrocken darüber, dass er angesprochen wird, trotzdem tritt er einen kleinen Schritt vor. »Andy.«

»Können Sie mir sagen, wer das ist, Andy?«

Ungläubig starrt Andy auf den Angreifer. »Das ist Spud.«

Richie runzelt die Stirn. »Spud?«

»Stephen Mackay – wir nennen ihn Spud. Ihm gehört das orangefarbene Boot am Ende des Kais.« Andy bückt sich, so weit es das Tragetuch zulässt. Er versucht, auf Stephens Augenhöhe zu gelangen, ohne sich ihm zu nähern. »Was hast du bloß getan, du alter Trottel?«

Stephen hört Andy entweder nicht oder ist zu erschöpft, um etwas zu erwidern.

»Macht er so was öfter?«, fragt Richie, lockert vorsichtig den

Griff um Stephens Arm und sieht ihm in die Augen, um die Pupillen zu prüfen.

Andy schaut zu den anderen, die sich eingefunden haben. Niemand wagt sich näher heran. »Ich wusste nicht mal, dass er … so sein kann. Vor ein paar Monaten hat er aufgehört, sein Boot aufzusuchen – Harry sagt, dafür geht es seinen Gelenken zu schlecht.«

Plötzlich sackt Stephens Kopf nach unten. George legt ihm eine Hand unters Kinn und stützt seinen Hals. »Wir müssen ihn reinschaffen«, murmelt sie zu Richie, bevor sie zu Andy sagt: »Wo wohnt er?«

Andy zeigt ein paar Türen an Fionas Haus vorbei. »Da drüben bei seinen Enkelkindern.«

»Kümmern sie sich um ihn?«

Als er den in Richies Armen zitternden Mann betrachtet, huscht ein seltsamer Ausdruck über seine Züge. »Wir haben nicht gewusst, dass sich jemand um ihn kümmern muss.«

Aufgrund der Kraft, mit der Stephen zugeschlagen hat, ist George regelrecht erschüttert darüber, wie leicht man ihn auf die Beine hieven kann. Wäre Richie nicht da, könnte sie den alten Mann wohl auch allein zu dessen Haus tragen. Aber Stephen hat etwas Kraft zurückerlangt, und so bleibt er schwankend stehen, während George und Richie die Arme um seine Taille schlingen. Als George die Finger um sein Handgelenk legt, richten sich Stephens glasige Augen plötzlich auf sie. George spürt, wie sich sein Körper anspannt, noch bevor er den Mund öffnet. Sie verstärkt den Griff, bevor er mit dem Arm ausholen kann.

»Weg von mir!«, stößt er mit bebender Stimme hervor und windet sich schwach. »Festlandabschaum!«

»Reizend«, merkt Richie mürrisch an. »Kommen Sie, Mr Mackay, bringen wir Sie nach Hause.«

Stephen sträubt sich, versucht, die Arme zu befreien, und raunt mit knurrendem Unterton etwas auf Gälisch.

»Hast du irgendwas davon verstanden?«, fragt George ihren Partner.

»Kein Wort«, murmelt er. Mit lauterer Stimme sagt er: »Wir bringen Sie nur wieder rein, Mr Mackay. Können Sie mir sagen, ob Sie irgendwelche Medikamente nehmen oder heute etwas getrunken haben?«

Stephen schimpft nur weiter auf Gälisch. Vermutlich ist es ohnehin besser, dass George ihn nicht versteht. Als der alte Mann rasselnd einatmet, hört sie Richie zu sich murmeln: »Denk dran, warum du diesen Job gern machst.«

Als sie sich seiner Haustür nähern, stürmt ein Mädchen im Teenageralter heraus, das lange rote Haar zu einem hohen Pferdeschwanz zusammengebunden. Hektisch sieht sie sich um. Als sie Stephen zwischen George und Richie gestützt erblickt, weiten sich ihre Augen.

»Opa!«, ruft sie und eilt auf ihn zu. »Was ist passiert?«

»Dein Großvater hat gerade meine Kollegin tätlich angegriffen«, sagt Richie streng.

Tränen treten dem Mädchen in die Augen, als sie ihn ansieht. »Es tut mir wirklich sehr leid. Das ist meine Schuld. Er hat nach Tee gerufen, aber ich musste da nur noch einen Absatz meines Aufsatzes schreiben. Den wollte ich fertig bekommen, bevor ich nach unten gegangen bin.« Ihre wässrigen Augen richten sich auf George. »Ist Ihnen auch nichts passiert, Inspector? Er hat es nicht so gemeint, ehrlich. Aber er wird wütend, wenn er ruft und niemand kommt.«

Sie schaut zu den neugierigen Inselbewohnern, die das Geschehen immer noch beobachten. George folgt ihrem Blick und stellt überrascht fest, wie versteinert einige der Mienen sind. Und dann bemerkt sie, dass andere Leute mit Besorgnis und Unbehagen Stephen ansehen, als wäre er ein tollwütiger Hund, dessen Biss sie fürchten.

George tritt ihren Platz an der Seite des alten Mannes an das Mädchen ab und hält die Tür auf, damit sich die drei durch den schmalen Eingang manövrieren können.

Drinnen herrscht ein muffiger Geruch. Je weiter sie in das Haus hineingehen, desto klarer wird George, warum das so ist. Wirklich überall stehen und liegen irgendwelche Sachen herum: Zeitungen, Möbel, Bücherstapel und Kisten voller Werkzeug und mechanischer Bauteile. Sie betreten ein überfülltes Wohnzimmer und setzen Stephen auf einen Sessel. Innerhalb von Sekunden schließen sich flatternd die Augenlider des alten Mannes.

»Jetzt wird es ihm gleich besser gehen«, sagt das Mädchen, allerdings in bedrücktem Ton. »Kann ich Ihnen, äh, etwas zu trinken anbieten?«

Aber George will nicht riskieren, dass Stephen aufwacht und ausschließlich fremde Gesichter erblickt. Das anhaltende Pochen in ihrer Wange legt Zeugnis davon ab, dass er unberechenbar ist und mehr Energie aufzubringen vermag, als man ihm zutrauen würde.

»Richie, würdest du Tee machen?«

Er nickt. »Geht's zur Küche da lang?«

»Am Ende des Flurs nach rechts«, antwortet das Mädchen und hockt sich auf die Armlehne von Stephens Sessel. »Was hat er gemacht?«, fragt sie George und blickt mit bebender Unterlippe auf ihren Großvater hinab.

»Abgesehen davon, dass er mich zu Boden schlagen wollte, hat er größtenteils rumgeschrien. Er schien ziemlich aufgebracht über uns zu sein.«

Das Mädchen schaut schuldbewusst drein. »Es tut mir so leid, Miss … Inspector, meine ich.« Sie lässt den Kopf hängen. »Ich schwöre, er ist sonst nicht gewalttätig. Nur manchmal regt er sich auf. Normalerweise bin ich da, um ihn zu beruhigen, aber heute …« Sie seufzt. »Was … was hat er gesagt?«

Als George die jugendlichen Züge mit den verfrühten Sorgenfalten auf der Stirn betrachtet, verspürt sie einen Anflug tiefen Mitgefühls für das Mädchen. »Ich habe nicht viel davon verstanden, aber es war nichts dabei, was ich mir zu Herzen nehmen werde. Kümmerst du dich allein um ihn?«

»Mein Bruder hilft mir, aber der ist unterwegs. Ist nur zeitlich sehr ungünstig, dass ich ausgerechnet diese Woche Hausaufgaben habe.«

»Bist du noch an der Oberschule?«

Sie schüttelt den Kopf. »Erstes Jahr an der Universität. Ich hab die Schule vorzeitig abgeschlossen.«

»Wirklich?« George mustert sie einen Moment lang. »Bist du Sarah Mackay?«

Das Mädchen starrt sie mit großen Augen an. »Woher wissen Sie das?«

»Wir haben gestern mit Mr MacNeil gesprochen. Er hat gesagt, du bist sehr intelligent.«

Sarahs Wangen erröten, wodurch neue Sommersprossen zum Vorschein kommen, und sie beginnt, verlegen zu lächeln. »Ach, na ja. Ich gebe mir große Mühe. Muss man auch, wenn man an einer der renommierten Universitäten aufgenommen werden will. Ein paar von uns hier machen wie ich ein Fernstudium.« Ihre Worte werden leiser und schneller. »Ich weiß, dass mehrere junge Leute aufs Festland ziehen wollen, um dort richtig an der Uni zu studieren. Oder nach England. Vielleicht sogar nach Amerika.«

»Und du wolltest das nicht?«

Sarahs Lächeln welkt. Ihr Blick wandert zu ihrem dösenden Großvater. »Oh, nein. Ich … ich bin zufrieden damit, weiterhin von hier aus zu studieren.«

Georges Magen krampft sich zusammen, und sie bereut ihre Frage. »John hat auch erwähnt, dass du ihm bei Calum hilfst«, sagt sie schnell.

»Oh, Cal ist so wundervoll«, antwortet Sarah mit einem zärtlichen Lächeln. »Er zeigt mir immer wieder irgendwas Neues von seinen Wanderungen.«

»Kannst du dich mit ihm verständigen?«

Sarah nickt, dann aber verzieht sie die Lippen. »Also … Sie haben ihn ja kennengelernt. In der Regel verstehe ich, was er will, weil wir so viel Zeit miteinander verbringen. Und wenn ich es mal nicht kapiere, ist er so geduldig mit mir. Er wartet einfach, bis ich es begreife.«

»Muss schwer für dich sein, dich gleichzeitig um Calum und deinen Großvater zu kümmern.«

»Ach, ich würde nicht sagen, dass ich mich um Opa kümmere«, entgegnet sie rasch. »Das kann er selbst, und er ist sehr stark. Nur regen ihn manchmal Kleinigkeiten auf.«

Richie steckt den Kopf zur Tür herein. »Wie mag Mr Mackay seinen Tee?«

»Schwarz mit drei Stücken Zucker, danke.«

»Und du?«

Wieder kriecht leichte Röte in Sarahs Wangen. »Oh,

ähm … Ein Stück Zucker und ein bisschen Milch. Vielen Dank, Sir.«

Mit einem Zwinkern zu George zieht sich Richie wieder zurück.

»Wir haben uns dir noch gar nicht vorgestellt«, fällt George ein. »Das ist Inspector Richard Stewart gewesen. Und ich bin Inspector Georgina Lennox.«

Sarah lächelt verlegen. »Jeder kennt Ihre Namen.«

Wie konnte sie das vergessen? »Du kannst mich gern George nennen.«

Sarahs Mundwinkel heben sich kurz, senken sich jedoch wieder, als ihr Großvater leise stöhnt. Sarah greift nach seinen Händen und befühlt sie kurz, bevor sie eine Decke von der Rückenlehne des Sessels zieht und über seinen Schoß ausbreitet.

»Ein paar der Leute draußen sind anscheinend überrascht darüber gewesen, dass sich dein Opa so verhalten hat«, sagt George, die auf einen unbeschwerten Tonfall achtet. »Ist das neu bei ihm?«

Nach kurzem Zögern nickt Sarah. »Eigentlich benimmt er sich erst in den letzten Monaten so. Vergangenes Jahr haben wir meine Großmutter verloren. Seither ist er nicht mehr derselbe. Deshalb lügt Harry über das Boot.« Als sie Georges fragenden Blick bemerkt, fügt sie erklärend hinzu: »Harry – so heißt mein Bruder.«

»Was meinst du damit, dass er lügt?«

Sie ringt die Hände in ihrem Schoß und senkt die Stimme. »Harry hat ihm gesagt, dass der Motor ein neues Teil braucht. Wir hatten Angst, dass er sonst versucht, aufs Meer hinauszufahren, und Harry ihn dann allein vor allen anderen beruhigen müsste.«

»Du fährst nicht mit ihnen raus? Wegen deines Studiums?«

»O nein«, entgegnet sie in sachlichem Ton und zupft an ihrem Pferdeschwanz. »Deswegen.«

»Wegen deiner Haare?« Aber noch während sie die Worte ausspricht, fällt ihr die merkwürdige Begebenheit an den Stufen zum Hafen vom Vortag ein – die rothaarige May MacGill, die sich den Booten nicht nähern durfte.

»Ja«, bestätigt Sarah. Ihr Ton klingt dabei so ernst wie zuvor, als sie über ihr Studium gesprochen hat. »Rötliches Haar gilt unter Fischern als schlechtes Omen.«

»Ich könnte schwören, dass ich unten im Hafen Männer mit rotem Haar gesehen habe.«

»Bei Männern ist es in Ordnung. Unglück bringen immer nur Frauen.«

»O mein Gott«, murmelt George, bevor sie lauter hinzufügt: »Für was anderes sind wir wohl nicht zu gebrauchen, was?«

Sarah prustet vor Lachen. Aber obwohl sie deutlich entspannter wirkt als zuvor beim Betreten des Hauses, lassen sich die dunklen Ringe unter ihren Augen nicht übersehen. George fragt sich, wer sich um Sarah und ihren Bruder kümmert, wenn sich die beiden um Stephen kümmern.

»Gibt's nur deinen Bruder und dich hier?«

»Ja, aber das passt schon«, erwidert Sarah schnell, die Georges nachdenklichen Blick richtig interpretiert. »Opa hat unser Leben lang für uns gesorgt, jetzt sind wir damit an der Reihe, uns zu revanchieren. Mir macht das überhaupt nichts.«

»Habt ihr schon überlegt, eure Nachbarn um Hilfe zu bitten? Ich bin sicher, Kathy würde …«

In den weit geöffneten Augen des Mädchens blitzt Panik auf. »O nein – Opa würde nicht wollen, dass ihm jemand anders hilft. Er fühlt sich wohler, wenn es nur Harry und ich tun.«

George späht hinaus in den Flur. »Kommt Harry bald nach Hause?«

»Weiß ich nicht. Er ist erst gestern von einer langen Reise zurückgekommen, deshalb trifft er sich mit ein paar Leuten.«

George fragt sich, ob sich der selten auftauchende Donald Campbell unter den Rückkehrern befindet – um Cecilys willen hofft sie es.

Richie betritt den Raum mit zwei Bechern. Einen stellt er auf einen niedrigen Tisch neben Stephens Stuhl, den anderen reicht er Sarah. »Bitte sehr, Miss.«

»Es tut mir wirklich leid wegen Opa«, entschuldigt sie sich abermals. »Ehrlich, er wollte Ihnen bestimmt nicht wehtun.«

»Nur ändert das nichts an der Tatsache, dass er es getan hat«, entgegnet Richie in sanftem Ton. »Was ist an uns Leuten vom Festland dran, dass er sich so aufregt?«

Sarah nippt an ihrem Tee und zuckt mit den Schultern. »Das weiß ich wirklich nicht. Die Einstellung hat er schon, solange ich mich zurückerinnern kann. Die älteren Leute sind sehr stolz auf die Insel und darauf, wie wir überlebt haben.«

Richie nickt zwar, wirkt jedoch nicht überzeugt.

Stephen rührt sich und stöhnt erneut. Sofort ist Sarah auf den Beinen und hat ihren Tee beiseitegestellt. »Sie sollten gehen«, sagt sie im Flüsterton. »Er regt sich nur wieder auf, wenn er Sie hier drinnen sieht.«

George steht auf. Sie hat das Gefühl, einzig und allein Sarah zu bestrafen, wenn sie rechtliche Schritte gegen Stephen einleiten würde, und sie will das Leben der so jungen Frau nicht zusätzlich erschweren. Beide lassen sich von ihr zur Tür führen. Dort aber hält George inne.

»Dürfen wir morgen noch mal vorbeikommen? Ich würde gern nachsehen, ob wir irgendwie helfen können.«

Eine Bewegung aus dem Haus lenkt Sarah ab, aber sie nickt rasch. »Okay«, flüstert sie. »Auf Wiedersehen, Inspector Stewart. Auf Wiedersehen, George.« Und dann drängt sie die beiden nach draußen.

Einen Moment lang starren die zwei auf die sich vor ihnen schließende Tür, und dann heftet sich Georges Blick unweigerlich auf das Symbol, das sie wie erwartet oberhalb des Rahmens entdeckt.

Richie sieht sie neugierig an. »George, hm?«

»Leute wie sie dürfen mich so nennen«, entgegnet sie, während sie stirnrunzelnd zur Doppelspirale emporschaut, bevor sie sich von der Türschwelle entfernt. »O mein Gott, was für eine Chance hat sie auf eine Karriere und darauf, von dieser Insel wegzukommen, wenn sie Vollzeitpflegerin ihres Großvaters ist? Und dann ist da noch Calum. Falls sie irgendwann an eine Uni auf dem Festland geht – oder den Abschluss macht und woanders ein Jobangebot bekommt –, verliert der Junge einen der beiden einzigen Menschen hier, mit denen er sich verständigen kann.«

»Ich weiß«, erwidert Richie. »Aber das ist ein Problem für später. Wie fühlst du dich? Dein Gesicht schwillt an.«

»Geht schon. Ich hoffe nur, Fiona hat nicht gesehen, was passiert ist. Sie hat gesagt, für sie sehe ich aus, als könnte ich was wegstecken.«

Er lässt sich nicht ablenken. »Schmerzen? Schwindelgefühl? Kopfverletzungen nach einem SHT können …«

»SHT? Sieh einer an, Doktor Stewart.«

Seine Kieferpartie verkrampft sich. »Ich habe zwei Tage damit zugebracht, alle möglichen Wörter und Abkürzungen im Zusammenhang mit einer Hirnverletzung zu lernen«, gibt er tonlos zurück. »Zwei Tage lang hab ich mich gefragt, an wie viele Wörter *du* dich erinnern würdest, wenn du wieder aufwachst – falls du überhaupt jemals aufwachst. Deshalb gefällt mir dieser Ton gar nicht.«

Ein Gefühl der Scham fasst ihr mit klammer Hand in die Brust und drückt ihr die Lunge zusammen. Sie wendet den Blick ab, um die Kränkung und Frustration in seinen Augen nicht sehen zu müssen.

»Entschuldige. Ich versichere dir …« Nein, sie kann ihn nicht einfach so belügen, nicht nach seiner Ehrlichkeit. »Es tut zwar weh, aber sonst ist alles gut. Kein bleibender Schaden. Abgesehen von meinem angekratzten Stolz.« Sie lächelt beschwichtigend.

Einige Sekunden lang mustert er ihren Gesichtsausdruck, wägt ihre Aufrichtigkeit ab, bevor er ihr mit dem Kinn bedeutet, ihm zu folgen. Dann gehen sie weiter.

Die Ansammlung von Menschen, die den Zwischenfall mit Stephen Mackay mitbekommen haben, hat sich zerstreut. Vorerst ist unklar, ob sich bereits herumgesprochen hat, dass George angegriffen worden ist – jedenfalls richten sich mehr Blicke als sonst auf sie, während sie auf der Straße zurückgehen. So oder so ist George überzeugt davon, dass die Neuigkeit bis Sonnenuntergang jedes Haus erreicht haben wird.

Als sie sich wieder der Metzgerei nähern, fordert Richie sie auf, zu warten, und betritt den Laden allein. Sie verharrt am Eingang und versucht, ihr Spiegelbild im schmutzigen Schaufenster auszumachen. Sachte streicht sie mit den Fingern über ihre Wange und verzieht das Gesicht zu einer Grimasse, als sie die Erhebung berührt, die sich dort gebildet hat. Hoffentlich wird kein allzu schlimmer Bluterguss entstehen. Ihre Eltern waren sowieso schon besorgt genug über ihre Reise hierher. Sie will nicht mit einem Veilchen beim Geburtstagsessen ihrer Mutter nächsten Dienstag auftauchen.

Ein kühler Wind fegt vom Meer her über die Straße. Sie dreht die wunde Wange in die Brise. Wer braucht bei der eisigen Luft auf Eadar schon einen Eisbeutel?

Unten im Hafen haben sich die Leute wieder der Arbeit zugewandt. Einer der Männer schleppt ein dickes Seil zu einem kleinen Schuppen und verschwindet darin. Ein anderer sitzt auf einer umgedrehten Kiste, lässt ein Fischernetz durch die Hände gleiten und überprüft es auf Löcher. Trotz der recht großen Entfernung glaubt George, ihn als den Mann zu erkennen, der Cecily gestern zugewunken hat.

Sie späht durchs Schaufenster in den Laden. Richie hat den Metzger in ein Gespräch verwickelt. Der ausdruckslosen Miene des anderen Mannes nach zu urteilen, scheint es einseitig zu sein. In der Überzeugung, dass es einige Minuten dauern wird, bevor sich ihr Partner für ein Stück Fleisch entscheiden kann, überquert George die Straße und steigt die Steintreppe hinunter zum Kai.

Nur fünf oder sechs Fischer arbeiten auf dem halben Dutzend kleiner, an der inneren Hafenmauer vertäuter Kutter. Die Männer bemerken sie, stupsen sich gegenseitig mit den Ellbogen an, deuten mit dem Kinn in ihre Richtung. Ein paar Grußworte werden ihr zugerufen, während sie vorbeigeht, was sie mit einem Winken quittiert. Der Mann, der das Netz prüft, schaut erst auf, als offensichtlich wird, dass sie nicht grundlos neben seiner Kiste stehen geblieben ist.

George vermutet, dass er wie Fiona Bell wesentlich jünger ist, als sein verwittertes Gesicht erahnen lässt. Kinder scheinen hier schnell erwachsen zu werden. Wenngleich sie annimmt, dass ein Leben auf dem Wasser mit beißendem Wind und sengender Sonne für das gealterte Gesicht dieses Mannes verantwortlich ist – für die geplatzten Kapillargefäße in den Wangen und der Nase ebenso wie für die tiefen Falten neben dem Mund und um die Augen herum. Eine verblasste Narbe verläuft durch die linke Augenbraue, die gerade hochgezogen ist, während der Mann sie von oben bis unten mustert. Die Verletzung an ihrer Wange erregt nur kurz seine Aufmerksamkeit.

»Kein Kommentar«, sagt er und konzentriert sich wieder auf das Netz.

Sie grinst. Die Bewegung ihrer Gesichtsmuskeln jagt prompt einen unangenehmen Schmerz durch ihre Wange. »Ich bin keine Reporterin.«

»Spielt keine Rolle.«

»Sie haben gestern gewunken, richtig?«

»Nein.«

George betrachtet ihn erneut und fragt sich, ob sie ihn verwechselt hat. Immerhin tragen alle Fischer hier Kleidung in denselben ausgebleichten Farben und haben ähnlich abgehärtete Gesichter. »Egal. Ich bin sicher, Sie wissen, warum ich hier bin.«

»Aye«, brummt er. »Sie laufen rum, stellen Fragen darüber, was passiert ist, und regen Catriona auf. Und dann die Sache mit Spud. So hab ich ihn noch nie erlebt, bevor Sie hier aufgekreuzt sind.«

»Wir sind nicht hergekommen, um Probleme zu verursachen. Wir wollen nur herausfinden, warum Alan das getan hat, was er getan hat.«

Unverhohlen argwöhnisch schaut er wieder zu ihr auf. »Wie gesagt, kein Komm…«

»Wie wär's, wenn Sie mich erst mal was fragen lassen?«, schneidet sie ihm das Wort ab, als Verärgerung in ihr aufflammt. »Dann können Sie immer noch entscheiden, ob Sie antworten wollen oder nicht.« Nach einem ausgedehnten Moment verdrossenen Schweigens fährt sie fort: »Fangen wir mit Ihrem Namen an.«

Diesmal zieht sich die Stille so lange hin, dass George darin seine neue Taktik vermutet, sich vor einem Gespräch mit ihr zu drücken. Dann jedoch bemerkt sie, wie er mit einem verstohlenen Blick die Umgebung prüft.

Als er niemanden in Hörweite sieht, murmelt er: »Ewan.«

»Und Ihr Nachname?«

Er bedenkt sie mit einem so finsteren Blick, dass sie abwehrend die Hände hebt. »Schon gut. Kein Nachname nötig.«

Mit einer von einem Leben voller schwerer Arbeit schwieligen Hand fasst er vorsichtig unter das Netz und ergreift eine Stelle, an der sich irgendetwas verfangen und einen Knoten gebildet hat. Er beugt sich vor, hebt ein kleines Messer vom Boden auf und arbeitet behutsam daran, den Knoten zu lösen.

»Haben Sie je mit Alan gearbeitet?«

Kurz halten seine Hände am Netz inne. »Hab ihn öfter mal in der Gegend gesehen.«

»Haben Sie je mit ihm geredet?«

»Was weiß ich.«

»Sie wissen nicht, ob Sie je mit dem Jungen gesprochen haben, der unlängst gestorben ist?«

»Er ist nicht oft auf den Booten unterwegs gewesen. Hatte ’nen Job auf der Farm. Und Catriona hat dafür gesorgt, dass er sich außerdem auf die Schule konzentriert hat.«

»Was würden Sie schätzen, wie oft er rausgefahren ist?«

Ewan knurrt, als das Messer aus dem Knoten rutscht. »Vielleicht drei- oder viermal«, presst er zwischen zusammengebissenen Zähnen hervor und setzt die Klinge wieder an.

»Und wenn er mit Ihnen rausgefahren ist, haben Sie da je gehört …« Abrupt verstummt George und vergewissert sich, dass sich niemand in der Nähe herumtreibt. Sie sinkt neben Ewan in die Hocke. »Hat jemals irgendjemand darüber geredet, dass sich Alan auf dem Festland mit einer Person regelmäßig getroffen hat?«

Bei der plötzlichen Schärfe in seinem Ausdruck spannt sie unwillkürlich die Muskeln an. Sie will heute kein zweites Mal überrumpelt werden.

»Wer hat Ihnen das gesagt?«, möchte er wissen. Das Messer umklammert er jetzt so krampfhaft, dass seine Knöchel weiß hervortreten.

George behält es im Auge, als sie erwidert: »Jemand hat gemeint, diese Person könnte der Grund gewesen sein, warum seine Freundin und er sich getrennt haben.«

»Sie haben sich getrennt, weil er sie nicht …« Ewan verstummt abrupt mit einem scharfen Atemzug und schüttelt den Kopf.

»Nicht was?« Sie beißt sich auf die Unterlippe, bevor sie das Risiko eingeht, sich ein Stückchen näher zu Ewan zu bewegen. »Weil er sie nicht … geliebt hat?«

Sie hört seinen nächsten Atemzug – insbesondere das Räuspern in der Kehle.

»Hat er jemand anders geliebt?«, bohrt sie nach. »Jemanden, den Sie kennen?« Es ist ein Ratespiel, aber sie hat keine anderen Anhaltspunkte, um die Befragung fortzuführen. »Eine Schwester? Eine Freundin?«

Etwas Heftiges – Wütendes, Trotziges – verdüstert seine Miene. »Woher zum Teufel soll ich das wissen?«

»Die Person würde deswegen keine Schwierigkeiten bekommen«, sagt George in sanftem Ton, um seinem Zorn entgegenzuwirken. »Und Alan auch nicht. Dann hat er Fiona eben betrogen – und wenn schon. Er war noch ein halbes Kind.«

»War er nicht«, schnauzt Ewan sie an. »Er war ein erwachsener Mann und wusste, was er tat.«

George versucht, mit Ewans sprunghaften Gedankengängen mitzuhalten, und nickt. »Okay, ja. Sie haben recht, er war erwachsen. Und sollte er etwas Unrechtes getan haben«, schränkt sie ein, »wäre es nachvollziehbar, dass die Leute über ihn verärgert waren.«

»Bist du fertig mit dem Netz?«

George und Ewan schauen auf und erblicken ein paar Männer, die neben dem ersten Boot stehen und sie beobachten. Einer von ihnen tritt einen Schritt vor. »Ich würd gerne noch irgendwann dieses Jahrhundert Fische damit fangen.«

»Verpiss dich!«, schießt Ewan zurück.

Der Mann ruft ihm erneut etwas zu, diesmal auf Gälisch, und mit neuem Elan widmet sich Ewan wieder dem Netz.

»Also …«, sagt George und spürt die Blicke der anderen unverändert auf ihnen beiden. »Was wollten Sie sagen?«

Sie glaubt nicht, dass er antworten wird. Der Moment dehnt sich unangenehm lange aus, und sie überlegt, ob sie die Frage wiederholen oder das Gespräch abbrechen soll, als er schließlich murmelt: »Hier wäre alles viel besser, wenn sich jeder nur um seinen eigenen verdammten Kram kümmern würde.«

»Lennox!«

Richie steht oben an den Stufen zum Kai; in der einen Hand hält er ein in Papier gewickeltes Päckchen, in der anderen eine Netztasche. Er macht eine Geste, mit der er fragt, ob er zu ihr kommen soll.

Doch sie schüttelt den Kopf. So angespannt, wie Ewans breite Schultern wirken, ist ihr klar, dass sie heute nichts mehr aus ihm herausbekommen wird. »Tja … danke für Ihre Zeit, Ewan. Falls Ihnen noch irgendwas einfällt – oder irgendjemand, mit dem ich Ihrer Meinung nach reden sollte –, dann suchen Sie mich bitte auf.«

Er gibt nur ein Knurren von sich, und sie entfernt sich in Richtung der Stufen. Bevor sie hinaufsteigt, schaut sie über die Schulter zurück und sieht, dass Ewan das Messer weggelegt hat und den Knoten inzwischen wild mit den bloßen Händen attackiert.

Kapitel 17

»Wer war das?«, fragt Richie, als George oben auf der Straße zu ihm stößt.

»Jemand von den Fischern. Ich glaube, er weiß, für wen Alan die gute Fiona verlassen hat. Aber er ist ziemlich in Rage gekommen, als ich auf einen Namen gedrängt habe.«

Richie späht stirnrunzelnd über die Schulter. »Glaubst du, er schützt jemanden?«

»Keine Ahnung. Jedenfalls wirft es für mich die Frage auf, wie schwerwiegend die Konsequenzen fürs Fremdgehen sind. Er ist bei seinen Äußerungen ziemlich hin und her gesprungen – um ehrlich zu sein, konnte ich seinen Gedanken nicht ganz folgen.« Sie betrachtet die Sachen in Richies Händen. »Was haben wir denn hier?«

»Ein paar Steaks von Harold, dem Metzger, und Kathy hat mich durchs Schaufenster entdeckt und mir das da gegeben.« Er richtet den Blick auf die Netztasche. »Sie hat heruntergerasselt, was drin ist, aber ich kann mich an nichts davon erinnern. Und sie ist regelrecht zornig geworden, als ich dafür bezahlen wollte.«

»Das ist entweder aggressive Gastfreundschaft, oder die Leute hier zeichnen sich durch offen ausgelebte Aggressionen aus, was?«

Richie brummt zustimmend. »Bei der Gelegenheit hab ich sie gleich vorsichtig gebeten, die Kate nicht zu betreten, wenn wir nicht da sind. Sie hat aufrichtig überrascht gewirkt, als ich es angesprochen habe.«

»Hat sie behauptet, sie hätte es nicht getan?«

»Nein, sie war bloß verdattert, dass es einen Ort auf der Insel geben könnte, an den sie nicht einfach so hingehen darf. Zum Glück hatte sie mir die Sachen vorher schon gegeben, sonst müssten wir heute wohl Hunger leiden. So, jetzt lass uns rauf zur Kate gehen und dein Gesicht genauer untersuchen.« Als sie zu einem Protest ansetzt, würgt er ihn sofort ab. »Nein, halt die Klappe!«, befiehlt er. »Es war ein Zwischenfall im Dienst, also müssen wir einen Bericht darüber verfassen. Ein weiterer Besuch bei Catriona kann bis heute Nachmittag warten.«

Widerwillig fügt sich George und schleudert der Sonne einen drohenden Blick zu. Die kurzen Stunden des Tageslichts an diesem Ort schränken die Anzahl der Personen, die sie befragen können, erheblich ein. Und es gibt noch so viele Leute, mit denen sie reden sollten, bevor das Polizeiboot wiederkommt, um sie abzuholen – selbst wenn sich am Ende nur bestätigt, was bereits über Alan vermutet wird.

Sie treten den Weg zu dem Pfad an, der den großen Hügel hinaufführt, und dabei werden sie direkt an Cecilys Haus vorbeikommen. Als sie sich ihm nähern, öffnet sich die Eingangstür, und Cecily erscheint mit zwei dampfenden Bechern in den Händen. Sie schaut in ihre Richtung. Ihre düstere Miene hellt sich zu einem breiten Lächeln auf.

»Hallo, Sie beide! Wo kommen Sie denn her?«

Richie hält seine Beute hoch. »Wir haben uns unter anderem

mit ein paar Vorräten eingedeckt. Wie geht es Ihnen, Mrs Campbell? Haben Sie irgendetwas von Ihrem Mann gehört?«

»Nein, und dafür wird er mir einen verdammt guten Grund nennen müssen. Trinken Sie einen Tee mit mir?« Sie deutet mit dem Kopf auf die Becher in ihren Händen. »Zwei Jungs unten bei den Booten haben mich um heiße Getränke gebeten. Die können allerdings ruhig noch ein wenig warten.«

»Danke für das Angebot«, antwortet George, »aber wir sind unterwegs den Hügel rauf.«

»Schon gut. Schauen Sie gern später vorbei.« Plötzlich werden ihre Augen groß. »Was ist passiert?«

Wenn die Wange so aussieht, wie sie pocht, ist Cecilys Reaktion nicht überraschend.

»Berufsrisiko«, erwidert George forsch und verspürt das Bedürfnis, Sarah Mackays Privatsphäre zu schützen.

Cecily steigt die Eingangsstufen herunter, wirft einen genaueren Blick auf die Wange und verzieht das Gesicht. »Das wird morgen übel aussehen«, prophezeit sie, und Georges Stimmung sinkt. »Darf ich? Sie können meine Erste-Hilfe-Ausbildung in Aktion erleben.«

»Gute Idee«, befindet Richie, bevor George ablehnen kann.

Cecily reicht ihm die Becher und betastet behutsam Georges Wange, bewegt die Finger in zunehmend größeren Kreisen um die Erhebung herum. Georges Augen werden verräterisch feucht.

»Hm. Könnte gebrochen sein. Sie fühlen sich auch ein bisschen nach kaltem Schweiß an.«

»Es geht mir gut«, sagt George schnell, um zu versuchen, sowohl Cecily als auch Richie davon zu überzeugen. »Ich mache einfach ein kaltes Tuch drauf.«

»Ein Tuch?« Richie hält das Päckchen mit den Steaks hoch. »Was glaubst du wohl, wofür die sind?«

Cecily rümpft ihre Nase. »Das kann ich beides übertrumpfen.« Sie verschwindet ins Haus und kehrt kurz danach mit etwas zurück, das sie in ein kariertes Geschirrtuch gewickelt hat. »Bringen Sie es mir später zurück. Donald wird es brauchen, wenn ich mit ihm fertig bin.«

Am Fuß des Hügels lässt sich Richie ohne Protest die Tasche von George abnehmen. Der verbitterte Blick, mit dem er den Hang vor ihnen betrachtet, bringt sie zum Lachen. Prompt zuckt sie wegen der damit einhergehenden Schmerzen zusammen.

»Kathy hat uns gebeten, heute mit ihr im Pub zu Abend zu essen«, sagt er, als sie den Aufstieg beginnen. »Was hältst du von einem Steak zum Mittagessen?«

George stößt zwischen die Zähne hindurch einen Pfiff aus. »Ich denke, im Augenblick sollte ich auf alles verzichten, was kräftiges Kauen erfordert.«

Im Verlauf der nächsten beiden Stunden weiten sich die Schmerzen von einem örtlich begrenzten Pochen zu einem Pulsieren aus, das den gesamten Kopf so heftig erfasst, dass sich George fragt, ob Cecily recht haben könnte und ihr der Schlag den Wangenknochen gebrochen hat. Nachdem sie sich vehement gegen Richies Versuch gewehrt hat, ihr eines der Steaks ins Gesicht zu drücken – »Was denn, du isst es doch ohnehin nicht, oder?« –, liegt sie mit geschlossenen Augen auf der Couch und hält sich den Kühlakku an die Wange, den Cecily ihr mitgegeben hat. Ein Bein lässt sie von der Couch herabhängen, und der Fuß klopft in einem unregelmäßigen Rhythmus auf den Boden.

»Für einen kleinen alten Mann hat er einen ganz schönen Schlag am Leib.« Sie bewegt den Unterkiefer und stöhnt, als die Schmerzen ihren Hals hinunterschießen.

»Hast du die Tabletten genommen, die ich dir gegeben habe?«

Sie stemmt sich in eine sitzende Position. »Noch nicht. Gott, mittlerweile pocht mein gesamter Schädel.«

»Du hast doch nicht etwa eine Gehirnerschütterung, oder?«, fragt Richie und taucht an der Armlehne der Couch auf. »Lass mich dir in die Augen sehen.«

»Meinem Kopf geht's so weit gut – es fühlt sich bloß an, als würde mir das Herz bis zum Hals schlagen.« Sie drückt zwei Schmerztabletten aus der Blisterpackung und steckt sie sich in den Mund hinein. »Die werden helfen.«

Werden sie nicht. Ihr Körper hat sich so sehr an stärkere Schmerzmittel gewöhnt, dass diese Pillen aus dem Supermarkt rein gar nichts bewirken werden.

George schluckt sie mit dem Wasser, das Richie ihr geholt hat. Danach greift sie nach ihren Stiefeln und hofft, dass ihr Partner das Zittern ihrer Finger nicht bemerkt. »Also gut, gehen wir.«

Aber Richie hebt die Hand. »Nein – du bist für heute fertig.«

George versteift sich. »Wie bitte?«

»Lennox, du bist tätlich angegriffen worden. Du musst dich ausruhen.«

»Mir hat ein verwirrter Greis mit knochigen Händen einen Schlag verpasst.« Sie verlagert den Kühlakku und unterdrückt ein weiteres Stöhnen. »Ist ja nicht so, als wäre auf mich eingestochen worden.«

»Ist mir egal. Das ist Vorschrift.« Er sinkt auf einen Stuhl und zieht die eigenen Schuhe zu sich. »Ich muss Cole darüber informieren. Man erzählt dir nie, wie viel Papierkram mit diesem Job verbunden ist, nicht wahr?«

Er greift nach dem Bericht: ein Formular, das sie bereits ausgefüllt haben. Dieser Arbeit ist eine Debatte darüber vorausgegangen, ob sie eine »Wangenverletzung« oder eine »Kopfverletzung« erlitten hat. George hat außerdem heftig dagegen argumentiert, überhaupt einen Bericht zu verfassen, weil sie befürchtet, dass er Coles Entscheidung, ob sie für eine Rückkehr in den Job bereit ist, beeinträchtigen könnte.

»Ich sage Kathy, dass wir heute Abend nicht ins Pub kommen«, kündigt ihr Partner an.

»Rich, eine verbeulte Wange kann mich vielleicht einen Nachmittag lang vom Ermitteln abhalten, aber ich werde dafür nicht noch eine Mahlzeit sausen lassen.«

Nachdenklich kaut er auf der Unterlippe. George weiß, wie gern Richie in Pubs isst, und hofft, dass dies eine Entscheidung zu ihren Gunsten herbeiführen wird. »Warten wir ab, wie du dich fühlst, wenn ich zurück bin«, sagt er schließlich und geht zur Tür. »Aber bis dahin hältst du die Füße still. Verstanden?«

Demonstrativ legt sie sich wieder hin und zeigt ihm über die Rückseite der Couch einen emporgestreckten Daumen. Sein leises Lachen dringt zu ihr, bevor sich die Tür hinter ihm schließt.

Sobald das Knirschen seiner Schritte draußen verklingt, setzt sie sich auf und öffnet ihre Aktentasche. Ihre Hände zittern so heftig, dass es sich recht schwierig gestaltet, eine einzelne Tablette herauszuholen, doch letztlich landet eine auf ihrer Zunge, und sie schluckt sie herunter. George spürt, wie sie trocken und unangenehm ihre Kehle hinabgleitet, dennoch seufzt sie erleichtert. Sie muss sich nur ablenken, bis die Wirkung der Schmerztablette einsetzt … und so ertappt sie sich dabei, dass sie ein weiteres Mal nach den Logbüchern greift.

Als sie den dritten und letzten Band in Angriff nimmt, ändert sich der Ton der Einträge. Die Männer berichten, dass ihnen tollpatschige Fehler unterlaufen und sie immer häufiger verschlafen – sogar Smith und McClure. Und Wilson beichtet, dass er getadelt worden ist, nachdem ein Streit mit einigen Einheimischen mit einer Schlägerei geendet hatte. Je näher der letzte Eintrag rückt, desto deutlicher wird durch die sich verschlechternde Handschrift, dass alle Männer mittlerweile zu kämpfen hatten. Sogar Smiths vergleichsweise wortreiche Berichte werden kurz – an manchen Tagen erwähnt er nicht einmal, welche Aufgaben er erledigt hat oder ob irgendwelche Schiffe vorbeigefahren sind. Aber trotz der fehlenden Schilderungen kann George förmlich sehen, was mit den Männern los gewesen ist. Schlafmangel, durch den sie ungeschickt und reizbar wurden. Spannungen und Gezänk untereinander. Das kribbelnde Gefühl, beobachtet zu werden, als ließe die Insel selbst sie keinen Moment lang aus den Augen.

Und als sie zu einem von Smiths letzten Einträgen von Ende November gelangt, stockt ihr der Atem.

Wilson weint. McClure will nicht reden. Regen, Wellen, Donner. Blitze verwandeln die Nacht in einen Tag. Wir sind umzingelt. Und dann ist da das Geheul.
Es ist innen in unseren Köpfen.
Es ist innen in uns.
Es ist innen.

»Du lieber Himmel«, murmelt sie und schlägt das Buch zu. Eine Gänsehaut hat sich auf ihren Armen ausgebreitet. Sie zieht die Decken über sich, um gegen den kalten Schauder anzukämpfen, der ihr über den Rücken kriecht. Diese armen Männer – erschöpft, von der Gemeinde ausgegrenzt, gefangen auf der Insel, bis das Boot mit ihrer Ablösung ankommen würde. Eine Rettung, die nicht rechtzeitig eintreffen sollte.

Obwohl Smiths schaurige Worte noch eine Weile in Georges Kopf nachklingen, fordern die letzten Nächte mit unterbrochenem Schlaf schleichend ihren Tribut in der Stille. Das Feuer brennt stark genug, um die Kälte außerhalb der Mauern zu halten, und als sich die Schmerzen und die innere Unruhe legen, fallen ihr die Augen zu.

»George?«

Abrupt erwacht sie, setzt sich sofort auf und stößt dabei um ein Haar mit Richie zusammen.

Mit einem spitzen Laut springt er von der Couch weg. »Himmel noch mal, Frau«, entfährt es ihm mit donnernder Stimme. »Du bist aufgesprungen wie eine Dämonin.«

George stöhnt. Ihr Mund fühlt sich trocken und heiß an. Sie tastet mit der Zunge die Innenseite der geschwollenen Wange ab und zuckt zusammen. »Aua. Wie spät ist es?«

»Kurz nach fünf«, antwortet er und hält sich immer noch die Brust.

Sie hebt das Handgelenk und blickt blinzelnd auf die Armbanduhr. Das Zifferblatt verschwimmt vor ihren Augen. »Du bist drei Stunden weg gewesen?«

»Eine Stunde davon bei Kathy«, erwidert er düster. »Ich bin genötigt worden, mir einen Vortrag über die gesamte Geschichte

Eadars anzuhören. Als sie zur Wende des zwanzigsten Jahrhunderts gekommen ist, habe ich sie abwürgen müssen. Sie hat gemeint, ich sollte die Logbücher ebenfalls lesen – sofern ich sie von dir loseisen kann«, fügt er grinsend hinzu.

George schaut finster drein. »Solltest du wirklich – die Männer klagen darin auch über das Geheul. Ich weiß, dass es vom Wind kommt«, sagt sie rasch, bevor er sich wieder über sie lustig machen kann. »Aber es hat ihnen echt Angst eingejagt.« *Genau wie mir*, denkt sie und ruft sich den verstörenden Ton von Smiths letztem Eintrag ins Gedächtnis. »Hast du mit Catriona geredet?«, fragt sie, um das Thema zu wechseln.

»Sie war nicht da. Wir schauen morgen früh noch mal vorbei. Aber ich hab an ein paar andere Türen geklopft, und danach hat mich Pater Ross zum Tee eingeladen.« Er geht in die Küche und beginnt, den Wasserkessel zu füllen. »Ich hab ihn nach Iain Ferguson gefragt«, berichtet er laut, um trotz des hohlen Geräuschs von Wasser, das auf Metall trifft, gehört zu werden. »Jetzt verstehe ich, warum Catriona das Thema gemieden haben könnte. Anscheinend war er ein fieser Säufer. Gerüchten zufolge hat er sie geschlagen, aber sie hat sich bestmöglich bemüht, es zu vertuschen.«

Das überrascht George. »Nur Gerüchte? Lautet das Inselmotto nicht: ›Jeder weiß alles‹? Und wieso hat niemand eingegriffen?«

Richie zuckt mit den Schultern. »Haben wir alles schon erlebt, oder? Das Opfer ist zu verängstigt oder schämt sich, um andere um Hilfe zu bitten; und wer etwas vermutet, ist zu vorsichtig, um es zu melden.« Nachdem Richie dem Küchenherd eine Flamme für den Wasserkessel entlockt hat, lehnt er sich an die Bank zurück. »Hast du schon in den Spiegel geschaut?«

»Ist es schlimm?«

»Könnte mir denken, dass es noch schlimmer wird, aber es ist bereits jetzt nicht schön.«

George steht auf und geht ins Badezimmer. »Wann treffen wir Kathy?«, fragt sie über die Schulter.

»Ich hab ihr gesagt, ich müsste erst nach dir sehen.«

George beugt sich über das winzige Waschbecken und blickt in den Spiegel. »Oha.«

»Zur Miss Eilean Eadar wirst du heute wohl nicht mehr gewählt werden, fürchte ich.«

Mit ihrem Zeigefinger tastet sie langsam die glänzende Schwellung über ihrem Wangenknochen ab. Sie ist ungefähr halb so groß wie ein Golfball, und die gespannte Haut um sie herum weist inmitten der Rötung einen beunruhigenden violetten Streifen auf. »Sieht nicht mal cool aus.«

Richie erscheint an der Tür. »Doch, total«, widerspricht er. »Du siehst sogar sehr cool aus. Richtig taff. Wie ein Actionstar.« Nachdenklich tippt er sich ans Kinn, bevor er mit den Fingern schnippt. »Wie Sigourney Weaver. Weißt du, wer das ist?«

»*So* jung bin ich nun auch wieder nicht. Das wird heute Abend nicht allzu viel Aufmerksamkeit erregen, da bin ich mir sicher.«

Der Wasserkessel beginnt zu pfeifen. Richie kehrt in die Küche zurück. »Oh, es hat sich schon rumgesprochen.«

»Und wie viele Leute haben darüber gejubelt?«

»Ein gutes Drittel. Aber der Rest hat sich sehr besorgt um dich geäußert. Wir müssen nicht ausgehen.«

»Doch. Wird interessant sein, so viele von denen an einem Ort zu sehen, vor allem, nachdem sie ein paar Drinks intus haben. Außerdem bin ich ziemlich hungrig, und beim Gedanken an die Reste vom Fischeintopf dreht sich mir der Magen um.«

Mit einer Dusche vertreibt George die anhaltende Müdigkeit aus den Gliedern. Den Kopf hält sie so, dass er nicht von dem schwachen Wasserstrahl getroffen wird, damit ihr Haar trocken bleibt. Die Anspannung, die sie mit dem ausgiebigen Bad vergangenen Abend erfolgreich gelockert hat, ist zurück. Sie dreht die Schultern nacheinander in den Strahl und bohrt die Finger in die Muskeln unter der Haut. Es tut gut, sich auf einen anderen Schmerz als den in ihrem Gesicht zu konzentrieren.

Da sie nicht das gesamte Warmwasser verbrauchen will, steigt sie bald aus der Dusche und trocknet sich rasch ab. Ihre übliche Dienstkleidung aus Thermounterwäsche, Jeans und so vielen Oberschichten, wie unter Wahrung der Bewegungsfreiheit der Arme möglich ist, wird für das Pub reichen müssen. Aber zumindest wird sie so nicht auffallen. Und die Mission für heute Abend lautet, tunlichst unbemerkt zu bleiben. Diesmal ist sie damit an der Reihe, andere Leute zu beobachten.

Dann allerdings fällt ihr Blick auf das eigene Spiegelbild, und sie wird daran erinnert, dass es wohl schwieriger als sonst werden dürfte, unbeachtet zu bleiben. Sie wünschte, sie hätte Concealer eingepackt.

Richie zieht sich noch an, als sie den Hauptraum betritt. George nutzt die Gelegenheit, um eine weitere richtige Schmerztablette einzuwerfen. Seine Tür öffnet sich in dem Moment, als sie das restliche Wasser hinunterstürzt. Sie lächelt. Vielleicht ein wenig zu strahlend, denn sie könnte schwören, dass sein Blick zu ihrer Aktentasche huscht, die wieder verschlossen in der Ecke lehnt. Aber er schweigt, als sie die Kate verlassen.

Die Sonne muss eben erst hinter den Horizont gesunken sein, und der Himmel präsentiert sich in der Farbe ihrer Wange. Aus der Ferne dringt ein leises Grollen zu ihnen.

»Soll es heute Abend regnen?«, fragt George. »Wir haben noch Cecilys Regenschirm.«

»Erst morgen. Ungefähr sechs verschiedene Leute haben mich auf dem Weg durchs Dorf gewarnt, dass sich vor der Küste ein weiterer gewaltiger Sturm zusammenbraut.« Er knöpft seine Jacke bis zum Kinn zu. »Komm jetzt, bevor mir die Kälte in die Knochen kriecht.«

Kapitel 18

Da ihnen keiner ihrer jeweiligen »Reiseleiter« bei Tageslicht das Pub gezeigt hat, fragt sich George, ob es erforderlich sein wird, an jemandes Tür zu klopfen und sich nach dem Weg zu erkundigen. Aber sobald sie die Hauptstraße erreichen, erkennt George, dass es nicht nötig sein wird. Eine lebhafte Melodie dringt wie ein Fingerzeig aus einer schmalen Gasse und ködert wie der Rattenfänger von Hameln einen steten Strom von Menschen. Richie und George schließen sich der Prozession an.

Die Musik und ein Stimmengewirr kommen aus einem schmucken, geweißelten, zweigeschossigen Haus am Ende der Gasse. Die Fenster erstrahlen in einem warmen gelben Licht.

Richie stupst George an. »Bilde ich mir das nur ein, oder ist die Kneipe das gepflegteste Gebäude, das wir bislang auf der Insel gesehen haben?«

Diese Äußerung ist sicherlich nicht weit von der Wahrheit entfernt. Das in dieser Nebenstraße vor dem Meersalz und dem erbarmungslosen Wind geschützte Pub wirkt heimelig und einladend. Über der Tür hängt ein Holzschild. Was darauf gemalt ist, kann George aus ihrem Blickwinkel nicht erkennen, sehr wohl jedoch die in den Sturz geschnitzte Doppelspirale. Sie spart sich die Mühe, Richie darauf hinzuweisen.

Inmitten einer lebhaften Gruppe werden sie durch die Türen befördert. Als sie den Hauptraum betreten, klatscht Richie in die Hände.

»Perfekt«, sagt er. Ein Grinsen hellt seine Züge auf.

Das Pub ist gemütlich und voller Leute. Stimmen überlagern sich, Gelächter dröhnt über ihre Köpfe hinweg. Die Musik kommt von einer kleinen Bühne im hinteren Bereich. Dort treten gerade eine Frau mit angegrautem Haar und ein älterer Mann mit einer Geige auf. Die trällernde Stimme der Sängerin breitet sich auch ohne Mikrofon mühelos im gesamten Raum aus. Als George ihr bewusst zuhört, erkennt sie ein Volkslied, das sie in der Schule gelernt hat.

Hohe Tische stehen auf dem gefegten Steinboden, und in einem großen gemauerten Kamin an der gegenüberliegenden Wand brennt laut und fröhlich knisternd ein Feuer. Eine lange, u-förmige Bar teilt den Hauptraum. Auf ihrer anderen Seite befinden sich einige schlichte Holztische, an denen Essen serviert wird. George entdeckt viele bekannte Gesichter – Leute, mit denen sie gesprochen haben oder an denen sie auf der Straße vorbeigegangen sind. Aber es gibt auch zahlreiche Fremde in der Menschenmenge. Als diese Leute ihr in die Augen blicken, erinnern die neugierigen Mienen sie daran, dass sie selbst hier die Fremde ist.

»Wasser?«, sagt Richie in ihr Ohr.

»Ein Bier, danke.« Sie ignoriert seinen missbilligenden Blick und tippt sich an den Kopf. »Keine Gehirnerschütterung, okay? Ich suche uns inzwischen Sitzplätze.«

Damit wendet sie sich von ihm ab und schlängelt sich durch die Menge, bis sie einen freien Tisch in der hinteren Ecke des Pubs entdeckt. Er steht am weitesten vom Kamin entfernt. Vermutlich hat sich deshalb niemand dort niedergelassen. Sie spürt Blicke auf sich, als sie sich setzt. Mehr als einer der Anwesenden hat sie im Vorbeigehen gemustert.

Trotz der Entfernung zum Feuer dauert es nicht lange, bis George warm genug ist, um die dicke Jacke auszuziehen und neben sich auf die Bank zu legen. Wenig später erscheint Richie mit Wein in der einen und Bier in der anderen Hand. In der Ellbogenbeuge balanciert er eine Schale mit Nüssen.

»Ich hab auch was zu essen bestellt«, verkündet er und nimmt George gegenüber Platz. »Ungefähr achtzig Prozent des Angebots ist Schellfisch. Da alle Gerichte paniert sind und mit Pommes serviert werden, dachte ich mir, es macht dir bestimmt nichts aus, wenn ich für dich auswähle.«

»Damit hast du ins Schwarze getroffen.« Sie hält ihm ihr Glas entgegen. *»Slàinte.«*

Er stößt mit ihr an. »Normalerweise essen wir erst im Pub, nachdem wir einen Fall abgeschlossen haben. Fühlt sich komisch an, hier zu sein, obwohl wir noch herumschnüffeln und herumstochern.« Nach einem kleinen Schluck schmatzt er mit den Lippen. »Ach, was soll's? Wir wiederholen es einfach, wenn wir zurück zu Hause sind.«

»Also werden wir definitiv bei Selbstmord bleiben?«

»Mir ist noch nichts untergekommen, was auf etwas anderes schließen lässt. Und sieh mich nicht so an, Lennox. Dir auch nicht; das weiß ich.« Er hebt einen Finger, als sie den Mund öffnet. »Ich werde nie von dir verlangen, ein Bauchgefühl zu ignorieren. Aber für einen Mord braucht man Beweise. Und die haben wir nicht. Und warum?«

»Weil es vielleicht keine gibt«, antwortet sie resigniert.

»Wir gehen morgen durch, was wir bisher haben«, sagt er

beschwichtigend. »Und auch wenn Pater Ross der Gedanke widerstrebt – ich denke, wir sollten wirklich eine Liste von Punkten zusammenstellen, die den Lebensstandard hier verbessern könnten. Und John können wir Informationen über mögliche Unterstützungen für Calum zukommen lassen. Was meinst du?«

George trinkt einen großen Schluck Bier. »Klingt nach einem Plan.«

Ihr Essen trifft überraschend – besorgniserregend – schnell ein. Es entpuppt sich als so herrlich vorhersehbar wie jede Kneipenmahlzeit, die George je genossen hat. Sowohl der panierte Fisch als auch die dick geschnittenen Pommes sind ansprechend goldbraun und glänzen vor lauter Öl.

»Die machen hier nicht mal Salat dazu«, bemerkt Richie mit einem freudigen Blick auf seinen Teller. »Fantastisch!«

Beim Essen – George drückt jeden Bissen mit der Gabel platt, um den Mund nicht zu weit öffnen zu müssen und so die Schmerzen zu verringern – ist es einfach, sich in ihre gewohnten Lebensverhältnisse hineinzuversetzen. Umgeben von der üblichen Geräuschkulisse eines belebten Pubs beginnt sie, sich in ihrer Ecke überraschenderweise wie zu Hause zu fühlen. Es ist, als säßen sie in einer Nische ihres Stammlokals in Glasgow, nur zwei Minuten zu Fuß vom Revier entfernt. Die auch bei ihren Kollegen beliebte Kneipe ist immer voller Polizisten, die entweder einen Schuldspruch feiern oder ihre Sorgen ertränken.

Als sie über die versammelten Gäste blickt, fällt George ein, was Pater Ross über das Pub als gesellschaftliches Zentrum von Eadar gesagt hat. Menschen jeden Alters – manche eindeutig auf der rechtlich zu jungen Seite – füllen die beiden Hälften des Raums, sitzen dicht an dicht um Tische herum oder stehen

Schulter an Schulter an der Bar. Einige der Älteren stochern in ihrem Bratfisch, während ihre Unterhaltung von einer größeren Gruppe von Leuten übertönt wird, deren Gesichter George vom Kai her kennt. Bei ihnen sind einige andere, ihr unbekannte Personen, die zu den heute rausgefahrenen Besatzungen gehören müssen. Andy hat den Arm um eine dralle Blondine gelegt, die das Baby an ihre Brust geschmiegt hält. Auf der anderen Seite der Bar stoßen ungefähr fünfzehn laute Kerle gemeinsam einen Ruf aus, leeren gleichzeitig ihre Gläser und beginnen dann, sich gegenseitig in Richtung der Tür zu schieben. George beobachtet sie interessiert, bis ihr die Sicht von Kathy verstellt wird, die plötzlich an ihrem Tisch auftaucht.

»Sie sind gekommen!«, ruft sie, bevor sie sich zu George hinunterbeugt. »Du meine Güte, Detective Inspector Stewart hat nicht gescherzt. Sie Arme. Und das war wirklich Stephen Mackay?« Als Richie nickt, schnalzt sie mit der Zunge. »Morgen muss ich ein strenges Wort mit dem Mann reden.«

»Ich bin mir nicht sicher, ob das so hilfreich wäre«, entgegnete George rasch. »Aber für seine Enkelkinder wäre es vielleicht gut, wenn hin und wieder jemand nach ihnen sähe.«

Kathy nickt beflissen. »Morgen schaue ich bei ihnen vorbei und sehe mir an, wie die Lage dort ist.«

»Ich denke, Sarah wäre dafür dankbar. Sie scheint ein guter Mensch zu sein.«

»Oh, sie ist eine unserer Besten. Das Mädchen ist für Großes bestimmt, und ich weiß, dass sie es mit nach Hause bringen wird.« Kathy bemerkt die leeren Gläser auf dem Tisch und schnappt sie sich. »Noch mal das Gleiche?« Ohne wirklich auf eine Antwort zu warten, taucht sie wieder in die Menge ein und wird von allen, an denen sie vorbeikommt, überschwänglich begrüßt.

Richie schüttelt belustigt den Kopf. »Ich hab noch nie jemanden erlebt, der so zufrieden mit seinem Los ist. Du?«

»Nein. Offen gestanden bin ich ein bisschen neidisch.« Wieder sieht sie sich im Raum um. Diesmal konzentriert sie sich auf die Architektur. »Ich glaube, du hast recht: Das könnte wirklich das gepflegteste Haus im Dorf sein. Wann es wohl gebaut worden ist?«

Richie dreht den Kopf, betrachtet die Decke, die Bar, die räumliche Anordnung. »Sieht ziemlich traditionell aus. Um 1910 oder 1920 herum, würde ich schätzen.«

»Kathy hat gesagt, dass es hier seit Hunderten von Jahren eine Gemeinde gibt. Außerdem ist es von jeher ein Fischerdorf gewesen. Ich glaube kaum, dass sie mit dem Bau des ersten Pubs bis zum zwanzigsten Jahrhundert gewartet haben.«

Die beiden diskutieren hin und her, bis Kathy mit ihren Getränken und einem für sich selbst zurückkehrt. Sie setzt sich neben Richie, der sich ihr zudreht.

»Helfen Sie uns, etwas zu klären. Wann ist das Pub hier gebaut worden?«

Kathy verzieht ein wenig ihr Gesicht, als sie antwortet: »1917.« Dann nippt sie an ihrem Bier.

Richie streckt triumphierend die Faust in die Luft.

»Hat es davor ein anderes Pub gegeben?«, hakt George nach, die nicht bereit ist, die Niederlage einfach so hinzunehmen.

Nach einer kurzen Pause nickt Kathy. George bereut sofort, dass sie Richies Siegesgeste nachgeahmt hat, als Kathy hinzufügt: »Das ursprüngliche Pub ist abgebrannt. Das hier hat man an derselben Stelle errichtet.«

»Oh, wie bedauerlich«, merkt Richie an. »Das wäre ein waschechtes Stück Geschichte gewesen.«

»Es war sogar sehr bedauerlich.« Etwas erregt Kathys Aufmerksamkeit, und ihr Gesicht erstrahlt. »Oh, da ist er ja! Hier drüben, Lewis!«

Lewis, dessen Kopf aus der Menge ragt, hört Kathys Stimme, dreht sich in ihre Richtung und kommt zu ihr. Als er George und Richie bemerkt, wirft er Kathy einen stirnrunzelnden Blick zu. »Hätte mir ja denken können, dass du nicht bloß plaudern willst.«

Sie macht große Augen und setzt eine Unschuldsmiene auf. »Wir können uns auch einen eigenen Tisch suchen, wenn dich die Gegenwart der Inspectors stört.«

George fängt an, Platz für ihn zu schaffen, da sie bereits ahnt, wie die Debatte enden wird. Sie behält recht. Als sich Kathy an Richie wendet, lässt sich Lewis auf der Bank neben George nieder und stellt ein Bier auf den Tisch neben ihres.

»Außer Dienst?«, erkundigt er sich und deutet mit dem Kopf auf ihr Glas.

»Theoretisch.« Sie nickt in Kathys Richtung. »Sie scheint sich nie einen Tag freizunehmen.«

Die letzten Töne eines schwungvollen Lieds verklingen und werden von lautem Applaus abgelöst. George dreht sich um und sieht, wie sich die Musiker verneigen. Der Geiger bedeutet dem Barkeeper, dass er einen Drink möchte.

Lewis zieht scharf die Luft ein. Mit einem Ruck dreht sich George zu ihm zurück und stellt fest, dass er auf ihre Wange starrt.

»Ich hab von der Sache mit Stephen gehört«, sagt er. »Hoffentlich haben Sie's ihm wenigstens heimgezahlt.«

»Sie meinen, ob ich den kleinen, verwirrten Greis geschlagen habe? Nein, es ist mir gelungen, meine Rachegelüste zu unterdrücken.«

»Ach ja? So, wie Sie mich gestern auf die Knie gezwungen haben, hätte ich nicht gedacht, dass eine derartige Zurückhaltung in Ihnen steckt.«

Sie zuckt mit den Schultern. »Das ist Ihnen recht geschehen, da Sie mich so überrumpelt haben. Sie haben Glück, dass Sie wie ein Waldmensch aus einem Märchen aussehen, sonst hätte ich schlimmeren Schaden angerichtet.«

Lewis zupft verlegen an seiner mit Wolle gefütterten Jacke. »Wenigstens habe ich heute Abend die Mütze abgenommen.«

»Vielleicht haben Sie ja endlich ein bisschen Glück bei den Damen hier.«

»Wann reisen Sie noch mal ab? Kann's kaum erwarten, dass Ihre Seitenhiebe mit Ihnen verschwinden.«

Schmunzelnd nippt sie an ihrem Bier. »Am Sonntag.«

Nachdenklich nickt er und fährt mit einem Finger über den Rand seines Glases. »Wie laufen die Ermittlungen?«

Sie blickt zu Richie und fragt sich, ob er mit einem Ohr ihrer Unterhaltung lauscht. »Ich denke, wir stehen kurz davor, das zu bestätigen, was wir bereits vermutet haben.«

»Sie glauben, er hat es sich selbst angetan?«

»Es gibt keinen Hinweis darauf, dass irgendjemand Streit mit ihm hatte. Er war verschlossen, aber niemand hat irgendwas Ungewöhnliches an seinem Verhalten bemerkt.« Sie zuckt mit den Schultern. »Andererseits weiß man nie, was wirklich in einem Menschen vorgeht.«

Ein Muskel zuckt in Lewis' Kieferpartie. Dann hebt er das Glas an die Lippen. »Das stimmt«, pflichtet er ihr bei und nimmt einen kräftigen Schluck. »Das Gleiche könnte man über viele Leute auf der Insel sagen.«

George zieht die Augenbrauen hoch.

Er spielt erneut mit seinem Glas, rollt den Boden kreisförmig über den Tisch. Als er wieder spricht, sprudelt es nur so aus ihm heraus. »Stellen Sie sich vor, Sie werden hier geboren, okay? Sie werden geboren, und sofort weiß jeder, wer Ihre Mutter und Ihr Vater, Ihre Großeltern, Ihre Cousins und Cousinen sind. Als Kind werden Sie zu Hause unterrichtet, aber meistens laufen Sie draußen rum, klettern auf Klippen, jagen Vögel und Kaninchen, rennen die Hügel auf der Insel ohne irgendwelche Pflichten rauf und runter. Doch dann werden Sie älter, und wenn Sie nicht mit Unterricht beschäftigt sind, lernen Sie in der Kirche etwas über Gott und die Heiligen und darüber, wie man sie sein Leben lang enttäuschen wird. Dann sagt man Ihnen, dass die Insel zum Überleben dreierlei braucht: Sicherheit, Geld und Kinder. Und es wird erwartet, dass Sie mit der Schule aufhören und arbeiten gehen, damit Sie zu allen dreien einen Beitrag leisten können.« Er schaut auf, sieht ihr in die Augen. »Verstehen Sie, worauf ich hinauswill? Es ist nicht einfach, zu wissen, was jemand wirklich denkt, wenn er nur eine Möglichkeit hat.«

Georges Brust fühlt sich schwer an. »Aber Sie sind gegangen.«

Er starrt in sein Glas hinein. »Ich hab's versucht«, sagt er leise. »Nur hat dieser Ort etwas an sich, das einen zurückzieht.«

»Sie haben gesagt, Sie haben Ihr Zuhause vermisst.«

Er neigt den Kopf zur Seite, so als würde er seine frühere Wortwahl bereuen. »Ich habe das Zuhause vermisst, das ich als Kind kannte. Ich dachte …«

»Was?«

»Ich dachte, ich könnte den Jüngeren durch meine Rückkehr vielleicht zeigen, dass sie mehr Möglichkeiten haben.«

George beobachtet, wie er den Rest seines Biers in einem Zug leert. »Ihre Eltern müssen sich gefreut haben, als Sie zurückgekommen sind, nicht wahr?«, fragt sie in dem Bemühen, das Gespräch auf ein unbeschwerteres Thema zu lenken. Doch der Versuch schlägt fehl – Lewis schaut nur noch trübsinniger drein.

»Sollte man meinen«, erwidert er mit einem freudlosen Lachen. »Meine Mutter hat mir die Zeit übel genommen, die ich gereist bin, und Pa … Na ja, sie ist das Sprachrohr in der Beziehung. Pa und ich arbeiten zwar hin und wieder bei Gelegenheitsjobs zusammen, aber … Sagen wir einfach mal, ich werde nicht oft zum Essen eingeladen.«

»Und das ist verdammt noch mal nicht richtig«, wirft Kathy hitzig ein, die der Unterhaltung eindeutig gelauscht hat. »Es gibt entschieden zu wenige gute Menschen auf der Welt, und deine Eltern haben einen großartigen aufgezogen. Es treibt mich zur Weißglut, wenn sich Eltern wegen solcher Belanglosigkeiten von ihren Kindern abwenden.«

Lewis schenkt ihr ein verhaltenes Lächeln. »Wer braucht schon Eltern, wenn er dich hat, Kathy? Du bist meine größte Fürsprecherin.«

Kathy nickt dazu mit strenger Miene. »Glaub mir, ich stichle jedes Mal, wenn ich deiner Mutter Briefe zustelle. Wenn sie weiterhin so stur bleibt, fangen ihre Pakete vielleicht an, bei der Überfahrt verloren zu gehen.«

Ihre nüchterne Miene bei diesen Worten bringt sie alle zum Lachen, und als sie sich danach alle zusammen unterhalten, stellt George überrascht fest, dass sie sich tatsächlich amüsiert.

Auf Richies Ersuchen setzt Kathy freudig ihre mit Klatsch gefüllte Geschichte des Dorfs fort, bei der er sie vorhin unterbrochen hatte. Nachdem sie erklärt hat, dass an der Stelle, wo sie gerade sitzen, seit dem siebzehnten Jahrhundert ein Pub gewesen ist, fragt Richie: »Wissen Sie, wie das ursprüngliche Pub abgebrannt ist?«

Kathy und Lewis wechseln einen bedeutungsschweren Blick.

»Was denn?«, wirft George in scherzhaftem Ton ein. Mittlerweile ist sie bei ihrem dritten Bier, und ihr ist wärmer als bislang während der gesamten Woche. »Schmerzt die Erinnerung an den Verlust der einzigen Starkbierquelle der Insel in einer Nacht zu sehr, um darüber zu reden?«

Aber beide lachen nicht.

Lewis seufzt. »Offensichtlich ist das lange vor meiner Geburt passiert. Sogar vor der meiner Großeltern. Trotzdem kennen wir alle die Geschichte.«

»Die Fänge sind damals über Monate hinweg immer schlechter ausgefallen«, beginnt Kathy zu erzählen. »Am Kai haben sich leere Netze getürmt. Auf der Welt um uns herum hat Krieg geherrscht, und zu viele unserer Männer waren zum Kämpfen einberufen worden. Unsere verbliebenen Leute sind zusammengerückt, so gut es ging. Aber es lässt sich nicht leugnen, dass sie gehungert haben und vom Festland herzlich wenig Hilfe gekommen ist.« Kathys Mundwinkel verziehen sich nach unten. »Und manche Menschen haben das einfach nicht ertragen.«

»Haben sie die Insel verlassen?«, fragt Richie.

»Ein paar Familien haben das getan«, antwortet Lewis. »Diejenigen, die geblieben sind, haben dies als schweren Verrat empfunden. Nur wenn Loyalität bedeutet, dabei zuzusehen, wie die eigene Familie langsam verhungert … Also, ich weiß, was ich tun würde. Und dann hat es einige gegeben, die geblieben sind, aber besser hätten gehen sollen.«

Kathy übernimmt wieder. »Der Druck hat den Menschen zu schaffen gemacht. Und im Fall von Broddy Cameron, na ja …«

»Hat er ihn in den Wahnsinn getrieben«, beendet Lewis den Satz.

In Georges Gedanken blitzen die Logbücher auf, insbesondere die zunehmend krakelige Handschrift der Wärter – ein Spiegelbild der verheerenden Ausbreitung ihrer Paranoia.

Sie schaut zu Richie, der den Kopf schüttelt; auch er hat diesen Namen noch nie gehört. »Wer war er?«

»Broddy hat im Pub gearbeitet«, antwortet Lewis und fügt hinzu: »Im ursprünglichen. Aber er war der Grund, warum das neue gebaut werden musste.«

Richie beugt sich vor und stützt das Kinn auf die Hand. »Was ist passiert?«

»Der einzige Beweis, den ich finden konnte, ist die Korrespondenz zwischen dem Gemeinderat und dem damaligen Priester«, erzählt Kathy. »Darin werden Kleinigkeiten erwähnt – dass Broddy gesehen wurde, wie er nachts durch seinen Garten gelaufen ist, dass er in Streit mit Männern geraten ist, die er sein Leben lang gekannt hat. Irgendwann ist er gar nicht mehr ins Dorf gekommen, hat sich geweigert, die Kirche zu besuchen, und die Tür vor dem Priester verriegelt, wenn er vorbeigeschaut hat, um Broddy zu überreden, wieder die Messe zu besuchen. Niemand wusste, was man mit ihm machen sollte. Auf Vernunft hat er nicht gehört.«

Richie legt den Kopf schief. »Klingt nach einer durchaus

nachvollziehbaren Reaktion auf ein Leben, das von Hunger geprägt ist, ganz zu schweigen von einem Weltkrieg.«

Kathy sieht Lewis an. »Ich schaffe es nie, den nächsten Teil zu erzählen.«

»Eines Nachts ist ein Sturm aufgezogen, und die Hunde einiger Leute haben das vorzeitig gespürt«, berichtet Lewis. »Aber Broddy konnte das Gekläffe nicht ertragen. Also hat er sich ein Messer geschnappt und ist von Haus zu Haus gegangen, um sie zum Schweigen zu bringen.«

»Das hat für das Dorf den Ausschlag zum Handeln gegeben«, fährt Kathy mit brüchiger Stimme fort. »Leider haben die Menschen das Einzige getan, was ihnen eingefallen ist.«

George erschaudert in Erwartung des nun Kommenden. »Das wird jetzt fürchterlich mittelalterlich, oder?«

Lewis trinkt einen Schluck, bevor er antwortet: »Ist es mittelalterlich, einen Mann drei Wochen lang in MacLeods Scheune anzuketten?«

Richie stöhnt auf. Seine Stirn sinkt auf die Handfläche, und George wird leicht übel beim Gedanken, dass sie in jener Scheune gewesen ist. War sie zu abgelenkt von dem Schaf, um das Elend zu spüren, das sich in jenen Wänden festgesetzt haben musste? Oder haben sich Generationen von MacLeods die Finger bis auf die Knochen wund geschrubbt, um sie zu säubern?

»Es waren verzweifelte Zeiten«, gibt Kathy rasch zu bedenken. »Die Leute konnten es sich nicht leisten, jemanden frei herumrennen zu lassen, der den Verstand verloren hatte. Sie hatten fast acht Monate die Hölle auf Erden hinter sich. Zwei Menschen waren tatsächlich verhungert. Sie haben dafür gesorgt, dass Broddy so viel zu essen bekommen hat, wie sie erübrigen konnten. Und er wurde auch mit so viel Freundlichkeit behandelt, wie sie erübrigen konnten. Aber sie mussten hart sein. Diese Insel hat sich von jeher um sich selbst kümmern müssen. Seit die ersten Menschen hier eingetroffen sind, haben sie sich umeinander gekümmert. Wenn die Sicherheit der Gemeinschaft bedroht ist, muss etwas unternommen werden. So halten wir es schon seit fast tausend Jahren. Und dann hat sich eines Tages das Blatt endlich gewendet. Die Boote sind am Morgen rausgefahren und abends mit vollen Netzen zurückgekommen. Am nächsten Tag ist es genauso gewesen. Und an jedem anderen Tag in jener Woche.« Kathys Mundwinkel heben sich. »In den Briefen steht, die Menschen haben auf den Straßen gesungen, Gott gedankt. Und endlich haben wieder alle richtig gegessen.«

Dann jedoch fallen ihre Mundwinkel erneut nach unten; ihre Gesichtszüge erschlaffen. In Georges Magen nistet sich daraufhin ein banges Gefühl ein. Als Kathy nicht weiterspricht, greift Lewis den Faden auf.

»Sie haben eine Feier veranstaltet. Eine große Party. Das gesamte Dorf ist zusammengekommen.« Er seufzt schwer. »Das bedeutet: Ungefähr hundertfünfzig Leute sind in dem alten Pub eingepfercht gewesen, als sich Broddy Cameron befreit hat und in den Lagerraum darunter eingebrochen ist. Niemand weiß, wie er aus der Scheune entkommen ist oder wonach er gesucht hat. Es ist nicht mal sicher, ob er die Kerze vorsätzlich fallen gelassen hat. Aber unabhängig von seiner Absicht war die Wirkung die gleiche. Der Raum war voll mit Holzfässern und gesättigt vom Alkohol aus dreihundert Jahren. Das Lager ist hochgegangen wie eine Bombe.«

»Haben es alle nach draußen geschafft?«, fragt Richie mit großen Augen.

»Fast.«

»Wie viele nicht?«

Lewis stößt schwer den Atem aus. »Zweiundzwanzig, darunter auch Broddy. So viele in einer Nacht ausgelöschte Menschenleben, und schuld daran war ein einziger Mann. Können Sie sich vorstellen, wie sich ein Verlust dieses Ausmaßes angefühlt haben muss? Oder wozu Menschen bereit sein könnten, um dafür zu sorgen, dass so etwas nie wieder passiert?«

»Hoffentlich haben sie damit angefangen, niemanden mehr wochenlang anzuketten«, merkt George an.

Lewis sieht sie eindringlich an. »Die Menschen dachten, sie hätten keine andere Möglichkeit.«

»Deshalb sind wir alle so eng miteinander verbunden«, wirft Kathy ein. »Jahrhundertelang haben wir selbst für uns gesorgt. Wir haben unsere Gemeinschaft vor äußeren und inneren Bedrohungen geschützt. Man hat auf alte Sitten und Gebräuche zurückgegriffen, um den Frieden zu bewahren. Sitten und Gebräuche, die auf dem Festland vergessen worden sind. Aber hier haben die Menschen ein langes Gedächtnis. Was in jener Nacht durch Broddy passiert war, hatte gezeigt, warum die alten Sitten und Gebräuche immer noch unerlässlich waren. Es war eine Erinnerung daran, den Nachbarn stets nahe zu sein. Sich gegenseitig um jeden Preis zu schützen. Notfalls sogar vor uns selbst.«

Lewis ergreift ihre Hand und drückt sie, und sie lächelt verkniffen. »Und damit habe ich genug Wein zu mir genommen«, sagt sie mit einem zittrigen Lachen und erhebt sich vom Tisch.

»Soll ich Sie nach Hause begleiten?«, bietet Richie an.

Sie schüttelt den Kopf. »Aber kommen Sie morgen zum Tee vorbei.« Sie winkt ihnen zu, bevor sie in die Menge eintaucht.

Lewis schaut ihr mit trauriger Miene nach.

»Zu wem geht die Heiratsvermittlerin nach Hause?«, fragt George.

»Zu niemandem. Ihr Mann ist vor ungefähr zwölf Jahren in einem Sturm vom Boot geschleudert worden.«

»Hatten sie Kinder?«, fragt Richie.

Lewis schüttelt den Kopf. »Die beiden haben nie herausgefunden, an wem von ihnen es gelegen hat. Es ist einfach nie passiert. Deshalb ist sie für jeden Streuner auf diesem Felsen die zweite Mutter.« Abermals seufzt er schwer. »Noch eine Runde?«

»Besser nicht«, entgegnet Richie. »Morgen sind wir wieder im Dienst.«

George entschuldigt sich, da sie auf die Toilette gehen will, und bleibt an der Bar stehen, um nach dem Weg dorthin zu fragen. Nach dem, was sie über den Mann erfahren hat, empfindet sie es als Überraschung, MacLeod hier zu erblicken – wie er gebeugt über ein Glas Whisky zwischen beiden Händen auf einem Hocker sitzt. Obwohl sie ihn als generell wortkargen Mensch kennengelernt hat, wirkt er an diesem Abend besonders unnahbar. Ein Mann ähnlichen Alters lässt sich dadurch nicht vom Versuch abhalten, ihn in einen gelallten Dialog zu verstricken. George wünschte, sie könnte ihn fragen, ob er herausgefunden hat, wer den Fluch bei ihnen über der Tür versteckt hatte. Aber sie tut MacLeod den Gefallen, ihn zu ignorieren, als ihr der Weg zur Toilette mitgeteilt wird.

Diese erweist sich als winzig, erhellt nur von einer schwachen Glühbirne an der Decke. Ihr Fuß klopft den Takt der gedämpft zu ihr dringenden Musik mit. Doch als sie sich schließlich die Hände in einem Becken aus Stahl wäscht, vernimmt sie auf einmal ein kollektives Stöhnen, woraufhin sie die

Ohren spitzt. In ihrer Stammkneipe in Edinburgh hätte sie den Laut mit einem auf dem Fernseher laufenden Fußballspiel in Verbindung gebracht. Aber hier gibt es keine Fernseher. Und als sie das Klatschen von Knochen auf Haut hört, eilt sie zur Tür hinaus.

Während ihrer Abwesenheit ist mitten im Gastraum ein Kampf ausgebrochen. Sie schaut zu ihrem Tisch hinüber, doch sowohl Richie als auch Lewis sind weg; wahrscheinlich befinden sie sich irgendwo in der wimmelnden Masse von Körpern um die Streithähne herum. Durch den Lärm der Menge ist schwer zu verstehen, was die beiden Raufbolde brüllen. Anscheinend wird dabei eine Grenze überschritten, denn als Nächstes vernimmt George einen weiteren klatschenden Schlag.

»Polizei! Lassen Sie mich durch!«, ruft sie und drängt sich durch den Ring der Zuschauer, die den Lärm enthusiastisch mit ihren Stimmen befeuern. Sie entdeckt Lewis, der von der anderen Seite das Gleiche wie sie versucht. Als sie schließlich nach vorn zur freien Mitte durchdringt, findet sie Richie dort bereits vor. Er entdeckt sie und blickt erleichtert, während er sich bemüht, MacLeod zurückzuhalten, der mit hochrotem Kopf die Arme nach dem Mann ausstreckt, mit dem ihn George an der Bar reden gesehen hat.

»Was ist hier los?«, ruft George zu Richie, der verwirrt den Kopf schüttelt.

MacLeod brüllt dem Betrunkenen auf Gälisch etwas entgegen; Speichel spritzt dabei von seinem Mund. Blut quillt aus der frisch aufgeplatzten Lippe seines Gegners, der leicht schwankend versucht, sich mit den Ellbogen an den nach ihm greifenden Händen vorbeizudrücken, um MacLeod einen Vergeltungsschlag zu verpassen.

George geht dazwischen und stößt den Mann zurück in die Arme der Menge. »Denken Sie nicht mal dran«, warnt sie ihn und wappnet sich für einen zweiten Anlauf von ihm.

Der folgt auf dem Fuß. Der Mann sammelt sich und wirft sich knurrend nach vorn. Wieder wehrt George ihn ab, doch diesmal dreht sie ihm einen Arm auf den Rücken.

Lewis gibt den Versuch auf, die Menge unter Kontrolle zu bringen, und hilft stattdessen Richie, als MacLeod seine Bemühungen wieder aufnimmt, seinen Angreifer zu erwürgen, der gackernd zu lachen anfängt. Der Kerl leistet kaum Widerstand, als George ihn umdreht und wegdrängt, bis sie ihn in eine Gruppe von Leuten am Rand des Zuschauerkreises schieben kann. Unter ihnen befindet sich Ewan. Aus seiner Nase läuft Blut. George vermutet, dass er vor ihrem Eintreffen erfolglos versucht hat, die Schlägerei zu beenden.

»Ich rate Ihnen dringend, ihn nach draußen zu schaffen, bevor ich ihm Handschellen anlegen muss«, sagt sie zu der Gruppe, ehe sie Ewan fragt: »Alles in Ordnung?«

Er wischt ihre Besorgnis mit einer Handbewegung weg und schaut verlegen weg. Das kann sie nachvollziehen; auch sie ist heute vom Schlag eines alten Mannes überrumpelt worden.

Die anderen in der Gruppe wechseln Blicke, fragen sich offenkundig, ob sie ihre Anweisungen befolgen müssen. Dann packt eine sommersprossige Frau mit kurzem Haar den Betrunkenen am Kragen und schleift ihn zur Tür hin. Die anderen gehen ihr rasch zur Hand, darunter auch Ewan.

Da das Gebrüll geendet hat, herrscht im Pub eine seltsame Stille. Lewis murmelt MacLeod etwas ins Ohr. George beobachtet, wie der Kampfgeist den Körper des Mannes verlässt.

»Kommen Sie mit«, sagt Richie und packt MacLeod an der

Schulter. »Ich bringe Sie nach Hause, Mann.« Er wirft George einen Blick zu.

Sie reagiert darauf mit einem knappen Nicken – die verschiedenen Aufgaben sind zugewiesen.

Die Menge teilt sich, lässt MacLeod und Richie schweigend durch. Lewis und George bleiben in der Mitte des Kreises zurück. In der angespannten Stille, die folgt, dreht sich George auf der Stelle und begegnet dabei so vielen Blicken wie möglich.

»Verrät mir jemand, worum es da gegangen ist?«, fragt sie in einem Ton, der Antworten verlangt. So viel dazu, dass sie außer Dienst ist.

Einige Leute schlagen die Augen nieder, andere begegnen ihrem Blick mit ausdrucksloser Miene.

Lewis verschränkt die Arme vor der Brust. »Lasst sie nicht noch mal fragen.«

Eine ältere Frau mit dicht gelocktem schwarzem Haar tritt vor. »Sie waren einfach betrunken, Inspector.«

»Worüber haben sie sich gestritten?«

Verlegen wird mit den Füßen gescharrt, bis sich der Barkeeper zu Wort meldet. »Iain Ferguson.«

George runzelt die Stirn. »Warum?«

»MacLeod war mit Iain befreundet. Ihm hat nicht gefallen, was Bill gesagt hat.«

»Und zwar was?«

Der Barkeeper zögert.

Schließlich ertönt eine lallende Stimme aus Lewis' Nähe. »Dass Alan genau wie sein alter Herr war.«

George wirbelt herum und sieht sich einer Frau mit glänzenden Augen und einem halb vollen Glas Weißwein auf halbem Weg zu den Lippen gegenüber. »Was meinen Sie damit?«

Die Frau zuckt mit den Schultern. Durch die Bewegung schwappt der Wein im Glas. »Dass irgendwas mit denen nicht stimmt, nicht wahr? Hier drin!« Sie legt sich die freie Hand auf die Brust und hebt sie dann einen Moment später hoch, um sich mit dem Zeigefinger an die Schläfe zu tippen. »Und hier. Bill hat gemeint, wir hätten nicht zulassen sollen, dass Iain ein Kind zeugt.«

Jemand aus der Menge gibt ein wütendes Zischen von sich, und George stellt fest, dass mehrere Personen die Frau finster anstarren. George schüttelt den Kopf. Dann zuckt sie zusammen, als Schmerzen hinter ihrem Auge aufflammen – das Letzte, was sie jetzt brauchen kann, sind weitere durch eine vorlaute Betrunkene ausgelöste Handgreiflichkeiten. »Kann mir jemand sagen, wo Bill wohnt?«, fragt sie.

Der Barkeeper findet seine Stimme wieder. »Die Mühe würde ich mir sparen, Inspector. Wahrscheinlich ertränkt er jetzt seine Sorgen und wacht morgen mit Kopfschmerzen und verschwommenen Erinnerungen auf.«

»Aber vielleicht möchte er Anzeige gegen Mr MacLeod erstatten.«

Der Barkeeper lacht. Mehrere andere Leute stimmen darin ein. »Das ist nicht die Art, wie wir die Dinge hier handhaben.«

Gern würde sie weiter nachhaken, aber das schmerzfreie Zeitfenster, das sich durch die Biere und die Tablette aufgetan hat, neigt sich eindeutig dem Ende zu. »Na schön«, sagt sie schließlich. »Dann machen Sie mal weiter mit Ihrem Abend.«

Der Barkeeper gibt der Sängerin ein Zeichen, und die Musik setzt wieder ein. Der Rest der Menge zerstreut sich. Bald steht nur noch Lewis in Georges Nähe, und der Raum hat sich deutlich geleert.

»Kennen Sie Bill?«, fragt sie ihn.

Er verzieht das Gesicht. »Gut genug, um ihn zu meiden, wenn er was intus hat. Der Mann hat Todessehnsucht.« Als sie eine Braue hochzieht, fügt er hinzu: »MacLeod hat ausgesehen, als wollte er ihn umbringen.«

Augenblicklich muss sie an Richie denken, der gerade mit MacLeod durch die Dunkelheit spaziert. Sie eilt zurück zum Tisch und holt ihre Jacke. »Ich breche auf.«

Lewis folgt ihr. »Ich komme mit.«

»Sie müssen nicht gehen.«

Er bedenkt sie mit einem strengen Blick. »Ich begleite Sie nach Hause.«

»Das ist echt nicht nötig.«

Sein nächster Blick lässt sie zweifeln, ob sie damit recht hat.

Die Nachtluft trifft George wie ein Schlag ins Gesicht, und ihr rutscht hörbar ein bestürzter Laut heraus.

Lewis richtet den Blick auf sie, insbesondere auf ihre geschwollene Wange. »Alles in Ordnung?«

Sie zieht den Reißverschluss der Jacke bis zum Kragen hoch. »Ich glaube nur nicht, dass ich für dieses Klima geschaffen bin.«

»Dann machen Sie morgen besser die Luken dicht. Da kommt aus Nordosten ein mächtiger Sturm.«

Seine Worte lösen eine verschwommene Erinnerung an einen Gesprächsfetzen aus, den sie sich nicht ganz ins Gedächtnis rufen kann. Sie glaubt, dass jemand unten im Hafen bei ihrer Ankunft etwas über Winde aus Nordosten erwähnt hat.

Lewis zieht aus einer Tasche seine rote Mütze und bietet sie

George an. Als sie ablehnt, setzt er sie selbst auf. Ein paar Leute halten sich in der Nähe des Pubeingangs auf. Die meisten rauchen. Ihre Atemwölkchen vermischen sich mit dem Qualm der Zigaretten.

Eine kräftige Gestalt mit vertrautem Gang eilt die Gasse entlang. Das Licht aus dem Lokal erfasst die Furchen in dem angespannt wirkenden Gesicht, dessen Augen starr auf die Tür des Pubs gerichtet sind.

»Pater Ross?«, ruft George.

Abrupt kommt der Priester zum Stehen. »Guten Abend, Inspector. Lewis. Das sieht übel aus«, sagt er kurz angebunden und deutet auf ihr Gesicht. Sein Tonfall lässt darauf schließen, dass er bereits weiß, was passiert ist. Er bestätigt dies indirekt, indem er hinzufügt: »Ich werde Mr Mackay ermutigen, sich morgen früh in umfassender Weise zu entschuldigen.«

»Ich hatte nicht vor, eine Entschuldigung von ihm zu verlangen. Diese Familie hat genug Sorgen.«

Er lächelt verkniffen. »Sie nehmen sich eindeutig Zeit, unsere Leute kennenzulernen.«

»Behalten Sie mich im Auge, Pater?«

»Anscheinend nicht gut genug. Es ist mir entsetzlich peinlich, dass ein Gast auf Eadar so schlecht behandelt worden ist. Damit haben Sie die hässlichere Seite unserer Gemeinde erlebt. Ich kann Ihnen versichern, dass so etwas nicht noch mal vorkommen wird.«

»Schon gut.« George legt den Kopf schief. »Was machen Sie eigentlich hier? Ich hätte Sie nicht für einen Stammgast im Pub gehalten.«

Sein angespannter Gesichtsausdruck kehrt zurück. »Ich habe gehört, dass es einen Zwischenfall gegeben hat.«

»Der ist inzwischen geschlichtet«, antwortet Lewis in ruhigem Ton. »Beide sind nach Hause gegangen, um ihren Rausch auszuschlafen.«

»Wer?«

Lewis' Mundwinkel wandern nach unten. »Sie waren betrunken. Es war nichts Ernstes.«

»Wer?«

Lewis seufzt. »Bill Thomson … und Alisdair MacLeod.«

Pater Ross' Miene verfinstert sich. »Ich dachte, nach dem letzten Mal hätte ich Bill unmissverständlich klargemacht, dass er sich von Alisdair fernhalten soll.«

»Wenn das so einfach wäre, hätte ich keinen Job mehr«, merkt George an.

»Wo Sie herkommen, Inspector, mag es anders sein, aber wenn ich hier jemandem etwas sage, dann hält er sich daran.« Sein strenger Blick weicht einem Ausdruck von Müdigkeit. Schließlich nickt er den beiden zu. »Ich gehe besser zu Bill und erinnere ihn daran. Guten Abend.«

Er marschiert den Weg zurück, den er gekommen ist, bewegt sich dabei so schnell, wie er es mit dem lahmen Bein kann.

Lewis schaut ihm mit zusammengebissenen Zähnen nach. »Bill wird gleich wieder Gottesfurcht gelehrt werden.«

»Was hat Ross vor? Ihn von oben herab behandeln, bis er sich ihm unterwirft?« Ihr Sarkasmus welkt, als ihr eine Frage in den Sinn kommt. »Was machen Sie hier eigentlich mit Leuten, die gegen das Gesetz verstoßen? Ich bin in der Scheune gewesen, von der Sie eben gesprochen haben. Dort hab ich keine Ketten gesehen.«

»Brauchen wir nicht. Die Leute tun einfach, was man ihnen sagt. Und wenn nicht …« – er deutet in Richtung der entschwindenden Gestalt von Pater Ross –, »mischt er sich ein.«

»Wie macht er das? Befiehlt er den Menschen, ihren Nächsten zu lieben? Und was dann? Sind danach einfach alle wieder nett zueinander?«

»So ungefähr.«

»Was für eine Utopie«, murmelt sie und steckt das Kinn unter den Kragen der Jacke.

Ein Strom eisiger Luft fegt durch die Gasse und versetzt etwas über ihrem Kopf in Bewegung. Sie schaut nach oben. Von dem leicht hin- und herschwingenden Holzschild geht ein unheimliches Knarren aus. Sie tritt einen Schritt zurück, um die aufgemalte Darstellung darauf zu betrachten.

Diesmal verschlägt ihr die Verblüffung den Atem.

Auf dem Schild des *Wulver's Catch* ist ein entsetzter Fisch im Rachen einer massigen Kreatur mit scharfen Zähnen und wilden Augen zu sehen.

Lewis folgt ihrem verdatterten Blick und schnaubt. »Ganz schön unheimlich, was?«

Anschließend setzt er sich in Bewegung und marschiert die Gasse entlang. George geht ihm deutlich langsamer hinterher. Ihr Blick ist nach wie vor auf die Kreatur geheftet, die im Begriff ist, den Fisch zwischen den langen, gebleckten Zähnen zu zermalmen.

Es ist ein Wolf. Und sie hat ihn schon einmal gesehen, als er sie durch das Küchenfenster angestarrt hat.

Als sie Lewis zurückrufen will, um ihn nach dem Wolf zu fragen, dringt von der Hauptstraße lautes Geschrei zu ihnen. Die beiden wechseln einen Blick, bevor George losläuft, um zu ihm aufzuschließen. Als sie beide um die Ecke biegen, sehen sie eine Gruppe von ziemlich rüpelhaft wirkenden Leuten am Ende der Straße, die an Cecilys Haus vorbeihasten und nach links auf den Pfad biegen, der hinunter zum schmalen Strand führt.

»Wo um alles in der Welt wollen die um diese Zeit hin?«

Seine Miene wirkt besorgt. »Keine Ahnung. Da unten ist nur das Meer. Aber der Sturm nähert sich, und falls die was getrunken haben …«

Die Gruppe ist bereits um die Biegung verschwunden. George dreht sich zu Lewis um. »Wissen Sie noch, wie Sie mich gefragt haben, ob ich heute Abend außer Dienst bin?«

Die Dunkelheit umhüllt sie schneller, als George erwartet hat. Kaum haben sie die Straße verlassen und den Kiesweg betreten, fühlt es sich an, als würde sie von einem Schatten verschlungen. Dass sie sich in die richtige Richtung bewegen, wissen sie nur, weil ein gutes Stück vor ihnen die schwankenden Strahlen von Taschenlampen und das diffuse weiße Schimmern von Laternen zu sehen sind. Sogar Lewis, der direkt neben ihr geht, ist im von Wolken verschleierten Mondlicht kaum auszumachen. George schaut zurück zu den Wärme ausstrahlenden Fenstern des Campbell-Hauses, die vom Feuerschein erhellt werden, und hofft, dass Richie sich bereits von MacLeod verabschiedet hat und unterwegs zu ihrer Hütte ist, um dort die Flammen im Kamin anzufachen.

»Kennen Sie Donald Campbell?«, fragt sie.

»Müssen Sie das wirklich fragen?«

»Kennen Sie ihn gut? Sie müssen ungefähr im selben Alter sein.«

Lewis seufzt. »Ja, ich kenne Donald. Und nein, wir stehen uns nicht nah.«

»Warum nicht?«

»Sind Sie zu Hause mit jeder und jedem in Ihrem Alter befreundet?«

»Der Unterschied ist, dass ich in einer Stadt lebe, deren Einwohnerzahl ungefähr … zweitausendmal so groß ist wie Ihre hier.«

Lachend gesteht er ihr den Punkt zu. »Nur weil wir auf der Insel wenige sind, müssen wir noch lange nicht alle miteinander auskommen. Ich habe meine Freunde, und Donald … Na ja, er hält es einfach. Er hat seine Frau, seine Kinder und die Jungs auf den Booten.« Kurz verstummt er. »Früher ist er öfter in Raufereien geraten, fällt mir gerade ein. Hatte die Angewohnheit, zu den falschen Kerlen das Falsche zu sagen. Er hatte ständig ein Veilchen oder eine geschwollene Lippe, und immer hat ihn im Pub jemand aus der Ferne finster angeglotzt. Aber das ist seit Jahren vorbei – seit er Cecily hergeholt hat. Ich glaube, sie hat ihm beigebracht, lieber den Mund zu halten, als was Dummes zu sagen. Und wahrscheinlich lässt sie auch seine Freunde ein Auge auf ihn haben.« Er schaut George neugierig an. »Warum interessieren Sie sich so für Donald?«

Sie zuckt nur mit den Schultern. Cecily hat ihr im Vertrauen von ihren Problemen mit Donald erzählt, und sie hat nicht vor, es zu verraten. »Soll ich mir überhaupt die Mühe machen, Sie zu fragen, ob Sie viel über Alex Thomson wissen?«

»Alex? Der arbeitet auf den Booten. Hat eine Tochter auf dem Festland und besucht sie ein paar Mal im Jahr. Tatsächlich glaub ich, er ist gerade dort.« Lewis schmunzelt. »Er ist nicht mit der Mutter der Kleinen zusammen, trotzdem versucht er ständig, sie dazu zu bringen, ihn hier zu besuchen.«

»Und wie gut läuft das?«

»Na ja, seine Tochter ist inzwischen fast vier, und sie hat noch nie einen Fuß auf Eadar gesetzt. Was also meinen Sie?«

George lacht, aber es schwingt Irritation darin mit. *Verdammt.* Richie hatte recht damit, dass Alex nicht zu Hause ist. Und sosehr sie das lose Ende stört – Richie hat vermutlich mit noch etwas recht: Alex würde wohl nur Johns und Pater Ross' Berichte über den Tag bestätigen, an dem Alans Leiche gefunden wurde.

Sie folgen dem Weg hinunter zum Kiesstrand. Eingebettet unter der Landzunge, die den Strand vom Hafen trennt, ist man hier etwas geschützt vor den Wellen. Es handelt sich so ziemlich um den ruhigsten Küstenabschnitt, den die Insel außerhalb des Schutzes durch die Wellenbrecher des Hafens zu bieten hat. Nach wenigen Minuten stellen George und ihr Begleiter fest, dass die Gruppe vor ihnen angehalten und einen groben Kreis gebildet hat; das Licht der Taschenlampen und Laternen wird von den nassen Kieselsteinen des Strands reflektiert. Gute Laune oder Trunkenheit sorgen dafür, dass die Leute ständig ihre Füße bewegen und sich gegenseitig die Ellbogen in die Seiten stoßen. Der Wind weht Rufe und Gelächter von der Küste herüber.

»Wirkt ein bisschen heidnisch«, flüstert George. »Hätte ich eine Ziege mitbringen sollen?«

»Ich dachte, Sie haben das Messer dabei.«

George will gerade etwas erwidern, als sich die dichten Wolken so weit teilen, dass der abnehmende Mond sein Licht über den Strand ausbreiten kann. Sie erkennt einige der Gesichter wieder. Darunter befinden sich auch Leute aus der lauten Gruppe, die das Pub verlassen hat, bevor Kathy und Lewis eingetroffen sind.

»Oh, die sind stockbesoffen.« Lewis stöhnt. »Hoffentlich haben sie nicht vor, ins Wasser zu gehen. Ich hab echt keine Lust, ihnen dorthin folgen zu müssen.«

»Damit Sie auch ertrinken? Tolle Idee.«

Lewis schaut über ihre Schulter zu der Klippe hinter ihnen hoch. George erinnert sich daran, dass sie auf jenem Weg erst neulich gegangen ist und zu genau der Stelle heruntergeblickt hat, an der sie jetzt steht. Von oben hat sie es nicht bemerkt – aber in den untersten Abschnitt der Klippe sind grobe Stufen gehauen worden.

Ganz oben an der Treppe taucht ein Schimmer auf, und mit ihm kommt eine Gruppe aus vier oder fünf dicht aneinandergedrängten Personen zum Vorschein. Ihre Schritte wirken ruckartig. George kann nicht herausfinden, was ihre gemeinsamen Bewegungen so eigenartig erscheinen lässt, während sie schwankend die Stufen zum Strand hinuntersteigen. Sie werden vom enthusiastischen Gebrüll ihrer dort bereits versammelten Freunde empfangen, von denen einige sich aus der Gruppe lösen, um den Neuankömmlingen bei einer Last zu helfen, die sie offenbar hinuntergetragen haben.

Obwohl George nicht konkret zu sagen vermag, was sie stört, sind ihr die seltsamen Bewegungen und die Trunkenheit der Leute unheimlich. »Können Sie sehen, was sie tragen?«

Lewis schüttelt den Kopf. »Wir müssen näher ran.«

Bevor sie sich rühren können, dringt ein schriller, unmenschlicher Schrei an ihre Ohren. George sträuben sich die Nackenhaare.

»Was zum Teufel war das?«, fragt sie schneidend.

Lewis ist erstarrt. »O Gott.«

»Was? Lewis, was ist los?«

»Einer der alten Fischer hat ihnen in den Ohren gelegen«, erwidert Lewis in unerwartet schroffem Ton. »Hat sie mit Geschichten aufgestachelt.«

»Geschichten worüber?«

Statt zu antworten, weicht er einen Schritt zurück. »Wir müssen MacLeod holen.«

Aber George setzt sich in Richtung der Menschenansammlung in Bewegung, als würde sie von einer Angel eingeholt. »Was machen die da?«

»Inspector …«

Die beiden Gruppen sind jetzt zu einer einzigen verschmolzen, und die Inselbewohner dort beginnen, auf das Wasser zuzugehen.

George verfällt in Laufschritt. Sie hört Lewis fluchen, dann das Knirschen von Schritten über den steinigen Strand, als er ihr folgt.

Das eisige Wasser schwappt den Leuten der Gruppe mittlerweile um die Waden, was erschrockenes Gelächter und kreischende Laute auslöst. Einige tragen immer noch Laternen. Deren Lichtstrahlen schwanken wild über die schaumgekrönten Wellen, die bis zu den Knien schwappen.

George und Lewis erreichen die Stelle am Ufer, wo sich eben noch die beiden Gruppen getroffen haben. Nun beobachten die beiden, wie die Leute mit taumelnden Bewegungen tiefer ins Wasser hineinwaten.

»Die bringen sich um, wenn sie weitergehen«, stößt sie ungläubig hervor.

»Nicht sich selbst.«

Ihr Körper versteift sich bei seinem Tonfall. »Warum haben Sie gesagt, wir müssen MacLeod holen?«

»Weil sein Schießeisen gerade sehr praktisch wäre.«

In dem Moment ertönt aus der Gruppe ein weiteres Kreischen. Einer der Menschen in ihrer Mitte schreit vor Schmerz auf, fällt und schluckt Wasser, als eine Welle über seinen Kopf hinwegschwappt. Infolge seiner Bewegungen entsteht eine Lücke im Menschenpulk, und George kann endlich sehen, was die Leute so mühsam schleppen.

Es handelt sich um ein offensichtlich zu Tode verängstigtes Schaf, das sich wild hin und her wirft, während es mit dem Rücken nach unten getragen wird.

George sprintet los, ins Küstengewässer hinein. Die ersten Schritte in der Dünung sind noch einfach, aber je tiefer das Wasser ist, desto schwieriger wird es, sich schnell zu bewegen. Obwohl heißer Zorn in ihrer Brust tobt, ist sie nicht gefeit gegen das eisige Wasser – innerhalb von Sekunden klappern ihre Zähne.

»He! Halt!«

Eine hüfthohe Welle verschlägt ihr den Atem. Die Gruppe hört sie entweder nicht oder ignoriert sie einfach. Die Leute haben wieder mit dem Schaf hart zu kämpfen, und da zu viele Hände daran beteiligt sind, wirken ihre Bemühungen ziemlich unbeholfen. Sie scheinen sich nicht entscheiden zu können, wie sie das Tier am besten festhalten sollen, um … was zu tun? George weiß nicht, wie der nächste Teil dieses Rituals aussehen wird, aber sie ist überzeugt davon, dass es nicht mit der Rückkehr des Schafs in seine Koppel enden wird.

Eine Entscheidung wird getroffen, und die Leute, die das Tier festhalten, positionieren sich neu. Einige der anderen, die dem Geschehen bloß zuschauen, heben ihre Laternen hoch und stoßen anfeuernde Zurufe aus. Da ihre Gesichter so nah am

Licht sind, bemerken sie nicht, wie George durch das pechschwarze Wasser auf sie zuwatet. Sie ist erleichtert, denn dadurch kann sie sich ohne Widerstand durch den äußeren Ring der Umstehenden kämpfen.

»He!«, brüllt sie erneut und schnappt nach Luft. »Was zum Teufel machen Sie da?«

»Verpiss dich!«, entgegnet jemand schroff, und ein anderer ruft: »Wer ist das?«

Mithilfe ihrer Ellbogen bahnt sich George einen Weg durch den inneren Menschenring. Einfach ist es nicht. Obwohl der Grund an der Stelle sanft abfällt, sind die kabbeligen Wellen unerbittlich, und mittlerweile befinden sie sich ziemlich weit vom Strand entfernt – sie zuckt zusammen, als das Wasser um ihren Hals schwappt.

»Sofort aufhören!«, stößt sie mit knurrendem Unterton hervor.

Ein Mann mit zotteligem Haar wirft ihr über die Schulter einen finsteren Blick zu. »Das ist die verdammte Polizistin«, lallt er und wird von einer weiteren Welle hin- und hergeschleudert.

»Das geht Sie nichts an«, brüllt jemand anders, der nur mit größter Anstrengung verhindern kann, dass ihm das Schaf, das verzweifelt mit den Beinen um sich tritt, nicht aus den Händen gleitet.

Der Anblick der harten – und glasigen – Augen dieser Leute erinnert George an die Zeit ihrer Nachtschichten kurz nach ihrer Ankunft in Glasgow. Durch Alkohol werden Menschen unberechenbar, vor allem wenn sie in einer Gruppe unterwegs sind. Sie weiß, dass sie sehr, sehr vorsichtig sein muss. Das Wasser ist hier so tief, dass nicht nur das Schaf ertrinken könnte, wenn sich der Mob gegen sie wendet.

Sie muss nur genug Zeit schinden, bis das kalte Wasser die Leute nüchtern werden lässt. Sie stemmt die Füße bestmöglich in den Meeresboden und drängt mit der Schulter die nächste Person beiseite, eine junge Frau, die einen schrillen Laut ausstößt, als sie rückwärtstaumelt. George nimmt ihren Platz direkt neben dem Tier ein und bekommt die Wolle am Hals des Schafs zu fassen.

Der Zottelkopf starrt sie voller Wut an. »Verpiss dich, Bullenfrau! Das geht dich nichts an.«

»Sind Sie sich dessen sicher?« Sie hofft, dass ihre klappernden Zähne nicht ihre Autorität untergraben. »Sie wissen, dass Tierquälerei eine Straftat ist, oder?«

Ein paar der Umstehenden wechseln verunsicherte Blicke.

Der Mann mit dem zotteligen Haar hingegen knirscht mit den Zähnen. »Das hier ist *Tradition.*«

»Wie auch immer Ihre Tradition aussieht, sie gibt Ihnen nicht das Recht, gegen das Gesetz zu verstoßen. Und jetzt gehen Sie zurück zum Strand.«

»Das ist für Gentle Annie«, wirft eine junge Frau mit trübem Blick ein, die links von George steht.

»Für wen?«

»Eine Wettergöttin«, sagt eine neue Stimme.

Lewis drängt sich durch die Menge und stellt sich neben den Zottelkopf. »Und eine, an die sich nur jemand erinnert, der ordentlich einen in der Krone hat.«

»Sie schickt uns ’nen mächtigen Sturm, MacGill. Spürst du’s nicht?«, entgegnet der Kerl mit dem Zottelhaar hitzig. »Einige der Älteren glauben, er wird verheerend.«

Lewis schnaubt abfällig. »Den Hafen hat’s schon oft erwischt, Malcolm. Und er ist immer noch da.«

Aber der Mann – Malcolm – lässt nicht locker und starrt Lewis angespannt ins Gesicht. »Mein Opa sagt: Wenn wir Annie ein Opfer bringen, verschont sie uns. Komm schon, MacGill – ist dir lieber, sie holt sich stattdessen eines der Boote? Oder einen von uns?«

»Lass dich nicht von dummen Altmännergeschichten einwickeln. Die stecken in der Vergangenheit fest, aber wir nicht«, erwidert Lewis mit schneidender Stimme. »Wenn wir weiterhin so handeln, wie's unsere Urgroßeltern gemacht haben, sind wir eh schon tot.«

Er tritt näher und legt die Hand an eines der Beine des Schafs. Das Tier ist verdächtig still geworden. George hofft inständig, dass es nur erschöpft und nicht bereits tot ist. Voll stummem Flehen starren seine verängstigten Augen in den Himmel.

Der finstere Blick kehrt in Malcolms Gesicht zurück. »Ist dir wieder diese Schlampe in den Ohren gelegen, MacGill, und hat dir ihren Festlandscheiß in den Kopf gesetzt? Regeln, die hier draußen für uns nicht gelten?«

George lacht, obwohl in ihrem Unterkörper ein heftiges, unangenehmes Kribbeln ausgebrochen ist. Lewis hingegen findet an dieser Äußerung nichts komisch. Als er darauf antwortet, klingt seine Stimme härter, als George sie je zuvor gehört hat.

»Lass los, Malcolm. Sonst erfährt Pater Ross von der Show, die du heute Nacht für Inspector Lennox abgezogen hast.« Als er den Blick über die betretenen Gesichter der Umstehenden wandern lässt, wirken seine Züge so kalt wie das Wasser. »Ihr alle – geht zurück zum Strand!«

Einen Moment lang ist George nicht sicher, in welche Richtung sich die Sache hier entwickeln wird. Sie wappnet sich, indem sie das Schaf noch fester am Hals gepackt hält und versucht, einen sicheren Stand auf dem sich bewegenden Meeresboden zu bekommen. Aber anscheinend haben das eisige Wasser und der schneidende Wind die Gemüter abgekühlt, denn die Gruppe löst sich auf, und die Leute ziehen zu zweit und zu dritt ab. Auf Lewis' Anweisung hin beginnen jene, die das Schaf halten, es zum Ufer zurückzutragen. Als sie den Strand erreichen, stürmt Malcolm in Richtung der Hauptstraße davon.

»Es tut mir leid«, flüstert eine Frau, bevor sie versucht, Malcolm einzuholen.

George und Lewis schauen ihnen nach, beide vor Kälte schlotternd. Schließlich seufzt er tief. »Kommen Sie, Inspector. Bringen wir Sie beide nach Hause.«

Kapitel 19

Müde und kameradschaftlich schweigend machen sie sich auf den Weg. Lewis spart sich den Atem dafür, die Steinstufen mit dem Schaf über den Schultern zu bewältigen. Offensichtlich führt das Inselleben dazu, dass man eine besondere Fitness entwickelt. Georges Füße fühlen sich wie in Beton gegossen an, und in ihrem Kopf schrillt ein gedämpfter Feueralarm.

»Und ich habe geglaubt, das Aufregendste an meinem heutigen Tag würde sein, dass ich geschlagen worden bin«, sagt sie.

Lewis schnaubt und verlagert das Gewicht des Schafs, als sie die oberste Treppenstufe erreichen. »Hoffentlich ist die Abendunterhaltung damit vorbei.«

Sie schaut nach links. »Sind die Leute durch den Wald gekommen? Ich hab dort neulich einen schmalen Pfad gesehen.«

Lewis zuckt mit den Schultern, so gut es mit seiner Last geht.

»Wenn der Weg schneller ist, sollten wir ihn für den Rückweg nehmen, oder?«

Prüfend schaut er zu den Bäumen; sein Blick huscht zwischen den Schatten hin und her. Schließlich schüttelt er den Kopf. »Ist das Risiko nicht wert.« Ohne eine weitere Erklärung setzt er sich nach rechts in Bewegung, wo sich die entfernten Lichter des Dorfs abzeichnen.

»Ach ja, natürlich«, sagt George, eilt an seine Seite und marschiert im Takt mit ihm. »Sie wollen es sich ja nicht mit dem Volk der Hügel verscherzen. Aber unten im Wasser … haben Sie Malcolm entgegnet, es wäre albern, an Easy Annie zu glauben.«

»Gentle Annie. Und ich hätte alles gesagt, um ihn davon abzuhalten, das schwere Vieh hier und seine preisgekrönte Wolle in die Tiefen des Meeres zu befördern.«

George schaut zum Ozean. Ein schmaler Streifen des Mondlichts erhellt die hungrigen Wellen. Sie hofft, dass sie in dieser Nacht zum ersten und letzten Mal in jenem unbarmherzigen Wasser gewesen ist.

»Gentle Annie herrscht also über das Wetter«, sagt sie und bemüht ihr Gedächtnis. »Dem Volk der Hügel gehören die Wälder … Was streift hier sonst noch durch die Gegend? Drachen? Elfen?«

Er dreht den Kopf hin und her, als wolle er prüfen, ob der Weg frei von Fabelwesen ist. Allmählich atmet er unter dem Gewicht des Schafs ein wenig schwerer. Schließlich antwortet er ihr: »Es *gibt* uralte Elfen, die unter den Bäumen leben. Überall in Schottland kennt man Geschichten von Kindern, die sich im Wald verirrt haben, bis ein Elf erschienen ist und ihnen den Weg nach Hause gezeigt hat.«

»Wieso haben Sie mich dann davor gewarnt, je in diesen Wald zu gehen? Klingt so, als würde mir eh jemand helfen, wieder rauszufinden.«

»Ah, aber Sie sind kein Kind. Ihnen würden Sie eher die Knochen brechen und Sie verspeisen. Oder Sie ins Land der Feen entführen.«

»Gütiger Himmel«, murmelt sie. »Sonst noch irgendwelche Wesen, vor denen ich mich hier in Acht nehmen sollte?«

»Hm … Haben Sie schon mal von einem Wulver gehört?«

Ihr fällt die bedrohliche Darstellung auf dem Schild des Pubs ein. »Wie in *Wulver's Catch*? Was ist das?«

»Wulver sind sanftmütige Kreaturen, die es lieben, Fische zu fangen. Ein passendes Maskottchen für ein Fischerdorf, obwohl diese Wesen überwiegend die Shetlandinseln durchstreifen. Kathy glaubt, dass Fischer aus dem Norden die Geschichten mitgebracht haben, während sie von Hafen zu Hafen gefahren sind. Und an der Geschichte haben wir festgehalten.«

»Warum?«

»Wegen ihrer Symbolik. Wulver sind dafür bekannt, ihren Fang mit hungernden Menschen zu teilen, die sich nicht selbst versorgen können. Sie stehen für Frieden, Schutz, Freundlichkeit. Auch sie helfen Verirrten, den Weg nach Hause zu finden.« Seine Miene verdüstert sich. »Aber wenn man sie provoziert, beißen sie.«

George kann es nicht verhindern – ein Lachen platzt aus ihr hervor. »Das erfinden Sie doch alles, oder? Sie versuchen bloß, der naiven Frau vom Festland Angst einzujagen.«

Im nächsten Moment wird ihr bewusst, dass sie über den Ereignissen des Tags vergessen hat, sich bei anderen nach dem Beutel mit den verdorbenen Eiern und der Puppe zu erkundigen. »Sagen Sie, was glauben Sie, wer faule Eier über der Tür unserer Kate versteckt haben könnte?«

Schwankend bleibt Lewis stehen. »Wie bitte?«

»Ja, ein kleiner Beutel mit faulen Eiern und einer Puppe aus Stroh drin.«

»Jemand hat einen Fluch bei der Kate hinterlassen?« Seine Augen werden groß.

Erschrocken stellt George fest, dass Lewis richtig verängstigt wirkt.

»So hat MacLeod es auch genannt«, sagt sie ein wenig nervös.

»MacLeod? Was hat er dort oben bei Ihrer ... Na, egal.« Die Worte sprudeln schnell aus Lewis hervor. »Was haben Sie damit gemacht?«

»MacLeod hat gesagt, ich soll alles verbrennen, also hab ich das gemacht. Allerdings hat er mir nicht erklärt, warum jemand das getan hat. Es waren bloß ein paar faule Eier und eine Art Puppe. Ich hab's für einen dummen Streich gehalten.«

»Das war kein Streich«, widerspricht Lewis, wirbelt abrupt herum und schaut in die Richtung zurück, aus der sie gekommen sind. »Los, wir müssen weiter.«

»Was? Lewis, Moment mal!«

Aber er winkt sie einfach vorwärts. Das Schaf hüpft ein wenig auf seinen Schultern, während er den Hügel hinaufhastet. Stöhnend läuft sie hinter ihm her.

»Was ist das gewesen?«, fragt sie, als sie ihn einholt. »Sagen Sie es mir, Lewis.«

»Das ist ... Ich nehme an, man würde es einen Fluch nennen, der Unglück bringt.«

»Unglück?«, wiederholt sie.

»Waren die Eier zerbrochen?«

George nickt.

Er verzieht das Gesicht zu einer Grimasse. »Dann auf jeden Fall Unglück.«

»Jemand hat die Kate verflucht? Oder uns?« Sie starrt ihn an und versucht zu begreifen, wie er all das sagen kann, ohne eine Miene zu verziehen. »Wer würde so was tun?«

»Ich weiß es nicht. Wer auch immer es war – er kann Sie nicht besonders gut leiden.«

Mit einem Blick zu Nicholsons Kate fragt sich George, ob der Unbekannte mit der Maske für den Beutel verantwortlich war, der Unglück bringen sollte. Andererseits, sie hat nicht mit dem giftigen Ton von Angela Fraser gerechnet. Oder damit, dass andere Inselbewohner sie mit einem bösen Blick angeschaut haben. Mit wachsendem Unbehagen überlegt George, welche sonstigen Anzeichen von Anfeindungen sie übersehen hat – übernatürlichen oder anderen.

»Aber warum? Will man uns damit erschrecken? Oder glaubt man wirklich, so was würde funktionieren?«

Lewis' Kieferpartie ist angespannt, als er sie wieder ansieht. »Ich denke, derjenige hat es gehofft.«

Nach einem kurzen Moment lacht George schnaubend. »Wer auch immer den Beutel dort hinterlassen hat, ist ein wenig zu spät gewesen. Mein Unglück hat schon vor einiger Zeit begonnen. Und ich glaube kaum, dass es noch schlimmer werden kann.«

Lewis stöhnt nur, als hätte sie etwas unheimlich Dummes von sich gegeben.

Aber bei all dem Reden über Unglück fällt ihr noch etwas ein. »Haben die Leute geglaubt, die Fische würden zurückkommen, wenn sie Broddy Cameron einsperren?«

Lewis wirkt erst perplex, dann nachdenklich. »Ich glaube nicht – jedenfalls wird es in keiner der Geschichten erwähnt, die ich gehört habe.«

»Und Schuldgefühle kommen in den Geschichten auch nicht vor, oder? Darüber, was man ihm angetan hat?«

»Ich vermute, nach dem, was er ihnen danach angetan hat, haben sie es als gerechtfertigt empfunden.«

George verkneift sich eine Entgegnung, die ihr auf der

Zunge liegt – denn ähnelt diese Haltung nicht jener, die sie selbst in der Vergangenheit hatte? Zuerst zuschlagen, bevor jemand die Chance bekommt, sie zu verletzen? Niemand könnte eine Trennlinie zwischen dem ziehen, was die Inselbewohner mit Broddy Cameron gemacht haben, und ihren verbalen Ausfällen gegen arrogante, sexistische Kollegen. Trotzdem schmeckt ihr der Vergleich nicht, während sie weiterstapfen.

Schließlich erreichen sie das Tor, durch das man zu MacLeods Haus gelangt. George sieht, dass Licht darin brennt, nur gibt es keinen Hinweis darauf, ob Richie noch dort ist. Als sie den Hügel hinaufschaut, erkennt sie im Fenster ihrer Kate ein schwaches Schimmern, aber das könnte auch vom vorhin brennen gelassenen Feuer kommen.

»Also gut. Geben Sie mir nur eine Minute, um das Mädel hier in die Scheune zu bringen. Ich bin gleich wieder da, dann … He, warten Sie!«

»Ist nicht nötig, mich bis nach oben zu begleiten«, sagt George über die Schulter, während sie weitergeht. »Von hier an passiert mir nichts.«

»Im Ernst? Nach allem, was ich Ihnen gerade erzählt habe?«

Er klingt so entsetzt, dass sie stehen bleibt und sich umdreht. »Ich glaube an nichts davon, Lewis.«

Er starrt sie mit einem strengen Blick an und hievt das Schaf auf den Schultern höher. »Für Sie mögen es Märchen sein, aber die Menschen hier leben danach. Jemand hat diesen Fluch gewirkt, weil er möchte, dass Ihnen etwas Schlimmes passiert, Inspector.«

»Wie kann es sein, dass hier alle heutzutage noch an solche Dinge glauben? Flüche, Feen, Wettergöttinnen.« *Oder überhaupt an irgendeinen Gott*, fügt sie in Gedanken hinzu.

»Weil man es uns so beibringt.«

»Wollen Sie damit sagen, alle glauben einfach alles, was man ihnen sagt?«, hakt sie nach. Ein herablassender Ton schleicht sich in ihre Stimme. »Ohne Zweifel, ohne Fragen? Selbst wenn dieser Glaube von ihnen verlangt, ein lebendes, atmendes Wesen im Meer zu ertränken?«

»Ja.«

»Warum?«

Lewis schweigt einen Moment lang. »Weil die Geschichte den Menschen gezeigt hat, dass schlimme Dinge passieren, wenn sie nicht mehr tun, was sie sollen.«

In Georges Fingern kribbelt es: entweder ein Fall von statischer Elektrizität oder die Rückkehr des Bluts in sie. George ist sich nicht sicher, aber das Kribbeln in den Beinen erinnert sie daran, dass eine Unterkühlung noch nicht vom Tisch ist. George deutet mit dem Kinn auf das Schaf. »Bringen Sie es zu einem warmen Plätzchen.«

Als Lewis den Mund öffnet, um ihr etwas zu entgegnen, kommt sie ihm zuvor. »Verdammt, ich bin Polizistin, Lewis. Ich brauche keinen Beschützer – weder vor Menschen noch vor Märchen.«

Sie wünscht ihm noch eine gute Nacht, bevor sie auf dem Absatz kehrtmacht und den Hügel hinaufstapft.

Die Tür ist verriegelt. George stößt einen Fluch aus – Richie hat den Schlüssel. Sie überlegt, welche Möglichkeiten sie hat, dann marschiert sie um die Seite der Kate herum.

Das Badezimmerfenster lässt sich beunruhigend einfach öffnen, obwohl es sich als etwas schwieriger erweist, ihren Oberkörper hindurchzuzwängen. George schämt sich ein wenig dafür, wie schwer sie atmet, als sie ungeschickt auf dem Badezimmerboden landet.

Sie wankt zum Kamin und sinkt davor zusammen, legt einige Scheite auf die Glut und pustet auf die kleine Flamme. Sobald das Feuer richtig brennt, macht sie sich an die schwierige Aufgabe, sich aus der nassen Kleidung zu schälen. Schon die Jacke, die Stiefel und die Socken erfordern eine gewisse Anstrengung, und die Hose leistet so viel Widerstand, dass George außer Atem ist, als sie endlich über der Rückenlehne eines Stuhls hängt.

George schlüpft in trockene Unterwäsche und zieht ein weites, langärmliges Shirt an, bevor sie in der Reisetasche nach einer Hose kramt. Plötzlich sträuben sich ihr die Nackenhaare. Ruckartig schaut sie auf und sieht sich um. Erst jetzt bemerkt sie, dass die Decke, die sie über das Küchenfenster gespannt hat, ins Spülbecken gefallen ist.

Der Beobachter ist zurück. Und obwohl seine Augen in den beiden dunklen Löchern der Wolfsmaske verborgen sind, spürt sie, dass sein Blick auf sie geheftet ist.

Diesmal ist es weniger erschreckend, trotzdem reicht es, um ihr Herz bis zum Hals schlagen zu lassen. Im Gegensatz zum letzten Mal macht sich die Person aus dem Staub, sobald sie erkennt, dass George sie bemerkt hat. Es dauert zu lange, bis George ihre trägen Beine gezwungen hat, loszulaufen. Sie fingert am Schloss herum, bevor sie hinausstürmt und um die Seite der Kate rennt. Im selben Moment schafft es ihr Beobachter, der zu große dunkle Kleidung und diese lächerliche Maske trägt, den Weg zu erreichen.

»He!«, brüllt George, als er in der Dunkelheit verschwindet. »Stehen bleiben! Stehen bleiben, hab ich gesagt!«

Sie rennt, so weit sie kann. Und dann bohrt sich ein spitzer Stein in ihre nackte Fußsohle. Sofort hält sie inne und wird von einer Flut verzögert einsetzenden Unbehagens erfasst. Ihr Kopf fühlt sich an, als dresche ein Hammer wild darauf ein; ihre Lunge zieht sich in der frostigen Luft zusammen. Und sie trägt keine Hose.

Somit ist ihr der unbekannte Beobachter bereits zum zweiten Mal entkommen. Sie hat Richie nichts von dem ersten Vorfall erzählt, aber mittlerweile ist ihr klar, dass mehr dahinterstecken könnte als nur ein neugieriger Inselbewohner. Sie wirft einen Blick in die Finsternis um sich herum, schlingt die Arme um den Oberkörper, um sich zu wärmen, und humpelt zur Kate zurück. »Wehe, du hast hier wieder verfaulte Lebensmittel hinterlassen«, brummt sie.

Im Türeingang hält sie inne und späht noch einmal in die Nacht hinaus. Falls Richie gerade auf dem Weg nach oben ist, könnte der Beobachter ihn passieren. Georges Blick schwenkt dorthin, wo er verschwunden ist. Dann jedoch bemerkt sie ein Flackern geradeaus. Ein Licht? Oder ein Gebilde ihres übermüdeten Gehirns?

Einen Moment lang glaubt sie, es sich nur eingebildet zu haben. Dann zeigt es sich erneut – das Aufblitzen einer durch die Dunkelheit geschwenkten Taschenlampe. Im Wald.

Sie hebt die Hände, hält sich am Türrahmen fest, beugt sich vor und kneift die Augen zusammen, um mehr zu erkennen. Dann erlischt das Licht.

Mit hämmerndem Herzen stolpert George rückwärts durch die Tür. Sie schiebt den Riegel vor und bemüht sich, die Bilder von Sturmgöttinnen und grünen Elfen aus dem Kopf zu verbannen, bevor sie sich niederlässt, um auf Richie zu warten.

Zehn Minuten später trifft er ein. Zu dem Zeitpunkt hat George bereits ihren Pyjama angezogen und drückt sich wieder den Kühlakku an die Wange.

»Wie ist es mit MacLeod gelaufen?«, fragt sie sofort.

Mit einem schweren Seufzen schlüpft er aus der Jacke. »Er war nicht in der Stimmung zum Reden. Hat mich aber nicht davon abgehalten, es zu versuchen.«

»Hat er dir gesagt, worüber Bill Thomson und er gestritten haben?«

»Das hat er für sich behalten. Er hat nur gemeint, es würde bald geklärt sein. Ich hab ihm gesagt, dass man dies als Vorsatz auslegen könnte, falls Thomson etwas Unerwartetes zustößt. Aber ich hatte den Eindruck, sein Mütchen war ausreichend abgekühlt, um ihn allein lassen zu können.« Er geht zum Herd und streckt die Hand nach dem Griff des Wasserkessels aus.

»Ist schon heiß gemacht.«

Er wirft ihr einen dankbaren Blick zu und seufzt. »Ereignisreiche Nacht, hm?«

Was für eine Untertreibung. »Sie hatte jedenfalls einige interessante Wendungen.«

Ihr Tonfall veranlasst ihn, eine Augenbraue hochzuziehen. »Was zum Beispiel?«

Sie schildert ihm, was sie von den Gästen im Pub erfahren hat, wie sie und Lewis auf Pater Ross gestoßen und anschließend den Leuten zum Strand gefolgt sind. Als sie den Moment beschreibt, in dem ihr klar geworden ist, dass diese Menschen ein Schaf bei sich hatten, schlägt seine Miene von »verblüfft« zu »grimmig« um.

»Wo zum Teufel sind wir denn?«, murmelt er und taucht einen Teebeutel in den Becher.

»Irre, oder? Und es war eine Menge Überredung nötig, um sie dazu zu bewegen, das Schaf wieder an Land zu bringen. Wir haben sicher zehn Minuten im Meer gestanden und mit ihnen diskutiert. Dabei hatte ich alle Hände voll damit zu tun, den Kopf des Tiers über Wasser zu halten.«

»Du bist wirklich reingegangen?«

George blinzelt. »Ja.«

Richies Mund klappt auf. »Ins Meer?«

»Hast du eigentlich zugehört, was ich dir gerade erzählt habe?«

Richie zeigt zum Fenster. »Hast du zugehört, als ich dir gesagt habe, dass ein mächtiger Sturm naht? Wieso um alles in der Welt bist du ein solches Risiko eingegangen?«

Sie spürt, dass »Um das Schaf zu retten« keine akzeptable Antwort wäre. »Lewis hat mir erzählt, dass keiner der Erwachsenen auf der Insel schwimmen kann, nur eine Handvoll der Jüngeren.«

Anscheinend ist diese Erwiderung noch schlimmer.

»Und wie hätte dein Plan ausgesehen, wenn sie zu weit rausgegangen wären?«, fragt er mit blitzenden Augen. »Hättest du sie allein zurück an Land schleppen wollen?«

Wäre sie nicht so verwirrt, würde bestimmt ihr Zorn das Heft in die Hand nehmen. »Ist das nicht unsere Aufgabe?«

Er stöhnt, ein harscher Laut. »Genau davon rede ich«, sagt er und wirft einen Löffel ins Spülbecken. Das Scheppern von Metall auf Metall lässt George zusammenzucken.

»Was meinst du?«, fragt sie verdattert.

»Vertrauen«, stößt er hervor und verzieht bei dem Wort die Lippen. »Wie soll ich dir vertrauen, wenn du solche Risiken eingehst? Es hätte eine einzige Welle genügt, um jemanden von den Füßen zu reißen – eine in Panik geratene Person, die dann dich gepackt und unter Wasser gezogen hätte. Dann wärst du einfach so weg gewesen.«

»Dann wäre ich in Ausübung meiner verdammten Pflicht gestorben, Richie«, entgegnet George. Hitze steigt tief aus ihrem Bauch auf. »Das mache ich schon die ganze Zeit hier, während du plauderst, Tee schlürfst und die Kirche besuchst. *Ich* gehe tatsächlich raus und versuche, Antworten zu finden, *ich* werde auf der Straße geschlagen, *ich* jage gruseligen Spinnern hinterher, die uns durch *das* Fenster da beobachten« – sie zeigt mit dem Finger darauf –, »während du es nicht geschafft hast, irgendwelche Antworten aus Alisdair MacLeod rauszubekommen!«

»Bist du fertig?«

Sein leiser Ton ist wirkungsvoller als Gebrüll. Die darauffolgende Stille, die nur vom Pochen des Herzschlags in ihren Ohren und vom bangen Ruf eines Meeresvogels durchbrochen wird, fühlt sich an, als bräche eine erderschütternde Welle über sie herein. George knickt unter der Wucht ein und lässt sich auf die Couch fallen.

Die Stille zieht sich hin, bis Richie schließlich fragt: »Jemand war am Fenster?«

Eine Rettungsleine. George greift danach. »Ja, schon zweimal. Er war maskiert. Trug eine Wolfsmaske. Ich konnte weder das Geschlecht noch das Alter erkennen. Die Kleidung war nichtssagend.«

»Und du bist der Person nachgerannt. Allein.« Keine Frage. Eine Feststellung.

Die Rettungsleine entgleitet ihrem Griff.

Richie schüttelt so leicht den Kopf, dass sie bezweifelt, ob es ihm überhaupt bewusst ist. »Offensichtlich hast du nichts daraus gelernt, als du das letzte Mal übermütig geworden bist. Ich hätte gedacht, drei Monate im Krankenhaus hätten dich gelehrt, dass du nicht unbesiegbar bist. Aber anscheinend bist du nicht so klug, wie ich gehofft hatte.« Er schaut weg, als könne er ihren Anblick nicht ertragen. »Häng die Decke wieder vors Fenster! Verriegle die Tür! Und sieh zu, dass du auf dieser Seite davon bleibst.«

Dann stapft er ins Schlafzimmer, ohne den Tee anzurühren.

Zwei Tabletten später liegt George auf der Couch und starrt an die Decke. Das Fenster ist wieder abgedeckt, obwohl sie bereits weiß, dass der provisorische Vorhang nicht über Nacht an Ort und Stelle bleiben wird. Aber hoffentlich hat der Umstand, dass sie halb angezogen hinaus in die Finsternis gesprintet ist, dem Beobachter vor Augen geführt, dass sie in die Offensive geht, wenn sie bedroht wird. Oder vielleicht auch, dass sie völlig verrückt ist und nachts Wildfremden in der Unterwäsche hinterherjagt. So oder so ist sie jemand, mit dem man sich besser nicht anlegt.

Sie rollt sich herum, dreht dem Feuer den Rücken zu. Obwohl ihr Verstand um Schlaf bettelt, zischt ihr eine rebellische Stimme mit jedem Hammerschlag auf ihren Schädel Richies Worte zu. Der Hammer saust im Takt der Schritte in ihrer Erinnerung nieder.

Rauf, rauf, rauf: Sie ist die Stufen in Margaret Villos Maisonettewohnung hochgestiegen, als sie jenem elektrischen Ziehen in ihrem Körper zum Treppenabsatz gefolgt ist. Sie hat nach links geschaut, nach rechts, hat den Blick über Türen wandern lassen, die sich wie mögliche Lösungen eines Rätsels angefühlt haben.

Diese da.

Sie sieht, wie ihre Finger gegen die Tür drücken – die Tür ganz rechts, das Zimmer mit Blick auf die Straße. Ihr ist nicht in den Sinn gekommen, auf Richie zu warten oder einen der Beamten unten zu rufen.

Nein. Das stimmt nicht. Sie hat sehr wohl daran gedacht. Und entschieden, allein weiterzugehen.

Blaue und rote Lichter blinkten durch das Zimmer, als sie das ungemachte Bett betrachtete, das der unnatürlich daliegenden Leiche am Fuß der Treppe gehört hatte, den Krimskrams auf dem Nachttisch registrierte, durch die schmale Glastür hinaus auf den zur Straße weisenden französischen Balkon spähte, bevor der Kleiderschrank ihre Aufmerksamkeit erregte.

Jenes elektrisierende Kribbeln lief ihr über den Rücken – eindringlich, gefährlich, warnend. *Schau da drüben nach.*

Und anstatt bei den Polizisten unten nachzufragen, ob sie die Räume im Obergeschoss überprüft und sich vergewissert hatten, dass sich sonst niemand in der Wohnung aufhielt, streckte George einfach die Hand nach dem Griff aus und zog daran.

Der nächste Teil ist verschwommen, war es schon immer und wird es vielleicht auf ewig bleiben. Er ist eine verwirrende Flut von Sinneseindrücken – ein Gewirr von Bildern, Angst und Schmerzen, wilde Augen und Körpergeruch. Dann das Bersten von Glas, fuchtelnde Gliedmaßen, Blut und … ein Sturz.

In ihrer Erinnerung gibt es keinen Aufprall. Alle behaupten, das wäre ein Segen.

Aber George würde lieber noch einmal den Moment erleben, in dem ihr Kopf auf die Betoneinfahrt geknallt ist, als diese neue Erinnerung zu haben, die sie niemals wird abschütteln können – die angewiderte Miene von Richie, als er sich von ihr abgewendet hat und davongegangen ist.

Diesmal ist George überrascht, als sie aufwacht und Richie vollständig angezogen erblickt. Seine Nase ist noch gerötet von einer Begegnung mit dem frostigen Wind.

»Ich habe frisches Brot gekauft«, verkündet er, als er bemerkt, dass sich ihr Kopf über die Rückseite der Couch hebt. »Hab mir gedacht, wir sollten uns ein schönes Frühstück machen.«

Seine Stimme klingt neutral, enthält keine Spur von der Schärfe der vergangenen Nacht. Das zieht ihr den Magen zusammen. »Hast du gestern Nacht den Wind gehört?«, fragt sie vorsichtig.

Er dreht den Wasserhahn auf und hält den Wasserkessel unter den Strahl. »Ja. Ist wirklich sehr laut.«

Sie wartet darauf, dass er etwas hinzufügt, wie zum Beispiel: *Und du hast recht, er klingt wie Geheul.* Das würde schon reichen. Er muss nicht nach dem Beobachter fragen, nach der Wolfsmaske – oder danach, ob sie an die möglichen Konsequenzen ihres Vorgehens in der vergangenen Nacht nachgedacht hat. Aber er stellt nur den Wasserkessel auf den Herd und entlockt dem Brenner darunter eine Flamme. Seine mangelnde Bereitschaft, nachzugeben, ihr einfach entgegenzukommen, lässt sie verbittert ins Badezimmer stapfen.

Im Spiegel stellt sie fest, dass die Schwellung an der Wange ein wenig zurückgegangen ist, trotzdem tut es immer noch weh, wenn sie die Stelle berührt. Der violette Bluterguss passt zu den dunklen Streifen unter ihren Augen – die Folge von einer weiteren unruhigen Nacht, wogegen sogar die Schlaftablette machtlos war. Sowohl ihr Streit als auch der zunehmend heftigere Wind draußen haben sie wach gehalten. Letzterer hat das Haus nicht nur auf eine unheilvoll klingende, neue Weise zum Knarren gebracht, sondern zudem fast ununterbrochen geheult – bis George den Kopf unter dem Kissen vergraben hat, um das Geräusch nicht an sich heranzulassen. Als sie sich in den frühen Morgenstunden immer noch hin- und hergewälzt hat, beschlich sie allmählich das Gefühl, das Geheul wäre eigens geschickt worden, um sie zu quälen.

Nachdem sie getan hat, was sie kann, damit ihr Gesicht etwas weniger … auffällig ist, setzt sie sich zu Richie an den Tisch. Die Logbücher der Leuchtturmwärter sind weggeräumt worden, um Platz für Teller und Besteck zu schaffen. Eine seltsame Auswahl an Brotaufstrichen und Beilagengerichten wartet zwischen ihren Tellern. George schaut zur leeren, an einem Schrank hängenden Netztasche. Sie presst die Lippen fest zusammen. »Willst du mir irgendwas sagen?«

Jäh schaut Richie zu ihr auf, und einen Moment lang scheint er sie mit einem Ausdruck der Entschuldigung anzublicken. Dann jedoch strafft er den Rücken und sieht sie ruhig an. »Es ist an der Zeit, nach Hause zu fahren.«

»Was? Wir haben hier noch vierundzwanzig Stunden.«

Abrupt schiebt er seinen Stuhl zurück, steht auf, geht zur Wand und klatscht auf die unvollständige Zeitleiste. »Es muss einen Grund geben, warum wir Schwierigkeiten haben, diese Lücken zu schließen, und meiner Meinung nach liegt es einzig und allein daran, dass die Geschichte, die wir zu zerpflücken versuchen, die Wahrheit ist.«

George bleibt sitzen, aber in ihrer Stimme schwingt ein herausfordernder Ton mit, als sie entgegnet: »Du kannst mir nicht weismachen, dass dir an dem Ort hier nichts seltsam vorkommt.«

Er wirft die Hände hoch. »Gegen das Seltsamsein gibt's kein Gesetz. Die Menschen hier sind eine sehr religiöse, abgeschiedene Gemeinschaft, die vom Festland weitgehend ignoriert wird, außer wenn dort Meeresfrüchte bestellt werden. Sie haben ohne Unterstützung Stürme, Hungersnöte und Tragödien überstanden, und sie überleben, indem sie alle an einem Strang ziehen. Indem wir in Alans Vergangenheit wühlen, verlängern wir ihre Trauer nur.«

Georges Zähne bearbeiten wild die Innenseite ihrer Wange. Ein metallischer Geschmack breitet sich in ihrem Mund aus. »Du hast Cole angerufen.«

Richie dreht ihr den Rücken zu, als der Wasserkessel zu pfeifen beginnt. »Sofern das Wetter es zulässt, trifft später am Vormittag ein Boot ein. Wir sollen im Postamt warten.«

George starrt ihn an. »Ist das wegen der letzten Nacht?«

»Du hast kein Wort gehört, das ich in den letzten fünf Tagen gesagt habe, oder? Seit gestern, vorgestern oder vergangener Woche hat sich nicht das Geringste geändert. Genau das ist das Problem.« Kurz verstummt er. Sein Ton wird seltsam förmlich, als er hinzufügt: »Du hast diese Woche hervorragende Arbeit geleistet, Detective Inspector Lennox. Du hast eine vielversprechende Zukunft vor dir. Ich weiß, dass du es weiter bringen wirst als ich – falls du lernen wirst, wo man die Grenze ziehen muss.«

In Gedanken sprudeln etliche Gegenargumente aus ihr hervor – der Wolf am Fenster; die leeren Karten an Alans Grab; der Fluch über der Tür; die abgebrochenen Sätze und kryptischen

Formulierungen, die ihr die Leute permanent sagen. Aber jedes einzelne verwelkt auf ihren Lippen … weil er recht hat. Wenn sie die Leiter erklimmen will, muss sie aufhören, sich von den Sprossen zu schwingen.

Sie schluckt ihren Stolz runter, geht zur Couch und fängt an, die Decken einzurollen.

»Iss was zum Frühstück!«

»Kein Appetit.«

Während der nächsten Minuten stopft sie wahllos Kleidung in ihre Reisetasche. Schmerzen pulsieren in ihrer Wange, in ihrem Auge, hinter ihrem Ohr. Durch das achtlose Packen bauscht sich die Tasche zu schnell aus, und sie muss noch Schuhe und Toilettenartikel darin unterbringen. Mit einem Schnauben leert sie den überquellenden Inhalt auf die Couch und eilt schnurstracks ins Badezimmer, bevor sie sich vor Richie blamiert und in frustrierte Tränen ausbricht.

Sie umklammert den Rand des kleinen Waschbeckens. Die kalte Keramik fühlt sich gut unter ihren heißen Handflächen an, aber das reicht nicht. Sie dreht den Hahn des Duschkopfs auf, zieht sich aus, steigt in die Wanne und unter den Strahl. Das kalte Wasser lässt sie nach Luft schnappen, und sie bekommt überall an ihrem Körper eine Gänsehaut. Sie steht so lange unter dem Strahl, wie es dauert, um die Emotionen zurück unter die Oberfläche zu zwingen. Für die zurückerlangte Fassung belohnt sie sich, indem sie den Warmwasserhahn aufdreht.

Als sie in ein Handtuch gewickelt in den Hauptraum zurückkehrt, das nasse Haar zu einem Knoten zusammengedreht, steht nur noch ein Teller auf dem Tisch. Alles andere ist abgewaschen und ordentlich in den Geschirrständer gesteckt worden, um zu trocknen. Das restliche Essen ist wieder in der Tasche, die mittlerweile auf einer der sauberen Bänke liegt. Auf dem Teller befindet sich eine Scheibe Toast mit Butter und Honig.

Sie hört, wie Richie im Schlafzimmer umherläuft, wahrscheinlich ist er beim Packen. Mit einem resignierten Seufzen beißt George in den Toast, bevor sie zu dem Haufen Kleidung auf der Couch geht und dem Beispiel ihres Partners folgt.

Kapitel 20

Der Regen beginnt, leicht gegen das Fenster zu platschen, während sie die Indizienübersicht an der Wand entfernen und ihr Gepäck neben der Tür abstellen. Als George die Arbeitsplatte erklimmt, um die Decke vom Küchenfenster abzunehmen, bietet Richie halbherzig an, eine letzte Tasse Tee zuzubereiten. George lehnt ab. Warum das Unvermeidliche hinauszögern?

Still ist bei ihrem Marsch hinunter ins Dorf nur ihre Kommunikation miteinander. Der Sturm ist nah; die Wolkendecke ist dicht und weist eine ähnliche Farbe wie Georges Wange auf. In der Luft liegt statische Elektrizität. Die dicken Regentropfen fallen immer schneller herab, trommeln einen wilden Takt auf Cecilys roten Regenschirm. Selbst wenn sie reden wollten – George bezweifelt, dass sie sich gegenseitig hören könnten.

Sie steuern geradewegs das Postamt an, das sie wenig elegant in einem Gemenge nasser Jacken und triefender Reisetaschen betreten. Kathy füttert hinter der Theke den alten Holzbriefkasten, den George ursprünglich draußen bemerkt hat, mit Zetteln. Ihr Blick heftet sich direkt auf ihr Gepäck.

»Ich wünschte, Sie müssten nicht vorzeitig aufbrechen«, meint sie in kläglichem Tonfall und schiebt die restlichen Blättchen in den Briefkasten.

»Wir werden für andere Fälle gebraucht«, erklärt Richie aalglatt und legt die Tragetasche mit den Logbüchern auf die Theke. »Sie haben da hinten nicht zufällig ein Handtuch, oder?«

Kathy nickt. Dann hält sie inne. »Sind Sie fertig damit geworden?«

»Wie bitte?«, fragt Richie.

Aber Kathy sieht George an. »Haben Sie die Bücher zu Ende gelesen?«

»Oh, fast. Sind sehr interessant.«

»Hm. Haben Sie daraus irgendetwas gelernt, das Sie mit nach Hause nehmen?« Ihr Ton klingt unbekümmert, aber sie hat einen eigenartigen Schimmer in den Augen. »Haben Sie ein paar dieser albernen Theorien aufgeklärt?«

George zuckt mit den Schultern und schaut zu den Büchern. »Ich habe nichts, was vor Gericht standhalten würde. Es bleibt ein Rätsel.« Sie ringt sich ein verhaltenes Lachen ab. »Um ehrlich zu sein, habe ich die Aufzeichnungen ein bisschen gruselig gefunden. Hat sich angefühlt, als würde ich Geistergeschichten lesen.«

Kathy kaut an der Unterlippe und starrt George eindringlich an, bis Richie sie an seine Bitte erinnert. Sie verschwindet nach hinten; George und Richie bleiben in einer weiteren unangenehmen Stille zurück.

Er sieht schließlich auf seine Armbanduhr. »Wir müssen noch ungefähr eine Stunde totschlagen. Ich will Kathy um ihre Meinung zu der Empfehlungsliste bitten, die wir zusammenstellen. Willst du mithelfen?«

»Ich bringe den hier zu Cecily zurück«, erwidert George und hält den Regenschirm hoch.

Mit steifer Miene nickt er. »Grüß sie von mir.«

Sie gibt einen vage zustimmenden Laut von sich und kehrt wieder hinaus in den Regen. Auf der Straße ist weit und breit niemand. Es sieht so aus, als hätten die Geschäfte heute geschlossen. Der Hafen ist überfüllter, als George ihn je zuvor gesehen hat. Mindestens zehn Boote drängen sich Fender an Fender. Die Fischer müssen entschieden haben, dass es angesichts des aufziehenden Sturms zu gefährlich ist, aufs Meer hinauszufahren. Wenn selbst diese abgehärteten Seeleute an Land bleiben, graut George beim Gedanken daran, wie die Rückreise zum Festland werden könnte. Obwohl die Strafe einer rauen Überfahrt möglicherweise ein passendes Ende für diese Ermittlungen ist.

George späht unter dem Schirm hervor und sieht Blitze in weiter Ferne. Bei dem Anblick beschleunigt sie die Schritte. Steine knirschen unter ihren Füßen.

Als sie die Hand zu Cecilys Tür hebt, dringen erhobene Stimmen durch das Holz. Wahrscheinlich schreit Cecily gerade die Kinder an. George zögert, will nicht stören. Nach längerer Stille hebt sie die Faust erneut und klopft.

Sie muss ein zweites Mal klopfen, bevor Cecily erscheint. Ihre Brauen sind noch von dem Streit zusammengezogen, den sie offenbar hatte, aber ihre Augen werden groß, als sie George erkennt. Sie lacht. Allerdings klingt es angespannt. »Detective Inspector Lennox in einem Sturm auf meiner Schwelle. Was für ein Déjà-vu.«

George schließt den Regenschirm. »Ich bin nur gekommen, um den zurückzugeben und mich zu verabschieden.«

Cecilys Lächeln erstarrt. »Sie reisen ab?«

»Ja, das Boot wird bald hier sein.« George schaut zurück die Straße hinauf. Angesichts der Perspektive, ohne Schirm auf dem

Rückweg zur Post klatschnass zu werden und dann eine unangenehme Stunde mit Richie zu verbringen, dreht sie sich mit bittender Miene wieder zu Cecily um. »Eine letzte Tasse Tee, bevor ich weg bin?«

Cecily wirft einen flüchtigen Blick zurück ins Haus. »Oh … äh … natürlich. Der Kessel hat gerade erst gekocht.« Sie schiebt George vor sich her durch den Flur, hält jedoch an der Treppe inne und ruft laut nach oben: »Ihr spielt oben brav, ja? Detective Inspector Lennox ist hier und wird nicht zögern, den Nächsten zu verhaften, der Streit anfängt.«

Sie sieht George an, verdreht die Augen und geht weiter in die Küche. »Ehrlich, stürmische Tage sind mein schlimmster Albtraum. Das Haus ist zu klein für uns fünf. Wenn sie nicht nach draußen können, springen sie an die verdammten Wände, um die überschüssige Energie loszuwerden.« Sie klatscht in die Hände. »Tee. Richtig.« Der Kessel schweigt, doch ihm entsteigt Dampf, als Cecily Wasser in die Teekanne gießt. Daneben warten bereits zwei Becher. »Wieso reisen Sie vorzeitig ab? Haben Sie was über Alan rausgefunden?«

»In gewisser Weise. Wir sind überzeugt davon, dass kein Verbrechen im Spiel war. Was den Grund angeht …« Sie holt tief Luft und bemüht sich, keine Enttäuschung in ihrem Tonfall durchklingen zu lassen. »Was Alan dazu getrieben hat, von dem Leuchtturm zu springen, hat er mit ins Grab genommen.«

»Sie haben Ihr Bestes gegeben. Davon bin ich überzeugt.«

George brummt verdrossen und beobachtet, wie Cecily losen Tee in die Kanne löffelt. »Haben Sie sich je nachts rausgeschlichen, um im Leuchtturm zu trinken?«

Cecily kichert. »O mein Gott, wie haben Sie davon erfahren?«

George hat keine Lust, ihren nächtlichen Ausflug zu erklären, bei dem sie dort oben wahrscheinlich einem Teenager eine Heidenangst eingejagt hat. »Hab ein Gerücht aufgeschnappt.«

Cecily grinst, als sie die dampfende Teekanne und die Becher zum Tisch bringt. »Donald und seine Freunde haben das jahrelang gemacht. Und als ich angekommen bin, hat er mich mitgenommen, damit ich sie kennenlernen konnte. Wir haben ein kleines Feuer in einem alten Wassertrog angezündet, den jemand von MacLeods Farm hingeschleppt hatte. In dem Turm wird es nachts verflucht kalt.« Röte steigt ihr in die Wangen. »Dann haben er und ich angefangen, uns allein dort zu treffen. Wir hatten eine gemeinsame Schlafzimmerwand mit den Schwiegereltern, und die alte Mrs Campbell ist bei uns reingeplatzt, wann immer ihr danach war. Das hat unsere, äh, ehelichen Aktivitäten ein wenig behindert.« Sie schüttelt den Kopf, aber George merkt ihr an, dass die Zeit ihre Frustration in Belustigung umgewandelt hat. »Nachrichten konnten wir uns nicht schreiben; die wären gelesen worden. Also haben wir uns ein System ausgedacht. Ich hab eine Kerze auf dem Nachttisch brennen lassen. Das hat ihm verraten, wohin ich gegangen war. Die Sonne war immer längst untergegangen, bevor er aufgetaucht ist, in der Regel übersät von Fischgedärmen.«

George lacht darüber, wie Cecily das Gesicht verzieht. »War mutig von Ihnen, allein dort raufzugehen. Lewis hat mich davor gewarnt, nachts durch die Gegend zu laufen. Er hat gemeint, sonst könnte mich ein Elf schnappen.«

»Na ja, ich war damals gerade mal achtzehn. Der Elf hätte mich wohl noch für ein Kind gehalten«, erwidert Cecily mit gespieltem Ernst.

George denkt an Lewis' grimmige Miene zurück und an die Angst in seinen Augen, als sie ihm von dem Fluch erzählt hat. »Vermutlich wollte Lewis mich bloß erschrecken.«

»Oder warnen. Bestimmt wissen Sie inzwischen, dass diese Insel reichlich Leichen im Keller hat.«

»Hm. Ich hab das von Broddy Cameron gehört.«

»Ah, der Mann, der es mir so verdammt schwer gemacht hat, von den Leuten hier akzeptiert zu werden«, erwidert Cecily irritiert. Als sie Georges fragenden Blick sieht, fügt sie hinzu: »Er beging nicht nur … diese Tat, sondern war auch auf dem Festland geboren.«

»Das wusste ich nicht.« Gedankenverloren stößt George mit dem Finger an ihre Wange und zuckt zusammen. »Als ob die Menschen hier noch einen weiteren Grund bräuchten, um etwas gegen Besucher zu haben.«

»Es ist lächerlich«, sagt Cecily mit schneidender Stimme. »Die Einheimischen haben so wenige Unterhaltungsmöglichkeiten, dass sie sich an einen uralten Fall von Schizophrenie klammern und ihn jedem vorhalten, der nicht hier geboren ist. Einerseits brauchen sie uns vom Festland dringend, um die Fortpflanzung zu sichern, sonst verschwinden sie von der Landkarte. Aber haben sie einen erst hierher geködert, untersuchen sie einen mikroskopisch, bis sie überzeugt davon sind, dass man keinen Wahnsinn im Blut hat.« Sie schüttelt den Kopf und wirft dann einen Blick auf die Uhr. »Oh, verdammt. Ich muss langsam anfangen, einen Imbiss für die Rasselbande oben vorzubereiten. Ich will Sie wirklich nicht rauswerfen, aber …«

Doch George ist bereits aufgestanden und trinkt noch rasch zwei Schlucke Tee. Die Wärme breitet sich angenehm in ihrem Körper aus. Vor der Haustür ergreift sie Cecilys Hand. »Hat mich aufrichtig gefreut, Sie kennenzulernen. Vergessen Sie nicht, dass Sie meine Karte haben.«

Cecily nickt. »Danke, dass Sie sich mein Gemecker angehört haben.« Als sie die Tür öffnet, strömt kalte Luft herein und lässt sie beide schaudern. »Und alles Gute zu Hause auf dem Festland«, sagt sie mit einem bangen Blick zum brodelnden Himmel. »Genießen Sie es, weg von dem Wahnsinn zu kommen, in den ich aus irgendeinem Grund eingeheiratet habe.«

Als George gerade hinaus in den Regen treten will, ruft eine tiefe Stimme, begleitet von schweren Schritten, vom oberen Ende der Treppe herab: »Cess, machst du jetzt Tee oder nicht? Ich bin ...«

Ewan erstarrt auf halbem Weg die Stufen hinunter – mit weit aufgerissenen Augen blickt er George an. Seine Nase ist geschwollen und bläulich verfärbt, und auf ihrem Rücken klebt ein kleines Pflaster. Er trägt nur ein ausgebleichtes T-Shirt, eine Jogginghose und Socken, so als wäre er bei sich zu Hause.

George sieht Cecily an, deren Gesichtszüge eine verräterische Mischung aus Erschrecken und Schuldgefühlen zum Ausdruck bringen. »Ich wusste nicht, dass Sie Gesellschaft haben.«

Cecily hebt die Hand und legt sie auf ihre Halskette. »Oh, äh, ich hab nur seine Nase verarztet. Hast du das Badezimmer gefunden?«, fragt sie ihn in einem gespielt unbeschwerten Ton.

Blinzelnd schwenkt er den Blick von George auf Cecily und steckt die Hände in die Taschen. »Ja, hab ich.«

George betrachtet kurz seine nackten Unterarme, dann wieder sein Gesicht. »Wie geht's Ihnen, Ewan? Das sieht schmerzhaft aus.«

»Ein bisschen tut's weh, ja«, räumt er mit leiser Stimme ein, als würde er es nur widerwillig zugeben. »Nichts, was ich nicht schon mal gehabt hätte.«

»Ja, das verstehe ich«, sagt George und zeigt dann auf Ewans muskulösen rechten Unterarm. »Woher haben Sie das?«

»Was?«, fragt Cecily, während sie ebenso wie Ewan auf seinen Arm schaut – auf die beiden verblassenden Kratzer, die vom Handgelenk bis zum Ellbogen reichen.

Ewan schluckt, und sein Blick huscht zu Cecily. »Von der Arbeit vermutlich.«

»Vermutlich?« George beugt sich vor, um die Wundmale besser sehen zu können. Die dünnen Kratzer sind fast verheilt, die Haut färbt sich bereits von Rosa zu Weiß. »Die sehen aus, als wären sie ziemlich schmerzhaft gewesen.«

Ewan zuckt nur mit den Schultern und zieht den Kopf ein. »Schon möglich«, meint er unverbindlich.

»Ach, ich flicke die Jungs ständig zusammen«, wirft Cecily leichthin ein. »Wegen all der vielen Angelhaken und Ausweidemessern betreibe ich hier im Grunde eine Notaufnahme.«

»Ich bin mir nicht sicher, ob man die da Angelhaken zuschreiben kann«, sagt George beiläufig. »Die sehen eher aus, als würden sie von Fingernägeln stammen.«

Abrupt zuckt Ewans Kinn hoch. Und George erkennt, dass sich hinter seinen Augen der gleiche wilde Gefühlssturm wie bei ihrer ersten Begegnung zusammenbraut.

»Was zum Teufel werfen Sie mir vor?«, stößt er hervor und bewegt sich eine weitere Stufe die Treppe herab.

Cecily schaut empört drein. »Benimm dich gefälligst«, herrscht sie ihn an und wirft einen nervösen Blick zu George, bevor sie sich wieder ihm zuwendet. »Was fällt dir ein, so mit einer Polizistin zu reden?«

Bei ihrem scharfen Tadel verflüchtigt sich der Sturm in Ewans Augen. Plötzlich wirkt er verunsichert. Seine Hände bewegen sich unruhig in den Taschen. »Entschuldigung«, murmelt er.

Mit sanfterer Stimme sagt Cecily: »Du kannst in der Küche warten. Wir brauchen nur eine Minute.«

Er geht die restlichen Treppenstufen herab, und nach einem letzten Blick zu Cecily verschwindet er mit hängenden Schultern den Flur hinunter.

Cecily schaut ihm nach, bevor sie sich langsam umdreht und George in die Augen sieht. Mit nervös verzogenen Lippen flüstert sie: »Bitte erzählen Sie niemandem davon.«

»Von seinem Verhalten? Oder von den Kratzern?« Angesichts Cecilys betroffener Miene hakt sie nach: »Stammen die von Ihnen? Von einem … leidenschaftlichen Moment?«

Cecily schaut drein, als müsse sie sich gleich übergeben, dann späht sie über Georges Schulter auf die Straße, als würde sie sich vergewissern, dass niemand lauscht. »Solche Anschuldigungen können Familien zerreißen«, zischt sie mit leuchtenden Augen. »Wenn eine verheiratete Frau einer Affäre – oder irgendetwas in der Art – verdächtigt wird, wendet sich das Dorf gegen sie. Dann nimmt man ihr die Kinder auf Nimmerwiedersehen weg.« Sie senkt die Stimme. »Und das werde ich nie und nimmer zulassen.«

George hebt beschwichtigend die Hand. »Das fällt nicht in den Rahmen meiner Ermittlungen, Cecily. Von mir erfährt niemand etwas.«

Cecily mustert George, als wolle sie ihre Aufrichtigkeit abschätzen. Schließlich lächelt sie zittrig. »Okay … Danke, George.«

Erschüttert von der Richtung, die ihr Abschied genommen hat, nickt George der Frau knapp zu und tritt hinaus auf die Straße. Die Tür schließt sich hinter ihr, und unmittelbar danach ist das erste Donnergrollen am Himmel zu vernehmen.

Ohne den Schutz des Regenschirms gleicht George schon nach zehn Schritten einem triefenden, bibbernden Wrack. Sie bemüht sich, so dicht wie möglich an den Fassaden der Geschäfte zu bleiben, doch es nützt nichts. Das schwache Licht und der starke Regen erschweren es, weiter als zwanzig Meter in jede Richtung zu sehen, während sie in Richtung Postamt stolpert. Plötzlich bemerkt sie, wie jemand, der ein Kleidungsstück in kräftigem Rot trägt, ein Gebäude weiter vorn verlässt. Verwirrt folgt ihr Blick seinem Weg. *Was um alles in der Welt hat er vor?*

Als ein neuerlicher Donnerschlag über ihren Köpfen ertönt, eilt George der Gestalt hinterher.

Sie holt Lewis an der Oberkante der Treppe ein, die hinunter zum Hafen führt. »He!«

»Inspector?«, ruft er. Er packt sie an den Schultern, als ob er sich vergewissern würde, dass sie echt ist. »Was machen Sie hier draußen? Das ist nicht sicher!«

Sie legt ihre Hände um eines seiner Ohren und spricht hinein. »Was machen *Sie* hier draußen?«

Er deutet mit dem Finger zu den Schiffen. »Jack ist weggegangen, um nach seinem Boot zu sehen, aber er ist nicht zurückgekommen!«

Es erscheint George sinnlos, ihn zu fragen, wer Jack ist. Stattdessen folgt sie der Richtung seines Fingers und kneift die Augen zusammen, um im Regen besser sehen zu können. »Welches ist es?«

Als er zu antworten versucht, übertönt ein weiterer dröhnender Donnerschlag seine Worte.

»Was?«, brüllt sie.

Lewis gestikuliert hilflos, bevor er seinen Weg die Stufen hinunter fortsetzt. Der Sturm aus Nordosten fegt mittlerweile Wellen durch die Hafeneinfahrt. Sie branden gegen die Ufermauer aus Stein und fluten den Hafen. Die vertäuten Boote werden wie Spielsachen gegen die Anlegestelle geschleudert. Nur die Fender verhindern, dass ihre Rümpfe splittern. George erfasst die chaotische Szenerie und erkennt, dass es dumm und gefährlich wäre, ihm zu folgen.

Aber er ist ihr vergangene Nacht ins Meer gefolgt. Mit einem Stöhnen hastet sie Lewis hinterher.

Das Meer ist dunkler, als sie es je gesehen hat. Noch dunkler als das Stahlgrau bei ihrer Ankunft. Die Wellen hämmern wild gegen die inneren Mauern des Hafens.

George schirmt die Augen ab, da der Regen jetzt zunehmend stärker herunterkommt. Die Wolken stehen so tief, dass man kaum erkennen kann, wo sie enden und wo der Horizont beginnt. Sie sucht den Kai nach Lewis ab und betet, dass ihn das Wasser nicht schon weggespült hat. Sie braucht beunruhigend lange, aber schließlich entdeckt sie ihn auf dem Weg zu einem blauen Boot, das auf der anderen Seite der Hafenmauer vertäut ist.

Sie hält inne, wartet eine vor ihr auf den Kai krachende Welle ab. Als sich das schäumende Wasser zurückzieht, verfällt sie in einen vorsichtigen Laufschritt und schlittert dabei über den vom Ozean angespülten Seetang. Wieder rollt Donner über den Himmel. Das Dröhnen ist so kraftvoll, dass es in ihrer Brust vibriert und ihre Knochen nicht nur vor Kälte erzittern lässt. Sie klatscht sich die Hände über die Ohren, während sie rennt, und weicht einer weiteren Welle aus, die sie in das aufgewühlte Wasser des Hafens zu reißen droht.

Als sie sich dem Boot nähert, erkennt sie, dass Lewis wild zu jemandem an Bord gestikuliert. Nach einigen weiteren Schritten erblickt sie auf dem Schiffsdeck eine stämmige Gestalt – Jack, wie sie vermutet. Der Mann schwingt die Beine über die Reling und springt zurück auf den Kai. Lewis packt Jack vorn am Hemd und blafft ihm etwas ins Ohr, bevor er ihm einen Stoß versetzt, der ihn in ihre Richtung taumeln lässt.

George schaut zurück zur entfernten Treppe, dann wieder hinaus in den Hafen. Mittlerweile ist der Sturm direkt über ihnen, so viel steht fest. Und angesichts der Wildheit, mit der die Wellen durch die Hafeneinfahrt hereinpflügen, müssen sie den Kai unverzüglich verlassen.

»Kommt schon!«, ruft sie den Männern zu, aber ihre Worte werden vom Wind weggerissen.

Jack ist inzwischen so nah, dass George seine geröteten Wangen ausmachen kann. Lewis folgt nur wenige Meter dahinter. Plötzlich schwappt eine gewaltige Wand aus Wasser über die steinernen Arme, die den Eingang zur Bucht schützen, tobt durch den Hafen, kracht gegen die innere Mauer und erfasst alle drei bis hoch zur Brust. George erlebt eine Sekunde der Schwerelosigkeit, als sie durch die Luft geschleudert wird, bevor sie mit einer knochenbrechenden Wucht auf die rauen Steine des Kais knallt. Der Aufprall presst ihr den Atem aus den Lungen, trotzdem gelingt es ihr, sich irgendwie am Boden festzukrallen, bis sich das tobende Wasser weit genug zurückzieht, um wieder auf die Beine zu kommen. Ihre Fingerkuppen brennen.

Als sie die Hände hebt, stellt sie fest, dass an den schmerzenden Stellen die oberste Hautschicht abgeschrammt worden ist. Wässriges Blut tropft auf den Stein hinab.

»Scheiße«, stößt sie atemlos hervor, ehe sie sich danach umsieht, wie es den Männern ergangen ist. *»Scheiße!«*

Lewis rappelt sich gerade erst auf und wischt sich Salzwasser aus den Augen.

Jack ist verschwunden.

Mit erneut wild hämmerndem Herzen wirbelt ihr Kopf zum Meer herum. »Jack ist reingerissen worden!«

Lewis eilt an ihre Seite und späht mit panischem Blick in die Wellen.

»Bitte, *bitte* sagen Sie mir, dass er einer der wenigen ist, die schwimmen können«, stößt George hervor.

Sein Schweigen ist Antwort genug.

Die Sekunden fühlen sich wie Stunden an, während sie das chaotisch tobende Wasser absuchen, bis Lewis schließlich brüllt: »Da drüben!«

George schaut in die Richtung, in die er zeigt. Ungefähr dreißig Meter entfernt entdeckt sie Jack. Trotz der Entfernung erkennt sie auf Anhieb, dass er in größter Not ist. Mit seinen umherschlagenden Händen versucht er verzweifelt, sich im Wasser festzukrallen – vergeblich.

Ihr Körper beginnt zu handeln, bevor ihr Gehirn ihm folgen kann. Ihre durchnässte Jacke landet auf dem Boden. Mit der Faust zieht sie ihr Haar zurück und fixiert es mit einem rasch aus der Tasche gezogenen Haargummi.

»Holen Sie ein Seil!«, befiehlt sie und kämpft sich aus den Stiefeln.

Einen Moment lang scheint Lewis protestieren zu wollen.

Dann jedoch sieht er, wie Jacks Kopf erneut unter der Oberfläche verschwindet, und presst seine Zähne fest zusammen. Er sprintet zum nächsten Boot und holt ein langes, aufgewickeltes Seil vom Deck. George befestigt mit einem strammen Knoten ein Ende um ihre Taille, das andere bindet Lewis um eine Dalbe herum. Dann packt er mit kräftigem Griff den Mittelteil des Seils, stemmt die Füße in den Boden und nickt ihr zu.

Ohne ein weiteres Wort holt George tief Luft und taucht ins Wasser.

Da sie bereits klatschnass war, empfindet sie die Kälte zunächst nicht als allzu großen Schock. Die Geräusche des Sturms um sie herum werden gedämpft, als ihr Körper durch das Wasser pflügt. Sie erlebt tatsächlich einen Moment der Ruhe – ähnlich jenen, wenn sie in der Badewanne untertaucht.

Dann jedoch erfassen sie die Strömungen, und sie wird in einen Strudel hineingerissen, wodurch sie die Orientierung verliert. Das Wasser ist so dunkel, dass sie nicht zu sagen vermag, ob sie der Oberfläche näher ist oder dem Meeresboden. Als ihre Lunge zu brennen beginnt, entscheidet sie sich willkürlich für eine Richtung und strampelt kräftig, beruhigt vom Ziehen des Seils um ihre Taille.

Wie durch ein Wunder durchbricht ihr Kopf Sekunden später die Oberfläche. Keuchend saugt George tief die Luft ein. Aber die Erleichterung währt nur kurz, denn es rast bereits eine weitere Welle auf sie zu. Sie duckt sich unter sie und wird in die Tiefe gedrückt. Ihre Beine strampeln wie wild, um sie durch das Wasser wieder nach oben zu befördern. Ihre Brust brennt, als sie erneut den Wind im Gesicht spürt.

Sie sieht sich nach Jack um und hofft, dass sie sich weit genug von der Ufermauer entfernt hat, um nicht beim nächsten

Ansturm einer Welle dagegen geschmettert zu werden. Zu ihrer Erleichterung entdeckt sie Jack ungefähr zehn Meter vor ihr. Sie wappnet sich gegen eine weitere Welle und schwimmt mit kräftigen Beinschlägen auf ihn zu.

Jack ist erschöpft; sie merkt es an den zufallenden Lidern und den schlaffen, blassen Lippen. Abermals taucht er unter, und ihr Herz setzt einen Schlag aus, als er nicht gleich wieder an die Wasseroberfläche kommt.

»Scheiße«, stößt sie keuchend hervor und schwimmt dorthin, wo sie ihn zuletzt gesehen hat. Ihre Arme wirbeln suchend durchs Wasser. Dann stoßen ihre Finger gegen etwas Festes. Sie packt es, zerrt daran, und schließlich zieht sie Jack am Hemd nach oben. Mittlerweile hat er die Augen geschlossen.

»Jack? Jack!« Fluchend schlingt sie die Arme um seine Brust und verschränkt die Finger ineinander. »Jetzt, Lewis – *jetzt!*«

Sie spürt einen kräftigen Ruck um die Taille, dann werden sie und Jack rasch rückwärts gezogen. Ihr kommt nicht in den Sinn, dass sie sich schneller bewegen, als es Lewis allein schaffen könnte. Bald jedoch spürt sie, wie mehrere Hände ihre Arme ergreifen und sie zusammen mit Jack aus dem Bereich des Hafens geschleppt wird, wo die Elemente am heftigsten toben.

George bricht zitternd und keuchend auf die Hände und Knie zusammen. Jemand kniet sich neben sie und klopft ihr behutsam auf den Rücken.

»Alles in Ordnung, Inspector?«

Die Atmung des Mannes klingt von der Anstrengung ihrer Rettung rau. Die Stimme gehört nicht Lewis.

»Atmen Sie langsam durch«, fügt Ewan hinzu und löst das Seil von ihrer Taille.

In der Nähe findet ein angespannter Wortwechsel statt. Als sie über die Schulter späht, sieht sie, dass Jack ausgestreckt und regungslos hinter ihr liegt. Eine Handvoll Inselbewohner hat sich eingefunden, ihre Mienen sind von Besorgnis gezeichnet.

»Atmet er?«, stößt George hervor.

Eine Frau kniet sich hin. Ihre Hände tasten über Jacks Brust, sein Gesicht. »Wie kann ich …«

»Das darf doch nicht wahr sein«, murmelt George und schiebt die Frau beiseite. Ihre zitternden Finger drücken in die weiche Haut am Hals, um den Puls zu fühlen. Angst schnürt ihr die Kehle zu, aber sie bändigt sie. In Augenblicken wie diesen ist die Angst eine nutzlose Emotion.

»Jack, hören Sie mich?«, ruft sie und tätschelt ihm kräftig die Wange. »Los, machen Sie die Augen auf!«

Sie wartet keine Sekunde, bevor sie mit den Wiederbelebungsmaßnahmen beginnt; sie hält nur ganz kurz inne, um seine Jacke aufzureißen, damit sie die Hände direkt auf sein Brustbein pressen kann. Leise summt sie vor sich hin, um einen steten Rhythmus beizubehalten.

Dreißig.

Atmen. Atmen.

Seine Lippen sind eisig.

Dreißig.

Atmen. Atmen.

Weitere Inselbewohner treffen ein. Ihre aneinandergedrängten Gestalten schirmen George vor den ärgsten Windböen ab.

Dreißig.

Atmen. Atmen.

»Sie schaffen das«, murmelt eine Frau.

»Weiter so, Inspector«, spornt sie eine andere Stimme an, die bei ihrem Titel brüchig wird.

Sie hört die Leute kaum und zählt im Kopf. *Dreißig. Atmen. Atmen. Dreißig. Atmen. Atmen. Dreißig …*

Ein Husten.

Wärme durchflutet Georges zitternden Körper. Sie fällt zurück, als Jack prustet und ihm Meerwasser über das Kinn rinnt. Unter ihrer Anweisung rollen ihn die Einheimischen auf die Seite, breiten eine Decke über ihn aus, reiben ihm grob die Arme und Beine.

Ein Arm um ihre Schultern verhindert, dass sie zu Boden sacken kann, ein anderer legt eine Decke um sie. Der Regen hat nicht nachgelassen, aber das Meer scheint damit zufrieden zu sein, Jack für jene lange Minute den Atem geraubt zu haben – die durch die Hafeneinfahrt pflügenden Wellen sind nicht mehr ganz so ungestüm wie zuvor.

Mittlerweile scheint die gesamte Bevölkerung von Eadar die Stufen herunterzuströmen. Unter dem Schutz von Regenschirmen bringen die Menschen Handtücher und Decken herbei. Pater Ross drängt sich durch die Menge. Sein Mund bleibt vor Schreck offen stehen, als er den Mann auf dem Boden erblickt.

»Jack!«, ruft er schließlich und sinkt unbeholfen auf die Knie. Jack fängt bereits an, sich zu rühren. Als Reaktion auf das Treiben um ihn herum öffnen sich seine Augenlider flatternd.

Sanfte Hände helfen George auf die Beine. Jemand legt einen Arm um ihre Taille und führt sie zur Treppe. Sie bewegt sich roboterhaft vorwärts und schaut benommen zu Ewan auf. Er sieht sie an. Sein Mund bildet eine schmale Linie – ein Ausdruck der verbliebenen Anspannung von ihrer letzten Begegnung, vermutet sie. Aber er stützt sie weiter, bis sie die oberste Stufe der Treppe erreichen. Dort erwarten sie mit offenen Mündern jene Inselbewohner, für die der Kai keinen Platz mehr geboten hat.

Richie schlängelt sich durch die Menge, dicht gefolgt von Kathy. Sein Gesicht wird blass, als er George erblickt. Sofort eilt er zu ihr. »Was zum Teufel ist passiert?«, verlangt er zu wissen.

Auf ihre tauben Wangen legen sich seine Hände, die sich sengend heiß anfühlen.

»Sie hat Jack Ross gerettet«, antwortet Ewan, bevor George auch nur Luft holen kann. Dafür ist sie dankbar. Ihre Zähne klappern gerade zu heftig, um sprechen zu können.

»Ross?«, hakt Richie nach.

»Pater Ross' Neffe. Er wäre fast ertrunken. Aber ich hab gesehen, wie Inspector Lennox hinter ihm her geschwommen ist, und es war nur MacGill dort, um sie beide zurückzuziehen. Sie wäre selbst um ein Haar ertrunken, so hoch waren die Wellen …«

Bewegung kommt in die Menge, als Jack auf einem Brett die Stufen heraufgetragen wird. Lewis hält eine Seite davon. Er lächelt George müde an. Sie glaubt, dass es ihr gelingt, die Geste zu erwidern. Unmittelbar dahinter entdeckt sie Cecily, die mit offenem Mund Georges triefendes Erscheinungsbild betrachtet, während Ewan immer noch einen Arm um sie gelegt hat. George nickt Cecily zu, doch die wirkt zu schockiert, um darauf zu reagieren. Bevor Ewan die Geschichte der Rettung weitererzählen kann, drücken andere Hände gegen Georges Rücken, und die Menge teilt sich, um sie durchzulassen.

Es fühlt sich wie ein Echo ihrer ersten Momente auf der Insel an, als sie in das Haus eines älteren Paars an der Hauptstraße und dort ins vordere Zimmer geführt wird, wo ein munteres Feuer im Kamin knistert. Die Frau, an deren Namen sich Georges benebeltes Gehirn nicht erinnern kann, lässt sie allein, damit sie sich ausziehen und in eine weitere Decke wickeln kann. Die dampfende Kleidung und die Stiefel hängt sie an Metallhaken, die am Kaminsims befestigt sind. Sie sinkt auf den nächsten Stuhl, hebt die Füße und streckt die Zehen den Flammen entgegen.

Wenige Minuten später schlurft die Frau herein und drückt George einen Becher Tee in die Hände, deren Finger zu kribbeln beginnen, als die Wärme die Kälte vertreibt. Mit einem Lächeln tätschelt die Frau sanft Georges Kopf und kehrt dann in die Küche zurück. George trinkt einen ausgiebigen Schluck, bevor sie mit etwas Mühe den Haargummi löst. Die Strähnen sind vom wilden Wasser ineinander verworren.

Einige Minuten später klopft es an der Haustür. Der Ehemann der Frau führt Richie ins Zimmer. Er hat Georges Reise- und Aktentasche bei sich.

Richie stellt beide auf den Boden. »Alles in Ordnung?«

Ihr Kopf schmerzt ebenso wie ihr Gesicht, und von der anstrengenden Herzmassage bei Jack fühlt sich ihr Körper an, als hätte er drei Runden im Ring gegen Fiona bestritten.

»Nur kalt«, antwortet sie.

Das Polizeiboot, das sie abholen soll, hat George so gut wie vergessen. Sie schaut auf die Armbanduhr, in die jedoch Wasser eingedrungen sein muss: Der Sekundenzeiger tickt nicht mehr. Bei diesem Sturm würde bestimmt kein Boot unterwegs sein – geschweige denn versuchen, es in den Hafen zu schaffen, in dem das Gewässer gerade nach Kräften versucht hat, George umzubringen.

Als hätte Richie ihre Gedanken gelesen, lacht er auf – der Laut klingt abgehackt – und sagt: »Nur keine Eile. Kurz nachdem du losgegangen bist, ist ein Anruf gekommen. Unsere Abholung hat sich vernünftigerweise geweigert, die Reise anzutreten. Wenn das Wetter es zulässt, kommt das Boot morgen früh gegen zehn, wie ursprünglich geplant.«

Einige Herzschläge lang sehen sie sich gegenseitig an, bevor er schließlich den Blick abwendet. »Ich übernachte heute im Dorf. Über dem Pub gibt's ein Zimmer.«

George blinzelt. »Oh. Wieso das?«

»Weil ich stinksauer bin, Lennox, und eine Pause von dir haben möchte.«

Ihr Mund klappt auf. »Du kannst nicht wütend auf mich sein, weil ich diesen Mann gerettet habe.«

Seine Hände, die seitlich herabhängen, krümmen sich, ballen sich zu Fäusten. »Erinnerst du dich an unser Gespräch gestern Abend? Oder daran, worüber wir heute Morgen gesprochen haben? Ich fange nämlich an zu glauben, dass du alles ignorierst, was ich dir je gesagt habe.«

Anscheinend hat sie ein wenig Meerwasser geschluckt, denn in ihrem Magen brodelt es. »Willst du, dass ich die nächsten dreißig Jahre lang nur das Nötigste mache, damit ich so ende wie du? Dass ich in einem Rang feststecke, der unter meinem Potenzial ist, weil ich mich zu sehr davor scheue, Risiken einzugehen?«

Mit lodernden Augen fasst er in die Tasche. Ein vertrautes Klappern führt dazu, dass ihr der nächste Atemzug in der Kehle stecken bleibt.

»Dafür müsstest du erst mal dreißig Jahre durchhalten«, speit er ihr entgegen, als er die Tramadol und auch die Zolpidem hervorholt. »Aber wenn ich von dem hier ausgehe – dann gebe ich dir nicht mal mehr drei Monate.«

Einen Moment lang ist sie sprachlos. Dann …

Zuerst zuschlagen, zuerst zuschlagen, zuerst zuschlagen.

»Was zum Teufel denkst du dir dabei, meine Sachen zu durchwühlen?«, stößt sie knurrend hervor und stemmt sich vom Stuhl hoch. Der Becher fällt zu Boden und zerbricht neben ihren nackten Füßen.

»Ich beantworte deine Frage, wenn du meine beantwortest«, entgegnet er.

Herausfordernd reckt sie das Kinn vor.

»Warum hast du die Etiketten entfernt?«

»Das geht dich verdammt noch mal nichts …«

»Weißt du«, fällt er ihr ins Wort und schüttelt die Fläschchen nachdenklich, »mir fallen zwei Gründe dafür ein. Keiner der beiden ist gut. Ich hoffe, du hast einen dritten, aufgrund dessen ich dich Cole bei unserer Rückkehr nicht melden muss.«

George kann nicht klar denken, bringt keine Erwiderung zustande. Ihr Verstand brüllt widersprüchliche Botschaften, fordert sie auf, anzugreifen, sich zu verstecken, zu flüchten.

»Der erste Grund«, fährt er fort und sieht ihr immer noch nicht direkt in die Augen, »ist der, dass du sie dir von verschiedenen Ärzten verschreiben lässt und die Etiketten entfernt hast, damit niemand die Namen sieht – weil dann auffallen könnte, dass die Medikamente nicht zueinander passen.«

»Das ist nicht …«

»Der zweite Grund«, fährt er unerbittlich fort, »ist der – und Himmel, ich hoffe, der trifft nicht zu –, dass du die Tabletten von woanders beziehst.«

Nein, nein, nein, nein, nein …

»Du irrst dich«, flüstert sie.

»Verdammt, George. *Bitte* versprich mir, dass ich damit falschliege.« Richies Augen funkeln. »Ich flehe dich an.«

Und George sagt … sagt …

Die daraufhin einsetzende, lange Stille zerbricht, als die dünne Brücke des Vertrauens zwischen ihnen zusammenfällt.

»Ich dachte …« Er räuspert sich, doch seine Stimme zittert beim zweiten Anlauf immer noch. »Weißt du, die Leute haben von Anfang an gesagt, dass wir nicht zueinanderpassen. Meine Freunde, Kollegen, die ich seit Jahrzehnten kenne … Sie haben dich mit deiner mürrischen Miene und deiner scharfen Zunge reinkommen gesehen und prompt zu mir gemeint, ich täte ihnen *leid*. Sie hatten Mitleid mit mir, weil man dich mir zugeteilt hat. Weil ich dich ertragen musste.« Er reibt sich mit einem Knöchel unter dem Auge, und sein Adamsapfel hüpft hoch und runter. »Aber so hab ich nie empfunden. Ich hab dich schon gemocht, bevor du es zugelassen hast. Und danach … dachte ich, wir würden gut zusammenarbeiten. Das hab ich mir doch nicht bloß eingebildet, oder? Ich habe dir alles beigebracht, was ich weiß – oder es zumindest versucht. Über Menschen. Über Muster. Darüber, Leuten zuzuhören und unvoreingenommen zu bleiben. Und ich dachte, ich hätte es recht gut hinbekommen. Ich war stolz auf mich – und noch stolzer auf dich.« Sein Gesichtsausdruck verfinstert sich. »Aber in der Nacht im Villo-Haus hast du bewiesen, wie sehr ich mir etwas vorgemacht hatte. Du hast nicht auf mich gewartet, obwohl du es hättest sollen. Du hast einen aktiven Tatort betreten, ohne nachzufragen, ob das Gebäude durchsucht worden war. Du hast auch niemandem gesagt, dass du reingehst. Vielleicht erinnerst du dich an diesen Teil nicht«, fügt er als Reaktion auf ihre gerunzelte Stirn hinzu, »aber es ist die Wahrheit. Ich hab alle gefragt, die in der Nacht dort waren. Weil ich genau wissen wollte, was passiert war – um alle kritischen Punkte zu bestimmen, an denen du eine andere Wahl hättest treffen sollen. Ich habe so viel Zeit mit dem Versuch verbracht, dich zu verstehen, mir zu erklären, warum du dich über alles hinweggesetzt hast, was ich dir beigebracht hatte. Dabei wollte ich dich eigentlich nur anbrüllen, weil du dich so unbeschreiblich dumm verhalten hattest.«

Das Gefühl, das George durchströmt, kann sie nur als Grauen bezeichnen: Es ist so beängstigend, so überwältigend, dass es ihr die Sprache verschlägt. Sie steht nur da wie eine beschädigte Statue aus einer antiken Tragödie, während sich Richie mit der Hand über das feuchte Gesicht fährt.

»Es tut mir leid, George«, sagt er, und eine Träne kullert die Falte neben seiner Nase entlang. »Es tut mir so leid. Denn im Moment kann ich nur daran denken, dass ich bei dir irgendwo irgendwie versagt habe.« Mit einem Schniefen senkt er den Blick auf die Fläschchen in seiner Hand. »Und eindeutig nicht nur einmal.«

»Rich«, presst sie erstickt hervor. Aber es gibt sonst nichts, was sie sagen kann. Ihr Herz kann die Schande nicht ertragen, die hässlichen Wahrheiten auszusprechen.

Richie blinzelt eine weitere Träne weg, bevor er ihr die Fläschchen hinhält. Und wartet.

Nimm sie nicht!, murmelt eine leise Stimme in ihr.

George weiß, dass es ein Test ist. Mittlerweile hat er seine Gesichtszüge wieder unter Kontrolle, doch in seinen Augen erkennt sie etwas Verzweifeltes. Vielleicht ist es ja seine Stimme, die sie in ihrem Kopf hört.

Aber ihr Körper fleht sie auch an – fleht sie an, seine unzähligen Leiden zu lindern, den Druck im Schädel zu verringern. Und daher tut sie es: Obwohl sie sich so sehr schämt, dass sie am liebsten im Boden versinken würde, zieht sie die Decke um die Schultern enger, bewegt sich auf Richie zu und nimmt ihm die Fläschchen aus der Hand.

Kurz beben seine Lippen, dann nickt er. »Nicholsons Schlüssel ist in der Aktentasche. Komm morgen nicht zu spät, sonst fährt das Boot ohne dich ab.«

An der Tür hält er ein letztes Mal inne. »Ich hab versucht, dir etwas über Muster beizubringen«, sagt er. Seine Stimme klingt nachdenklich und distanziert. »Und mir ist gerade noch eines aufgefallen. Wir enttäuschen uns gegenseitig immer wieder.« Er lächelt, und es wirkt unglaublich traurig. »Was sollen wir davon halten?«

Und dann ist er fort.

Kapitel 21

Ihre Kleidung und Schuhe sind noch feucht, als sie sich anzieht. Nachdem sie sich bei ihren Gastgebern für den zerbrochenen Becher entschuldigt hat, schlüpft sie zur Haustür hinaus.

Es herrscht eine seltsame Atmosphäre, und es fühlt sich so an, als stünde die Insel unter Schock. Die Sturmfront hat mit brutaler Gewalt zugeschlagen, doch der ärgste Wind und Regen sind schnell vorbeigezogen. Die Menschen bewegen sich langsam, sammeln vom Sturm umhergewirbelte Trümmerteile ein, unterhalten sich leise miteinander. George nähert sich der Abzweigung zur Kate. Ihre gesamte Aufmerksamkeit gilt der Aufgabe, einen Fuß vor den anderen zu setzen.

Lewis braucht drei Anläufe, um zu ihr durchzudringen. Erst als er ihr die Hand fest auf die Schulter legt, schüttelt sie mit einem gequälten Aufkeuchen ihre Benommenheit ab.

»Oha«, entfährt es ihm. Er hebt die Hände. »Ist alles in Ordnung, Inspector?«

Ihr Kopf nickt, bevor sie Worte hervorbringen kann. »Wie geht's Jack? Wohin hat man ihn gebracht?«

»Sein Haus ist gleich die Straße rauf. Wir haben ihn aufgewärmt und ihm was zu essen gegeben. Jetzt schläft er.«

»Der Mann sollte wirklich in ein Krankenhaus.«

»Stimmt, sollte er. Wird aber nicht passieren.«

Seufzend lehnt sich George an die nächste Wand. Ihre Beine zittern warnend. Sie fragt sich, ob sie es überhaupt den Hügel hinauf schaffen wird. »Glauben Sie, wir haben Gentle Annie gestern Nacht verärgert?«

Ein Lächeln umspielt seine Lippen. »Sagen Sie bloß, Sie sind zu einer Gläubigen geworden.«

Bei der Erinnerung an den Verrat, den sie in Richies Augen begangen hat, klingt ihre Stimme belegt. »Ich bin mir nicht mehr sicher, was ich glaube.«

Einen Moment lang mustert er sie eindringlich. »Geht es Ihnen wirklich gut?«

Für eine Sekunde spielt sie mit dem Gedanken, ihm die Wahrheit anzuvertrauen. Dass ihr Geist und ihr Körper einer Schaltzentrale für Schmerzen gleichen, an der alle Lichter blinken. Aber wenn sie zu dem einen Menschen in ihrem Leben nicht ehrlich sein konnte, der es mehr als jeder andere verdient, wird sie es bei einem relativ Fremden erst recht nicht sein.

Es erweist sich als Fehler, dass sie nicht weitergegangen ist: Die Erschöpfung hat sich prompt in ihren Muskeln festgesetzt. George wankt leicht, als sie sich von der Wand abstößt.

»Ich gebe mir echt Mühe, dass es mir gut geht. Wir sehen uns, Lewis.«

Sie ist nicht weit gekommen, als Kathy sie abfängt und ihr eine schwere Tasche hinhält. »Ein paar Kleinigkeiten zum Abendessen«, erklärt sie. »Und ich hab die Logbücher wieder reingepackt. Sie sollten sie unbedingt zu Ende lesen, während Sie sich heute Abend ausruhen.«

»Danke«, sagt George müde. Über Kathys Schulter sieht sie, dass mehrere Frauen das Mackay-Haus betreten. »Ist da drüben alles in Ordnung?«

Kathy runzelt die Stirn. »Oh. Sie haben es noch nicht gehört. Der arme Stephen ist in der Nacht gestorben.«

Es dauert ein paar Sekunden, bis sie die Worte verinnerlicht hat. George geht in Gedanken die Ereignisse des Vortags durch. Gut, Stephen ist nach seinem Gewaltausbruch auf der Straße schnell ermüdet. Dennoch hat nichts an seinem Zustand lebensbedrohlich gewirkt, als Richie und sie ihn verlassen haben.

»Wie?«

Kathy schüttelt den Kopf, die Augen sind gesenkt. »Um seine Gesundheit war es nicht gut bestellt. Es ist schrecklich traurig.« Sie lächelt verkniffen. »Wenn sein tragischer Tod etwas Positives hat, dann ist es die Tatsache, dass Sarah jetzt viel mehr Zeit zum Studieren haben wird.«

George vermag nicht recht zu sagen, was die Gesichtszüge von Kathy zum Ausdruck bringen. Jedenfalls wird deren Miene eigenartig intensiv, und dann zieht sie George in eine innige Umarmung. Bei der unerwarteten Geste erschlafft sie an Kathys weichem, warmem Körper. Eine ruhige Hand streicht über ihr verfilztes Haar.

Kathys Atem haucht an Georges Ohr. »Jack wäre nicht mehr am Leben, wenn Sie sich anders entschieden hätten. Unsere Leute werden nicht vergessen, was Sie getan haben. Und …« – kurz zögert sie, dann drückt sie George sanft – »die meisten werden verstehen, was als Nächstes passieren muss.«

Ihre Worte klingen beruhigend, obwohl George keine Ahnung hat, worauf sie anspielen könnte – ihr Gehirn ist derzeit zu träge, um die Äußerung zu analysieren. Sie stählt sich, löst sich aus Kathys Umarmung, dankt ihr für das Essen und setzt den langen Weg den Hügel hinauf fort.

Wie sich herausstellt, enthält das Päckchen aus braunem Papier eine dicke Scheibe Schellfisch. Das perlweiße Fleisch glänzt unter dem Deckenlicht. Die anderen Sachen, die Kathy ihr mitgegeben hat, sehen aus, als würden sie in den Rucksack eines Kinds aus einem Roman von Enid Blyton gehören: Brot, ein roter Apfel, ein Rosinenbrötchen und ein kleines Stück Hartkäse. Genau die richtige Menge, um ihr nachts über die Runden zu helfen, bevor sie noch einmal packen und sich im Postamt mit Richie treffen wird.

Ihr letztes Gespräch läuft erneut in ihrem Kopf ab, während sie den Fisch auf dem Herd brät und an dem Brot kaut, um das Knurren im Magen zu lindern. Als sie den brutzelnden Schellfisch auf einen Teller legt und sich im Schneidersitz vor dem neu im Kamin entfachten Feuer niederlässt, grübelt sie abermals über seine Worte.

Ist sie Lewis die Stufen hinuntergefolgt, ohne die Gefahren zu bedenken? Nein. Sie hat gewusst, dass es schlimm ausgehen könnte. Deshalb hat sie auch zunächst versucht, ihn daran zu hindern, zum Kai hinunterzugehen. Sicher, es war ein Risiko, ihm zu folgen, aber ein kalkuliertes. Sie hat die Lage eingeschätzt und getan, was Polizeibeamte tun *sollten* – sich in Richtung der Gefahr begeben. Menschen nach Möglichkeit helfen. Sie beschützen.

George wischt sich mit dem Handgelenk einige Tränen weg, während sie isst. Sie kann nicht mal ansatzweise all die kleinen, schmerzenden Stiche verarbeiten, die Richies Worte ihr versetzt haben – sie schreckt physisch vor der Erinnerung daran zurück, kauert sich unten vor der Couch in eine Decke gewickelt zusammen. Dann breitet sie ihre Arme in Richtung des Feuers aus, um dessen Wärme einzufangen, so wie sie es als Kind gemacht hat. Allmählich fühlen sich ihre Wangen sogar ein wenig zu heiß an, dennoch kann sie sich nicht dazu durchringen, sich vom Kamin ein Stück weit zurückzuziehen. Dafür hat sie zu frisch im Gedächtnis, dass sie erst vor kurzer Zeit bis auf die Knochen durchgefroren im eiskalten Wasser des Atlantiks gewesen ist.

Als sie an die überwältigende Dunkelheit zurückdenkt, mit der sie im Meer konfrontiert war, beschleunigt sich ihr Herzschlag. Alles ist so verwirrend gewesen, hat sie völlig überfordert – die Wellen, die ihre Gliedmaßen in verschiedene Richtungen gezerrt haben, das Brennen in ihren nach Luft schreienden Lungen.

George setzt sich vor das Feuer, drückt sich zwei Finger an den mittlerweile warmen Hals und konzentriert sich darauf, den Zeitabstand zwischen den Herzschlägen zu verlängern. Allerdings erinnert sie das nur daran, wie sie wieder und wieder ihr Gewicht auf Jacks Brust gepresst hat. Und an das schleichend einsetzende Gefühl von Versagen, je länger er nicht darauf reagiert hat.

George wünschte, sie wäre momentan nicht allein. Sie möchte ihre Eltern und ihre Schwester an ihrer Seite haben. Sie will ihre Freunde, ihre Wohnung und das Café an der Ecke, in dem es einen richtig guten Veggie-Burger und fettige heiße Pommes gibt. Zum ersten Mal in dieser Woche sehnt sie sich verzweifelt nach ihrem Zuhause.

Als sich ihre Atmung und ihr Puls verlangsamen, erkennt sie einen Vorteil darin, dass Richie im Dorf übernachtet. Sie schaut über die Schulter ins Schlafzimmer. Vor dem Aufbruch an diesem Morgen hat er das Bett gemacht, und zwar so perfekt, wie es beim Militär üblich ist. Während sie es betrachtet, erschlafft ihr gequälter Körper vor Erleichterung. Sie wird sich nicht erneut auf der kleinen Couch einrollen müssen.

George erhebt sich und stellt den Wasserkessel auf den Herd; sie hat vor, sich eine Tasse Tee zum Mitnehmen ins Bett zuzubereiten. Während sie auf das Pfeifen des Kessels wartet, ziehen die Logbücher ihre Aufmerksamkeit auf sich. Kathy hat regelrecht darauf bestanden, dass George sie zu Ende lesen soll. Sie beschließt, so viel wie möglich davon zu überfliegen, bevor das Wasser kocht. Danach wird sie die Bücher für immer schließen.

Die letzten Einträge sind nur wenige Tage vor dem angeblichen Verschwinden der drei Leuchtturmwärter datiert. Beim Lesen achtet sie auf Hinweise zur geistigen Verfassung der Männer, auf weitere Bemerkungen über die Spannungen zwischen McClure und Wilson. Aber der Grundtenor jener letzten Tage ist Erschöpfung, da sie alle von einem aufziehenden Sturm und natürlich dem heulenden Wind wach gehalten werden. Es folgen keine weiteren Berichte über Vorfälle zwischen den Männern oder mit den Einheimischen. George, die mittlerweile ungeduldig geworden ist, blättert zum letzten Eintrag, den Kathy mit einem Lesezeichen versehen hat. Enttäuscht findet sie dort lediglich einen einzeiligen Kommentar von Wilson, der aus zwei Wörtern besteht: *Aufgaben erledigt.*

Schnaubend lacht sie – das sollte sie nach Kathys Ansicht unbedingt lesen? Was für eine Zeitverschwendung. Obwohl die Schilderungen zunehmend eigenartiger geworden sind, ist George dem größten Geheimnis der Insel keinen Schritt näher gekommen. Träge dreht sie den von Kathy als Lesezeichen benutzten Zettel um.

Es handelt sich um einen Ausschnitt einer Zeitung vom Festland. Ein kurzer Artikel samt Foto berichtet davon, dass der größte Fang des Vorjahrs einer Gruppe von Fischern aus Eadar gelungen ist. Auf dem Bild steht die Besatzung annäherungsweise in einem Halbkreis, und alle sind dicht beisammen, um sicherzustellen, dass wirklich jeder von der Kamera erfasst wird. George fährt mit dem Finger über das körnige Foto. Einige der Männer erkennt sie wieder; sie hat sie am vergangenen Abend im Pub gesehen. Sie fragt sich, ob der berüchtigte Donald unter ihnen ist, und während sie die Gesichter betrachtet, versetzt ihr eines einen jähen Stich ins Herz.

Am Rand der Gruppe, einen Arm steif um die Schulter des Mannes neben ihm gelegt, steht Alan Ferguson. Diese Aufnahme hat George nie zuvor gesehen, dafür andere Fotos von ihm in diesem Alter. Er muss darauf gerade noch siebzehn sein.

Die Augen aller anderen leuchten ob des Triumphs, und wie sie die Arme umeinander gelegt haben, zeugt von ihrer Vertrautheit miteinander und ihrer kameradschaftlichen Verbundenheit. Außer bei Alan. Sogar auf dem leicht unscharfen Foto erkennt man deutlich, dass seine Gedanken nicht bei der Auszeichnung sind. Seine zu Schlitzen verengten Augen schauen nach rechts – durch den Halbkreis hindurch – auf einen großen Mann mit dunklem Haar. George betrachtet ihn näher.

Der Mann, den Alan mit einer solch großen Eindringlichkeit anstarrt, ist Ewan. Und Ewan … Ewan erwidert seinen Blick, sein Ausdruck jedoch lässt sich nicht deuten. George denkt an den Sturm, den sie in Ewans Augen brodeln gesehen hat, an die aufgewühlten Emotionen, mit denen er anscheinend nicht recht umzugehen weiß. Nur Cecilys Ermahnung hat ihn heute im Zaum gehalten … Aber trotz dieses Aufflammens von Wut ist er in den Sturm hinausgegangen, um Lewis zu helfen, Jack und sie an Land zu ziehen. Und er hat seinen

Arm um sie gelegt, um sie vor dem Straucheln zu bewahren. Eine steife Freundlichkeit, die sie aufgrund ihrer vorherigen Begegnungen nicht von ihm erwartet hatte. Vielleicht fühlt sich Cecily von dieser kantigen, aber echten Leidenschaft angezogen, seit Donald mehr oder weniger das Interesse an ihr verloren hat. Der Gedanke erinnert George an das Gespräch, das Richie und sie am Tag davor mit Fiona führten. Die junge Frau hat gemeint, Alan hätte in ihr mehr gesehen als das, was sich oberflächlich zeigt – die faszinierende Mehrschichtigkeit ihres Charakters.

Der Wasserkessel beginnt zu pfeifen. Zerstreut macht sie die Herdflamme aus und betrachtet erneut das Foto. Fiona hat auch erwähnt, dass Alan ein Problem mit einem der Fischer hatte … Nein, kein *Problem*. Nur dass der Mann Alan immer wieder Aufgaben an Bord der Boote zugeteilt hat. Aber so funktioniert eben ein Job, nicht wahr? Kein Teenager arbeitet gern, nicht mal, wenn er dafür bezahlt wird. Wäre Richie hier, würde er die Augen verdrehen und ihr Geschichten darüber erzählen, wie schwer es früher war, seine Töchter dazu zu bewegen, zu Hause aufzuräumen. Er würde einen Blick auf das Foto werfen und sagen: *»Ja, das ist der Inbegriff eines mürrischen Teenagers.«* Und George würde ihm zustimmen. Alan wirkt auf dem Foto tatsächlich etwas verdrossen.

Sie reibt sich die Augen. Vom eindringlichen Starren auf die winzigen, körnigen Gesichter wird ihr leicht übel. Sie legt den Ausschnitt zurück ins Logbuch und klappt es zu. Anschließend wendet sie sich dem Spülbecken zu, um sich von dort einen Becher zu holen.

Und sieht sich dem Wolf von Angesicht zu Angesicht gegenüber.

Wieder setzt jähes, primitives Grauen ein, bevor ihr rationaler Verstand das Ruder übernimmt. Mit wild hämmerndem Herzen begegnet sie dem Blick des Wolfs mehrere Sekunden lang. Dann hebt die Gestalt eine Hand und krümmt einen Finger. Eine Einladung. Eine stumme Aufforderung.

Komm!

Kapitel 22

So schnell wie möglich zieht sich George an und schnappt sich ihre Stiefel neben dem Feuer. Die Müdigkeit wird von einer Adrenalinflut weggespült. Mit dem Küchenmesser in einer leicht zugänglichen Tasche und der Taschenlampe in einer anderen verabschiedet sie sich voller Bedauern vom Kamin und stürmt hinaus in die Nacht.

Obwohl der Sturm weitergezogen ist, liegt noch eine unheilvolle Atmosphäre in der Luft. Die Wolken am schwarzen Himmel sind dunkelgrau und verhüllen den Mond.

Die Gestalt wartet am Zaun der oberen Koppel, auf der dem Wald näheren Seite.

»Wer sind Sie?«, ruft George, die etwas Abstand zwischen ihnen hält.

Die Maske neigt sich, als deren Träger sie neugierig betrachtet.

Ihre Augen suchen ihn nach versteckten oder offenkundigen Waffen ab. Die Arme hängen gerade an den Seiten herab, die Kleidung ist zu weit, um erkennen zu können, ob sich darin etwas befindet.

»Warum schauen Sie durch unser Fenster?«, fragt George und geht einen Schritt näher heran. »Wollten Sie sehen, was wir über Alan herausgefunden haben? War der Unglücksbringer über der Tür von Ihnen? Oder wissen Sie, wer ihn hinterlassen hat?«

Erneut keine Antwort.

George wagt einen weiteren Schritt, bleibt jedoch auf der Hut. Im Kopf kann sie synchron mit ihren rasenden Herzschlägen die Stimme von Richie hören: *»Risiko, Risiko, Risiko …«*

Am Ende nimmt ihr die maskierte Gestalt die Entscheidung ab. Bei ihrem nächsten Schritt wirbelt die Person herum und prescht den Hang in Richtung des Walds hinunter. Sofort nimmt George die Verfolgung auf, aber die flüchtende Erscheinung hat einen Vorsprung. Wenn sie zwischen den Bäumen verschwindet, wird George ihr nicht weiter hinterherhetzen können.

Ihre Beine machen keinen Hehl aus ihrem Unmut, als George sie antreibt, schneller zu laufen – die Muskeln zittern. Beim Atmen spürt sie das Kratzen der frostigen Luft in der Nase und im Hals. Aber sie achtet nicht darauf, ignoriert alles außer der fliehenden Gestalt.

Und als sie plötzlich anhält, tut George es ihr gleich, schwer atmend und voller Argwohn.

Einen langen Moment schaut der oder die Unbekannte sie an. Die Augen liegen in den Schatten der Maske verborgen. Vielleicht schätzt die Person die Entfernung zwischen ihnen ab, um herauszufinden, wie groß die Erfolgschancen einer Flucht sind. Georges Mund ist trocken. Mit angespannten Muskeln wartet sie auf eine Regung der Gestalt. Dann huscht diese nach einem letzten Blick zu George in den Wald hinein.

Etwas an jenem Blick löst ein elektrisierendes Knistern in Georges Magengrube aus.

Risiko, Risiko, Risiko, erinnert ihr Herz sie.

Im Joggingtempo läuft sie hinterher und achtet darauf, leise Schritte zu machen, während sie sich den Bäumen nähert. Wenn die Gestalt wirklich will, dass George ihr folgt, wird sie auf sie warten.

George biegt um die Ecke der Koppel und eilt den schmalen, von hohem Gras überwucherten Weg zwischen dem Zaun und dem Wald hinunter. Unterwegs hält sie in der Dunkelheit Ausschau nach einem Gesicht. Als sie ungefähr die Stelle erreicht, an der die Gestalt in den Wald verschwunden ist, hält sie inne, um zu verschnaufen, und späht in die Dunkelheit hinein.

Sie wirft einen letzten verzweifelten Blick zurück zur Kate – und hofft beinahe, Richies Umrisse würden sich in den erhellten Fenstern abzeichnen. Und dann findet sie sich mit ihrer Entscheidung ab. Nachdem sie das Messer und die Taschenlampe hervorgeholt hat, betritt sie den Wald, um einem Wolf zu folgen.

George ist bereits mehrfach an diesem Waldstück vorbeigekommen. Ihrer Schätzung nach beträgt der Durchmesser höchstens zweihundertfünfzig Meter. Allerdings muss sie schon nach weniger als zehn Metern ihre Schritte verlangsamen und die Taschenlampe einschalten, um sich einen Weg zwischen den knorrigen Baumstämmen und verworrenen Wurzelgeflechten zu bahnen, über die sie zu stolpern droht.

Das Messer hält sie vorerst an ihrer Seite. Ihre Ohren lauschen aufmerksam auf jedes Geräusch, die Kiefermuskeln sind so krampfhaft angespannt, dass sie zu schmerzen beginnen. George versucht, eine möglichst gerade Linie beizubehalten. Dass sie sich trotzdem diagonal vorwärtsbewegt, erkennt sie, als sie auf einen Pfad stößt, der eindeutig von Menschenhand geschaffen wurde.

Nächtliche Geräusche dringen zwischen den Stämmen und aus dem Blätterdach zu ihr: über Laub trippelnde Füße, der leise Ruf eines von ihrer Taschenlampe aufgeschreckten Vogels, ein Rascheln, als etwas – oder jemand – hinter ihr über den Pfad huscht. Mit erhobenem Messer wirbelt George herum. Ihr Herz schlägt ein banges Stakkato gegen den Brustkorb.

»Hallo?« Ihre Stimme schwankt. Sie versucht es erneut. »Wo sind Sie?«

Stille.

Ist das eine Falle? Das Messer fest vor sich haltend – die Spitze in die Dunkelheit gerichtet –, bewegt sich George mit langsamen, bedächtigen Schritten vorwärts.

Ein neues Geräusch lässt sie aufhorchen – ein dumpfes, sich wiederholendes Pochen. Es kommt von irgendwo links vor ihr. Verhalten, vorsichtig schleicht sie in Richtung dieser Geräusche. Kurz glaubt sie, im Blätterdach müsse es eine Lücke geben, durch die das Mondlicht herabscheint. Aber als sie sich der Quelle des Pochens nähert, erkennt sie, dass es sich bei diesem Licht um das künstliche gelbliche Schimmern einer Laterne handelt. Sie schaltet ihre Taschenlampe aus, da sich die letzten Schritte auch ohne sie bewältigen lassen.

Vor ihr erstreckt sich eine große, von Laternenlicht erhellte Lichtung. In der Mitte thront ein einzelner, uralter Baum mit krummem Stamm. Die Äste werfen an knorrige Finger erinnernde Schatten über eine Reihe von Steinhaufen. Das schwache Licht spielt ihren Augen einen Streich und lässt es so wirken, als würden jene Schatten sich bewegen und nach ihren Füßen greifen.

George bewegt sich den dunklen Rand der Lichtung entlang, bis sie ein freies Sichtfeld hat. Sie unterdrückt ein Aufkeuchen, lässt das Messer in die Tasche zurückgleiten und tritt aus den Schatten in den Lichtkreis, den die Laterne wirft.

»Mr MacNeil?«

John wirbelt herum. Seine Augen werden groß, als er sie erkennt. Trotz der frostigen Temperatur strömt ihm Schweiß über das Gesicht und sammelt sich am Kragen und an den Achseln seines langärmligen Hemds. Seine abgelegte Jacke hat er über einen Steinhaufen in der Nähe gehängt. In den fleischigen Händen hält er eine Schaufel.

George macht ein paar bedächtige Schritte vorwärts, bis sie sich im Lichtkreis der Laterne befindet.

»Was machen Sie hier?«, zischt er.

Sie schätzt die Entfernung ein, beurteilt seinen Griff, mit dem er die Schaufel hält, und die unübersehbare Stärke seines stämmigen Körpers. »Gibt's einen Grund, warum ich nicht hier sein sollte?«

George sieht sich rasch in der Umgebung um, doch auf der Lichtung befinden sich nur John und sie. Ihr Blick sucht den Boden um ihn herum ab, entdeckt allerdings nur frisch umgegrabene Erde. Weit und breit keine Wolfsmaske.

»Was machen Sie hier draußen, Mr MacNeil?«, fragt sie und richtet ihre Aufmerksamkeit wieder auf die Schaufel.

»Wo ist Ihr Partner?«, entgegnet er.

»Der kommt gleich nach«, lügt sie einfach und macht einen weiteren Schritt – nicht näher zu ihm hin, sondern seitwärts, um den Abstand zwischen ihnen beizubehalten.

John schüttelt den Kopf. »Gehen Sie, halten Sie ihn auf, und schließen Sie sich beide in Sams Kate ein! Bleiben Sie dort, bis die Sonne aufgeht. Anschließend verziehen Sie sich von dieser Insel, zum Teufel noch mal!« Den letzten Satz schreit er förmlich.

George legt den Kopf schief. Ihre Bauchmuskeln spannen sich an. »Bin ich in Gefahr?«

»Das werden Sie sein, wenn jemand herausfindet, dass Sie hier waren.«

»Warum?«

»Stellen Sie keine Fragen mehr«, sagt er. »Vertrauen Sie mir. Es ist besser für Sie, wenn Sie den Mund halten und einfach gehen.«

»Ihnen vertrauen?« Ohne ihn aus den Augen zu lassen, zeigt George auf die Schaufel. »Verraten Sie mir, was Sie da machen, oder müssen wir Sie offiziell befragen?«

John gibt ein leises Geräusch von sich, das tief aus der Kehle kommt. »Sie glauben, alles zu wissen. Stecken die Nase in Dinge, die Sie nichts angehen.«

»Es kommt nicht jeden Tag vor, dass ich jemanden mitten in der Nacht im Wald ein Loch buddeln sehe. Ich hätte den falschen Job, wenn ich dazu nicht ein paar Fragen hätte.«

»Behalten Sie die für sich, dann schaffen Sie es vielleicht in einem Stück weg von diesem Felsen im Meer.«

Frustriert wirft George eine Hand hoch. »Mr MacNeil, ich bin nicht aus eigenem Antrieb hergekommen. Jemand hat mich hergeführt. Irgendjemand will offensichtlich, dass ich erfahre, was hier vor sich geht.«

John runzelt die Stirn. »Wovon zum Teufel reden Sie da?«

»Jemand hat heute Abend an der Kate auf mich gewartet. Jemand, der wollte, dass ich ihm hierher folge.« Als er sie mit ausdrucksloser Miene anstarrt, fügt sie hinzu: »Jemand, der eine Wolfsmaske trägt!«

Selbst im schwachen Licht der Laterne erkennt George, wie John erbleicht.

»Sagt Ihnen das etwas? Wer ist das?«

Durch die Art und Weise, wie sich John auf der Stelle dreht und in die Dunkelheit um ihn herum späht, wird ihr klar, was die Antwort auf ihre Frage ist.

Sie schaltet die Taschenlampe wieder ein und schwenkt den Strahl zwischen den Bäumen umher. »Calum?«

Stille. Dann … *Da*, auf der linken Seite. Eine Bewegung.

Aber Calum taucht nicht aus der Finsternis auf, bis sein Vater mit belegter Stimme sagt: »Es ist alles in Ordnung, Cal. Du kannst rauskommen.«

Dann wagt er sich scheu hervor, jeden Schritt wählt er mit sichtlicher Vorsicht. Nicht weil er sich fürchtet. Er trägt immer noch die Wolfsmaske. George erkennt nun, dass sie aus geschnitztem und bemaltem Holz sowie aus Stoff besteht. Mit großer Sorgfalt ist sie hergestellt worden, doch die schmalen Augenlöcher scheinen sein Sichtfeld einzuschränken.

Johns Adamsapfel hüpft. Schweigend wartet er, bis sein Sohn an seine Seite gekommen ist. Dann streicht er Calum liebevoll übers Haar und flüstert: »Alles gut, mein Sohn. Mit dir ist alles in Ordnung.«

Aber der Gesichtsausdruck, den John zeigt, als er sich George zuwendet, besagt das Gegenteil. Er ist von solcher Verzweiflung gefärbt, dass George einen Schritt zurückweicht.

»Er ist zur Kate gekommen«, sagt sie und schluckt schwer. »Mehr als einmal.«

Johns knirscht mit den Zähnen. »Er hätte Ihnen nichts getan.«

»Das denke ich auch nicht. Ich glaube …« Sie richtet den Blick auf Calum und versucht, durch die Maske hindurch seine dunklen Augen zu erkennen. »Wolltest du mich hierherführen, Calum?«

Nach einem Herzschlag neigt sich das Wolfsgesicht zu einem Nicken.

John starrt Calum mit einer Mischung aus Verblüffung und Angst an. Als er sich George wieder zudreht, sprudeln die Worte panisch aus ihm hervor.

»Sie dürfen es ihnen nicht sagen – Sie dürfen nicht sagen, dass er es war.« Er macht ein paar unsichere Schritte auf George zu. »Bitte, Inspector«, fleht er. »Verraten Sie niemandem, dass Calum es Ihnen gezeigt hat.«

»*Was* hat er mir denn gezeigt?«, fragt sie nach und tritt ihm ihrerseits entgegen. »Was ist das für ein Ort hier? Was haben Sie …«

George erschrickt heftig, als ihr Fuß in den Untergrund sinkt. Sie stolpert und steht plötzlich bis zur Wade in einer Vertiefung mit lockerer Erde. Der Boden ist an dieser Stelle umgegraben worden, und weiches Erdreich rieselt über ihre Stiefel.

Sie verspürt ein Kribbeln der Angst, das sich entlang ihrer Wirbelsäule hinabbewegt, als sie die Form des Lochs betrachtet, in dem sie steht. Sie leuchtet mit der Taschenlampe auf den Boden um sie herum.

»Was …«, entfährt es ihr atemlos, während ihr Verstand versucht, den Sinn von dem hier zu verstehen. »Warum …« Ihre sich weitenden Augen heften den Blick auf John. »Haben Sie etwa ein Grab ausgehoben?«

Als John nicht antwortet – sie ist sich nicht sicher, ob er die Worte herausbringen kann –, bohrt sie die Finger in den losen Untergrund und hebt Erde aus dem Loch.

»Nicht«, presst John erstickt hervor. »Um unser aller Willen – *nicht.*«

George ignoriert ihn. Sie legt die Taschenlampe an den Rand des Grabs, damit sie mit beiden Händen arbeiten kann. Die frisch umgegrabene Erde lässt sich mühelos herausheben. Nach kurzer Zeit hat sie deutlich mehr als dreißig Zentimeter Erdreich entfernt, fast einen halben Meter. Trotz der Kälte schwitzt sie spürbar unter ihren Achseln. Dann treffen ihre Fingerspitzen auf etwas Festeres als Erde. Etwas Solides, gehüllt in … Stoff? George wischt den Dreck darauf beiseite. Zum Vorschein kommt der ausgefranste Saum einer hellblauen Decke. Sie starrt darauf, auf die Erde ringsum, auf ihre Knie und Beine, die gespreizt sind, wie sie feststellt …

»Wer?«, verlangt sie zu erfahren. Brechreiz steigt aus ihrem Magen empor.

»Bitte, bitte …«

»Wer ist das?«

John gibt ein ersticktes Schluchzen von sich. Mit weit aufgerissenen Augen umklammert er seinen Sohn. »Es … es ist Spud.«

George blinzelt und schaut in das Grab, auf den verdreckten, aus der Erde ragenden Deckensaum, der ein Farbstreifen an diesem dunklen Ort ist.

»Warum haben Sie ihn hier begraben?«, fragt sie. »Warum … warum nicht auf dem Friedhof der Kirche bei all den anderen?«

All den anderen. Ihr dreht sich der Magen um, als sie sich mit neuen Augen auf der Lichtung umschaut … und auf all die Steinhaufen blickt. »Sind das *alles* Gräber? Warum sind sie hier draußen?«

Seine Mundwinkel bewegen sich nach unten, als er auf Georges Gesicht zeigt – auf ihre verletzte Wange. »Deswegen.«

Einen Moment lang fürchtet George, das Bewusstsein zu verlieren. Der Boden neigt sich jäh, die Steinhaufen drehen sich um sie herum. Sie streckt rasch eine Hand aus, um sich abzustützen – eine Hand, die auf der festen Form unter der Decke einen Halt findet. Auf Stephen Mackay.

Mit einem Aufschrei des Ekels kriecht sie auf Händen und Knien aus dem Grab. Ihre Atmung geht viel zu schnell. Alles unter ihr ist in Bewegung, und sie verspürt zu viel Druck im Schädel. »Ich muss … muss …«

»Nein«, stößt John mit schriller Stimme hervor.

George versucht, sich auf die Beine zu stemmen. »Ich muss Richie holen.«

Drei schwere Schritte sind ihre einzige Vorwarnung. Dann krallt sich Johns Hand in ihr Haar, und er zerrt sie nach hinten. George schreit vor Schmerz und Schreck auf. Ihre Hände greifen nach oben, um sich in seine zu krallen. Er redet, während er sie mit sich schleift. Trotz der eigenen lauten Schreie hört sie seine Worte, die er ein ums andere Mal wiederholt: »Es tut mir leid, es tut mir leid, es …«

»Lassen Sie mich los!«, kreischt sie und tastet nun hektisch nach dem Messer in ihrer Tasche.

»Es tut mir leid«, sagt er abermals. Seine Stimme ist abgehackt, da er immer wieder schluchzt. Dann spürt George zum zweiten Mal, wie sie fällt. Sie landet mit einem dumpfen Aufprall, ihre Kopfhaut kribbelt. Voll Grauen erkennt sie, dass er sie in das flache Grab geworfen hat, in dem Stephen Mackays Leiche liegt. Und als John mit bebender Brust die Schaufel aufhebt, wird ihr klar, dass es auch ihres werden soll.

»John«, entfährt es ihr mit rauer Stimme.

Aber er ist jetzt jenseits aller Vernunft, wird getrieben von der Angst um seinen Sohn und dem Instinkt, ihn um jeden Preis zu beschützen. Und genau dieses Wissen lässt George fragen: »Wollen Sie mich vor ihm umbringen?«

John versteift sich. Er hat in einem weiten Bogen mit der Schaufel ausgeholt, und nun hält ihr Blatt an der höchsten Stelle dieser Kurve inne. Mit einem zitternden Atemzug folgt er ihrem Blick.

Die Maske ist weg. Und daher kann John das Entsetzen in Calums dunklen Augen und die fest zusammengepressten, bebenden Lippen erkennen. Er kann sehen, wie sein geliebter Junge ihn anstarrt, während er die Schaufel über den Kopf gehoben hat, um George damit den Schädel einzuschlagen.

»Cal«, sagt John heiser. »Cal, mein Sohn. Es ist alles gut – dreh dich einfach um.«

Calum weicht einen Schritt zurück. George bemerkt, dass er die Maske fest gegen den Bauch gedrückt hält.

»Cal, dreh dich einfach um und geh nach Hause. Sei ein braver Junge.«

Aber Calum ignoriert die Anweisung seines Vaters, als hätte er sie nicht gehört. Stattdessen wandert sein Blick zu George, die ausgestreckt unten im Grab liegt. Einen Moment lang sieht er ihr in die Augen, und sie legt jedes bisschen Wärme und Flehen, die sie aufzubringen vermag, in diese Verbindung zwischen ihnen hinein.

Aber sie hätte sich nicht sorgen müssen. John hat es ihr selbst gesagt. Calum ist intelligent, klüger als sein Vater. Der Junge ist neugierig darauf, wie die Menschen ticken. Er beobachtet, wie sie miteinander umgehen und sich in ihrer winzigen Welt bewegen. Und Calum kann Richtig von Falsch unterscheiden – anscheinend besser als irgendjemand sonst auf dieser gottverdammten Insel.

Ohne seinen Vater anzusehen, bückt er sich und bietet George helfend die Hand an. Sie ergreift sie sofort, und er zieht sie auf die Beine und aus dem Grab heraus. Mit der freien Hand wischt sich George ab, doch mit der anderen umklammert sie weiterhin die von Calum: Sie ist nicht gewillt, die zarte Verbindung zum einzigen vernünftigen Menschen weit und breit zu lösen. Calums Finger sind zwar erschlafft, aber er entzieht sie nicht ihrem Griff.

Über das Grab hinweg starrt John seinen Sohn an, als sähe er ihn zum ersten Mal. Die Schaufel hält er immer noch so fest in den Händen, dass die Knöchel weiß hervortreten.

Die stille Pattsituation wird von sich nähernden Schritten unterbrochen. Bevor George auch nur daran denken kann, zu flüchten oder sich zu verstecken, taucht ein Neuankömmling aus der Dunkelheit auf.

MacLeod, der seine Schrotflinte auf George gerichtet hat, schaut erst sie und den an ihrer Seite stehenden Calum an, dann John. Zu Vater und Sohn sagt er: »Verschwindet.«

Ein weiteres Schluchzen bricht aus John hervor. »Sie weiß Bescheid, Alisdair.«

»Geht jetzt!«

Aber John schüttelt den Kopf. »Wenn sie herumerzählt, dass Calum sie hergeführt hat, muss ich als Nächstes sein Grab ausheben. Oder irgendjemand meines. Und dann ist niemand mehr da, der sich um ihn kümmert.« Als MacLeod nicht reagiert, schwillt Johns Stimme an. »Du weißt, was wir zu tun haben, Alisdair. Sie darf hier nicht weg, weder lebend noch …«

MacLeods Augen lodern. »Nimm den Jungen und geh mit ihm nach Hause!«

Mit einem Wimmern lässt John die Schaufel fallen und eilt um das Grab herum zu Calum. Bevor John den Arm seines Sohns packen kann, dreht sich George dem Jungen zu; Worte des Danks und zahlreiche Fragen liegen ihr auf der Zunge. Doch es ist zu spät. Seine warme Hand gleitet aus ihrer, und Calum lässt sich widerstandslos von John wegziehen. Nur einmal schaut er zurück und wirft ihr ein verhaltenes Lächeln zu, bevor die beiden in der Dunkelheit verschwinden.

Dann stehen nur noch MacLeod und George mitten in der Nacht auf einem geheimen Friedhof.

Der Farmer verändert seinen Griff an der Flinte, deren Lauf jedoch unverändert in ihre Richtung weist.

Sie fühlt sich wie vom eigenen Körper losgelöst. Nach einem tiefen Atemzug reckt sie das Kinn vor. »Nehmen Sie die Waffe ru…«

»Pst.«

Sie starrt ihn an. »Wie bitte?«

Er hebt die Flinte leicht an und legt einen Finger auf seine Lippen. Sein Blick huscht von ihr zu der Stelle, wo John und Calum in den Wald eingetaucht sind.

Für George dehnen sich die Sekunden. Das einzige Maß, um das Verstreichen von Zeit zu messen, ist für sie der eigene Herzschlag, und der geht zu schnell, um ein zuverlässiges Ergebnis zu liefern.

Schließlich entspannen sich MacLeods Schultern ein wenig. Ihr war gar nicht aufgefallen, wie steif sie gewesen sind. Er sieht sie wieder an, betrachtet ihre von Erde verkrusteten Hände und Knie und ihr verschwitztes Gesicht, und dann seufzt er. »Kommen Sie mit mir.«

»Auf keinen Fall«, speit sie ihm entgegen. Nach dem Messer kann sie vielleicht nicht greifen, aber die Schaufel ist inzwischen nur noch einen Hechtsprung entfernt. Außerdem ist ihr Körper selbst eine Waffe, wenn auch derzeit eine etwas ramponierte.

Er tritt einen Schritt auf sie zu. »Wenn Sie mitkommen, ohne einen Aufstand zu machen, kriegen Sie, was Sie wollen. Aber Sie müssen leise sein.«

George deutet mit dem Kinn auf die Schusswaffe. »Oder was?«

Bevor er antworten kann, kündigt ein leises Rascheln über ihren Köpfen einen Windstoß an. Als er durch die Lichtung fegt und Blätter über den Boden flattern lässt, erhebt sich ein vertrautes Geräusch. Als es lauter wird, dreht sich George rasch im Kreis und hält hektisch Ausschau nach der Quelle, aber es scheint von überall um sie herum zu kommen – bis ihr Blick auf den seltsamen Baum in der Mitte der Lichtung fällt.

Als der Wind nachlässt, verstummt auch das Geräusch.

Ihre Füße bewegen sich wie von selbst, steigen über aus der Erde hervorgebrochene Wurzeln hinweg. Erst jetzt erkennt sie, dass der uralte Stamm ein unverkennbares Muster aufweist. Kraftvoll ins Holz geschnitzte Linien ergeben das Gesicht eines Tiers. Mit zitternden Fingern hebt George die Hand und fährt die Augen, die lange Schnauze und den klaffenden Mund nach. Trotz der tiefen Schnitte ist der uralte Baum lebendig, auch wenn er sich gerade noch so ans Leben klammert – sie merkt es an den kahlen Ästen und daran, wie spröde sich die Rinde unter ihren aufgeschürften Fingerspitzen anfühlt.

Als sie die obere Zahnreihe des ausgehöhlten Munds betastet, beginnt das Laub erneut, um ihre Fußgelenke herumzuwirbeln – und die Bestie *heult.*

George springt zurück und schaut erschrocken zu MacLeod. Er beobachtet ihre Reaktion mit unergründlichen Zügen. Während sich das lange, tiefe Geräusch fortsetzt, schlägt ihr Entsetzen in Faszination um, da sie erkennt, dass dieses Heulen tatsächlich aus dem Inneren des Baums kommt. Irgendwo weiter oben muss ein Hohlraum den Wind genau im richtigen Winkel einfangen, durch den Stamm nach unten leiten und aus dem klaffenden Maul des Tiers hervordringen lassen.

»Das Schild über dem Pub … Calums Maske … das gleiche Gesicht.«

»Ein Wulver«, brummt MacLeod.

»Das ist …« Mit gerunzelter Stirn versucht sie, sich ins Gedächtnis zu rufen, was Lewis ihr vergangene Nacht erzählt hat. »Er ist ein Beschützer, nicht wahr?« Sie betrachtet die Steinhaufen – die *Gräber.* »Beschützt er sie?«

»Er beschützt den Rest von uns *vor ihnen.*«

Georges Gedanken überschlagen sich, als sie zu verarbeiten versucht, was John ihr erzählt hat. »Weil sie jemanden verletzt haben?«

»Oder es vorhatten.«

Irgendwo zu ihrer Linken knackt ein Zweig. MacLeod versteift sich. Er hebt die Flinte wieder an und richtet sie in die Dunkelheit.

»Hier können wir das nicht machen, Inspector«, sagt er im Flüsterton. »Wenn Sie gesehen werden, haben Sie keine Chance. Wenn Sie mit mir kommen, gibt es eine kleine.«

Gern würde sie darüber streiten, doch seine offensichtliche Sorge, dass andere Inselbewohner herbeikommen könnten, untergräbt ihren Widerstandswillen. Plötzlich kommt ihr in den Sinn, dass die Schusswaffe vielleicht gar nicht für sie gedacht war.

Aber als hätte sie ihre letzte Überlegung laut ausgesprochen, schwenkt MacLeod den Lauf herum und richtet die Mündung auf ihre Füße. Sie versteht den Wink.

Nach einem letzten Blick zum Wolfsbaum marschiert sie vor MacLeod in die Dunkelheit hinein.

Kapitel 23

George stellt keinerlei Fragen, während sie sich einen Weg durch den Wald bahnen. MacLeods stillschweigende Anweisung, den Mund zu halten, ist laut und deutlich bei ihr angekommen. Außerdem hat sie zwar unzählige Fragen, weiß aber nicht so recht, in welcher Reihenfolge sie zu stellen sind.

Die erste rutscht ihr heraus, als sie nicht den Weg zu MacLeods Haus einschlagen, sondern er sie auf den Klippenpfad zum Dorf lenkt.

»Wohin gehen wir?«

Doch sein beharrliches Schweigen hält an, bis sie die Hauptstraße erreichen. George stellt zugleich enttäuscht und erleichtert fest, dass sie verwaist ist. Da ist niemand, den sie zu Hilfe rufen kann, aber auch niemand, der sie sieht – totenblass, schwitzend, verdreckt, einen Schritt vor MacLeod, dessen Miene versteinert ist. Wenigstens hat sich MacLeod die Flinte mittlerweile über den Rücken geworfen. Somit besteht nicht mehr die unmittelbare Gefahr, von einem Kugelhagel in Stücke gerissen zu werden.

George spart sich die Mühe, einen Fluchtversuch zu unternehmen. Das Adrenalin, das sie durch den Tag gebracht hat – der verblüffenderweise damit begonnen hat, dass Richie und sie für die Abreise gepackt haben –, ist letztlich versiegt. George fühlt sich wie eine gelöschte Kerze. Ihre Beine scheinen abermals in einer Hose aus Beton zu stecken. Es erfordert eine bewusste Anstrengung, einen Fuß vor den anderen zu setzen, und ihre Schuhspitzen bleiben immer wieder an den Kanten des unebenen Untergrunds hängen. Als sie einmal besonders schwer stolpert, packt MacLeods starke Hand sie am Ellbogen. Ihr fehlt sogar die Energie, ihn abzuschütteln.

Aus irgendeinem Grund hat sie angenommen, er würde sie zur Kirche führen. Andererseits überrascht es sie auch nicht, als er sie abrupt nach links in eine schmale Gasse zieht, die am Postamt entlangführt. Dessen Fenster sind dunkel und die dort befestigten Plakate ein verschwommenes Gewirr aus weißem Papier und unlesbarer Schrift. Alans Foto grinst sie an, als sie daran vorbeistolpert.

MacLeod führt sie zur Rückseite des Gebäudes und klopft an eine grüne Tür. Ungefähr dreißig Sekunden verstreichen, bevor sich drinnen etwas rührt.

Licht quillt unter der Tür hervor, dann flüstert eine Stimme: »Hallo?«

»Ich bin's«, brummt MacLeod.

Ein Schlüssel wird im Schloss gedreht, die Tür öffnet sich.

Kathy späht heraus. Sie trägt einen blauen Pyjama und hat die geflochtenen Haare auf dem Kopf hochgewickelt. Ihre Augen wirken verquollen, als wäre sie aus tiefem Schlaf gerissen worden. Sie werden groß, als ihr Blick von MacLeod zu George huscht.

»Herr, erbarm dich«, haucht sie, während sie Georges verhärmte Miene und dreckige Kleidung mustert.

MacLeod schiebt George zur Tür. »Sie weiß es, Kate.«

Kathy presst die Lippen zu einer besorgten Linie zusammen, aber sie tritt beiseite und lässt beide eintreten.

Verschwommen nimmt George ihre Umgebung wahr und erkennt, dass sie sich in einer winzigen Küche befinden – oder vermutlich im Pausenraum des Postamts. Es gibt hier einen kleinen Tisch, einen Herd, einen Kühlschrank und ein gerahmtes Bild eines Boots an der Wand. Kathy schlurft vorbei und führt sie durch einen kurzen Flur mit trüber Deckenbeleuchtung. Eine offene Tür rechts offenbart eine Kammer, kaum größer als ein Abstellraum, in die ein Einzelbett hineingeschoben worden ist. Eine feste Hand auf Georges Rücken treibt sie zum Weitergehen an.

Sie gehen durch die nächste Tür und gelangen hinter die Theke des Postamts. MacLeod überholt George und geht voraus in den Hauptraum, während Kathy zu einem Lichtschalter tritt und die Lampen einschaltet. Alle blinzeln in der plötzlichen Helligkeit. George reibt sich die Augen, ohne sich dabei etwas zu denken, und dann stöhnt sie auf, als ihr klar wird, dass sie gerade Dreck über ihr Gesicht verteilt hat.

Einen Moment lang starren sich die drei nur gegenseitig an. Dann räuspert sich MacLeod. »Tee.« Ohne eine Antwort abzuwarten, verschwindet er wieder den Flur hinunter.

George und Kathy bleiben weiterhin stumm. Sie beobachten einander aufmerksam, während sie lauschen, wie MacLeod in der Küche hantiert, den Wasserkessel auf den Herd stellt, mit Bechern und Teelöffeln klirrt.

»Sie sollten sich setzen«, meint Kathy schließlich leise.

George schüttelt kurz den Kopf.

»Sie sehen aus, als könnten Sie gleich umkippen.«

»Es geht mir gut«, entgegnet George barsch.

Kathy nickt nur und ringt die Hände vor dem Bauch. Schließlich kehrt MacLeod mit drei Bechern zurück. Einen reicht er Kathy, mit einem weiteren nähert er sich George. Sie schüttelt erneut den Kopf, aber er drückt ihn ihr trotzdem in die Hände. Dann geht er zu einem Stuhl neben einem Stapel Zeitungen und lässt sich stöhnend darauf nieder.

George sammelt ihre letzten Kräfte und strafft die Schultern. »Reden Sie!«

Kathy sieht MacLeod an. »Weiß es ihr Partner auch?«

Er schüttelt den Kopf. »John MacNeil hat sie gesehen, aber er wird nicht reden – sein Junge hat sie in die Sache reingezogen.«

»Ist mein Partner in Sicherheit?«, will George wissen.

MacLeod zögert, dann nickt er. »Ein Glück, dass Sie morgen abreisen. Die Lage ist immer angespannter geworden – selbst nach Ihrer heutigen guten Tat für Jack.«

»Warum? Wir haben unsere Untersuchung abgeschlossen. Alans Tod sollte als Selbstmord bestätigt werden.«

MacLeod trinkt einen Schluck Tee. »Die Leute waren nervös, als sie erfahren haben, dass Sie so lange bleiben. Umso mehr, als Sie heute noch mal hier übernachten mussten.« Er seufzt. »Und waren mit Fug und Recht nervös, wenn man bedenkt, wo ich Sie gefunden habe. Immerhin waren Sie gerade dabei, Spud Mackay mit bloßen Händen auszubuddeln.«

Kathy reißt die Finger an den Mund und schaut George erneut beklommen an.

George starrt finster zurück. »Er ist nicht einfach gestorben, wie Sie behauptet haben, oder? Jemand hat ihn umgebracht.« Georges Hand fährt zur geschwollenen Wange. »John hat gesagt, das wäre der Grund.«

»Wir wussten, dass er allmählich vergesslich wurde«, sagt MacLeod. »Die junge Sarah hat es gut hinbekommen, ihn zu verstecken. Aber jemanden mitten auf der Straße angreifen – eine Frau vom Festland, die obendrein Polizeibeamtin ist? Er war eine Bedrohung.«

»Er war ein alter Mann und krank«, entgegnet George. »Er hätte einen Facharzt und eine spezielle Betreuung gebraucht.«

MacLeod mustert sie abwägend. »Würden Sie anders denken, wenn Sie wüssten, dass Sie nicht die Einzige sind, die er je geschlagen hat?«

Sarah Mackays müde, bange Augen kommen George in den Sinn. Sie stellt sich eines davon zugeschwollen vor – infolge einer unberechenbaren Faust. Dann drückt sie einen Daumen auf die Stelle über der Augenbraue und verzieht das Gesicht. Ihre letzte Tablette ist zu lange her. »Wissen Sie, wer ihn umgebracht hat?«

MacLeod schüttelt den Kopf. »Steht mir nicht zu, das zu wissen.«

Von neuer Wut erfasst, deutet George mit dem Kinn auf Kathy. »Und Sie?«

Die Hand der Frau legt sich um das Kreuz an ihrem Hals. »Das darf ich nicht sagen.«

»Sie scheinen beide vergessen zu haben, dass ich Polizistin bin. Und Sie haben mir gerade mitgeteilt, dass ein Mann ermordet worden ist. Wenn Sie wissen, wer der Täter ist, müssen Sie es mir sagen.«

Aber Kathy schaut nur hilflos zu MacLeod.

George tritt vor ihn hin. »Sie haben mir Antworten versprochen.«

»Inspector, es spielt keine Rolle, wer Spud umgebracht hat«, sagt er abfällig. »Es war jemand von uns. Das ist alles, was wir je darüber erfahren.«

Sie denkt an die Lichtung zurück, an die recht große Zahl der Steinhaufen, die dort in unregelmäßigen Abständen errichtet worden sind. »Wie lange geht das schon so?«

»Eine lange Zeit. Eine sehr, sehr lange Zeit. Vielleicht schon so lange, wie Menschen auf Eadar leben. Es ist eine Pflicht, die wir geerbt haben.«

»Eine Pflicht?«

Kathy seufzt. »Erinnern Sie sich an Broddy Cameron?«

»Der Mann, der das Pub niedergebrannt hat.«

»Unsere Vorfahren hatten Wege und Mittel, die Menschen hier zu schützen. Es war die althergebrachte Art, die des Wulver. Broddys Tat hat uns daran erinnert, was passieren kann, wenn wir uns von Traditionen, von Pflichten abwenden. Unsere Großeltern hatten geahnt, dass er gefährlich war, aber nichts unternommen. Nachdem in jener Nacht so viele von uns gestorben waren, haben wir gewusst, dass wir die alten Bräuche wiederbeleben mussten.«

George starrt sie fassungslos an. »Was … was Sie da beschreiben, ist Selbstjustiz. Wollen Sie damit sagen, Sie bringen Ihre Nachbarn um und verscharren ihre Leichen im Wald, weil Sie Angst davor haben, was sie möglicherweise tun werden? Sie …« Nicht zum ersten Mal in dieser Nacht läuft es ihr eiskalt den Rücken runter. »Warum erzählen Sie mir das?«

Kathy und MacLeod wechseln einen bedeutungsschweren Blick. MacLeod nickt fast unmerklich, und Kathy atmet tief ein, um sich zu wappnen. »Weil Alan da draußen liegt, und das sollte nicht sein.«

George verengt die Augen zu Schlitzen. »Ich habe seinen Grabstein auf dem Friedhof bei der Kirche gesehen.«

»Wir haben gewusst, dass Sie kommen würden.«

Aber George schüttelt den Kopf. »Dort waren Beileidskarten. Die Leute haben Blumen am Grab zurückgelassen.« *Karten, auf die keiner etwas geschrieben hat*, flüstert eine Stimme in ihrem Kopf. *Frische Blumen.*

Kathy zuckt kläglich mit den Schultern. »Es musste echt aussehen.«

Georges Kopf bewegt sich immer wieder hin und her, ein unbewusstes Leugnen. Ihr Blick bleibt an der Rückseite der Traueranzeige im Fenster hängen. »Was … was hat er getan?«

»Nichts«, antwortet Kathy kurz und knapp.

»Nein. Nein, das passt nicht zu dem, was Sie mir gerade erzählt haben«, widerspricht George, die mit weit ausgestrecktem Finger auf die Postmeisterin deutet. »Demzufolge würde Alan nur umgebracht und dort draußen begraben worden sein, wenn er eine Gefahr für die Gemeinschaft gewesen wäre. Also, was hat er getan?«

»Nichts!«, stößt Kathy mit knurrendem Unterton hervor. »Er war keine Gefahr! Für niemanden. Der Junge war süß, intelligent und wäre bald von hier fortgegangen.« Beim letzten Wort wird ihre Stimme brüchig. Sie hebt eine zitternde Hand an den Mund.

MacLeods Züge werden milder, während er sie beobachtet. »Ich dachte, er hätte keine Zusagen bekommen.«

Kathy wimmert, bevor sie zu einer Schublade unter der Theke geht. Obwohl George bezweifelt, dass sie schnell genug reagieren könnte, um irgendeinem Angriff auszuweichen, spannt sich ihr ganzer Körper an, als Kathy etwas aus dem Schubfach hervorholt.

Einen Brief.

Kathy lässt die Seiten auf die Theke fallen, als würden sie ihr die Finger verbrennen.

George geht hin und ergreift das oberste Blatt. Sie erblickt einen reich verzierten Briefkopf mit einem rot-blauen Logo. Alans Name steht darauf. Das Schreiben ist umfangreich und auf edles Papier gedruckt – kein einseitiger, knapper Ablehnungsbescheid.

»Wann ist das gekommen?«

»Vor zwei Monaten.«

Plötzlich fühlt sich der Brief zehnmal schwerer in ihrer Hand an. »Warum haben Sie ihm das nicht gegeben?«

»Die Lage zwischen Alan und Catriona war angespannt. Ich wollte, dass sie sich vor Alans Weggang aufs Festland versöhnen.« Kathys Unterlippe bebt. »Catriona und ich haben gewusst, dass er nie zurückkommen würde, wenn er geht.«

Wut flammt in Georges Brust auf. »Also waren Sie der Grund, warum er in der Nacht, in der man ihn umgebracht hat, noch hier war.«

»Glauben Sie etwa, das wüsste ich nicht? Glauben Sie etwa, der Gedanke würde mich nicht jeden einzelnen Tag seit seinem Tod heimsuchen?« Sie wischt frische Tränen weg. »Deshalb wollte ich, dass Sie …« Ihr Atem stockt, und sie schüttelt nur elend den Kopf.

George kann nicht aufhören, den Brief anzustarren, diesen Schlüssel zu Alans Zukunft. »Aber wenn Sie sagen, dass er nicht gefährlich war, warum hat Ihre Selbstjustizgruppe ihn dann getötet?«

Schweigen folgt auf die Frage. George schaut rechtzeitig auf, um zu sehen, wie Kathy und MacLeod einen weiteren bedeutungsschweren Blick wechseln.

»Wir wissen nicht, wer, wir wissen nicht, warum«, gesteht Kathy stockend. »Und … Na ja, ich sollte es wissen.«

George schaut zwischen den beiden hin und her. Schließlich holt sie sich einen Stuhl, der neben dem Haupteingang steht, und zieht ihn dorthin, wo sie gestanden hat. Sie lässt sich darauf nieder und stützt die Ellbogen auf die Knie.

MacLeod zündet sich eine Zigarette an. Kathy nimmt einen großen Schluck von ihrem Tee.

»Wir beobachten uns gegenseitig sehr genau«, beginnt sie zu erklären. »Und wenn uns auffällt, dass jemand anfängt, sich merkwürdig zu verhalten, sollen wir es melden.«

»Wem? Ihnen?«

»Nein, nicht mir. Das gesamte System baut auf Geheimhaltung.«

»Wie kann es dann …«

Hat Ihnen unlängst jemand sein Herz ausgeschüttet?

Ich hoffe, Sie verlangen nicht gleich von mir, gegen das Beichtgeheimnis zu verstoßen.

George atmet scharf ein. »Pater Ross.«

MacLeod nickt und schnippt Asche von seiner Zigarette.

»Moment, wollen Sie damit sagen, *Pater Ross* hat Alan ermordet?«

Kathy schüttelt den Kopf. »Nein, nein. Die Last wird nicht ausschließlich einem Einzelnen aufgebürdet. Das wäre nicht fair.«

»Okay, wer also hat diese Tötungen vorgenommen?«, fragt sie und fügt dann sarkastisch hinzu: »Oder wechseln sich alle auf dieser verfluchten Insel dabei ab?«

Die beiden antworten nicht.

Was George noch an Farbe im Gesicht hat, verflüchtigt sich. Jäh springt sie auf.

Auch MacLeod erhebt sich und achtet darauf, dass sie seine Hände sehen kann. »Setzen Sie sich wieder.«

»Weg von mir«, stößt George knurrend hervor und stellt den Stuhl zwischen sie. »Bleiben Sie verdammt noch mal weg von mir.« Ihr Blick huscht kurz zur Eingangstür – warum ist sie nicht einfach hinausgestürmt, als sie die Chance dazu hatte?

»Inspector …«

»Haben Sie es getan? Haben Sie jemanden umgebracht?«

Er beobachtet sie aufmerksam. »Wollen Sie mich verhaften?«

»Ja oder nein?«

Ein leises Hüsteln ertönt.

»Ich«, sagt Kathy. »Zumindest habe ich mitgeholfen.«

George wirbelt zu ihr herum. »Wie bitte?«

Sie mustert Kathy von oben bis unten. Beim Anblick der flauschigen rosa Pantoffeln an ihren Füßen fühlt es sich noch lächerlicher an, sie sich als Mörderin vorzustellen. »Bei wem?«

»Iain Ferguson.«

George fällt die Kinnlade runter. »Sie haben Catrionas Ehemann umgebracht?«

»Ja«, antwortet sie schlicht und einfach, ungerührt von ihrem Eingeständnis. »Und es war egal, dass ich ihn seit unserer Kindheit gekannt hatte und wir zusammen aufgewachsen waren. Sobald ich herausgefunden hatte, dass er gegenüber Catriona und Alan gewalttätig war, tat ich genau das, was uns beigebracht wurde – ich erzählte es unserem Priester. Anscheinend war ich nicht die Einzige. Ein paar Wochen später habe ich in meinem Briefkasten einen Zettel mit seinem Namen darauf gefunden.« Sie blickt in ihren Becher und schwenkt die verbliebene Flüssigkeit darin, als würde sie ihre Erinnerungen aufwirbeln. »Das Wichtige an dieser Sache ist die Anonymität.

Das soll uns wohl schützen, denke ich. Man geht zur Arbeit, man redet mit den Nachbarn, man bringt die Kinder ins Bett. Und danach setzt man die Maske auf … Durchs Fenster hab ich Catriona dabei beobachtet, wie sie Alan bettfertig gemacht hat. Iain hat ihr nicht geholfen, hat den fetten Arsch nicht mal vom Stuhl bewegt. Als Catriona schlafen gegangen ist, waren wir zu viert draußen. Wir haben nicht geredet. Nur gewartet. Und eine Weile, nachdem ihr Licht erloschen war, sind wir reingegangen. Ich weiß noch, dass ich vor lauter Nervosität um ein Haar gelacht und alles ruiniert hätte.« Sie macht ein langes Gesicht. »Viel hat nicht dazu gefehlt.«

Kathy berichtet, wie die vier Iain umringten, der auf einem Lehnsessel eingeschlafen war. Jemand zeigte auf eine geflochtene Kordel, die an einer Seite die Vorhänge sicherte. Die anderen stimmten wortlos zu. Ein Flüstern ertönte. »Eins, zwei, *drei.*« Dann schlangen zwei von ihnen die Kordel um seinen Hals. Als Kleinste wusste Kathy nicht recht, wie sie helfen sollte, nur, dass sie irgendwie mitmachen musste.

»Warum?«, unterbricht George sie.

Kathy zuckt mit einer Schulter. »Damit die Bürde verteilt ist.«

»Damit einem nicht vorgeworfen werden kann, dass man nicht seinen Beitrag leistet«, murmelt MacLeod.

Kathy schildert, wie überrascht sie davon waren, dass Iain trotz seines stark berauschten Zustands noch über sehr viel Kraft verfügte. Sie beschreibt die Angst, die sie durchzuckt hat, als durch seine Gegenwehr einer von ihnen zu Boden gegangen ist …

»Mir ist klar geworden, dass Iain gewinnen könnte, obwohl es vier gegen einen waren«, sagt sie mit brüchiger Stimme. »Und dann würde er nie aufhören, meiner Freundin und ihrem Sohn wehzutun. Und irgendwann würde er sie umbringen; davon war ich felsenfest überzeugt. Wenn Iain weiterlebte, würde Catriona sterben.«

Kathy zögert, dann greift sie nach dem Kragen ihres Pyjamas und zieht ihn runter. Gezackte Linien eines blassen Narbengewebes schimmern im Licht. Die Narbe hinter Georges Ohr scheint mitfühlend zu pulsieren.

»Er hat mich mit einer Flasche erwischt, die er seitlich in den Sessel gestopft hatte«, erzählt sie und fährt die Linien ihrer Narben gedankenverloren nach. »Danach erinnere ich mich nicht mehr an viel – nur an sein Röcheln.«

»Sie müssen stark geblutet haben.«

»Oh ja. Das Letzte, woran ich mich erinnere, ist, dass die anderen mich beim Arzt vor der Haustür abgeliefert haben. Am nächsten Tag bin ich in meinem Bett aufgewacht, und meine Mutter hat neben mir gesessen. Sie hat mich nicht gefragt, was passiert war. Das hat niemand, erst recht nicht, nachdem sich die Nachricht von Iains Tod herumgesprochen hatte.« Zu Georges Überraschung verziehen sich Kathys Lippen zu einem grimmigen Lächeln. »Man hat die Geschichte verbreitet, dass ihm die Sauferei letztlich zum Verhängnis geworden ist. Als die Leute mich mit verbundenem Hals rumlaufen gesehen haben, wussten sie, dass es so war.«

George fährt sich mit der Hand übers Gesicht. Mittlerweile ist ihr der Dreck egal. »Himmel noch mal«, murmelt sie. »Also hat der Priester Sie und den Rest des … Teams ausgewählt? Wie macht er das? Verteilt er die Zettel bei seinem Morgenspaziergang?«

Kathys Mundwinkel bewegen sich nach unten. »Der Priester wählt aus, wer es tun wird, und schreibt die Namen auf, aber die Zettel werden von der Post verteilt.« Sie deutet mit dem Kopf zur Theke: zum alten Holzbriefkasten, an dem sie heute früh zugange gewesen ist, wie George gesehen hat – und auf dem eine eingeschnitzte Doppelspirale prangt.

»Und er könnte jeden auswählen?«

»Nie ein Kind«, entgegnet Kathy hastig, »und keinen von den Alten.«

»Also kommen alle zwischen, sagen wir, achtzehn und achtzig infrage?« George überlegt, ob es eine Obergrenze dafür gibt, wie viel Wahnsinn jemand an einem Tag verkraften kann. Falls ja, muss sie diesem Höchstwert inzwischen gefährlich nahe sein. »Aber wenn alles anonym abläuft, kann man dann nicht einfach ablehnen? Den Zettel ignorieren?«

»Haben Sie nicht zugehört, Inspector? Denken Sie mal darüber nach. Was, wenn alle in derselben Nacht die Nachricht ignoriert hätten und Iain am nächsten Tag noch am Leben gewesen wäre? Dem Priester wäre klar gewesen, dass wir uns ihm widersetzt hatten.«

MacLeod meldet sich mürrisch zu Wort. »Und alle haben zu viel Angst, um aus der Reihe zu tanzen, weil sie sonst womöglich der nächste Name sind, der Ross ins Ohr geflüstert wird. Selbst wenn das bedeutet, sich gegen den eigenen Verwandten zu wenden.«

»Ist das so was wie eine kranke Version von Selbstverteidigung?«

Kathy presst die Lippen zu einer schmalen Linie zusammen. »Es geht darum, uns zu schützen.« Als George höhnisch schnaubt, ballen sich die Hände der Postmeisterin zu Fäusten. »Finden Sie etwa, Iain hätte weiterleben sollen? Oder dass den anderen – Männern, die ihre Frauen verprügeln oder sich an kleinen Mädchen vergehen, Leuten, die lügen und unsere kostbaren Vorräte stehlen – erlaubt werden sollte, ihre Bösartigkeit weiterzuverbreiten?«

»Ich finde etwas anderes unfassbar. Sie haben die ganze Zeit gewusst, dass Alan *von Ihren Nachbarn* ermordet wurde. Und Sie haben nichts gesagt. Nichts *unternommen*. Sie haben meinem Partner und mir in die Augen geschaut und uns glauben lassen, Sie würden um Alan trauern. Und ich bin fünf Tage lang über diese verdammte Insel gelatscht und habe versucht, mich – gegen meine Instinkte – davon zu überzeugen, dass er sich selbst das Leben genommen hat.«

»Ich habe versucht …«, beginnt Kathy in schroffem Ton, dann aber kann sie ihre Verärgerung zügeln. »Glauben Sie bloß nicht, der Tod der dort draußen Begrabenen würde uns weniger hart treffen als der von den Menschen, die neben der Kirche bestattet werden. Sie sind trotzdem unsere Mütter, Väter, Kinder und Freunde. Obwohl wir feiern, dass sie weg sind, betrauern wir zugleich ihren Verlust. Aber wir schlafen nachts gut, denn wir wissen, dass wir ein glücklicheres Leben in einer sichereren Gemeinschaft führen, weil wir bereit sind, weit zu gehen, um uns gegenseitig zu schützen.«

Wieder dieses Wort »schützen«. Diese Leute tragen es wie einen Schild, benutzen es wie eine Waffe. Symbolisiert wird es durch den in den Baum geschnitzten Wulver, der so laut heult, dass es die ganze Insel hören muss, wenn der Wind in der richtigen Weise bläst – und durch die Tiermasken, die sich die Inselbewohner aufsetzen, wenn sie zu ihren blutigen Missionen durch die Nacht schleichen.

Aber George wird nicht zulassen, dass sie sich dahinter verstecken.

»Sie haben gewusst, dass jemand Ihr krankes Justizsystem benutzt hat, um Alan umbringen zu lassen. Trotzdem haben Sie es die ganze Woche vor mir verheimlicht. Ich wäre heute abgereist, Kathy! Und Alans Akte wäre dann für immer geschlossen worden!« Scharf saugt sie die Luft ein. Ihre Lunge fühlt sich zu klein an, um dem vollen Ausmaß ihrer Wut einen angemessenen Ausdruck zu verleihen. »Sie haben Zeit damit verschwendet, Halbwahrheiten zu erzählen und in Rätseln zu sprechen, obwohl Sie mir von Anfang an all das hätten sagen können!«

»Das habe ich! Oder zumindest …« Kathy wirft frustriert die Hände hoch. »Zumindest habe ich es versucht.«

»Tja, dann haben Sie sich nicht genug Mühe gegeben!«

Kathy knirscht mit den Zähnen, doch George ist es völlig egal, wenn sie sich missverstanden fühlt. »Wie viel weiß Catriona?«, fragt sie müde.

»Nur, dass ich die Nachrichten nicht verteilt habe«, antwortet sie schroff.

»Aber jemand anders hat es – und Sie wissen nicht, wer.«

Kathy schüttelt den Kopf. »Pater Ross ist genauso wie ich bemüht, herauszufinden, was passiert ist. Wenn die Leute erfahren, dass jemand das System manipuliert hat …« Abermals schüttelt sie den Kopf. »Unsere Gemeinschaft überlebt durch ihren Glauben. Wir können es uns nicht leisten, ihn zu verlieren.«

George deutet vage durch den Raum. »Warum ist Ross dann nicht hier? Bisher haben Sie genug gestanden, dass ich Sie für alle Morde anklagen lassen könnte. Vielleicht sollten wir uns mit ihm unterhalten, damit er etwas von der Schuld auf sich nehmen kann.«

»Dann können Sie ihm genauso gut einen Zettel mit Ihrem Namen in die Hand drücken«, entgegnet MacLeod grollend.

»Dem Priester ist schnurzegal, dass man Alan umgebracht hat. Ihn interessiert nur, dass jemand gegen die Regeln verstoßen hat.«

»Sind Sie deshalb hier?«, fragt George ihn angriffslustig.

Er schüttelt den Kopf, doch George bekommt trotzdem eine Antwort – von Kathy.

»Er hat mich in den Wald gehen sehen«, sagt sie und wischt sich über die Nase.

George runzelt die Stirn. »Und das ist ungewöhnlich?«

»Dort geht eigentlich nur John hin«, erwidert sie. »Oder diejenigen, die … die Toten tragen. Es ist kein Ort, den man zum Trauern aufsucht. Als er mich an Alans Grab gefunden hat, na ja …«

»Es hat nichts einen Sinn ergeben«, wirft MacLeod barsch ein. »Ich hab Alans Vater gekannt … und gewusst, dass die Leute den Jungen aufmerksam im Auge behalten haben – wegen dem, was Iain getan hatte. Aber bei Alan sind mir nie solche Verhaltensweisen aufgefallen. Auch von meinen anderen Farmarbeitern habe ich nie etwas gehört …« Kurz verstummt er und schüttelt erneut den Kopf. »Als ich gesehen habe, wie sie in den Wald gegangen ist, bin ich ihr gefolgt.« Er sieht Kathy an und verzieht die Lippen zu einem verkniffenen Lächeln. »Ich musste nur ein bisschen stochern, bis sie mir erzählt hat, was los ist.«

Kathy erwidert matt sein Lächeln, bevor sie sich George zudreht. »Auch wenn ich an unsere althergebrachte Art glaube – das tue ich aufrichtig, Inspector, also bin ich auch dessen schuldig –, so ist sie doch sinnlos, wenn sie für …« – sie schluckt – »persönliche Fehden missbraucht wird.«

»Sie wollen es beenden?«, fragt George zweifelnd. Dann sieht sie MacLeod an. »Und Sie?«

»Alan war ein guter Junge«, antwortet er nur.

Als es plötzlich an der Eingangstür klopft, erschrecken alle drei. Die Anschläge in den Fenstern machen es unmöglich, durch sie auf die Straße hinauszusehen, aber George fragt sich, wie viel jemand draußen durch die Spalte dazwischen erkennen könnte.

»Erwarten Sie jemanden?«, zischt sie Kathy zu.

Die Postmeisterin schüttelt den Kopf; ihre Augen sind voller Angst weit aufgerissen.

George schaut zum Flur, aber es lässt sich unmöglich sagen, ob nicht auch jemand an der Hintertür lauert, um eine Flucht zu verhindern. »Wenn das eine Falle ist …«

MacLeod hebt die Hand und winkt beide zurück in Richtung der Küche. Da George keine bessere Möglichkeit sieht, fügt sie sich. Vom Flur aus beobachtet sie, wie sich MacLeod mit der Schrotflinte in der Hand langsam der Tür nähert. Sie spürt, wie sich ihr Körper anspannt, als MacLeod die Tür einen Spalt öffnet.

Trotz der eingeschränkten Sicht erkennt George die Überraschung in MacLeods Körpersprache. Und die vertraute Stimme, die durch die Tür hereindringt, überrascht auch sie.

»Seien Sie so gut und packen Sie die Waffe weg«, sagt Richie. »Ich muss nur kurz mit meiner Partnerin reden.«

Kapitel 24

Mit fassungslosem Gesichtsausdruck schaut Richie über seinen dampfenden Becher hinweg George an. »Das ist ganz schön viel zum Verarbeiten.«

»Kannst du laut sagen«, erwidert sie und umklammert ihren Becher. »Und ich weiß es erst seit einer Stunde.«

Richie konnte nicht schlafen, hatte Gewissensbisse und ein schlechtes Gefühl dabei, George allein in der Kate übernachten zu lassen. Deshalb beschloss er, den Hügel hinaufzugehen, um nach ihr zu sehen. Auf dem Weg am Postamt vorbei fiel ihm das Licht darin auf, und als er anhielt, um durchs Fenster zu spähen, hörte er ihre Stimme.

»Hat nicht so geklungen, als würdet ihr drei über das Wetter diskutieren«, hat er nach dem Eintreten gemeint, die dicke Jacke ausgezogen und sich neben die protestierende Heizung gestellt.

George hat dann Kathy und MacLeod in die Küche geschickt, um Richie unter vier Augen über alles zu informieren, was sie in dieser Nacht erfahren hat. Während sie spricht, stellt sie fest, dass es schwierig ist, die Geschichte geradlinig zu erzählen.

»Und du bist sicher, dass diese Geschichte kein Humbug ist? Ich mein ja nur«, fügt er schnell hinzu, als sie mit einer empörten Miene auf seine Frage reagiert. »Wenn Menschen ausgehungert nach Unterhaltung sind, kommen sie auf die seltsamsten Ideen.«

»Ich war in einem Grab, Richie. Stephen Mackay ist da draußen beerdigt. Zusammen mit Alan und den Unerwünschten der Insel aus den zumindest letzten hundert Jahren.«

Aus der Küche dringen murmelnde Stimmen zu ihnen. Sie späht den Flur hinunter und sieht, dass Kathy wieder weint. MacLeod hat ihr mit bedrückter Miene die Hand auf die Schulter gelegt.

»Wenn das wahr ist …« – Richie stößt gedehnt den Atem aus –, »dann ist unser Fall um einiges größer, als wir erwartet haben.«

»Ich weiß nicht mal, wo wir zuerst anpacken sollen.«

Richie zieht eine Augenbraue hoch. »Wenn Hilfe eintrifft, meinst du?«

»Rich, wir können es uns nicht leisten, nur zu warten. Ross ist so überheblich, dass er Stephen hat umbringen lassen, während wir noch auf der Insel sind. Er hält sich für unantastbar, weil er derzeit zweihundertfünf menschliche Schilde hat.«

»Also sieht dein Plan vor, jeden Einzelnen im Dorf zu verhaften, bevor wir gegen ihn vorgehen?« Er stößt einen Pfiff aus. »Ich weiß ja nicht, wie's bei dir aussieht, Lennox, aber ich hab nicht so viele Handschellen dabei.«

Sie zeigt mit dem Finger zur Tür. »Je länger wir warten, desto mehr Zeit geben wir ihnen, Beweise im Meer zu versenken.«

»Ich bezweifle, dass sie alle Gräber ausheben und die Leichen auf Boote verladen können, ohne dass wir etwas davon mitbekommen. Wir haben vielleicht ein paar Hinweise übersehen, aber so dumm stellen wir uns auch wieder nicht an.« Als er ihre wachsende Frustration bemerkt, hebt er beruhigend die Hand. »Etwas dieser Größenordnung können wir nicht allein bewältigen. Herrgott, wir sind hergeschickt worden, um Fragen über einen Selbstmord zu stellen. Stattdessen hast du eine große Zahl ritueller Morde aufgedeckt, die im Verlaufe von ein paar Jahrhunderten begangen wurden.« Er schüttelt den Kopf. »Ich an deiner Stelle würde mir nach dem Abholen der Tapferkeitsmedaille den vorzeitigen Ruhestand gönnen.«

Natürlich hat er recht. Widerwillig sinkt George zurück auf den Stuhl. Wenn sie ohne Verstärkung anfangen, den Leuten hier ihre Rechte vorzulesen, wird es im Wald zwei weitere Steinhaufen geben, wenn das Polizeiboot eintrifft, um sie abzuholen. George fragt sich, wie die Inselbewohner – falls das geschehen sollte – alles handhaben würden. Eine Zeit lang könnten sie bei Anrufen der Polizei vom Festland lügen, eine schlechte Verbindung vortäuschen oder das Wetter vorschieben, bis Richie und George tief unter der Erde wären … Allerdings ist Ross vermutlich klug genug, um zu wissen, dass es zu riskant wäre, ihre Leichen auf der Insel zu behalten. Es dürfte wahrscheinlicher sein, dass man sie beide auf ein Boot verfrachten und draußen auf dem Meer versenken würde. Nach ein paar Tagen unbeantworteter Anrufe würde man jemanden herschicken, um nach ihnen zu sehen. Vorfinden würde man nur Samuel Nicholsons leere Kate.

»Na schön«, fügt George sich widerwillig. »Aber wir kommen zurück. Ich will dabei sein, wenn der Wald umgegraben wird.«

»Sofern wir nicht vorher zur psychologischen Untersuchung geschickt werden«, murmelt Richie, und in Georges Brust keimt eine kleine Hoffnung – angesichts dieser neuen Enthüllungen scheint er vergessen zu haben, dass er sie Cole melden wollte. »Was sollen wir mit denen machen?«, fragt er und deutet mit dem Kopf zum Flur.

George nippt gedankenverloren an ihrem süßen Tee. »Sie haben viel riskiert, indem sie mir das alles erzählt haben. MacLeod hätte mich auch auf der Stelle erschießen und neben Stephen werfen können.«

Richie schüttelt den Kopf. »Ihre Nachbarn sind ihre schlimmsten Feinde.«

»Und am erschreckendsten finde ich, dass sie gar niemand mehr *auffordert*, solche Dinge zu tun. Die Angst und das Pflichtgefühl sitzen so tief, dass sie einfach Tag für Tag ihre Routinen abspulen. Die Menschen fürchten sich voreinander.«

Eine Erinnerung regt sich bei George. Kaltes, gegen ihre Brust schwappendes Wasser, Laternenlicht und Lewis' über das krachende Geräusch der Wellen erhobene Stimme.

Wenn wir weiterhin so handeln, wie's unsere Urgroßeltern gemacht haben, sind wir eh schon tot.

Plötzlich schmeckt der Tee auf ihrer Zunge bitter.

Lewis weiß über all das Bescheid. George lässt seine Zähne aufeinanderklacken. Lewis … und *Cecily*. Und alle anderen, die George angelächelt, mit ihr gesprochen, sie in ihre Häuser eingeladen, ihr Essen und Tee gegeben haben. Sie *alle* wissen es.

»Es ist fast Mitternacht«, sagt Richie. »Noch ungefähr zehn Stunden, bis unser Boot eintrifft.«

George schaut zurück zu dem beisammenkauernden Paar in der Küche. »Warum rufen wir Cole nicht einfach sofort an und lassen sie früher Verstärkung schicken?«

»Mir gefällt die Vorstellung nicht, unsere Chefin mitten in der Nacht zu wecken, um ihr mitzuteilen, dass Alans Tod kein

Unfall oder Selbstmord, sondern ein Ritualmord von der Art war, wie ihn die Menschen auf der Insel seit einigen Hundert Jahren als Wölfe verkleidet begehen.« Er reibt sich die Schläfen, als bereite ihm der Gedanke Kopfschmerzen. »Da wir ohnehin in ein paar Stunden abgeholt werden«, fährt er gleich darauf fort, »würde ich dieses Gespräch lieber persönlich führen. Und ihr unsere Beweise vorlegen, damit sie uns nicht für völlig verrückt hält und uns auf der Stelle feuert.«

Obwohl es George widerstrebt, so lange zu warten, weiß sie, dass Richie recht hat. Die Sache erfordert mehr als einen mitternächtlichen Anruf.

»Ich muss zurück ins Pub«, sagt er. »Der Barkeeper hat gesehen, wie ich hinausgegangen bin. Ich will keinen Verdacht erregen, indem ich nicht zurückkomme.«

»Hältst du's wirklich für eine gute Idee, dass wir uns trennen?«

»Überhaupt nicht. Aber wir haben nicht viele andere Optionen.«

MacLeod und Kathy kommen aus dem Flur.

»Ich gehe nach Hause«, kündigt MacLeod an. »Ich begleite Sie zurück hinauf, Inspector Lennox.«

George sieht mit zusammengekniffenen Augen Kathy an, die sogleich ihre unausgesprochene Frage beantwortet.

»Wir sagen kein Wort. Was mit Alan passiert ist, geht gegen alles, woran unsere Gemeinde glaubt. Alisdair und ich werden nicht tatenlos zulassen, dass so was noch mal vorkommt. Und wenn wir dafür unsere Sünden vor einem Richter gestehen oder unser Leben riskieren müssen, damit die Wahrheit ans Licht kommt, dann ist das eben so.« Kathy lächelt matt. »Ob's Ihnen gefällt oder nicht, wir stehen jetzt auf derselben Seite.«

Richie nimmt George beiseite, als sie in ihre Jacken schlüpfen und ihre Schals anlegen.

»Ich bleibe noch eine Weile hier in der Nähe und beobachte das Postamt«, teilt er ihr leise mit, während er die Jacke zuknöpft. »So kann ich mich zumindest vergewissern, dass sie nicht losmarschiert und bei jemandem an die Tür klopft.«

»In dem Fall wären wir beide leichte Beute. Du wärst von den Leuten umzingelt.«

»Und du wärst ganz allein da oben«, erwidert er mit genauso beunruhigter Miene. »Ich muss dich wohl nicht extra daran erinnern, die Tür zu verriegeln, oder?«

Einige Herzschläge lang sehen sie einander eindringlich an.

»Wir müssen über alles reden, wenn wir zurück sind«, sagt er schließlich.

»Ich weiß. Hoffen wir vorerst einfach, dass wir es überhaupt zurückschaffen.« Zaghaft lächelt sie ihn an. »Aber ich bin froh, dass du hier bist.«

Nach kurzem Zögern klopft er mit dem Handrücken gegen ihren. »Wir sind Partner, Lennox. Wo sollte ich denn sonst sein?«

Der Marsch durch das Dorf verläuft genauso angespannt wie der zuvor in dieser Nacht. Dabei ist wenig hilfreich, dass die Temperatur um mehrere Grade gesunken zu sein scheint, seit sie das Postamt betreten haben. George atmet flach und hört, dass MacLeod in gleicher Weise Luft holt. Sie würde ihn gern mit zahlreichen Fragen konfrontieren, doch durch die jüngsten Enthüllungen fühlt sie sich vollkommen ausgelaugt. Für Fragen wird später noch reichlich Zeit sein. Vorerst muss sie die nächsten ungefähr zehn Stunden überstehen, ohne in eine Situation zu geraten, aus der selbst MacLeod sie nicht mehr retten kann. Denn ihr ist klar geworden, dass er genau das getan hat.

»Haben Sie mich heute Nacht in den Wald gehen gesehen?«, fragt sie mit klappernden Zähnen.

Das Mondlicht reicht nicht, um seinen Gesichtsausdruck erkennen zu können, aber seine Stimme ist wie üblich grummelnd, als er antwortet: »Aye. Und ich wusste, dass Sie auf Ärger zusteuern.«

»Also sind Sie mir nachgegangen, um mir zu helfen, ja?« Als er nichts erwidert, bohrt sie nach. »Warum haben Sie das gemacht? Weil Sie wollen, dass ich herausfinde, wer Alan das angetan hat?«

MacLeod brummt bejahend. »Er war einer meiner Jungs. Ist meine Aufgabe, mich um sie zu kümmern.« George glaubt, dass er es dabei belassen wird, doch dann fügt er unverhofft hinzu: »Und auch wegen dem Schaf. Dem Tier, das Sie gerettet haben.«

Überrascht blinzelt sie. »Wer hat Ihnen davon erzählt?«

MacLeod gibt einen unverbindlichen Laut von sich. Derlei Einzelheiten sind ihm offenbar nicht wichtig, seine Schafe hingegen sind es eindeutig. Und George begreift, dass MacLeod die Wahrheit über Eadar aufgedeckt hat, weil er Gerechtigkeit für den Mord an Alan will. Im Wald jedoch ist er heute Nacht erschienen, um eine Schuld bei ihr zu begleichen.

»Okay«, sagt sie zu ihm. Jetzt sind sie quitt.

Ohne weiteres Geplauder trennt sich MacLeod schließlich von ihr, um zu seinem Haus zu gehen. Erleichtert erreicht sie wenig später die Kate. Drinnen schiebt George den schweren Holztisch vor die Tür und verkeilt sicherheitshalber zusätzlich die Stühle darunter. Sie hängt die Decke wieder vor das Küchenfenster und zieht die Vorhänge der anderen zu. Allerdings erkennt sie auch die Sinnlosigkeit ihres Tuns. Wenn die Inselbewohner sie holen kommen, kann sie nichts unternehmen, um sie aufzuhalten; das weiß sie. Trotzdem beschließt sie, Wache zu halten, bis die Sonne aufgeht. Falls sie heute Nacht sterben soll, will sie es kommen sehen.

Sie zieht den Sessel näher zum Feuer, lässt sich darauf nieder und klemmt sich die Knie unter das Kinn. Die nächsten paar Stunden beobachtet sie die Flammen. Lauscht auf Schritte. Und wartet auf das Einsetzen des Geheuls.

Während die lange Nacht allmählich endet und das erste Grauen der Morgendämmerung einsetzt, geht George immer wieder ein Gedanke durch den Kopf.

Sie verlässt ihren Posten und holt die Aktentasche neben der Tür, ignoriert das verlockende Klappern der Tablettenfläschchen und zieht die Fallakte heraus. Mittlerweile ist sie dicker, angeschwollen um die Notizen und Profile, die Richie und sie im Verlaufe ihrer wenigen Tage auf der Insel erstellt haben. George legt die Akte auf den Tisch und blättert durch die Seiten, arbeitet sich durch die von ihnen gesammelten Informationen, die sich ihr längst ins Gedächtnis eingebrannt haben. Sie holt Alans Foto hervor. Das strähnige Haar, die Zahnlücke, das Lächeln eines Filmstars. Alles, was er war, was er geliebt hat und wofür er gestanden hat, wird von diesem Dorf verschlungen werden, wenn es als Topnachricht auf den Titelseiten erscheint.

Die Erkenntnis saust wie ein Amboss auf ihren Schädel nieder.

Wenn die Insel *zum zweiten Mal* als Topnachricht auf den Titelseiten erscheint.

Sie eilt zum Tisch, wo sie einige Stunden zuvor zum vermeintlich letzten Mal die Logbücher der Leuchtturmwärter geschlossen hat. Während sie durch die Seiten blättert, wandert ihr Blick über die Passagen, die sie in den vergangenen Tagen gelesen hat, über die Worte, die ihr solches Unbehagen verursacht haben. Nur ein Jahr nachdem Broddy das Pub niedergebrannt hatte, sind die letzten Einträge der Männer verfasst worden – zu einer Zeit also, in der das uralte Justizsystem der Insel bereits wieder in vollem Gange war.

Hat das böse Blut, das sich zwischen den Wärtern und den Einheimischen zusammenbraute – das sich jedes Mal mehr erhitzte, wenn Einladungen des Priesters abgelehnt wurden oder Wilson zu viel trank und eine Rauferei anzettelte –, schließlich zu ihrem Verschwinden geführt? Gehören drei der Steinhaufen im Wald zu den Vermissten?

Ihre Gedanken überschlagen sich, während sich durch ihre Gliedmaßen ein besonderes Kribbeln ausbreitet – jene altvertraute Empfindung, die ihr mitteilt, dass sie einer weit hergeholten, aber zutreffenden Theorie folgt. Falls die Gebeine jener drei Männer unter dem wachsamen Blick des Wulver begraben sind, könnte dieses jahrhundertealte Rätsel in wenigen Monaten – vielleicht sogar Wochen – gelöst werden, falls es irgendwelche lebenden Nachkommen der Wärter für DNA-Vergleichsproben gibt. Ist von ihrer Verwandtschaft noch jemand übrig, der nach wie vor gern Antworten hätte?

Sie betrachtet die vor ihr ausgebreiteten Unterlagen und das Foto des jungen Mannes, der sie ursprünglich hergeführt hat. Falls ihre Theorie stimmt und die Wärter dort draußen mit wer weiß wie vielen anderen Leichen verscharrt sind, wird es Alans Bild dann überhaupt auf eine Titelseite schaffen? Oder wird er zu einer bloßen Nummer werden, zu einer Kennziffer in einer unglaublichen Statistik des unglaublichen Falls dieser schottischen Insel, die so lang sich selbst überlassen war, dass sie sich zu ihrer eigenen Gottheit aufgeschwungen hat?

Ihre Brust hebt sich mit einem zitternden Atemzug. Dann muss sie den Ordner über dem Bild von Alan schließen und alles zurück in die Aktentasche packen, damit er sie nicht mehr ansehen kann.

Ihre Lider flattern, als die erste Möwe kreischt. Das Feuer ist zu einer bloßen Glut heruntergebrannt. Ihr Atem bildet Wölkchen vor dem Gesicht, und George fragt sich, wie lange sie gedöst hat, während der neue Tag angebrochen ist. Sie kämpft sich in eine sitzende Position hoch – irgendwann ist sie auf der Couch zusammengesunken. Als Nächstes schaut sie auf die Armbanduhr. Es ist sieben Uhr morgens.

George steht auf, schleicht lautlos zur Tür hinüber und lauscht aufmerksam. Vorläufig hört sie nur Möwen und das ferne Rauschen der Brandung. Im Badezimmer stellt sie sich auf die Zehenspitzen und späht aus dem winzigen Fenster. Das Glas ist so stark mit Reif bedeckt, dass sie draußen nichts erkennen kann. Aber da sie die Nacht überlebt hat, vermutet sie, dass Kathy und MacLeod ihr Wort gehalten haben.

Drei Stunden. Richie und sie müssen sich nur normal verhalten, bis sie an Bord des Polizeiboots gehen und die Kollegen auffordern, auf die Tube zu drücken, sobald sie den Hafen verlassen haben. Wenn sie, wie zu hoffen ist, ein angemessenes Team zusammengestellt haben und hierher zurückgekehrt sind, werden die Wölfe von Eilean Eadar sich gerade erst zum Abendessen hinsetzen.

Die nächsten anderthalb Stunden schreibt sie ihre Aussage in ihr Notizbuch, wobei sie minutiös die Ereignisse der vergangenen Nacht durchgeht und alles, woran sie sich erinnern kann, in chronologischer Reihenfolge festhält. Die Logbücher, die Entdeckung der Steinhaufen und des Wolfsbaums, die Geständnisse von Kathy und MacLeod. Ihr ist bewusst, wie wichtig es ist, sich so klar und sachlich wie möglich auszudrücken. Sie kann sich bereits Coles perplexe Miene und die Seitenblicke ihrer Kollegen vorstellen. Wenigstens wird ihr Richie den Rücken stärken. Ein Gedanke, der ihr zugleich Trost spendet und Schuldgefühle beschert.

Um halb neun hat sich George ihre Aussage eingeprägt. Sie gelangt zu dem Entschluss, dass sie den Marsch zum Postamt lang genug ausdehnen kann, um sich jetzt schon auf den Weg zu machen.

Mit der Reise- und der Aktentasche in den Händen tritt sie zum letzten Mal durch die Tür der Kate hinaus. Die Luft fährt ihr wie ein Messer in die Lunge. Die Temperatur draußen verblüfft sie. Dann lässt sie die veränderte Landschaft, die sich vor ihr ausbreitet, auf sich wirken.

Die Wärter haben es richtig beschrieben: Schnee fällt auf Eadar wie eine Decke.

Die ersten Schritte setzt George auf gefrorenes Gras, bald jedoch versinkt sie bis zu den Fußgelenken in frischem, weichem Schnee. In der Stadt hat sie schon oft Schneefall erlebt, doch Eadar in Schattierungen von Weiß und Grau ist schlichtweg atemberaubend. Die wilden grünen Hügel und schlammigen Bereiche dazwischen vom Vortag haben sich in Erhebungen einer pulvrigen, unberührten weißen Pracht verwandelt. MacLeods Koppeln erinnern an die glasierte Oberfläche einer

Hochzeitstorte, und aus dieser Entfernung sehen selbst die weißen Ziegelsteine des Leuchtturms bedeckt aus. Am Himmel kreisen Möwen und kreischen, als wollten sie ihre Überraschung über diesen Anblick zum Ausdruck bringen.

Bei ihrem Abstieg den Hügel hinunter ist George nur annähernd auf dem Pfad unterwegs, weil dieser unter zentimetertiefem Schnee verborgen liegt. Sie orientiert sich an MacLeods Zaun und stolpert nur zweimal über gefrorene Grasbüschel, bevor sie auf gleicher Höhe mit seinem Tor ist. Dort hält sie inne, betrachtet sein Haus und Grundstück. Aus dem Schornstein steigt eine dünne Rauchfahne hoch. Um diese Zeit sollte der Mann eigentlich auf den Beinen sein und arbeiten. Sie überlegt, ob sie bei ihm anklopfen soll, entscheidet sich jedoch dagegen.

Was sie mittlerweile über die Insel weiß, ist schwer mit dem Bild in Einklang zu bringen, das sie erwartet, als sie die Hauptstraße erreicht. Der Anblick könnte von einer Postkarte oder aus einem Märchen stammen. Mit dem Schnee auf den Dächern und Markisen muten die Gebäude wie Lebkuchenhäuser an. Sogar die Ladenfronten mit ihrer abblätternden Farbe wirken bezaubernd. Freude spricht aus den Gesichtern der wenigen Bewohner, die der Kälte trotzen und draußen unterwegs sind. Die Geräusche lachender und vergnügt kreischender Kinder vermitteln George nur ein noch surrealeres Gefühl. Mit eingezogenem Kopf, als würde sie sich gegen einen heftigen Wind stemmen, geht sie weiter und quittiert Grüße und Äußerungen über das Wetter lediglich mit einem Nicken oder einem Winken.

Als George die Tür zum Postamt aufschiebt und Richie an der Theke sitzend erblickt, geben ihre Knie vor Erleichterung beinahe unter ihr nach. Sie eilt in der Absicht auf ihn zu, ihn innig zu umarmen, doch seine Augen werden groß, und er schüttelt kaum merklich den Kopf. Gleich darauf nähern sich Stimmen aus dem Flur. Kathy taucht mit zwei Bechern in den Händen auf – und wenige Schritte hinter ihr folgt Catriona.

Bei Georges plötzlichem Anblick zuckt Kathy zusammen, sodass Tee aus den Bechern schwappt.

»Sie kommen auch recht früh«, sagt sie und stellt mit zitternden Händen die Becher auf der Theke ab.

George lächelt erst sie an, dann Catriona. »Guten Morgen.«

Catriona nickt ihr knapp zu. Das Gesicht der Frau wirkt abgehärmt.

Stille setzt ein, die sich unangenehm lange ausbreitet.

Kathy beendet sie mit einem erstickten Lachen. »Ist das zu fassen, Inspector?« Sie deutet mit dem Kopf zum Fenster. »Wie groß ist die Wahrscheinlichkeit, dass wir einen so starken Schnellfall bekommen, nachdem wir erst vor wenigen Tagen darüber gesprochen haben, wie selten es hier schneit?« Während sie durch die Scheibe hinausstarrt, malträtieren ihre Zähne die Unterlippe. Dann blinzelt sie. »Bestimmt möchten Sie einen Tee.«

Ohne Georges Antwort abzuwarten, eilt sie zurück in den Flur. Eine Falte zwischen Catrionas Augenbrauen liefert den einzigen Hinweis darauf, dass sie das Verhalten ihrer Freundin als merkwürdig empfindet. Nach einem argwöhnischen Blick zu George folgt sie Kathy nach hinten.

George tritt zu Richie und fragt mit leiser Stimme: »War letzte Nacht alles ruhig?«

»Mucksmäuschenstill. Bei dir irgendwas?«

Sie schüttelt den Kopf. »Seit wann bist du hier?«

»Seit ungefähr vierzig Minuten. Ich bin früh aufgewacht, hab den Schnee gesehen und bin sofort hergeeilt, weil ich nachfragen wollte, ob das Boot trotzdem kommen kann.«

»Und?«

»Auf dem Festland hat's nicht geschneit. Anscheinend wollte die Insel eigens für uns ein Abschiedsspektakel veranstalten. Das Boot kommt wie geplant.«

Wieder schaut George auf die Armbanduhr und kann sich ein Stöhnen nicht verkneifen.

»Ich weiß«, murmelt er, und als Kathy im nächsten Moment mit einem weiteren Becher zurückkehrt, sagt er in fröhlicherem Ton: »Sie machen wunderbaren Tee.«

»Dahinter steckt eine Kunst«, zwitschert sie, als sie George den Becher reicht. »Man muss die verlangte Zuckermenge verdoppeln. Das ist zwar ein bisschen ungehörig, aber es hat sich noch niemand darüber beschwert.«

Richie schmunzelt. »Ich würde es, wenn ich meine Hosen künftig in der nächsten Größe kaufen müsste.«

Kathys Lächeln erreicht nicht die Augen und verflüchtigt sich sofort wieder, als sie erneut auf der Unterlippe kaut.

George nutzt die Gelegenheit von Catrionas Abwesenheit, um in die Tragetasche zu greifen und die Logbücher hervorzuholen. »Ich bin durch damit«, sagt sie und legt sie auf die Theke. Aber als Kathy danach greift, verstärkt George den Griff um sie. »Vergangene Nacht haben Sie gesagt, Sie hätten versucht, mir mitzuteilen, was hier vor sich geht. Ist es das hier, was Sie gemeint haben?«

Kathys Lippen zucken. »Glauben Sie wirklich, ich wollte, dass Sie zur Unterhaltung in den Büchern schmökern? Sogar mir ist klar, dass sie trocken wie harter Toast sind. Ich dachte mir, wenn Sie die Aufzeichnungen lesen und sich zusammenreimen, was aus den Männern geworden ist …« Sie fährt sich mit der Hand übers Gesicht, und ihre Finger verweilen an den Lippen. »Im Nachhinein betrachtet eine dumme Idee. Doch ich dachte, ich würde besonders schlau sein – ich wollte Sie so zur Wahrheit hinführen, hätte aber behaupten können, nichts gesagt zu haben, wenn es hart auf hart gekommen wäre.«

Während Kathys Erklärung schaut Richie stirnrunzelnd zwischen den beiden Frauen hin und her. Am Ende fällt ihm die Kinnlade runter. »Das kann doch nur ein Scheißscherz sein … Verzeihung. Die vermissten Wärter sind auch da draußen begraben?«

»Natürlich weiß ich es nicht mit Sicherheit«, antwortet Kathy rasch. »Das alles war lange vor meiner Geburt, und aus offensichtlichen Gründen führen wir keine offiziellen Aufzeichnungen darüber.« Sie bedenkt George mit einem ironischen Blick. »Bald werden Sie mehr über die Geschichte der Insel wissen als ich.«

»Sie meinen, wenn wir anfangen, die Knochen zu zählen?«

Nach einem unbehaglichen Herzschlag murmelt Kathy: »Ja. Denke schon.« Sie bringt die Logbücher nach hinten. Als sie zurückkehrt, trägt sie eine dicke orangefarbene Jacke und wickelt sich beim Gehen einen Strickschal um den Hals. »Nun denn«, sagt sie mit nach wie vor geknickt klingender Stimme. »Sollen wir losgehen?«

»Unser Boot trifft erst gegen zehn Uhr ein«, erinnert Richie sie.

»Schon, aber die Messe beginnt um neun … Also, der Gottesdienst«, stellt sie klar, als sie die verwirrten Mienen der beiden Polizeibeamten bemerkt. George öffnet den Mund zu einem

Protest, doch Kathy hebt die Hand. »Es wird helfen, wenn man Sie dort sieht«, sagt sie leise. »Damit mehren Sie das Wohlwollen, das Sie sich gestern verdient haben. Das werden Sie brauchen, wenn … Sie werden es einfach brauchen.«

George kaschiert ihr Unbehagen, indem sie so tut, als würde sie nachdenken. »Wie lange wird das dauern?«

»Sie werden rechtzeitig zurück sein«, erwidert Kathy und schiebt dann die beiden zur Tür.

Gleich darauf schließt sich ihnen Catriona an, die in eine rauchgraue Jacke schlüpft.

Sie lassen sich von Kathy auf die Straße führen, wo sie sich den vielen Bewohnern Eadars zugesellen, die den Hang hinaufgehen. Wenn Abende im örtlichen Pub zu den größten gesellschaftlichen Ereignissen der Insel gehören, dann zählt die Sonntagmorgenmesse eindeutig auch dazu. Als sie sich dem Eingang der Kirche nähern, erfahren Richie und George den herzlichsten Empfang seit ihrer Ankunft. Der Großteil des Lächelns und Winkens gilt George. Kathy hatte recht – Jack Ross zu retten, hat in Hinblick auf ihre Popularität wahre Wunder bewirkt. Catriona trottet nachdenklich schweigend hinterher und gibt nur dann etwas von sich, wenn sie jemandes Umarmung oder Begrüßung erwidern muss.

Sie werden von der Menge mitgeführt und gelangen durch den Eingangsbereich in den Hauptraum der Kirche. Das lebhafte Geplapper hallt von der Decke wider, sodass es sich anhört, als wäre die hier versammelte Menschenmenge doppelt so groß, als sie in Wirklichkeit ist. Der Schnee scheint das einzige Gesprächsthema zu sein. Eine lächelnde Frau mit rosigen Wangen fordert George auf, die Hand in ein Becken mit Wasser zu tauchen, das sich neben der Tür befindet. Als George sich umsieht, stellt sie fest, dass die Inselbewohner dies machen, bevor sie sich bekreuzigen. Richie folgt dem Beispiel der anderen. George hingegen senkt ihren Kopf und eilt am Becken vorbei.

Im hinteren Bereich erspäht sie eine verwaiste Kirchenbank. Sogleich steuert sie darauf zu. Richie jedoch gerät in eine Menschentraube, die sich den Gang hinunterbewegt, und wird so in den vorderen Bereich gedrängt. George setzt sich trotzdem hinten hin und wartet ungeduldig, während sich die Bänke vor ihr langsam füllen.

Nach einigen Minuten geht ein unausgesprochenes Zeichen durch den Raum, und die Versammelten verstummen allmählich. George dreht rechtzeitig den Kopf nach hinten, um zu sehen, wie Pater Ross in prunkvollen, bodenlangen Gewändern eintritt. Die Gemeinde erhebt sich. George tut es den anderen mit einer halben Sekunde Verzögerung gleich. Allerdings enden ihre Bemühungen, sich den Verhaltensweisen der Inselbewohner anzupassen, als alle gleichzeitig zu singen beginnen. Sie beschließt, einfach so wenig Aufmerksamkeit wie möglich auf sich zu ziehen.

Pater Ross schreitet durch den Gang zum Altar. Ihm folgen zwei Jungen im Teenageralter mit ordentlich gekämmtem Haar. Es ist schwer, sich vorzustellen, dass dieser Mann – ein selbst ernannter Hirte mit sanftmütigem Auftreten, stattlichen Roben und gestelztem Gang – die Macht besitzt, jedes seiner Schäfchen mit einem simplen Zettel in einen Mörder oder ein Opfer zu verwandeln. Die Messebesucher singen weiterhin das Kirchenlied, als er vorn eintrifft, wo er und die Jungen sich vor dem Altar verneigen. Nach wenigen Augenblicken dreht sich der Priester der Gemeinde zu. Das Lied endet, und kurz kehrt Stille ein.

»Im Namen des Vaters und des Sohnes und des Heiligen Geistes.«

Die Inselbewohner antworten mit einem gemurmelten »Amen«.

»Der Herr sei mit euch.«

»Und mit deinem Geiste.«

Anschließend nimmt die Gemeinde wieder Platz, und auch George setzt sich rasch hin. Pater Ross lässt den Blick über die Versammelten wandern, als wolle er sich jedes anwesende Gesicht einprägen. George rutscht auf ihrem Sitz tiefer. Dann setzt er ein strahlendes Lächeln auf.

»Willkommen«, spricht er mit einer durch die gesamte Kirche hallenden Stimme, »und danke, dass ihr die Elemente tapfer ertragen habt, um euch heute hier mit euren Nachbarn einzufinden. Uns alle hat beim Aufwachen ein Segen unseres Herrn erwartet. Und obwohl einige von uns den Schnee vielleicht als unangenehm empfinden, lässt sich nicht die Freude leugnen, die er in die Gesichter unserer Kinder – jeden Alters – zaubert.«

Ein leises Lachen breitet sich durch den Raum aus. George entdeckt Kathy in der ersten Reihe, dann Catriona zu ihrer Linken und Richie zu ihrer Rechten. Weiter links erregt ein roter Haarschopf die Aufmerksamkeit von George. Sie erkennt Sarah Mackay wieder, das Gesicht blass, die Augen vom Weinen verquollen.

Während Pater Ross mit der Messe fortfährt, schaut sich George weiter um. Sie bemüht sich zwar, dem Gottesdienst mit einem Ohr zu lauschen, aber irgendetwas stört sie an dem Anblick der Leute hier. Es sind nicht viele Plätze in der Kirche frei geblieben, doch plötzlich fällt George auf, dass mehrere

Personen fehlen. MacLeod. Cecily und ihre Kinder. Jack. Lewis. Und Ewan.

Als Pater Ross sich umdreht und ein paar Zettel von einem der Ministranten entgegennimmt, erhebt sich George von ihrem Platz. Sie flüstert geduckt Entschuldigungen, während sie sich den Weg zum Ende der Reihe bahnt. Den Blick lässt sie auf den Teppich geheftet, als sie einen Flügel der Doppeltür öffnet, sich durch die schmale Lücke hinausschiebt und die Tür leise wieder hinter sich schließt. Dann eilt sie hinaus in die frostige Luft.

Kapitel 25

Noch bevor George die Faust hebt, um an die Tür der Campbells zu klopfen, fühlt sie, dass etwas nicht stimmt. Und das liegt nicht nur am rauchlosen Schornstein und der Stille in dem normalerweise von Kinderstimmen erfüllten Haus.

Sie tritt zurück auf die Straße, legt den Kopf in den Nacken und späht zu den oberen Fenstern hinauf. Die Vorhänge im Elternschlafzimmer sind noch zugezogen. Plötzlich wird ihr klar, dass sie sich genau dort vor fünf Tagen befunden und auf die Stelle herabgeschaut hat, wo sie jetzt steht. Bei der Erinnerung sträuben sich ihr die Haare an den Armen und im Nacken.

Sie nähert sich wieder der Tür, hebt die Hand und klopft leise an. Über ihr prangt die Doppelspirale.

Fast eine Minute vergeht, ohne dass sich etwas rührt. George will sich bereits abwenden, als sie von drinnen ein lautes, dumpfes Pochen hört. Sie klopft erneut, diesmal kräftiger. »Cecily?« Ihr Blick senkt sich auf den Griff. Versuchsweise drückte sie ihn.

Natürlich … Die Eingangstür ist nicht abgeschlossen. George tritt ein.

Als Erstes fällt ihr die Temperatur auf. In dem sonst so behaglichen Haus ist es nur wenige Grade wärmer als draußen. Am Fuß der Treppe liegt ein großer Seesack, in den so vieles hineingestopft worden ist, dass sich der Reißverschluss spannt.

Daneben stehen zwei Rucksäcke, auch sie alles andere als klein. Alle drei Gepäckstücke scheinen von oben heruntergeworfen worden zu sein. George schließt die Tür hinter sich, wendet sich zur Treppe und tritt den Weg in den ersten Stock an – und zwar mit einiger Vorsicht, falls weiteres Gepäck herabgeflogen kommt. Ungefähr auf halber Höhe knarrt eine der Stufen unter ihrem Gewicht.

Cecilys Stimme dringt zu ihr herab. »Komm und hilf mir damit!«

George macht sich klar, dass Cecily sie durchs Fenster gesehen haben muss. Eilig steigt sie den Rest der Treppe hinauf und steuert auf das Schlafzimmer zu.

Im Gegensatz zum letzten Mal ist im Kamin nur noch graue Asche, obwohl daneben ein Korb mit Holzscheiten steht. Das Bett ist nicht gemacht. Die Decke hängt auf einer Seite tief herab, und überall auf dem Boden ist Kleidung verstreut.

Cecily kauert vor dem Kleiderschrank und öffnet gerade einen kleinen Koffer. Mit ruckartigen Bewegungen zieht sie grob den Reißverschluss um die Ecken. »Wir haben nur Platz für das Nötigste, okay?«, sagt sie, ohne aufzuschauen. »Die Taschen der Kinder hab ich schon fertig.«

Verwirrt fragt George: »Reden Sie mit mir?«

Cecily keucht auf und wirbelt herum. »George? Was machen Sie denn hier? Ich dachte, Sie wären beim Gottesdienst.«

»War ich auch.« Sie deutet mit dem Kopf auf den Koffer. »Verreisen Sie?«

»Äh …« Ihr Blick schnellt über Georges Schulter. »Ich besuche mit den Kindern meine Eltern. Wir machen uns in ein paar Minuten auf den Weg.«

George betrachtet das Chaos im Zimmer. »Scheint ein ziemlich spontaner Entschluss zu sein.«

Cecily gibt einen annähernd zustimmenden Laut von sich, rollt Kleidung zusammen und stopft sie in den Koffer.

Als George sie beobachtet und daran zurückdenkt, wie vertraut sie gerufen hat, als George die Treppe heraufgestiegen ist, kehrt dieses Gefühl zurück, dass hier irgendetwas nicht stimmt. »Woher haben Sie gewusst, dass ich beim Gottesdienst war?«

»Hm?« Ihre Stimme klingt zu hoch.

»Sie haben gesagt, Sie hätten gedacht, ich wäre …«

»Oh, ich hab gesehen, wie Sie das Postamt verlassen haben«, fällt Cecily ihr ins Wort, greift sich ein Paar Turnschuhe und zwängt es in ein enges Seitenfach des Koffers. »Sie sind mit Kathy den Hügel rauf. Deshalb hab ich es angenommen …«

George spürt, wie in ihrem Körper ein Summen einsetzt. »Verstehe. Aber wenn alle beim Gottesdienst sind, wer bringt Sie dann weg?«

Cecily stößt schnaubend den Atem aus. »Ich kann das jetzt wirklich nicht.«

»Was? Mit mir reden?« Das Summen breitet sich in ihrem Oberkörper und dann in den Gliedmaßen aus. Es fühlt sich heiß und kribbelnd wie ein Ausschlag an. »Damit hatten Sie bisher nie ein Problem.«

Abrupt hebt Cecily das Kinn. Ihre Augen lodern. Fiebrige Farbtupfer sind auf ihren Wangen erschienen. »Wissen Sie, ich habe Sie nicht zu mir eingeladen«, faucht sie und steht auf. »Brauchen Sie nicht einen Durchsuchungsbeschluss, bevor Sie bei jemandem ins Haus stürmen dürfen?«

George weicht einen Schritt zurück, überrascht von Cecilys plötzlichem Wechsel im Tonfall. »Nur wenn ich hier wäre, um das Haus zu durchsuchen.« *Oder um dich zu verhaften*, fügt sie in Gedanken hinzu.

Rasch bildet sie sich ein Urteil von dieser Situation. Es wäre naiv zu glauben, dass Cecily die dunklen Geheimnisse der Insel nicht kennt. Obwohl sie vom Festland stammt, muss sie etwas über dieses System der Selbstjustiz wissen, wenn auch wohl nur als Beobachterin und nicht als jemand, der sich daran beteiligt. Und dass sie nach den Ereignissen der vergangenen Nacht zum Festland abreisen will …

»Was ist passiert, Cecily? Warum flüchten Sie?«

Die Züge der Frau verhärten sich. Sie stapft auf George zu. »Verschwinden Sie aus meinem Haus.«

George tritt zur Seite, stellt sich neben dem Bett hin und hebt beschwichtigend die Hände. »Können wir eine Minute reden?«

»Ich habe keine Minute.«

»Warum nicht?«

Cecily ignoriert die Frage, also fügt George hinzu: »Vielleicht kann ich Ihnen helfen.«

Cecily mustert sie argwöhnisch. »Mir wie helfen?«

George denkt blitzschnell nach. Ihr ist klar, dass sie für einen Prozess mehr als MacLeods und Kathys Geständnisse brauchen werden. Cecily auf ihrer Seite zu haben, wäre eine wertvolle Ergänzung für den Fall – und sei es nur, um ihre Geschichte aus Sicht einer Zugereisten zu erzählen, die dazu gezwungen worden ist, sich an den düsteren Traditionen der Gemeinschaft ihres Ehemanns zu beteiligen.

George zögert nur kurz, bevor sie sagt: »Ich weiß Bescheid, okay?«

»*Was* wissen Sie?«

»Was wirklich mit Alan passiert ist«, antwortet George, die spürt, dass sich inzwischen die Kante des Nachttischs in ihre Wade bohrt. »Ich weiß von den Zetteln, dem Wald und den Wölfen.«

Alle Farbe entweicht Cecilys Gesicht. Sie streckt die Hand aus und stützt sich am Bettpfosten ab. »O Gott«, entfährt es ihr leise. »Wo … wo ist er?«

George runzelt die Stirn. *Er?*

»Wo ist er?«, wiederholt Cecily mit mehr Kraft in der Stimme. »Und wo sind meine Kinder?«

»Ihre Kinder? Warum sollte ich …«

Cecily bewegt sich mit zwei schnellen Schritten auf sie zu. George versucht, zurückzuweichen, was der Nachttisch verhindert. Einige der gerahmten Bilder, die darauf stehen, kippen um. Sie schaut hinab und hofft, auf dem Nachttisch etwas zu entdecken, womit sie sich notfalls verteidigen kann.

Ihr Blick huscht zwischen den Bildern hin und her: Schnappschüsse der Kinder, die sich Wange an Wange drücken, Fotos streng dreinschauender Vorfahren in Sepiatönen, ein Gemälde der Jungfrau Maria. Letzteres steckt in einem Holzrahmen, der schwer aussieht. George streckt die Hand danach aus … und hält abrupt inne.

Ein anderes vertrautes Gesicht auf einem Foto hinter dem Gemälde ist ihr ins Auge gesprungen. Cecily trägt darauf ein wadenlanges weißes Kleid; ihr langes, gelocktes Haar fällt ihr lose über den Rücken. Und Hand in Hand neben ihr befindet sich in einem schlecht sitzenden schwarzen Anzug, genauso breit grinsend wie sie … Ewan mit einem deutlich jüngeren Gesicht.

Georges Herz setzt einen Schlag aus.

Sie schaut zu Cecily auf, die mittlerweile so nah vor ihr steht, dass sich ihr Magen zusammenkrampft. Cecilys Gesicht ist aschfahl, die starren Augen sind weit aufgerissen.

»Donald hat die Insel nie verlassen, nicht wahr?«, sagt George leise. »Sie haben ihn erwartet, als ich reingekommen bin.« In ihrem Kopf blitzt das Foto jenes Zeitungsschnitts auf. Alan und Ewan – nein, nicht Ewan, sondern *Donald* –, die sich gegenseitig anstarren. »Ist zwischen den beiden etwas vorgefallen?«

»Sie wissen ja nicht, wovon Sie reden«, haucht Cecily.

»Haben sie sich über etwas gestritten?« *Oder über jemanden?* George schaut wieder zum Hochzeitsfoto. Ihre Gedanken überschlagen sich. »Haben Sie mit Alan geschlafen?«

Zorn flammt in Cecilys Augen auf. »*Ich* habe nie mein Gelübde gebrochen.«

Die Betonung bringt George zum Nachdenken. Sie verwebt Stränge unlängst geführter Unterhaltungen miteinander: Cationas Aussage, Alan und Fiona hätten sich getrennt, weil er sie betrogen hat; Alans Äußerung zu Fiona, es würde mit der anderen jungen Frau nicht funktionieren, weil sie mit jemandem zusammen war; und Donalds bizarre Reaktion auf Georges Frage, ob er weiß, mit wem Alan seine Freundin betrogen hat.

»Es hat Gerüchte gegeben, Alan hätte jemanden in seinem Zimmer gehabt, als die Besatzung auf dem Festland war«, sagt sie langsam. »Alle haben angenommen, es wäre eine Frau aus der Gegend gewesen … aber es war niemand vom Festland, oder?« Sie zögert nur eine Sekunde, bevor sie hinzufügt: »Und es war auch keine Frau.«

Irgendetwas in Cecily zerbricht. Ihre Schultern sacken herab, und sie umklammert das Kruzifix an ihrer Halskette.

»*Sie* haben die Zettel geschrieben«, stößt George leise hervor; in ihrem Magen verspürt sie eine brodelnde Übelkeit. »*Sie* haben die Wölfe auf Alan gehetzt … weil er und *Donald* eine Affäre hatten.«

Cecily schüttelt den Kopf, allerdings nicht so, als würde sie das Gesagte bestreiten.

Die Übelkeit steigt George in die Kehle, und sie schluckt schwer. »Weiß es Donald?«

Abermals schüttelt Cecily den Kopf. Und dann, als hätte sie irgendeinen Entschluss gefasst, strafft sie die Schultern. Beinahe erleichtert klingt sie, als sie wieder zu sprechen beginnt. »Ich habe auch ihm einen Zettel zukommen lassen. Und anderen, das musste ja sein. Aber Donald sollte mit dem Wissen leben, dass er den Jungen umgebracht hat. Diesen verfluchten Jungen. Im Nachhinein war es dumm. Er kann so schon kein verdammtes Geheimnis bewahren, geschweige denn eines, das ihn zerfrisst.«

»Haben Sie ihn deshalb von mir ferngehalten? Und ihn dazu gebracht, mir einen falschen Namen zu nennen?«

»Ich hab ihm gesagt, er soll gehen, in seinen Kutter steigen und verschwinden. Aber er hatte Angst … Er dachte, es würde zu verdächtig wirken, wenn ein Boot unmittelbar nach Ihrer Ankunft in See sticht. Und dann wurde er paranoid – hat angefangen, davon zu schwafeln, wie oft ich mich darüber beklagt habe, dass mir mein Zuhause fehlt.« Mit halb frustrierter, halb verängstigter Miene schüttelt sie den Kopf. »Er dachte, ich würde ihn ausliefern und die Gelegenheit nutzen, um mit den Kindern auf Nimmerwiedersehen abzureisen. Er ist nicht mit den anderen rausgefahren, weil er sicherstellen wollte, dass ich nicht flüchten kann. Und ich konnte ihn nicht im Haus haben für den Fall, dass Sie vorbeikommen, um Fragen zu stellen.«

George verzieht angewidert den Mund. »Dabei hätten Sie ihm diese Sorge ersparen können, wenn Sie ihm gesagt hätten, dass Sie genauso schuldig sind.«

»Dann hätte er mich umgebracht«, entgegnet sie schlicht und einfach. »Oder wenn nicht er – wenn es für ihn gereicht hätte, dass ich die Mutter seiner Kinder bin, um Gnade walten zu lassen –, dann hätte irgendwann jemand anders diese Aufgabe übernommen. Vielleicht hätte man gewartet, bis Sie und Ihr Partner weg gewesen wären. Andererseits hat man das bei Spud auch nicht … Ich frage mich, was für eine Ausrede man Ihnen aufgetischt hätte«, sagt sie nachdenklich. *»Cecily hat einen Magen-Darm-Virus, sie kann niemanden empfangen. Cecily hat beschlossen, ihre Eltern zu besuchen.«* Sie gibt einen angewiderten Laut von sich. »Wahrscheinlich hätten ihre verlogenen Erklärungen nicht mal so überzeugend geklungen. Die Leute hier sind es nicht gewohnt, sich Ausreden ausdenken zu müssen.«

Trotz Cecilys verschlungener Gedankengänge ist George bewusst, in was für einer prekären Lage sie sich befindet. Sie weiß als Einzige, was Cecily getan hat. Und sie steht als Einzige zwischen dieser Frau und ihrer Flucht.

Risiko, Risiko, Risiko, wummert ihr Herz – ein Tadel, eine Warnung. Als sie einen unscheinbaren Schritt zur Tür versucht, ahmt Cecily die Bewegung nach.

»Aber warum wollen Sie jetzt weg?«, fragt George und macht einen weiteren Schritt. »Und wieso die Eile? Sind Donald und die Kinder schon auf einem Boot? Haben Sie ihn dazu überredet, mit der ganzen Familie zu fliehen?«

Cecily antwortet zunächst nicht. Ihre Brust hebt und senkt sich unter flachen, keuchenden Atemzügen. Als sie schließlich eine Antwort gibt, klingt ihre Stimme emotionslos. »Das ist die verdammte Ironie. Ich hab Donald dazu gebracht, Alan umzubringen. Und genau das hat ihn endlich dazu getrieben, sich von der Insel und all ihren Bewohnern abzuwenden. Und ich wusste, das war meine einzige Chance, ihn davon zu überzeugen, dass wir – er und ich – im selben Team sind. Dass wir und die Kinder zusammenbleiben und ein richtiges Leben führen können. Auf dem Festland.« Ihre Augen glänzen. Sie scheint den Tränen nahe zu sein. »Ich kehre endlich nach Hause zurück, George. Für immer.«

Mittlerweile hat George die Tür erreicht. »Wegzurennen wird die Sache nicht in Ordnung bringen. Sie müssen jetzt mit mir kommen.«

»Ich muss bei meinen Kindern und meinem Ehemann bleiben«, entgegnet Cecily mit rauer Stimme. »Alles, was ich getan habe, hatte den Zweck, uns zusammenzuhalten.«

»Sie wollen Ihren Kindern nicht all das antun, was passieren wird, wenn Sie heute flüchten«, sagt George eindringlich. »Wir werden Sie jagen, Cecily. Und was dann folgt, wird nicht so milde wie das sein, was ich Ihnen jetzt anbiete; das kann ich Ihnen versichern.«

Cecily verengt die Augen zu Schlitzen. »Weg da!«

George weicht in den Treppenflur zurück. Ihre Gedanken rasen. Wenn sie Cecily dazu bringen kann, einfach weiterhin mit ihr zu reden, gelingt es ihr vielleicht, die Kontrolle über die langsam eskalierende Lage zu behalten, bis das Polizeiboot eintrifft.

»Cecily, schalten wir einen Gang zurück«, schlägt sie vor und wagt einen kurzen Blick zurück, um zu sehen, wie nah sie der obersten Treppenstufe ist – und genau in dem Moment handelt Cecily. Als George den Kopf dreht, hört sie schnelle Schritte, spürt zwei Hände auf der Brust, und dann wird sie brutal die Treppe hinuntergestoßen.

Sie ist nicht lange weggetreten, höchstens eine Sekunde, ein längeres Blinzeln. Aber als sie die Augen wieder aufschlägt, ist Cecilys Gesicht über ihr, und es rückt drohend näher. Georges Sicht verschwimmt.

»Scheiße. *Scheiße!*«

Cecilys Finger legen sich beinahe sanft um ihren Hals. George stöhnt und versucht, sich unter ihrer Gegnerin wegzudrehen. *Das war's*, schießt es ihr durch den Kopf. *Jetzt bringt sie mich um.*

Aber die Hände um ihre Kehle verschwinden. Dann zieht sich auch Cecilys Gesicht zurück. Und George hört, wie die Haustür zugeknallt wird.

Irgendwo zwischen ihrem Gehirn und ihrem restlichen Körper ist die Verbindung unterbrochen worden – dass sie die Hand zum Abtasten der Schläfe erhoben hat, weiß sie nur, weil sie ihre geröteten Finger aus dem Augenwinkel sieht.

Es geht mir gut, sagt sie zu sich selbst. Ihre innere Stimme klingt durch die sie umgebende Blase des Schocks leise und weit entfernt. *Ich kann denken, ich kann mich bewegen, es geht mir gut.*

Allerdings kann sie diese Stimme kaum hören, weil jene andere zu laut ist – jene, die gellend schreit, dass Cecily entkommt.

Sie klammert sich am Geländer fest und zieht sich auf die Beine, muss sich jedoch an der Wand abstützen, als sie von einem Anflug von Übelkeit durchgeschüttelt wird.

Ich kann denken, ich kann mich bewegen, es geht mir …

Sie krümmt sich vornüber und erbricht sich auf den Boden.

»Scheiße«, stößt sie laut und krächzend hervor. Dann wischt sie sich mit dem Ärmel über den Mund, wankt zur Haustür und stolpert hinaus.

Der Schnee fängt bereits zu schmelzen an. Erster Schlamm schimmert durch das zuvor so makellose Weiß. Auf der Hauptstraße sieht es aus wie in einer Geisterstadt. Es müssen noch alle beim Gottesdienst sein. George kann Cecily nirgendwo sehen … *Sie könnte es schon zum Boot geschafft haben*, denkt sie mutlos.

»Inspector!«

George schlägt das Herz bis in den Hals, als sie sich der Stimme zudreht.

Es ist Lewis, der aus Richtung des Hafens kommt. Er läuft ihr mit strahlender Miene entgegen. Aber als er ihr nah genug ist, um sie richtig sehen zu können, verschwindet das Lächeln. »Großer Gott, Sie bluten ja!«

Sie wischt seine Besorgnis weg. »Haben Sie Cecily gesehen?«

»Cecily? Warten Sie, was ist mit Ihnen passiert?«

»Haben Sie Cecily gesehen?«

»Nein! Nein, ich … Wo wollen Sie hin?«

Wenn Cecily nicht an ihm vorbeigekommen ist, kann sie nicht zum Boot unterwegs sein. Ihre Erleichterung währt nur kurz, als Lewis sie am Arm packt und zu sich herumdreht. Mit aufflammender Panik reißt sie sich von ihm los und funkelt ihn zornig an.

Es dauert nur wenige Sekunden, bis das Begreifen bei ihm einsetzt. Angst und Schuldgefühle schleichen sich in seine Miene, und seine Mundwinkel krümmen sich nach unten. »Inspector, ich …«

»Lassen Sie stecken.«

Stockend atmet er ein, reißt sich die Mütze vom Kopf und fährt sich mit der Hand durchs Haar. »Es ist so kompliziert.«

»Eigentlich nicht«, widerspricht sie schroff. »Mir ist scheißegal, was Broddy Cameron und all die Leute nach ihm gemacht haben. Es ist Mord, schlicht und einfach.«

Er beißt sich auf die Unterlippe und schaut die Straße hinauf zu den Häusern, zur Kirche. Als er sich wieder ihr zudreht, spricht Entschlossenheit aus seinen zerknirschten Zügen. »Was kann ich tun?«

George überlegt rasch. »Tun Sie, was Sie können, um Donalds Boot daran zu hindern, den Hafen zu verlassen.« Als sie bemerkt, dass sich eine Frage auf seinen Lippen bildet, hebt sie gebieterisch die Hand, um ihn vom Sprechen abzuhalten. »Ketten Sie es an den verdammten Kai, wenn es sein muss. Er ist verzweifelt und hat die Kinder – ich will nicht, dass sie verletzt werden. Verstanden?«

Er sieht elend aus, aber er nickt.

»Dann los.«

Sie schaut ihm nach, als er wegläuft. Dabei spürt sie, wie eine tiefe, nachklingende Traurigkeit ihre Wut durchdringt. Aber beide Emotionen kann sie im Augenblick nicht gebrauchen. Jetzt muss sie sich konzentrieren.

Wo ist Cecily?

Während sie zerstreut ihren Kopf betastet – die Blutung hat sich bereits verlangsamt –, lässt sie den Blick erneut über die Straße wandern. Cecily könnte in jedes der Häuser und Geschäfte hineingehuscht sein, um sich zu überlegen, wie sie weiter vorgehen soll, da nun George und Lewis zwischen ihr und ihrer Flucht stehen.

George spürt auf einmal ein Ziehen im Bauch – wie von einem Magneten. Stirnrunzelnd schaut sie wieder zum Hafen. Cecily *hätte* es zum Boot schaffen können. Ebenso *hätte* Cecily sie umbringen können, als sie hilflos am Fuß der Treppe gelegen hat. Aber sie hat sie am Leben gelassen, obwohl sie gewusst hat, dass dadurch die Umstände von Alans Tod ans Licht kommen würden, dass Donald herausfinden würde, was sie getan, wozu sie ihn manipuliert hat, und dass man ihnen beiden die Kinder wegnehmen würde. Cecily ist mit dem Wissen aus dem Haus geflohen, dass sie absolut alles verlieren wird, was ihr wichtig ist – alles, wofür sie bereit war, zu töten, um es zu behalten.

Der Magnet zieht erneut an ihr – nach rechts. In Richtung des Pfads hoch zu den Klippen.

»Oh, Scheiße«, haucht George, und dann beginnt sie zu sprinten.

Plötzlich weiß sie genau, wo sie Cecily finden wird.

George treibt sich dazu an, schneller zu rennen als je zuvor. Ihre Lunge brennt, als sie den verschneiten Weg emporrennt. Das Wetter scheint die Waldbewohner in ihren Höhlen und Nestern gehalten zu haben – von der Seite herrscht Stille, abgesehen von gelegentlichen dumpfen Lauten, wenn Schnee von den Ästen fällt. Bald ragt der Leuchtturm vor George auf. Als sie ihn schließlich erreicht, ist sie völlig außer Atem.

Wie vermutet, steht Cecily am Rande der Klippe und blickt aufs Meer hinaus. Der Wind peitscht ihr Haar wild um den Kopf herum. Das Geländer der Galerie rattert hoch über ihnen.

»Cecily«, stößt George keuchend hervor, »kommen Sie weg vom Rand.«

Aber Cecily rührt sich nicht. Als sie schließlich zu reden beginnt, spricht sie dem Abgrund zugewandt. »Früher hab ich mir stundenlang diese Aussicht angesehen, während ich darauf gewartet habe, dass Donald kommt. Ich hab oben am Fenster gesessen und an alles gedacht, was ich aufgegeben hatte, um bei ihm zu sein – meine Familie, meine Freunde, das Leben, das ich mir für mich vorgestellt hatte. Aber dann ist er gekommen, und ich hab die Traurigkeit und das Bedauern verdrängt, weil ich einen Ehemann hatte, der *mich* geliebt hat, der *mich* wollte, der übers Meer gesegelt war, um *mich* zu finden.«

Sie schlingt die Arme fest um sich. Als sie fortfährt, klingt sie verbittert. »Dann ist mir vor ein paar Monaten etwas aufgefallen. An den Abenden, an denen Donald, wie er mir gegenüber behauptete, im Pub war, hat immer eine Kerze in unserem Vorderfenster gebrannt. Erst einmal die Woche, dann zweimal. Irgendwann jeden Abend. Also bin ich ihm eines Tags gefolgt.«

Kurz verstummt sie, und George erinnert sich an den abgegriffenen Zettel im Leuchtturm – offenkundig kein Code, sondern eine Anweisung. *Achte auf die Kerze, dann weißt du, wohin du gehen musst, wo du mich findest.* Sie sieht in Gedanken die sorgfältig ins alte Holz der Fensterbank geritzten Buchstaben »D+A«. Vor ihrem geistigen Auge tauchen dann die geschmolzenen Kerzenstummel an Alans falschem Grab auf, deren rußgeschwärzte Dochte nur noch die Erinnerung an flackernde Flammen bergen.

»Tagelang konnte ich nicht klar denken«, spricht Cecily heiser weiter. »Konnte nicht essen. Ich war wie auf Autopilot. Aufwachen. Die Kinder anziehen. Kochen. Sie zur Schule bringen. Sauber machen. Sie abholen. Kochen. Sie ins Bett bringen. Sauber machen. Wieder und wieder, jeden Tag. Als sich der

Nebel irgendwann gelichtet hat, habe ich mir ständig vorgestellt, wie Donald an derselben Stelle diese Aussicht betrachtet und darauf gewartet hat, dass Alan zu ihm kommt.«

George bewegt sich langsam auf Cecily zu. Als sie aus dem Gras auf die von Salz verseuchte Erde tritt, fühlt es sich an, als würde die Wärme aus ihren Knochen, ihren Organen sickern. Trotz ihres Laufs hierher ist ihr auf einmal kälter als irgendwann sonst in dieser Woche.

Cecily hört Georges leise Schritte und schaut über die Schulter. »Bleiben Sie zurück!«

»Tun Sie das nicht, Cess. Sie haben es doch selbst gesagt – Ihre Kinder brauchen Sie.«

»Sie brauchen keine Mutter, die sie nur einmal im Monat für eine Stunde in einem Drecksloch von einem Gefängnis sehen können.«

»Ist das nicht besser als nie?«

Aber Cecily schüttelt den Kopf und schaut wieder hinaus aufs aufgewühlte Meer. »Wenn sie alt genug sind, um zu erfahren, was ich getan habe, was ihr Vater getan hat … werden sie mich nicht mehr in ihrem Leben haben wollen. Das weiß ich. Und wenn das passiert, würde ich mir wünschen, ich wäre heute schon gestorben.«

George hat keine Ahnung, was sie sagen soll, um sie zu überzeugen; sie glaubt nicht, dass es dafür überhaupt Worte gibt. Sie kann nur versuchen, sich nah genug anzupirschen, um Cecily aufzuhalten, bevor sie sich über den Rand stürzt.

»Ich glaube nicht, dass Sie ein schlechter Mensch sind«, sagt sie und bewegt sich einen weiteren halben Schritt vorwärts. Aber Cecily tut es ihr gleich, und jetzt berühren ihre Zehen den Klippenrand. »Sie waren einsam und traurig, und Ihr Mann hat sein

Gelübde gebrochen«, fährt George fort; inzwischen ist sie völlig verzweifelt. »Sie wollten nur Ihre Familie zusammenhalten.«

»Und ich habe dafür jemanden umgebracht.« Cecily stößt ein zittriges Lachen aus. »Wenn man bedenkt, dass ich mir solche Sorgen gemacht habe, ich würde nicht hierherpassen … Wie sich herausgestellt hat, bin ich genauso verdammt wie die anderen.«

Ein Kreischen über ihnen lässt beide aufschauen. Eine Möwe kämpft gegen den Wind und flattert wild mit den Flügeln.

Cecily beobachtet die missliche Lage des Vogels. Als sie wieder das Wort ergreift, schwingt in ihrem Ton tiefe Traurigkeit mit. »Sorgen Sie dafür, dass meine Eltern das Sorgerecht für die Kinder bekommen. Lassen Sie nicht zu, dass sie hierher zurückkommen und so enden wie wir.«

»Cecily …«

»*Versprechen Sie es mir*, George.«

»Tun Sie das nicht – bitte!«

»*Cecily!*«

Eine Sekunde lang ist George dankbar für die neue Stimme, denn sie lässt Cecily erstarren. Als George in die Richtung schaut, aus der sie gekommen ist, verflüchtigt sich sogleich die Dankbarkeit; stattdessen empfindet sie nackte Angst.

Pater Ross steht gebückt da und massiert sich das lädierte Knie. Dabei betrachtet er Cecily und George und erkennt deren prekäre Lage. Auch entgeht ihm nicht Georges blutverschmiertes Gesicht. Die Prunkgewänder hat er abgelegt. Er trägt jetzt wie üblich eine Jeans und einen Strickpullover. »Was ist hier los?«, verlangt er zu erfahren. »Jemand hat gesagt, er hätte die Polizistin rennen gesehen, als wäre der Leibhaftige höchstpersönlich hinter ihr her.«

George lässt Ross nicht aus den Augen, während sie Cecily die Hand entgegenstreckt. »Kommen Sie, Cess. Gehen wir einfach zurück ins Dorf. Den Rest klären wir auf dem Festland.«

Ross heftet den Blick auf Cecily. Langsam weicht seine Verwirrung einem aufkeimenden Verstehen, und George wird angst und bange, als er den Kopf leicht dreht und seine stechenden Augen nunmehr sie anstarren. Es gibt keinen Grund mehr für sie, ihre Gedanken zu verbergen. Sie lässt es ihn an ihrem Gesicht ablesen – dass sie endlich jede kranke Tatsache über die Insel weiß, der er als Richter und Jury vorsteht.

Er reagiert darauf in gleicher Weise. Seine besorgte, väterliche Miene löst sich auf. Seine Augen werden kalt, während sie sich in ihre hineinbohren. Die Lippen ziehen sich zurück, und er fletscht die Zähne. Zum ersten Mal, seit George ihn kennengelernt hat, hat sie das Gefühl, ihn endlich so zu sehen, wie er wirklich ist. Während die Inselbewohner zu Wölfen werden, indem sie eine Maske aufsetzen, ist er zu seinem wahren Selbst geworden, indem er seine abgelegt hat.

»Wer hat es Ihnen gesagt?«, fragt er und nähert sich ihr.

George denkt an Kathy, die ihr die Logbücher gegeben hat, an Calum, der ihr durch das Fenster ein Zeichen gegeben hat, an MacLeod, der mit der Schrotflinte im Anschlag die Lichtung betreten hat. »Niemand.«

»Sie lügen«, entgegnet er sofort und schleudert Cecily einen finsteren Blick zu. »Blut ist dicker als Wasser – das gilt nicht nur für Personen, die miteinander verwandt sind, sondern für alle Leute vom Festland.«

Aus dem Augenwinkel nimmt George wahr, wie Cecily erschaudert. Während Ross den Abstand zwischen ihnen weiter verringert, winkt sie Cecily abermals zu sich. »Kommen Sie.

Richie wartet. Das Polizeiboot wird jeden Moment hier sein.« Eine unverhohlene Warnung für Ross – es sind nicht nur bereits Polizisten auf der Insel, vielmehr werden noch mehr kommen. »Wissen Sie«, sagt sie wie beiläufig zu ihm, »wenn Sie einen Sündenbock suchen, sollten Sie vielleicht bei sich selbst anfangen.«

Er zieht eine Braue hoch. »Wieso das?«

»Stephen Mackay. Wenn Sie nur einen Tag länger damit gewartet hätten, ihn umzubringen, wären Detective Inspector Stewart und ich weg gewesen, und Alans Akte wäre geschlossen worden.«

Seine düstere Miene verfinstert sich noch mehr. »Selbst wenn das stimmt, konnte ich es nicht riskieren, Stephen nur eine Minute länger leben zu lassen. Meine Gemeinde verlässt sich darauf, dass ich sie beschütze – vor jeder Bedrohung.«

Die Kälte, die George über den Rücken kriecht, fühlt sich wie eine Klaue an. Wenn es ihr nur gelingt, Cecily vom Abgrund wegzulocken, bevor Ross nach vorn stürmen kann …

Cecilys Zögern besiegelt ihrer beider Schicksal. Als George spürt, dass ihr nur noch Sekunden bleiben, dreht sie sich halb weg, um Cecily vom Abgrund wegzuziehen. Als sie wieder nach vorn schaut, hat sich Ross in Bewegung gesetzt.

Zu spät erinnert sich George daran, dass der Mann eine vielversprechende Nachwuchshoffnung im Rugby war, ehe er das Kollar angelegt hat. Ihr bleibt gerade genug Zeit, Cecily zu packen und sie stolpernd in Richtung des Leuchtturms zu schleudern, bevor er gekonnt die Schulter in die Brust von George rammt und dann beginnt, sie zum Klippenrand hinzuschieben.

»Aufhören!«, schreit sie gellend und versucht, die Füße in den Boden zu stemmen und sich seinem Griff zu entwinden.

Den abgehackten Atem des Priesters spürt sie heiß an ihrem Hals. Sie vermeint, Cecily kreischen zu hören, aber Ross schaut nicht in deren Richtung. Er hat die Hauptbedrohung eindeutig identifiziert und kümmert sich zuerst um sie. Allerdings besteht für George kein Zweifel daran, dass Cecily ihr als Nächste in die Tiefe folgen wird.

Sie bewegt einen Fuß nach hinten, und ihr rutscht das Herz in die Hose, als ihr Stiefel auf nichts anderes trifft als leere Luft. Sie haben den Abgrund erreicht. Der Wind bläst ihr böig in den Rücken, fast so, als wolle er sie wieder auf sicheren Grund drücken. Es gelingt ihr, den Fuß zurück auf den Boden zu bekommen, aber sie spürt, dass er sich direkt an der Kante befindet. Ein entsetztes Keuchen entweicht ihren zusammengebissenen Zähnen, wird jedoch abrupt abgewürgt, als eine von Pater Ross' Pranken sie an der Kehle packt.

Und so ringen sie einige Sekunden miteinander: Georges Absätze sind schon über den Klippenrand hinaus, und der Griff des Geistlichen um ihren Hals herum ist zugleich Rettungsanker und Todesurteil. Wenn er sie jetzt loslässt …

Sie wird zurückversetzt in Margaret Villos Schlafzimmer, wo ein spindeldürrer junger Mann mit irrem Blick aus dem Kleiderschrank stürmt und lange Finger nach ihrer Kehle greifen. Und während sie gegen den Schock ankämpft und versucht, sich zu orientieren, krachen sie mit schwankenden Bewegungen geradewegs durch die Balkontür. Glasscherben regnen auf sie herab. Aber der Griff des Mannes um ihren Hals lockert sich nicht, selbst dann nicht, als ihre Hüften gegen das Geländer prallen. Sie erinnert sich daran, für den Bruchteil einer Sekunde die Erkenntnis in seinen Augen gesehen zu haben, als sie über die Kante gekippt sind.

Die Haut in ihrem Gesicht wird heiß. Ihr Herzschlag pocht laut in den Schläfen, in den Ohren. »Bitte«, stößt sie erstickt hervor.

Seine Finger verstärken den Griff, und sie röchelt. Ihr Blick gleitet von seinen grausamen Gesichtszügen weg, ist nun zum Leuchtturm hin gerichtet.

Er setzt zum Sprechen an, will sich vermutlich über ihr Flehen lustig machen. Zu spät begreift er, dass ihr letztes Wort nicht ihm gegolten hat.

Mit wildem Geheul springt Cecily ihm auf den Rücken und zerrt ihn – und George – mithilfe ihres Gewichts nach hinten, weg vom Rand der Klippe. Sie krallt ihre Finger in sein Gesicht und kratzt über seine Wangen, bis er George loslässt und seinen Körper verdreht, um die knurrende Gestalt auf seinem Rücken zu erreichen. George landet rücklings mit einer solchen Wucht auf der gefrorenen Erde, dass ihr die verbliebene Luft aus der Lunge gepresst wird. Sie kann nur hilflos mit ansehen, wie Ross und Cecily über den Boden taumeln. Doch jetzt, wo das anfängliche Überraschungsmoment vorbei ist, sind Cecilys animalische Wut und Verzweiflung Ross' Stärke nicht mehr gewachsen. Er packt sie um die Taille und zerrt sie auf den Abgrund zu …

Wenn sie später an diese Ereignisse zurückdenkt, wird sich George nie sicher sein, ob es pures Glück oder Absicht war. Aber als Ross sich dreht, um Cecily mit Schwung über die Klippe zu schleudern, gelingt es ihr, das Bein ein letztes Mal zu heben und ihren Fuß auf sein schwaches Knie niedersausen zu lassen. Einen letzten Moment lang wanken sie am Abgrund entlang, bevor sich Cecily vom Boden abstößt und sie beide hinunterbefördert. Weit, weit hinunter.

Es ertönt kein Schrei, und der Aufprall erfolgt zu entfernt, um ein Platschen oder das Brechen von Knochen auf Gestein zu hören. Doch selbst die Möwen verstummen eine Minute lang, als würden sie darauf warten, dass etwas tief im Innersten des Eilands auf den Tod seines Oberhaupts reagiert.

Das erfolgt wenig später, als George – nachdem sie den Blick von der Stelle gelöst hat, an der Cecily und Ross abgestürzt sind – in den bewölkten Himmel starrt. Eine kräftige Brise kühlt den Schweiß und das Blut in ihrem Haar und fegt weiter in Richtung der Kate, des Walds und des Dorfs.

Und während George zitternd auf der vom Schnee gebleichten Erde liegt, hört sie den Wolfsbaum heulen.

Kapitel 26

Der Hafen ist vollgestopft mit Booten der Polizei und der Küstenwache. Die wenigen Straßen von Eadar sind von Dutzenden uniformierten Beamten bevölkert, die im Verlauf der vergangenen acht Stunden eingetroffen sind.

Cole war eine der Ersten ihres Teams, die eintrafen, und schaute sich suchend um, bis sie George und Richie am Kai entdeckte. Sie hörte sich ihre Geschichte an: von der Legende der verschwundenen Leuchtturmwärter bis hin zu Cecilys Sprung mit Ross über die Klippe. Und dabei änderte sich nach und nach ihre Miene – von der üblichen nüchternen Distanziertheit zu einem ungläubigen Gesichtsausdruck mit weit aufgerissenen Augen.

Sie brauchte einen Moment, um sich zu sammeln. George, die diese Geschichte zum zweiten Mal erzählt hatte, konnte Cole keinen Vorwurf daraus machen, dass bei deren ersten zwei Anläufen, etwas zu sagen, nur Luft aus dem Mund ausgestoßen wurde. Dann sah George, wie sich ihre Vorgesetzte in den Griff bekam, die Fassungslosigkeit und Beklommenheit ob der unglaublichen Aufgabe, die vor ihnen lag, beiseiteschob und sich dafür wappnete, mit der Organisation der nächsten Schritte zu beginnen.

»Ich muss ungefähr fünfzehn Telefonate führen«, kündigte

sie an. Mit einer Hand holte sie ein modernes Satellitentelefon aus der Tasche, mit der anderen winkte sie einen vorbeigehenden Beamten zu sich. »Nehmen Sie sofort die Aussagen von Detective Inspector Lennox und Detective Inspector Stewart auf!«, befahl sie. »Eigentlich …« – sie richtete den Blick wieder auf die beiden Kriminalermittler – »müssen Sie mir zuerst einige der Leute aus Ihrer Geschichte zeigen. Für den Anfang den Farmer und die Postmeisterin. Und welches ist das Campbell-Haus?«

Seither sind die Stunden schnell vergangen. Ein erwartungsgemäß stiller MacLeod ließ sich anstandslos ins Pub führen, das vorübergehend zur Polizeizentrale geworden war. Als Nächstes folgte eine weinerliche Kathy, die den Blick starr zu Boden gerichtet ließ, selbst als Catriona ihr etwas zurief. Und nachdem die Polizei kräftig an seine Tür geklopft hatte, durfte ein aschfahler Donald seine weinenden Kinder an der Haustür noch einmal küssen, bevor auch er abgeführt wurde.

Die Sonne ist fast hinter dem Horizont verschwunden, als George von Cole an Bord eines wartenden Polizeiboots begleitet wird. Die Hauptstraße und der Hafen werden mittlerweile von leistungsstarken mobilen Scheinwerfern erhellt. George zuckt angesichts des grellen weißen Gleißens mehr als einmal zusammen, bevor sie das Boot betreten.

»Ich kann es einfach nicht glauben«, sagt Cole erneut und macht damit das Dutzend voll, seit George ihr die Lichtung und deren bestialischen Wächter gezeigt hat. George bringt nicht die Energie für eine Erwiderung auf – da die Schutzblase aus Schock und Adrenalin längst verpufft ist, schreien ihre Verletzungen nach Aufmerksamkeit. Cole bemerkt ihr blutleeres Gesicht und holt eine Decke aus der Kabine.

»In Stornoway erwartet Sie ein Krankenwagen«, kündigt sie an. »Und heute keine Widerrede, Lennox; dafür bin ich echt nicht in der Stimmung.«

George nickt nur mit ausdrucksloser Miene und presst den Daumen in den Sturm, der sich hinter ihrer Augenbraue zusammenbraut. Cole wickelt die Decke um sie. Ihre Hand verharrt auf Georges Schulter. Mit einiger Mühe schaut George zu ihr auf. Der geknickte Ausdruck in Coles Gesicht erschreckt sie.

»Ich hätte Sie nicht hergeschickt, wenn ich geahnt hätte, wie schlimm es werden würde«, sagt sie.

George knirscht mit den Zähnen. Herrgott, will Cole dieses Gespräch wirklich jetzt führen? »Ja, ich weiß. Richie hat mir schon erzählt, dass Sie beide unsicher waren, ob ich der Sache gewachsen bin.«

Cole legt die Stirn in Falten. »Das habe ich nicht …«

»Schon gut«, fällt George ihr ins Wort. »Offensichtlich hatten Sie beide recht.«

»Lennox«, sagt Cole schneidend und fährt dann in sanfterem Ton fort: »*George*. Um Sie besorgt zu sein, ist nicht dasselbe, wie an Ihnen zu zweifeln. Selbst wenn wir ein Verbrechen hinter Alans Tod vermutet hätten, weiß ich, dass Sie damit hätten umgehen können.« Ihre Finger verstärken den Druck auf der Schulter – eine beschwichtigende Geste. »Ich habe gemeint, ich hätte Sie nicht hergeschickt, wenn ich geahnt hätte, dass Sie wieder verletzt werden könnten.« Sie seufzt: ein müder Laut. »Ich weiß aus Erfahrung, dass man nicht endlos Schläge einstecken kann, bevor man es nicht mehr auf die Beine schafft. Und ich möchte wirklich, ja, *wirklich*, dass Sie wieder aufstehen.«

Ein Polizist, der mit einer Gruppe von Kollegen auf der Straße steht, ruft nach Cole. Sie zögert nur eine Sekunde, bevor sie vom Boot hinunter auf den Kai springt und zu den Beamten läuft.

Georges Blick wandert an ihr vorbei zu der über dem Hafen liegenden Hauptstraße. Die Inselbewohner sind angewiesen worden, in ihren Häusern zu bleiben, während die leitenden Beamten sich überlegen, wie sie am besten weiter vorgehen sollen. Trotz der Dringlichkeit, die bei Coles Eintreffen in der Luft gelegen hat, macht George ihnen keinen Vorwurf daraus, dass sie sich jetzt Zeit lassen: Keiner von ihnen hat jemals gegen eine ganze Gemeinde wegen ritueller Morde ermittelt, die im Verlaufe von Jahrhunderten begangen wurden. Es bedarf sorgfältiger Planung und der Ankunft weiterer erfahrener Kriminalpolizisten, die am nächsten Morgen erwartet werden, um dieses verworrene Netz aufzudröseln. Und das ist erst der Anfang einer ganzen Reihe von Untersuchungen, die sich über Monate oder vielleicht sogar Jahre erstrecken könnten.

In fast jedem Geschäft und Haus auf der Insel brennen Lichter – vermutlich wird in dieser Nacht kein Inselbewohner schlafen. Der Brauch, der sie gezwungen hat, eigene Familienangehörige und Freunde anzugreifen, bricht gerade um sie herum zusammen. Werden sie verstehen, dass sie mit einer viel härteren Realität konfrontiert sind, wenn der nächste Morgen graut? Oder werden sie ein Gefühl der Erleichterung verspüren, weil ihnen eine unsichtbare Klinge nicht länger an die Kehle gedrückt wird?

Zwei Polizeibeamte betreten die Hauptstraße; sie kommen aus Richtung des Pubs. Eine dritte Gestalt geht ein kleines

Stück vor ihnen und zeigt mit dem Finger den Hügel hinauf zur Kirche, als würde er ihnen den Weg dorthin beschreiben. Obwohl das Gesicht abgewandt ist, verrät die rote Mütze sofort, um wen es sich handelt. Er scheint Georges Blick zu spüren. Einen Moment später schaut Lewis zum Hafen und sucht die Boote ab, bis er sie entdeckt. Er hebt eine behandschuhte Hand. George zieht in Betracht, die Geste zu ignorieren. Dann jedoch erinnert sie sich daran, was er heute auf ihre Anweisung hin getan hat: Dank Lewis' Hilfe ist verhindert worden, dass Donald mit den Kindern flüchten konnte. Steif hebt sie die Hand, bevor die Beamten wieder seine Aufmerksamkeit erfordern und er sie wegführt.

George atmet zitternd ein. Den gesamten Nachmittag lang hat sie sich zusammengerissen. Mittlerweile jedoch kann sie nicht mehr dagegen ankämpfen. Überwältigende Verzweiflung breitet sich in ihrer Brust aus und strahlt in die Arme und Beine hinein. Es ist wie eine Last aus umherwirbelnden Namen, zu denen ihr eigener ebenfalls gehört. Aber da sind auch die von Alan, Calum, Fiona, Sarah, den drei Campbell-Kindern, die bereits auf einem Boot sind und auf deren Ankunft Cecilys Eltern warten. Und die all der anderen Inselbewohner, selbst von denen, an deren Händen Blut klebt und deren Leben sich nun für immer verändern wird. Kathy und MacLeod. Catriona. John. Lewis. Sogar Donald, der trotz seiner Angst, erwischt zu werden, dabei geholfen hat, Jack und George aus dem Wasser zu ziehen. Ein Mörder, der den Arm um sie geschlungen hat, als ihr kalt war.

Sie denkt darüber nach, was Cole gerade gesagt hat, dass manche Schläge zu hart sind, um sich von ihnen erholen zu können. Unwillkürlich fragt sie sich, ob dieses … dieses drückende, entsetzliche Gefühl der Dunkelheit darunterfällt, das sich in ihr einnistet. George hat gedacht, sie hätte bereits das Schlimmste durchgemacht und überstanden. Sie war so fest entschlossen, allen zu beweisen, dass man sie nicht kleinkriegen kann. Aber jetzt …?

Bevor sie zu weit in die Tiefen ihrer Seele sinken kann, kommt Richie mit ihrem Gepäck an Bord und quetscht sich auf der Bank neben sie. Die Wärme seiner Schulter und seines Oberschenkels überträgt sich langsam auf sie, und nach einigen Minuten beginnt dieses Gefühl der Dunkelheit, sich zurückzuziehen. George rutscht näher zu ihm. Eine Eidechse auf einem Stein.

Unter ihren Füßen erwacht grollend der Motor zum Leben.

Als sie den Hafen hinter sich gelassen haben, beschleunigt der Kapitän, und das Boot schießt förmlich durch die Wellen. Während es die Küste entlangfährt, kommt wie aufs Stichwort die Silhouette des Leuchtturms aus der Düsternis zum Vorschein und zeichnet sich vor dem vom Mondlicht erhellten Himmel ab. George reibt sich erneut die Stirn. Die Schmerzen sind gnadenlos.

Wortlos holt Richie das Tramadol-Fläschchen aus ihrer Tasche. Mit neutraler Miene reicht er es ihr. »Ich gehe rein. Ruf, wenn du was brauchst.«

Als Richie in die Kabine verschwindet, schaut George zurück zum einsamen Leuchtturm von Eilean Eadar; das Fläschchen mit den Tabletten hält sie in der geballten Faust. Sie beobachtet, wie der Turm in der Nacht verschwindet. Bald wird die gesamte Insel von der Dunkelheit verschluckt.

George steht auf, um Richie zu folgen, als ein Geräusch an ihre Ohren dringt. Sie schaudert. Mittlerweile sind sie so weit entfernt, dass es Einbildung sein muss. Oder vielleicht auch nicht. Denn nach allem, was George auf Eadar miterlebt hat, ist sie sich einer Sache sicher:

Die Wölfe werden immer heulen.

Danksagung

Beim Verfassen eines Buchs ist man überwiegend auf sich allein gestellt – bis man es nicht mehr ist. Und ich schätze mich glücklich, viele Menschen zu haben, die dafür mitverantwortlich (und jetzt mitschuldig) sind, dass dieses Buch von meinem Gehirn zu Ihrem gelangt ist.

Zunächst einmal ist da meine Schwester Olivia. Sie ist stets die Erste, an die ich mich mit einer neuen Idee wende, die mir dann hilft, mit Haftnotizen an der Wand den Plot zusammenzustellen, und die mir sagt, welche Handlungsstränge vielleicht cool, aber letztendlich unpassend sind. *Wolfskälte* und alles Unfassbare, was daraus entstanden ist, hat damit begonnen, dass Liv mich aufgefordert hat: »Erzähl mir die Geschichte.«

Der Nächste ist jemand, der für mich das ist, was Richie für George ist: mein Agent Tom Gilliatt von Left Bank Literary. Ich bin dir so dankbar für dein unerschütterliches Vertrauen in dieses Buch und in mich, und ich freue mich schon auf viele weitere Telefonate, die damit enden, dass wir beide nervös kichern. Danke auch an mein internationales Dream-Team Felicity Blunt und Rosie Pierce von Curtis Brown; David Forrer von Inkwell Management; und Nerrilee Weir und Fiona Henderson von der Bold Type Agency – ihr habt dafür besorgt, dass dieser Roman im Ausland in den bestmöglichen Händen gelandet ist.

Aufs Höchste begeistert bin ich von Anna Valdinger und dem gesamten Team von HarperCollins Australia, die für dieses Buch nach wie vor das Herz auf der Zunge tragen. Ähnlich hin und weg bin ich davon, wie Julia Wisdom bei Hemlock Press und Daphne Durham bei Putnam an diese Geschichte und die Figuren darin glauben. Danke auch an Ali Lavau für die aufmerksamen Korrekturen und an Scott Forbes für sein scharfes Auge, das er auf alles richtet.

Ich habe das große Glück, drei außergewöhnliche beste Freundinnen zu haben, die frühe Entwürfe des vorliegenden Romans gelesen und mir ihr Feedback gegeben haben: Zoe Hawkins, Thalía Dudek und Gabby Marshall (die auf ein Komma hingewiesen hat, das ein Punkt hätte sein sollen, und seither nicht mehr aufhört, darüber zu reden). Außerdem muss ich meinem Freund Les Zigomanis danken, der zuhörte, als ich mit einundzwanzig Jahren sagte, dass ich mich nicht als Schriftstellerin betrachten würde, weil von mir noch nichts veröffentlicht worden war, und dann schlicht und einfach darauf erwiderte: »Wenn du schreibst, bist du eine Schriftstellerin.«

Ich danke meiner stetig wachsenden Familie, die immer zu hundert Prozent hinter mir steht (oder zumindest wartet, bis ich den Raum verlassen habe, bevor sie ihre Zweifel äußert), und meinen Neffen, die mich abwechselnd von meiner Tastatur ablenken oder mit den Fäusten darauf schlagen – im Buch verbliebene Fehler sind einzig und allein ihre Schuld. Ein Dankeschön auch an meinen Großvater Andy für die Geschichten, die er mir als Kind in Glasgow erzählt hat, und an meine Großmütter Margaret und Kath – ihr seid alle drei namentlich ins Buch eingebaut (als Mörder und Mordopfer … interpretiert da nichts rein).

Und zu guter Letzt noch einige, denen auch mein Dank gilt: Ashley Flowers für ihren Podcast *Supernatural*, wo ich zum ersten Mal vom ungelösten Rätsel der verschwundenen Leuchtturmwärter von Eilean Mòr gehört und mich danach verpflichtet gefühlt habe, eine Antwort zu finden; Hozier für seine bombastische, eindringliche Musik, der ich beim Schreiben fast ununterbrochen gelauscht habe; und schließlich Taylor Swift dafür, dass es sie gibt.